초대받은 여자 2

L'invitée

L'INVITÉE
by Simone de Beauvoir

세계문학전집 435

초대받은 여자 2

L'invitée

시몬 드 보부아르

강초롱 옮김

민음사

일러두기

1 이 책은 Simone de Beauvoir, *L'invitée*(Gallimard Folio, 1972)를 저본으로 삼아 우리말로 옮겼다.

2 본문의 각주는 모두 옮긴이 주이다.

차례

2부

1장

엘리자베트는 쿠션으로 덮인 벽을 둘러보다가, 객석 끝에 위치한 자그마한 붉은색 무대에 시선을 멈추었다. 자신이 저 작품을 만들었다는 생각에 취해 한때는 거만하게 우쭐대기도 했었다. 하지만 특별히 자랑스러워할 만한 건 아니었다. 어차피 누군가는 했어야 하는 일이었던 것이다.

"그만 가 봐야겠어요. 피에르가 프랑수아즈랑 파제스 양을 데리고 저녁 먹으러 집에 오기로 했거든요." 그녀는 말했다.

"아! 파제스가 날 저버렸군요." 제르베르는 실망한 표정으로 말했다.

분장을 지울 시간이 없었던 탓에 그의 눈꺼풀과 두 볼엔 아직도 초록색 분과 짙은 황갈색 분이 각기 칠해져 있었다. 그는 맨얼굴일 때보다 훨씬 잘생겨 보였다. 그를 도미니크와 연결시켜 주고 그의 인형극 프로그램이 채택되도록 힘써 준 건 엘리자베트였다. 카바레 운영과 관련해서 중요한 역할을 한 것이었다. 그녀는 씁쓸한 미소를 지었다. 술과 담배의 도움으로 토론 중에는 그 행위에 도취한 듯했지만, 그녀의 나머지 생활과 마찬가지로 그것 역시 가짜일 뿐이었다. 우울했던 지난 사흘 동안 그녀는 깨달았다, 자기에게 일어나는 일들 가운데 진짜는 아무것도 없음을. 안개 속에서 먼 곳을 바라볼 때면, 가끔 사건이나 행위를 닮은 무언가가 얼핏 눈에 들어오곤 한다. 그것에 낚일 수도 있겠지만, 단지 조잡한 눈속임에 불과했다.

"당신보다는 그 여자 쪽에서 등 돌릴 일이 더 자주 있을 거예요." 엘리자베트는 말했다.

그자비에르가 나타나지 않는 바람에 배역을 맡게 된 사람은 리즈였다. 엘리자베트가 보기엔 적어도 그자비에르 못지않게 역할을 잘 소화해 내고 있었다. 그러나 제르베르는 속이 상한 듯 보였다. 엘리자베트는 눈으로 그의 의중을 살폈다. 그녀가 말을 이어 갔다.

"꼬맹이인 것치고 파제스에게 재주가 있어 보이긴 하더군요. 하지만 안타깝게도 매사에 열의를 보이질 않으니."

"충분히 이해해요, 매일 저녁 이곳에 오는 게 재미있는 일은 아닐 테니까요." 제르베르는 움찔하면서 말했다. 엘리자베트는 그 모습을 놓치지 않았다. 그녀는 제르베르가 그자비에르에게 얼마간 마음이 있으리라고 오래전부터 의심해 온 터였다. 재미있었다. 프랑수아즈는 눈치채고 있을까?

"당신 초상화 건은 어떻게 할까요? 화요일 저녁 어때요? 스케치 몇 장만 그리면 돼요."

그자비에르가 제르베르를 어떻게 생각하는지 알아냈어야 했을지도 몰랐다. 지나치게 예쁨을 받고 있는 터라, 분명 제르베르에게는 딱히 관심이 없으리라. 하지만 개업식 날 밤, 제르베르와 춤을 추던 그녀의 눈빛이 묘하게 빛났더랬다. 만약 제르베르가 구애한다면 어떤 반응을 보일까?

"원하시는 대로 화요일에 뵙죠." 제르베르가 말했다.

제르베르는 너무나도 소심했으므로, 결코 그가 감히 먼저 나서지는 못할 것이었다. 자기에게 기회가 있다는 생각조차 못 했을 터다. 엘리자베트는 도미니크의 이마에다 가볍게 입을 맞췄다.

"나중에 봐요."

그녀는 문을 밀었다. 이미 늦었으므로 그들보다 먼저 도착하려면 빨리 걸어야 했다. 그녀는 다시 고독에 빠지는 순간을 최대한 미뤄 왔다. 피에르와 이야기를 해 볼 요량이었다. 이미 패배한 승부였지만, 그래도 마지막 기회를 붙잡고 싶었다. 그녀는 입술을 앙다물었다. 쉬잔의 승리였다. 낭퇴이가 내년 겨울 공연작으로 「숙명」을 채택한 덕분에 클로드는 어리석은 만족감에 잔뜩 취해 있었다. 지난 사흘 내내, 그는 전에 없이 다정하게 굴었지만 엘리자베트는 유례없이 그를 몹시 증오했다. 출세에 눈이 멀고 허영에 들뜬 약해 빠진 인간. 그는 한평생 쉬잔 옆에 딱 달라붙을 터였다. 그리고 엘리자베트는 상대의 용인 아래 숨어 지내는 정부(情婦)로 영원히 남을 것이었다. 이제 도저히 참을 수 없을 만큼 적나라한 진실이 그녀 앞에 모습을 드러냈다. 스스로 헛된 희망을 키워 왔음은 비겁함 때문이며, 클로드에게 기대할 수 있는 건 아무것도 없었다. 하지만 그를 곁에 둘 수만 있다면 무엇이든 받아들일 작정이었다. 클로드 없이 살아갈 수 없었던 것이다. 그녀에겐 관대한 사랑이라는 변명거리조차 남아 있지 않았다. 고통과 원망으로 인해 사랑이 완전히 식어 버렸던 것이다. 심지어 그를 단 한 번도 사랑한 적이 없었던 건 아닐까? 과연 사랑이라는 걸 할 수 있기는 할까? 그녀는 걸음을 재촉했다. 그래, 피에르가 있었다. 그녀를 위해 피에르가 희생해 주었더라면, 그녀의 마음속에 이러한 갈등과 거짓이 존재하는 일은 없었을지도 몰랐다. 그녀에게 역시 세상이 충만하게 비쳤을지도, 또 마음의 평화를 맛보았을지도 몰랐다. 그러나 이젠 모든 게 끝나 버렸다. 오직 피에르에게 복수하고 싶다는 절망적인 욕망에 사로잡힌 채그녀는 그를 향해 돌진하고 있었다.

그녀는 층계를 올라가서 불을 켰다. 앞서 나오기 전에 식탁에 차려 놓은 저녁 식사가 정말로 근사해 보였다. 주름치마에 격자무늬가 들어간 재킷을 입고서 정성껏 화장한 자기 모습 또한 멋들어져 보였다. 거울을 통해 본다면, 오랜 꿈이 실현되었다고 믿을 법한 광경이었다. 스무 살 무렵, 작고 음침한 방에서 피에르를 위해 잘게 썬 돼지고기를 넣은 샌드위치와 조악한 포도주로 식사를 준비할 때면, 거위 간과 오래 무르익은 부르고뉴산 포도주를 곁들인 우아한 식사를 대접하는 스스로의 모습을 상상하면서 그녀는 즐거워하곤 했다. 현재 식탁 위에는 거위 간 그리고 캐비아를 바른 샌드위치가 놓여 있었다.

또한 백포도주와 보드카를 병째로 내놓은 상태였다. 지금 그녀는 돈이 있었고, 수많은 사람들과 교제하고 있으며, 명성의 서광이 드리운 참이었다. 그런데도 여전히 삶의 가장자리에 머물러 있는 듯한 기분이 들었다. 오늘 저녁 식사 역시 멋진 작업실을 모방한 공간 속에 차린 모조품에 불과했다. 그녀 자신조차 자기가 되고 싶어 하는 여인의 살아 있는 모방품일 뿐이었다. 엘리자베트는 손가락 사이로 작은 과자를 부러뜨렸다. 예전에는 상상놀이가 재미있었다. 이를테면 찬란한 미래에 대한 예견 같았다. 하지만 이제 그녀에겐 미래가 없었다. 그 어디에서도 진정한 본보기를 손에 넣지 못하리라는 걸, 자신의 현재가 그것의 모조품에 불과하다는 걸 그녀는 알고 있었다. 그럴듯해 보이는 가짜 말고는 경험하게 될 일은 아무것도 없었다. 이것이 바로 그녀에게 주어진 운명이었다. 그녀는 자기 손에 닿은 모든 것을 한낱 마분지로 바꿔 놓았다.

현관의 초인종 소리가 정적을 깨뜨렸다. 저들은 이 모든 게 가짜임을 알고 있을까? 분명히 알고 있을 터다. 그녀는 식탁과 자기 얼굴을 마지막으로 훑어본 뒤에 문을 열었다. 프랑수아즈가 문간에 서 있었다. 그녀는 아네모네 꽃다발을 손에 들고 있었다. 엘리자베트가 제일 좋아하는 꽃이었다. 어쨌든 십 년 전에 제일 좋아하기로 결정한 꽃이었다.

"이것 좀 봐, 바노네 가게에서 조금 전에 발견한 거야." 프랑수아즈가 말했다.

"고마워. 너무 예쁘다." 엘리자베트가 말했다. 왠지 모르게 마음이 누그러졌다. 더군다나 그녀가 증오하는 대상은 프랑수아즈가 아니었다.

"어서 들어오세요." 꽃다발을 들고 먼저 작업실로 향하면서 엘리자베트가 말했다.

피에르의 등 뒤엔 소심하고 멍청해 보이는 얼굴의 그자비에르가 숨어 있었다. 같이 오리라고 예상은 했지만, 그렇다고 짜증이 덜 나는 건 아니었다. 이 계집애를 옆에 끼고 사방팔방 싸돌아다니면서 우스운 꼴을 노골적으로 자처하고 있었다.

"아! 작업실이 정말 예쁘네요." 그자비에르가 말했다.

그녀는 감탄을 숨기지 않고, 작업실과 엘리자베트를 차례로 바라보았다. '저 여자의 작업실이라니 도무지 믿기지 않는 군.'이라고 말하는 듯한 표정이었다.

"그렇지? 멋진 작업실이야." 프랑수아즈가 말했다. 그녀는 코트를 벗고 자리에 앉았다.

"코트를 벗도록 해. 그러다 바깥에 나가면 감기에 걸릴 거야." 피에르가 그자비에르에게 말했다.

"그냥 입고 편이 더 좋아요." 그자비에르가 말했다.

"여기선 더울 텐데." 프랑수아즈가 말했다.

"단언하건대 그리 덥지 않아요." 그자비에르는 고집스럽지만 부드러운 어조로 말했다. 피에르와 프랑수아즈는 서글픈 얼굴로 그녀를 쳐다본 뒤, 서로 눈짓을 주고받았다. 엘리자베트는 어깨를 으쓱하려다 참았다. 그자비에르는 옷을 제대로 차려입을 줄 몰랐다. 나이 든 여자에게나 어울릴 법한, 지나치게 헐렁하고 어두운색의 코트를 입고 있었다.

"다들 배가 고팠고 목이 말랐길 바라요. 자, 드세요. 입맛에 맞아야 할 텐데." 엘리자베트는 활기차게 말했다.

"배고프고 목말라 죽겠어. 더군다나 난 엄청난 먹보로 유명하지." 피에르가 이렇게 말하면서 웃자 프랑수아즈와 그자비에르 역시 미소를 지었다. 다들 취한 게 아닌가 싶을 정도로 세 사람은 하나같이 행복에 젖어서 죽이 척척 잘 맞았다.

"백포도주랑 보드카 중 뭘 마실래?" 엘리자베트가 물었다.

"보드카로 할게." 세 사람은 입을 모아 대답했다.

엘리자베트는 피에르와 프랑수아즈가 백포도주를 더 좋아하리라고 확신했다. 설마 그자비에르가 자기 취향을 저들에게 강요하기에 이른 것일까? 엘리자베트는 잔을 채웠다. 피에르가 그자비에르랑 잤다는 데에는 의심의 여지가 없었다. 그렇다면 두 여자도? 그랬을 가능성이 컸다. 이로써 대단히 완벽하게 균형 잡힌 삼각 구도가 이루어진 셈이었다. 그들이 두 사람씩 짝을 이루고 있을 때 가끔 맞닥뜨린 적이 있음을 보면, 일종의 교대 일정을 짠 모양이었다. 하지만 보통은 셋이서 다 같이 팔짱을 낀 채, 발맞춰 돌아다니곤 했다.

"어제 세 사람이 몽파르나스 교차로를 건너가는 걸 봤어."

엘리자베트는 싱긋 웃으면서 다음과 같이 덧붙였다.

"재미있는 광경이더군."

"뭐가 재미있다는 거지?" 피에르가 물었다.

"셋이서 함께 팔짱을 끼고 발맞춰 뛰어가니까 말이야."

누군가에게 혹은 무엇인가에 열중하고 있을 때의 피에르는 남의 이목 따위는 신경 쓰지 않았다. 늘 그런 식이었다. 그자비에르에게서 무엇을 발견한 것일까? 머리카락이 노란 데다 안색은 파리하고 손은 벌건 것이, 매력적인 구석이라곤 전혀 없는 계집애인데 말이다.

그녀는 그자비에르 쪽으로 고개를 돌렸다.

"도통 먹질 않는군요."

그자비에르는 의심스럽다는 표정으로 접시를 살펴보고 있었다.

"캐비아를 바른 샌드위치를 좀 먹어 보지 그래. 아주 맛있어. 엘리자베트, 우리가 무슨 왕족이나 된 것처럼 대접해 주는구나." 피에르가 말했다.

"게다가 본인은 공주처럼 치장한걸요. 넌 멋을 부리는 게 이상할 정도로 잘 어울려." 프랑수아즈가 말했다.

"누구나 다 그렇지." 엘리자베트가 말했다.

프랑수아즈는 마음만 먹으면, 이 정도 멋은 충분히 낼 수 있을 터였다.

"캐비아를 좀 먹어 볼까 봐요." 신중한 얼굴로 그자비에르가 말했다. 그녀는 샌드위치를 한 조각 집어 들더니 베어 물었다. 피에르와 프랑수아즈는 뜨거운 관심을 드러내면서 그녀의 기색을 살폈다.

"맛이 어때?" 프랑수아즈가 물었다.

그자비에르는 잠시 생각하는 듯하더니 단호하게 말했다.

"맛있군요."

두 사람의 얼굴이 편안해졌다. 늘 이런 식이니, 그자비에르가 스스로를 신으로 여기더라도 분명 그녀 잘못은 아니었다.

"지금은 완전히 나은 거야?" 엘리자베트가 물었다.

"요즘처럼 건강했던 적이 없어. 앓는 동안 어쩔 수 없이 푹 쉬어서 그런가 봐. 그 덕분에 아주 건강한 상태야." 프랑수아즈가 말했다.

그녀는 조금 살이 올랐고 아주 건강해 보였다. 엘리자베트는 프랑수아즈가 거위 간 샌드위치를 목구멍으로 삼키는 모습을 미심쩍게 지켜보았다. 저들이 한껏 과시하는 저 행복은 정말로 티끌 한 점 없이 완벽할까?

"최근에 그린 그림 좀 보여 줄 수 있어? 한동안 네 그림을 통 보질 못했잖아. 프랑수아즈가 그러는데, 화풍에 변화를 주었다며." 피에르가 말했다.

"한창 변화를 주는 중이야." 엘리자베트는 빈정대듯 과장된 말투로 대꾸했다. 그림이라고 해 봤자, 단지 그림처럼 보이려고 캔버스에 여러 가지 색을 칠해 놓은 것에 불과했다. 자신이 화가임을 스스로 믿기 위해서 며칠씩 그림을 그리곤 했지만, 그 또한 우울하기 짝이 없는 연기에 지나지 않았다.

그녀는 캔버스 하나를 골라서 작업대 위에 올려놓은 뒤 파란색 조명등을 켰다. 그렇다, 이는 마땅히 치러야 할 의식의 일부에 해당했다. 그녀가 가짜 그림을 보여 주면, 그들은 거짓 찬사를 늘어놓을 것이었다. 이 사실을 그녀가 벌써 눈치채고 있음을 그들은 모를 터였다. 이런 식으로 결국 속는 쪽은 저들이었다.

"실제로 확 달라졌군그래!" 피에르가 말했다.

그는 진심으로 흥미로워하는 얼굴을 하고 그림을 바라보았다. 스페인 투우장을 그린 것으로, 한쪽 구석엔 총이 있었고,

시체가 쌓인 한가운데로 황소의 머리가 나뒹굴고 있었다.

"네 초기 작품과 전혀 비슷한 구석이 없는걸. 피에르에게 그 그림을 보여 줘야 해, 이 사람이 네 변화 과정을 알 수 있게 말이야."

엘리자베트는 「총살」을 꺼냈다.

"흥미롭군. 그래도 처음 것보다는 못 한걸. 네가 이런 주제를 재현하기 위해 사실주의를 완전히 버린 건 정말 옳은 선택이었어."

엘리자베트는 피에르의 표정을 유심히 살펴보았다. 진실로 그렇게 생각하는 눈치였다.

"오빠 말처럼 요즘엔 그런 방향으로 작업하고 있어. 초현실주의자의 모순과 자유를 이용하되, 방향은 잡아 주는 거지."

그녀가 「수용소」와 「파시즘의 풍경」 그리고 「유대인 박해의 밤」이라는 작품을 꺼내 보이자, 피에르는 감탄하는 얼굴로 그것들을 주의 깊게 살펴보았다. 엘리자베트는 곤혹스러운 눈빛으로 자신의 그림을 흘깃 쳐다보았다. 결국 내게서 진짜 화가가 되는 데에 부족한 것은 단지 관람객뿐이라는 말인가? 엄격한 예술가란 본디 혼자 있을 때, 스스로를 엉터리로 여기는 게 아닐까? 진정한 화가란, 진정한 작품을 그려 낸 자였다. 어떤 의미에서 보자면 클로드가 작품을 무대에 올리기 위해 안달하는 건 결코 잘못이 아니었다. 하나의 작품은 남에게 알려지는 과정을 거치면서 진정한 작품이 되는 것이었다. 그녀는 가장 최근에 그린 그림들 중 하나를 골랐다. 「인형 쓰러뜨리기 놀이」라는 작품이었다. 엘리자베트가 작업대에 그림을 올려놓

앗을 때, 그자비에르가 놀란 듯 프랑수아즈를 힐끔 쳐다보는 모습이 그녀의 눈에 포착되었다.

"그림이 마음에 들지 않나 보죠?" 그녀는 싸늘하게 웃으며 물었다.

"도통 이해할 수가 없어서요." 그자비에르는 변명조로 대답했다.

피에르가 걱정스러운 표정으로 재빨리 그녀에게 고개를 돌리자, 엘리자베트는 화가 나서 속이 부글부글 끓는 기분이었다. 이런 것이 불가피한 고역에 해당한다고, 두 사람은 분명 그자비에르에게 미리 일러두었으리라. 그런데 그녀가 짜증을 내기 시작했던 것이다. 그녀의 가장 별것 아닌 기분이, 엘리자베트의 운명 전체보다 더 중요하게 여겨지고 있었다.

"오빠 어떻게 생각해?" 엘리자베트가 물었다.

상세한 논평을 받아 마땅한, 과감하고 심오한 그림이었다. 피에르는 그림을 빠르게 훑어보았다.

"이것도 마음에 드는군."

이제 그만하고 싶은 마음뿐이라는 기색이 역력했다.

엘리자베트는 그림을 다시 집어넣었으면서 말했다.

"오늘은 이만하는 게 좋겠어. 우리 아가씨를 학대하면 안 되니까."

그자비에르가 그녀에게 음침한 시선을 던졌다. 엘리자베트가 자기 잇속만을 챙기는 데 혈안이 된 사람은 아님을 깨달은 것이었다.

"음반을 돌리고 싶으면 그래도 돼. 다만 아래층에 사는 사람이 예민하니, 나무 바늘을 걸어 줘." 엘리자베트가 프랑수 아즈에게 말했다.

"어머나, 좋아라!" 그자비에르가 흥분해서 외쳤다.

"왜 올해에 전시회를 열려고 하지 않는 거니? 관람객이 많 으리라고 기대해도 좋아, 확신한다고." 피에르는 담뱃대에 불 을 붙이면서 말했다.

"시기가 좀 나쁘지 않은가 해서. 시국이 하도 불안정하니, 나 같은 신인을 선보이는 게 가능하지 않을 것 같거든." 엘리 자베트가 말했다.

"그래도 연극은 잘되어 가잖아." 피에르가 말했다.

엘리자베트는 잠시 뜸을 들이며 그를 쳐다보다가 다짜고짜 이렇게 말했다.

"낭퇴이에서 클로드의 작품을 무대에 올리기로 한 거 알아?"

"응. 클로드는 만족해하나?" 피에르는 애매하게 대답했다.

"그보다 더 좋아할 순 없을 거야."

엘리자베트는 담배 연기를 길게 내뿜으면서 이렇게 덧붙였다.

"하지만 나는 애석하더라고. 하나의 형식을 영원히 파묻을 만한 타협의 결과물 중 하나거든."

그러더니 그녀는 더욱 용기를 내서 말했다.

"아! 오빠가 「숙명」을 채택해 주었더라면, 클로드는 궤도에 올랐을 거야."

피에르는 난감해하는 듯 보였다. 거절하기를 싫어하는 성미 였기 때문이다. 다만, 그는 누군가가 무슨 부탁을 해 올 때 쉬 이 빠져나갈 수 있도록 늘 적당한 핑계를 준비해 두고 있었다.

"그러니까 베르제한테 다시 한 번 얘기해 보라는 거지? 마침 그 사람 집에서 점심을 먹을 예정이긴 해." 피에르가 말했다.

그자비에르는 프랑수아즈를 껴안고 룸바를 추도록 이끌고 있었다. 프랑수아즈는 마치 목숨이라도 달린 일인 양 긴장한 얼굴로 집중하고 있었다.

"베르제는 거부 의사를 철회하지 않을 거야." 엘리자베트는 말했다. 부질없는 한 줄기 희망이 그녀를 관통했다.

"결정을 내려야 할 사람은 베르제가 아니라 오빠뿐이야. 들어 봐. 내년 겨울에 오빠가 쓴 작품을 무대에 올릴 거잖아. 하지만 10월부터 공연할 생각은 아니지? 그러니까 몇 주 동안만 「숙명」을 공연해도 되지 않겠어?"

그녀는 마음을 졸이며 대답을 기다렸다. 피에르는 담배 연기를 내뿜었다. 곤란한 표정을 짓고 있었다.

"가장 큰 공산이 뭔지 너는 알잖아. 우린 내년에 세계 순회 공연을 시작할지도 모른다고." 마침내 그가 입을 열었다.

"베르냉이 떠들어 대는 그 계획 말이야? 그렇지만 오빠에겐 그럴 마음이 전혀 없는 걸로 아는데?" 미심쩍다는 듯 엘리자베트가 말했다.

이미 물 건너간 일이었지만 그녀는 피에르를 순순히 놓아 줄 심산이 아니었다.

"상당히 구미가 당기는 계획이잖아. 돈을 벌 수 있는 데다 외국 구경도 할 수 있으니까." 피에르가 말했다.

그는 프랑수아즈를 흘깃 쳐다보았다.

"물론 아직 결정된 건 없어."

엘리자베트는 생각에 잠겼다. 저들은 분명 그 자비에르를 데려갈 속셈인 것이었다. 그녀의 미소를 위해서라면 피에르는 무슨 짓이든 다 할 수 있는 듯 보였다. 어쩌면 그는 일 년 동안 셋이서 한가하게 지중해를 돌아다니며 사랑 놀음을 하려고 기꺼이 작품을 포기하리라 벌써 각오한지도 몰랐다.

"그래도 만약 순회공연을 가지 않는다면 말이야." 그녀는 다시 한 번 입을 열었다.

"가지 않으면……." 피에르는 말끝을 흐렸다.

"그래, 그러면 10월에 「숙명」을 무대에 올려 줄 거야?"

그녀는 피에르에게서 확답을 끌어내고 싶었다. 그는 한 번 내뱉은 말을 번복하기를 싫어했다.

피에르는 담배를 몇 모금 빨더니 자신 없다는 듯 이렇게 말했다.

"그렇게 되면 뭐 안 될 것도 없지."

"지금 진지하게 말하는 거야?"

"물론이지. 파리에 머물게 된다면 「숙명」을 시작으로 새 시즌을 열 수 있을 거야." 피에르는 전보다 더 확고해진 어조로 말했다.

제법 빠르게 수락했음을 보니 순회공연을 가게 되리라고 완전히 확신하고 있음이 분명했다. 그래도 어찌 되었든 그는 경솔한 약속을 한 셈이었다. 순회공연을 가지 않으면, 이 일에 얽이게 될 터였다.

"그런다면 클로드로서는 너무나 잘된 일이 될 거야! 언제쯤 확실히 결정이 날 것 같아?"

"한두 달 안엔 정해지겠지."

두 사람은 입을 다물었다.

저들을 떠나지 못하게 할 방법은 없을까? 엘리자베트는 흥분한 상태로 생각했다.

조금 전부터 두 사람의 기색을 살피던 프랑수아즈가 재빨리 다가왔다.

"이제 당신이 줄 차례예요. 그자비에르는 도통 지칠 줄을 모르네요. 난 더 이상 못 추겠어요." 그녀는 피에르에게 말했다.

"상당히 잘 추시네요. 이미 아셨죠? 약간의 의지만 있으면 된다는 것을요." 그자비에르가 호인 같은 얼굴로 미소를 지은 채 말했다.

"네가 두 사람 몫을 발휘한 거지." 프랑수아즈가 활기차게 말했다.

"다시 시작해 보자고요." 그자비에르는 부드럽게 협박하는 어조로 말했다.

둘이서 낯간지러운 말을 주고받는 모습을 보고 있자니 극도로 짜증이 치밀었다.

"잠깐만."

이렇게 말하고 나서 피에르는 그자비에르와 함께 음악을 고르러 갔다. 그녀는 마침내 코트를 벗기로 결심한 모양이었다. 날씬한 몸매였지만 화가의 날카로운 눈으로 보니 살이 잘 찌는 체질임을 쉬이 알 수 있었다. 엄격하게 체중 조절을 하지 않으면 금세 뚱뚱해질 터였다.

"음식을 조심해야겠군, 쉽게 살이 찔 테니까." 엘리자베트가 말했다.

"그 자비에르가? 저 앤 갈대처럼 말랐는걸." 프랑수아즈는 웃음을 터뜨렸다.

"저 애가 별다른 이유 없이 아무것도 먹으려 하지 않는다고 생각하는 거야?"

"몸매 때문에 그러는 건 아니라고 확신해."

완전히 터무니없는 생각이라고 여기는 눈치였다. 한동안 프랑수아즈는 어느 정도 제정신을 유지하고 있었다. 그런데 지금은 피에르와 마찬가지로 행복에 겨운 바보가 되고 말았다. 그 자비에르가 다른 여자들과는 다르리라고 생각하다니! 그 자비에르가 연기하고 있음을 엘리자베트는 간파하고 있었다. 금발 처녀의 가면을 쓴, 온갖 인간적인 약점에 좌우되기 쉬운 계집애가 그녀의 눈에는 보였던 것이다.

"피에르 말로는 올겨울에 순회공연을 떠날 거라던데, 정말이야?"

"의논 중이야." 이렇게 말하는 프랑수아즈는 난처해하는 듯 보였다. 피에르가 무슨 말을 했는지 모르는 상황에서 이상하게 얽히지는 않을까, 걱정하고 있음이 틀림없었다.

엘리자베트는 술잔 두 개에다 보드카를 부었다.

"저 애송이는 어쩔 속셈인지 참으로 궁금하군." 엘리자베트는 고개를 절레절레 흔들면서 물었다.

"어쩌다니?" 프랑수아즈가 되물었다. 다소 당황한 눈치였다.

"연극을 하고 있다는 걸 너도 잘 알잖아."

"일단 저 애는 연극을 하고 있지 않아. 게다가 내가 궁금한 건 그게 아니야."

엘리자베트는 잔을 반쯤 비웠다.

"두 사람 품에서 평생 살지는 않을 거잖아?"

"물론이지."

"자기만의 생활을 가지고 싶어 하지는 않아? 사랑이나 연애 같은 거 말이야."

프랑수아즈는 씨익 웃었다.

"당장은 그럴 생각이 별로 없는 걸로 알고 있어."

"물론 당장은 그렇겠지."

그자비에르는 피에르와 춤을 추고 있었다. 춤 솜씨가 제법 훌륭했다. 어지간히 야할 정도로 교태를 부리면서 미소 짓고 있었다. 프랑수아즈는 왜 이 모든 것을 참아 내고 있을까? 엘리자베트는 그자비에르가 요염 떠는 모습을 제대로 지켜 본 적이 있었다. 피에르를 사랑하고 있음이 확실했다. 하지만 그녀는 음침하고 변덕스러운 여자애일 뿐이었다. 순간의 쾌락을 위해서 모든 걸 포기할 수 있는 계집애 말이다. 그녀의 허점을 훤히 파악할 수 있을 터였다.

"네 애인과는 어떻게 지내?" 프랑수아즈가 물었다.

"모로 말이야? 한바탕 난리가 났어. 반전론을 가지고 좀 놀렸더니 잔뜩 흥분해서 결국엔 내 목을 조를 뻔했다고."

엘리자베트는 자신의 가방을 뒤졌다.

"여기, 그 사람이 보낸 마지막 편지 좀 봐."

"네가 상당히 안 좋게 말하긴 했어도, 그렇게 멍청해 보이진 않던데."

"평판은 제법 괜찮은 편이지." 엘리자베트가 말했다.

처음엔 흥미로운 사람이라고 생각해서 재미 삼아 꼬셨더랬다. 대체 왜 이렇게까지 그를 혐오하게 되었을까? 그녀는 가방을 치웠다. 그가 그녀를 사랑하게 된 탓이었다. 그건 그녀로 하여금 상대에게서 매력을 잃게 하는 최고의 방법이었다. 스스로 불러일으킨 시시한 감정을 경멸할 수 있는 오만함 정도는 아직 그녀에게 남아 있었던 것이다.

"꽤 잘 쓴 편지네. 넌 뭐라고 답장했어?" 프랑수아즈가 물었다.

"상당히 난처하더라고. 단 한 순간도 우리 관계를 진지하게 여긴 적이 없다고 말하기가 어려웠거든. 게다가……."

엘리자베트는 어깨를 으쓱해 보였다. 어찌 분간할 수 있다는 말인가? 그녀는 갈피를 잡지 못했다. 심심풀이로 꾸며 낸이 가짜 우정은 그림이나 정치, 클로드와의 결별 정도의 현실성만을 요구할 따름이었다. 보잘것없는 희극에 불과하다는 점에서 죄다 매한가지였던 것이다.

그녀는 다시 말을 이어 갔다.

"도미니크 가게까지 날 쫓아오더라고. 죽은 사람처럼 하얗게 질린 얼굴을 하고 눈을 희번덕거리면서 말이야. 어두운 밤이라 길에 아무도 없어서 얼마나 무섭던지."

그녀는 쿡 하고 웃었다. 말을 멈출 수가 없었다. 솔직히 무섭진 않았다. 싸움 따윈 일어난 적이 없었기 때문이다. 단지 서툰 몸짓으로 아무 말이나 지껄이던, 정신 나간 불쌍한 사내만이 있었을 뿐이었다.

"상상해 봐. 그 사람이 날 가로등에다 밀어붙이고, 마치 연극 대사를 읊듯 말을 내뱉으면서 내 목을 조르는 장면을 말이야. '엘리자베트, 널 가질 수 없다면 널 죽여 버리겠어.'"

"정말로 그가 널 목 졸라 죽일 뻔한 거야? 말로만 그랬으리라는 생각이 드는데."

"정말이라니까. 정말로 날 죽일 것처럼 보였다고."

짜증이 났다. 상황을 있는 그대로 말하면 사람들은 실제로 그렇지 않으리라고 생각했다. 그런데 일단 믿기 시작하면 실제로 벌어지지 않은 일까지 믿어 버리곤 했다. 엘리자베트는 자기 얼굴에 바짝 붙어 있던 흐릿한 두 눈동자, 자신의 입술을 향해 다가오던 퍼렇게 질린 그 입술을 다시금 떠올렸다.

"난 그에게 이렇게 말했어. '내 목을 졸라요. 하지만 키스는 안 돼요.' 그러자 그의 손이 재차 내 목을 조여 오더군."

"이런, 하마터면 치정 범죄가 일어날 뻔했군."

"아! 손을 풀긴 했어. 내가 '우습군요.'라고 말하니까 손을 풀더라고."

그 때문에 실망 비슷한 감정을 느꼈더랬다. 설령 그녀가 쓰러질 때까지 그가 계속 목을 졸랐더라도 진짜로 범죄가 일어나지는 않았으리라. 미숙함이 야기한 우발적 사고 수준에 그쳤을 테니까. 실제로 심각한 사건이 그녀에게 닥치는 일은 절대로, 절대로 벌어지지 않았다.

"반전론을 옹호하려고 그가 너를 죽이려 했다는 말이야?" 프랑수아즈가 물었다.

"우리가 살아가는 이 추악한 세계에서 벗어날 수 있는 유일한 길이란 전쟁뿐이라고 내가 말했거든. 그렇게 그의 화를 돋운 거지."

"나도 그 사람과 어느 정도 같은 생각이야. 병을 고치려다 외려 병을 악화시킬지도 모른다는 두려움이 들어서."

"어째서 그렇단 거야?"

엘리자베트는 어깨를 으쓱거렸다. 전쟁. 도대체 왜 이들은 전쟁을 이토록 무서워하는 것일까? 적어도 전쟁은 단단한 돌멩이 같지 않은가. 손에 쥐고 있어도 종이처럼 구겨질 일은 없으니까. 결국에는 실체를 지닌 무언가였다. 전쟁이 벌어지면 실제로 행동하기가 가능해질 터였다, 혁명을 준비하는 것이. 그녀는 만약을 대비해서 러시아어를 배우기 시작한 참이었다. 실력을 발휘할 수도 있었다. 그녀에게 있어서 지나치게 별 볼일 없는 것은 바로 상황일지도 몰랐다.

피에르가 다가왔다.

"진심으로 전쟁이 혁명으로 이어지리라고 확신하는 거야? 설사 그렇다 해도 그 때문에 치러야 할 대가가 너무 값비싸리라고는 생각 안 해?" 그가 물었다.

"과격한 성격이라서 저러는 거예요. 대의를 위해서 전 유럽을 화염과 피로 물들일지도 몰라요." 프랑수아즈는 다정하게 미소 지은 채 말했다.

엘리자베트는 조용히 웃었다.

"과격하다라……." 그녀는 천천히 이 말을 되뇌었다. 그 순간 그녀의 얼굴에서 웃음기가 싹 가셨다. 그들은 속아 넘어가지 않았음이 분명했다. 두 사람은 아는 것이었다, 그녀의 내면이 완전히 텅 비어 있음을. 말만 번지르르할 뿐, 그녀가 어떤 확신도 지니고 있지 않음을. 이 모든 말조차 거짓이자 꾸며 낸 것에 불과함을.

"과격하다니!" 그녀는 날카로운 웃음을 터뜨리면서 거듭 말했다.

"거참 독창적인 표현이군."

"왜 그러는 거야?" 곤란해하는 얼굴로 피에르가 물었다.

"아무것도 아니야."

이렇게 말하고 나서 그녀는 입을 다물었다. 너무 과했던 것이다. '내가 너무 과했다, 너무 과했어.' 그녀는 속으로 중얼거렸다. 이토록 과하게 반응하다니, 지금 스스로 느끼는 이 냉소적인 자기혐오 또한 결국 내가 일부러 만들어 낸 것은 아닐까? 혐오를 꾸며 내는 자신을 경멸하는 것마저 연기에 불과하지는 않을까? 경멸하는 자기를 의심하는 것까지도…… 모든 게 뒤죽박죽이다. 솔직해지기 시작하면 이렇게 더 이상 멈출 수 없게 되는 것일까?

"이별을 고해야겠구나. 집에 돌아갈 시간이야." 프랑수아즈가 말했다.

엘리자베트는 흠칫 놀랐다. 세 사람은 그 자리에 못 박힌 듯 서서 그녀와 마주 보았다. 상당히 불편해하는 눈치였다. 입을 다물고 있는 동안 그녀의 표정이 분명 이상했으리라.

"잘 가. 조만간 저녁때 극장에 들를게." 문 앞까지 그들을 배웅하면서 엘리자베트는 말했다.

작업실로 돌아온 그녀는 탁자로 다가가서 보드카로 잔을

채운 뒤 단숨에 들이켰다. 만약 내가 계속 웃었더라면? '나도 알아, 너희가 알고 있다는 걸 나도 안다고!' 하고 소리쳤더라면? 그들은 놀랐을지도 모른다. 그렇지만 그게 다 무슨 소용이라는 말인가? 울거나 반항해 본들 결국엔 한층 더 진을 빼는, 헛되기는 마찬가지인 또 다른 연극일 뿐이었다. 도무지 이 상태에서 벗어날 방도가 보이질 않았다. 이 세상, 아니 그녀의 마음속 그 어디에도 그녀를 위한 진실은 마련되어 있지 않았다.

그녀는 더러워진 접시와 빈 술잔 그리고 꽁초가 가득 찬 재떨이를 쳐다보았다. 저들이 늘 이기리라는 법은 없다. 그녀에겐 해야 할 뭔가가 있었다. 제르베르가 연루되어 있는 뭔가가 말이다. 그녀는 소파 가장자리에 걸터앉아, 그자비에르의 뽀얀 두 볼과 금발을, 그리고 그 애와 춤을 추면서 행복해하던 피에르의 미소를 떠올렸다. 모든 이미지들이 머릿속에서 난잡하게 뒤섞인 채 빙빙 돌았다. 하지만 내일이면 생각을 정리할 수 있을 터였다. 해야 할 뭔가가 있다, 진짜로 눈물이 쏟아질 만큼 진정성 있는 어떤 행동이. 그렇게 되면 순회공연이 무산되고, 클로드의 작품은 무대에 오르게 되겠지. 그러면······.

"취했나 보군." 그녀는 중얼거렸다.

잠을 자면서 내일을 기다리는 수밖에 없었다.

2장

"블랙커피 둘에 크림커피 하나 그리고 크루아상 좀 주시오."

주문을 마친 피에르가 그자비에르에게 미소 지으며 말했다.

"너무 피곤하진 않아?"

"재미있을 땐 전혀 피곤하지 않아요." 그자비에르가 말했다. 그녀는 분홍빛 작은 새우가 잔뜩 든 봉지와 커다란 바나나 두 개 그리고 싱싱한 아티초크 세 다발을 자기 앞에 놓아두었다. 엘리자베트 집에서 나온 뒤, 곧장 집으로 돌아가서 잠자리에 들고 싶어 하는 사람은 아무도 없었다. 세 사람은 몽토르게이 거리에서 양파수프를 먹은 다음 레알[1]을 돌아다녔다. 그자비

---

1) Les Halles. 1973년, 쇼핑센터와 공원으로 재개발되기 전까지, 프랑스 파리의 중앙 시장이었다.

에르는 무척 즐거워했다.

"이 시간대의 돔은 정말 마음에 들어." 프랑수아즈가 말했다.

카페는 거의 텅 비어 있었다. 푸른색 셔츠를 입은 남자가 바닥에 무릎을 대고 앉은 자세로, 비누칠한 타일을 문지르고 있었다. 비누 냄새가 사방으로 퍼져 나갔다. 종업원이 탁자 위에 주문한 음식을 내려놓는 동안, 이브닝드레스를 입은 키 큰 미국 여자는 종업원의 머리를 향해 종이 뭉치를 던져 댔다.

"저 여자, 적중률이 꽤나 좋군." 피에르가 웃으며 말했다.

"술에 취했는데도 대단하군요. 당장 시체가 되는 일 없이 만취할 수 있는 건 미국인뿐이에요." 그자비에르는 자신감 있는 목소리로 말했다.

그녀는 설탕 두 조각을 집은 뒤, 잔 위에서 잠시 가만히 들고 있다가 커피 속으로 떨어뜨렸다.

"이봐, 뭐 하는 거야? 그러면 마실 수가 없잖아." 피에르가 말했다.

"일부러 이러는 거예요. 중화시키려고요."

이렇게 말하면서 그자비에르는 꾸짖는 얼굴로 프랑수아즈와 피에르를 쳐다보았다.

"뭘 모르시는군요. 그대로 다 마시면 커피에 중독되고 만다고요."

"말은 그렇게 하면서 넌 우리한테 홍차를 잔뜩 먹이곤 하잖아. 홍차가 몸에 더 안 좋다고!"

"어머! 그래도 제겐 저만의 방식이 있다고요. 두 분은 커피가 우유라도 되는 양 그냥 들이켜시잖아요." 그자비에르가 고개를 저으며 말했다.

그녀는 진짜로 안정된 모습이었다. 머리카락에선 윤기가 흘렀고, 두 눈은 에나멜처럼 반짝였다. 검푸른빛에 둘러싸인 그녀의 맑은 홍채가 프랑수아즈의 눈에 들어왔다. 매번 새로움을 발견하게 하는 얼굴이었다. 아니, 그자비에르는 끊임없는 새로움 그 자체였다.

"저 사람들 말이 들려?" 피에르가 물었다.

창가 쪽에 자리 잡은 한 커플이 낮은 목소리로 속삭이고 있었다. 젊은 여자는 헤어네트로 감싼 자신의 검은색 머리카락을 교태 섞인 몸짓으로 쓰다듬고 있었다.

"이렇게 감싼 덕분에 단 한 번도 남들에게 내 머리카락을 보인 적이 없어요. 나만의 것인 셈이죠."

"그런데 왜 그래야 하죠?" 젊은 남자가 정열적인 목소리로 물었다.

"저런 여자들은 자기가 무슨 대단한 사람이라도 되는 양 꾸며 낼 수밖에 없는 거예요. 틀림없이 스스로를 너무나도 별 볼 일 없다고 느끼기 때문에 그러는 거죠." 그자비에르는 경멸하듯 입을 삐죽거리며 말했다.

"맞아. 저 여자가 머리칼을 아끼듯 엘로이는 순결을, 칸제티는 예술을 아끼지. 그 밖의 다른 것을 아무 데나 퍼 주는 건 그 때문이고." 프랑수아즈가 말했다.

그자비에르는 가볍게 미소 지었다. 프랑수아즈는 살짝 선망 어린 시선으로 그 미소를 바라보았다. 자신을 상당히 가치 있는 존재로 여기는 것 역시 능력임이 분명했다.

조금 전부터 피에르는 커피잔 바닥을 응시하고 있었다. 근육이 풀리고 눈을 게슴츠레하게 뜬 그의 표정에서는 고통으로 인한 둔함이 넘쳐 나고 있었다.

"아까부터 상태가 나아지질 않나 보군요?" 그자비에르가 물었다.

"네, 그래요. 불쌍한 피에르는 상태가 나아지질 않아요." 그가 대답했다.

세 사람은 이곳으로 택시를 타고 올 때부터 역할극을 시작한 터였다. 피에르가 즉흥적으로 장면을 만들어 내면 프랑수아즈는 늘 재미있어했다. 그러나 정작 자신은 보조 역할만을 맡았다.

"피에르는 불쌍하지 않아요. 피에르는 아주 건강한걸요." 그자비에르는 권위적이지만 부드러운 목소리로 말했다. 그녀는 피에르의 얼굴에다 자신의 위협적인 얼굴을 바짝 들이밀었다.

"괜찮은 거 맞죠?"

"네, 괜찮아요." 피에르가 황급히 대답했다.

"그렇다면 웃어 보세요."

피에르의 입술이 서로 딱 달라붙더니, 입꼬리는 귀에 닿을 듯 올라갔다. 더불어 눈빛이 불안스레 흔들렸고, 고문당하는 그의 얼굴에선 미소에 감싸인 경련이 일었다. 그가 자기 얼굴로 드러내 보이는 그 모든 것들이 놀라움을 자아냈다. 그 순간, 마치 용수철이 끊기듯 미소가 사라졌다. 그러고는 울음을 터뜨릴 것처럼 삐죽이 입을 내민 얼굴이 다시금 나타났다. 그자비에르는 웃음을 애써 참으면서 최면술사라도 된 양 근엄한 표정을 지은 채, 피에르의 얼굴 앞에서 아래위로 손을 움직였다. 그러자 다시 미소가 떠올랐다. 그리고 피에르가 의뭉스러운 얼굴을 하고 입 앞쪽으로 손가락을 위아래로 움직이자, 곧 미소가 걷혔다. 그자비에르는 눈물이 날 만큼 깔깔대며 웃기 시작했다.

"대체 어떻게 하신 거예요, 선생님?" 프랑수아즈가 물었다.

"저만의 방법이 있어요. 암시와 협박 그리고 논리적 설득을 동시에 사용하는 거죠." 그자비에르는 겸손한 표정으로 말했다.

"그래서 결과는 좋은가요?"

"감탄스러울 정도랍니다! 제가 처음 이 환자를 맡았을 때 상태가 어땠는지 보셨어야 해요."

"맞습니다. 언제나 처음 상태를 고려해야 하는 법이죠." 프랑수아즈가 말했다.

당장에 환자는 최면에 걸린 표정을 지어 보였다. 구유에 담긴 여물을 먹는 당나귀처럼, 그는 담뱃대에 든 담뱃잎을 게걸스럽게 씹어 댔다. 툭 튀어나올 듯 눈을 크게 뜬 채, 그는 진짜로 담뱃잎을 씹고 있었다.

"세상에나." 그자비에르가 끔찍하다는 듯 말했다.

그녀는 침착한 목소리로 말했다.

"잘 들으세요. 먹을 수 있는 것만 먹어야 합니다. 담뱃잎은 먹을 수 있는 게 아니에요. 그러니 담뱃잎을 먹는 건 잘못이지요."

그녀의 말을 얌전히 듣던 피에르가 담뱃대에 든 담뱃잎을 거듭 먹기 시작했다.

"맛있는걸요." 그는 뭔가에 홀린 듯한 표정으로 말했다.

"정신 분석을 시도해 봐야 해요. 혹시 어린 시절에 아버지한테 회초리로 맞은 건 아닐까요?" 프랑수아즈가 말했다.

"왜 그렇게 생각하시죠?" 그자비에르가 물었다.

"그때 얻어맞은 경험이 담뱃잎으로 옮겨 간 거죠. 저 사람은 매질을 잊기 위해 담뱃잎을 먹고 있는 겁니다. 한편 담뱃잎은 저 사람이 상징적 동일시에 입각해서 파괴하고자 하는 회초리이기도 하고요."

피에르의 얼굴은 위태위태해 보였다. 완전히 시뻘게진 데다, 두 볼이 부어오르고 양쪽 눈은 붉게 충혈되어 있었다.

"이젠 맛이 없어요." 성난 목소리로 그가 말했다.

"그걸 내려놓으세요." 이렇게 말하면서 그자비에르는 그에게서 담뱃대를 빼앗았다.

"안 돼요!" 피에르는 자신의 빈손을 바라보았다.

"이럴 수가, 안 돼, 안 된다고!" 그는 길게 흐느끼며 말했다. 그러더니 코를 훌쩍 거리면서 뺨 위로 갑자기 눈물을 쏟았다.

"아, 불행하군요!"

"무서우니까 그만하세요." 그자비에르가 말했다.

"아! 불행하다고요." 피에르는 화가 난 어린애의 얼굴을 하고, 뜨거운 눈물을 흘리며 울고 있었다.

"그만하세요." 그자비에르가 겁에 질린 표정으로 말했다. 피에르는 웃음을 터뜨리면서 눈물을 훔쳤다.

"어찌나 시적인 바보 같던지! 그런 얼굴을 한 바보라면 진심으로 사랑할 수 있을 것 같군요." 프랑수아즈가 말했다.

"기회가 전혀 없는 건 아니오." 피에르가 말했다.

"연극에선 바보 역할이 아예 없나요?" 그 자비에르가 물었다.

"끝내주는 역할을 하나 알고 있지. 바예인클란[2]의 작품에 나오는 역할인데, 말을 못 하는 인물이야."

"아쉽군요." 그 자비에르는 상냥한 얼굴로 빈정거리듯 말했다.

"엘리자베트가 또 클로드의 작품을 가지고 당신을 귀찮게 하던가요? 내년 겨울에 순회공연을 떠나리라고 핑계를 둘러대고 발뺌을 했으리라 짐작하긴 하는데." 프랑수아즈가 물었다.

"그렇소." 피에르가 생각에 잠긴 얼굴로 말했다. 그는 잔에 남은 커피를 숟가락으로 휘저었다.

"그런데 당신은 도대체 왜 그 계획을 그리도 내켜 하지 않는 거요? 난 영영 못 하게 될까 봐 겁이 나는구먼."

프랑수아즈는 돌연 기분이 나빠지려 했다. 하지만 그 기복이 너무나 미세했으므로 스스로도 놀라고 말았다. 마치 코카인 주사로 정신이 마비된 듯 머릿속 전체가 흐릿하고 멍했다.

"그렇지만 당신 작품을 아예 무대에 못 올릴 수도 있는 위험 역시 있는걸요."

"프랑스를 도통 떠날 수 없는 날이 오면, 그땐 아마도 공연을 다시 할 수 있을 거요." 피에르는 자신을 속이듯 대꾸하더니, 어깨를 으쓱이며 이렇게 말했다.

"게다가 내 작품이 그 자체로 목적이라 할 수는 없지 않소. 지금껏 우린 많은 일을 해 왔어. 당신은 조금 변화를 주고 싶

---

2) Ramón del Valle-Inclán(1866~1936). 스페인 98세대를 대표하는 극작가로, 당시 가장 급진적인 작품을 선뵈며 전통주의 연극을 타파하려고 애썼다. 현대 스페인 연극계에서 존경받는 인물 중 하나다.

지 않소?"

이제 막 목표에 닿은 순간이었다. 내년에 그녀는 자신의 소설을 완성할 예정이었고, 피에르는 지난 십 년 동안 이어 온 작업의 결실을 마침내 거둘 터였다. 일 년의 공백이 일종의 파탄을 의미함을 그녀는 잘 알고 있었다. 그러나 단지 무기력한 담담함에 젖어서 그 사실을 떠올릴 뿐이었다.

"아! 내가 개인적으로 여행을 얼마나 좋아하는지 당신도 잘 알잖아요." 그녀는 말했다.

애써 싸울 필요조차 없었다. 자신이 이미 패배했음을 그녀는 잘 알았다. 피에르가 아니라 그녀 자신에게 패배한 것이었다. 미미하게 남아 있던 반항심은 끝까지 맞서 싸울 수 있으리라는 희망을 품기엔 너무 무력했다.

"카이로시티 갑판에서 그리스 해안이 가까이 다가오는 광경을 바라보는 우리 세 사람의 모습을 상상해 보라고! 즐겁지 않소?" 피에르는 이렇게 말하면서 그자비에르에게 미소를 보냈다.

"멀리서는 아크로폴리스 신전이 완전히 자그마한 건축물로 보일 거야. 그러고는 우리를 아테네로 데려다줄 덜컹대는 택시를 잽싸게 잡아타겠지, 길이 정말 울퉁불퉁하거든."

"그러고 나선 자페이온 공원에서 저녁을 먹겠죠." 프랑수아즈가 말했다. 그녀는 신이 나서 그자비에르를 쳐다보았다.

"그자비에르는 구운 새우랑 양의 내장 그리고 송진 향기가 나는 포도주를 좋아할 거예요."

"물론이죠. 맛보고 싶어요. 적당히 만든 프랑스 음식들에

몹시 질렸거든요. 걸신들린 듯 먹어 치울 테니까 두고 보세요." 그자비에르가 말했다.

"거기에선 아무리 형편없는 요리라 해도 지난번에 네가 맛있게 먹었던 중국 식당의 요리 정도는 될 거야." 프랑수아즈가 말했다.

"나무랑 함석으로 지은 작은 가건물들이 들어선 동네에서 묵나요?" 그자비에르가 물었다.

"달리 어쩔 도리가 없잖아. 거기엔 호텔이 없거든. 이민자가 거주하는 지역에 불과하니까. 그래도 멋진 시간을 보내게 될 거야." 피에르가 말했다.

그자비에르와 함께 그 모든 걸 누린다면 재미있을 듯했다. 그녀의 시선은 가장 보잘것없는 대상조차 근사하게 변화시켜 놓을 것이었다. 방금 전에 레알의 싸구려 술집과 당근 더미, 거지 무리를 그녀에게 보여 주었을 때도 프랑수아즈는 그 모든 것을 처음 본 듯 낯선 인상을 받았더랬다. 프랑수아즈는 붉은 새우를 한 움큼 집어 들고 껍질을 벗기기 시작했다. 그자비에르의 눈으로 바라보면 피레아스의 북적거리는 부둣가도, 파란색 보트도, 때가 덕지덕지 낀 아이들도, 기름과 생선 굽는 냄새를 풍기는 선술집도 모두 이제껏 본 적 없는 화려한 모습을 드러낼 터였다. 그녀는 그자비에르와 피에르를 차례로 쳐다보았다. 그녀는 두 사람을 사랑하고 있었다. 두 사람은 서로를 사랑하고 있으며, 그녀 또한 사랑하고 있다. 지난 몇 주 동안 세 사람은 황홀한 마법에 빠진 채 살아가고 있었다. 지금 그들과 함께하는 이 순간이, 카페의 빈 의자를 비추는 새벽 햇살과 비누 향기가 나는 타일 그리고 신선한 해산물의 담백한 맛이 무척 소중하게 느껴졌다.

"베르제에게 그리스에서 찍은 멋진 사진들이 있어. 조금 있다가 좀 보여 달라고 해야겠군." 피에르가 말했다.

"맞다, 베르제 씨의 집에서 점심을 드시기로 하셨죠?" 그자비에르는 귀엽게 토라진 얼굴을 하고 말했다.

"폴만 만나는 자리였으면 너를 데려갔을 텐데 말이야. 폴과 달리 베르제는 곧장 딱딱하게 나올 게 뻔해서." 프랑수아즈가 말했다.

"단원들은 아테네에 남겨 두고 우리들끼리 펠로폰네소스반도를 일주하자고." 피에르가 말했다.

"노새를 타고 말이죠." 그자비에르가 말했다.

"노새를 타고 출발하는 거지." 피에르가 말했다.

"수많은 모험과 맞닥뜨리게 될 거야." 프랑수아즈가 말했다.

"예쁘장한 그리스 소녀를 데려오자고. 당신도 기억하지? 트리폴리에서 마주쳤던 그 소녀 말이오. 무척 가엾다고 생각했잖소."

"기억해요. 그 애가 그토록 황량한 사거리에서 평생 벗어나지 못하리라고 생각하니 어찌나 마음이 아리던지."

그자비에르가 얼굴을 구기면서 말했다.

"그러면 그 애를 여행하는 내내 데리고 다녀야 하잖아요. 상당히 거추장스러울 거예요."

"그럼 그 애를 먼저 파리로 보내면 되지." 프랑수아즈가 말했다.

"그렇지만 파리에서 또 만나게 되잖아요."

"하지만 참으로 매력적인 한 아이가 세상 어느 한 구석에서 옴짝달싹 못 하고 불행에 빠진 채 살아가고 있음을 알고 나면, 너도 그 애를 구하러 가자는 데 찬성하지 않을 수 없을 걸?" 프랑수아즈가 말했다.

"아닐걸요. 저하곤 아무 상관도 없는 일일 테니까요." 그자비에르가 고집스러운 얼굴로 말했다.

그녀는 피에르와 프랑수아즈를 쳐다보더니, 돌연 거칠게 말을 이어 갔다.

"우리 사이에 아무도 끼어들지 않았으면 좋겠어요."

어린아이가 할 법한 유치한 말이었지만, 프랑수아즈는 그 말이 어깨를 짓누르는 무거운 덮개처럼 느껴졌다. 이런 식으로 모든 걸 체념했으니 이제 자유롭다고 느낄 만도 했지만, 지난 몇 주 동안 자유를 맛본 적은 거의 없었다. 심지어 지금 이 순간에는 철저히 구속당한 느낌마저 들었다.

"네 말이 맞아. 우리 셋이서 할 일만 해도 이미 충분하니까. 우리 관계가 제법 균형을 이루었으니, 굳이 다른 사람에게 얽매일 필요는 없지. 지금 이 상태를 충분히 만끽해야 한다고." 피에르가 말했다.

"그래도 만약 셋 중에 어느 한 사람이 열정을 쏟을 만한 만남을 가진다면요? 아마 세 사람이 함께 공유할 만한 자산을 만들어 나갈 수 있을 거예요. 그런 식으로 제한을 두는 건 제법 유감스러운 일이라고요."

"하지만 이제 막 우리가 구축한 관계는 여전히 낯선 모습을 하고 있소, 우선은 이것에 긴 시간을 들일 필요가 있다고. 그러고 난 뒤에, 각자 모험을 감행할 수 있을 거야. 미국으로 떠나거나 중국 아이를 입양하거나, 물론 그렇게 되기까지는……족히 오 년은 걸릴 거요." 피에르가 말했다.

"맞아요." 그자비에르가 열정적으로 맞장구쳤다.

"이렇게 합시다, 협정을 맺는 거요. 오 년 동안 우리 모두 이 관계를 위해 전적으로 스스로를 헌신하기로 말이오."

피에르는 이렇게 말하면서 손을 펼치더니 탁자 위에 올려 놓았다.

"네가 이 짓을 싫어한다는 걸 깜빡 잊었네." 피에르가 웃으면서 말했다.

"싫어하긴요, 이건 협정이잖아요." 그자비에르가 엄숙히 말했다.

그녀는 피에르의 손 위에 자기 손을 포개어 놓았다.

"좋아요." 프랑수아즈 역시 손을 펼치면서 말했다. 오 년. 상당히 무겁게 느껴지는 말이었다. 이제껏 미래를 걸고 약속하기를 두려워한 적은 단 한 번도 없었다. 그런데 미래의 성격이 달라진 지금, 이제 미래는 더 이상 그녀 존재 전체의 자유로운 도약이 아니었다. 그렇다면 이제 미래란 무엇을 의미하는가? 피에르와 그자비에르, 그 둘과 떨어질 수 없게 되어 버렸으므로 '나의 미래'를 생각하기란 불가능했다. 심지어 그녀는 '우리의 미래'를 논할 수도 없는 처지였다. 두 사람 앞에 놓인 같은 목표와, 하나의 인생, 하나의 작품, 하나의 사랑을 계획하는 것. 피에르와 함께였을 때 '우리의 미래'는 이러한 의미를 지니고 있었다. 그런데 그 자비에르와 함께하면서 그건 무의미해지고 말았다. 그녀와 함께 살아가기란 불가능한 일이었다. 다만 그녀 옆에서 살아가는 것만이 가능할 뿐. 지난 몇 주 동안 달콤함을 느껴 왔음에도 불구하고, 이와 똑 닮은 몇 년의 세월이 계속되리라고 생각하니 프랑수아즈는 두려워졌다. 눈이 먼 상태로 어쩔 수 없이 그 윤곽을 따라가야만 하는 어두운 터널 속 같은, 낯설고 치명적인 시간이 펼쳐지고 있었다. 그건 진정한 미래라고 할 수 없었다. 형태 없는, 헐벗은 시간의 연장이었다.

"지금 같은 때에 계획을 세운다는 게 우습게 느껴지네요. 순간순간을 살아가는 데 너무나도 익숙해진 터라." 프랑수아즈가 말했다.

"하지만 당신은 전쟁이 일어나리라고 진지하게 믿은 적이 결코 없지 않소. 분위기가 가라앉을 테니, 지금 그 얘긴 꺼내지 말아요." 피에르는 이렇게 말하면서 미소 지었다.

"난 지금 상황이 긍정적으로 보이지 않아요. 미래가 완전히 가로막혔으니까." 프랑수아즈가 말했다.

이런 기분이 드는 까닭은 전쟁 때문이 아니었다. 하지만 아무래도 상관없었다. 모호하게나마 속내를 드러낼 수 있는 것만으로도 그녀는 이미 만족스러웠다. 고집스레 솔직하게 굴기를 그만둔 지 오래였다.

"우리가 내일을 기약할 수 없는 상태로 그럭저럭 살아가고 있음은 사실이오. 아마 대부분의 사람들 역시 그렇지 않을까 싶소. 가장 낙천적인 사람들조차 말이오." 피에르가 말했다.

"그 때문에 모든 게 황폐해졌죠. 상황이 아무 진전도 보이질 않으니." 프랑수아즈가 말했다.

"그런가? 난 그렇게 생각하지 않는데. 반대로 난 우리를 둘러싼 모든 위협이 소중하게 느껴지는걸." 피에르는 흥미로워하는 얼굴로 말했다.

"내겐 모든 것이 소용없게만 보이는걸요. 어떻게 말하면 좋을까. 예전엔 내가 착수한 모든 일에서 목적이 나를 붙들고 있다고 느꼈어요. 예컨대 소설을 쓸 때면, 그게 생명을 지닌 듯 자기를 써 달라고 요구하는 것 같았죠. 그런데 지금은 글을 쓴다는 게 마치 종이에다 그저 단어를 나열하는 일처럼 느껴져요."

그녀는 직접 살을 발라낸 작은 새우의 분홍색 껍질 조각을 손에서 떼어 냈다. 존엄한 머리카락을 지닌 그 여자는 이제 두 개의 빈 잔을 앞에 두고 혼자 앉아 있었다. 방금 전의 활기 찬 모습은 온데간데없이 멍하니 생각에 잠긴 듯한 얼굴로 입술에 루주를 바르고 있었다.

"자기만의 역사를 빼앗기는 사태가 벌어지고 있소. 하지만 그 덕분에 난 오히려 성숙해지고 있는 것 같아." 피에르가 말했다.

"당연히 그럴 테죠. 당신은 심지어 전쟁에서도 자양분을 찾아낼 수 있는 사람이니까." 프랑수아즈가 웃으며 말했다.

"아무리 그렇더라도 어떻게 그런 일이 일어나길 바랄 수 있죠? 어찌 됐든 스스로를 죽음으로 몰아넣고 싶어 할 만큼 사람들이 어리석진 않아요." 그자비에르가 불쑥 끼어들었다. 그녀의 얼굴엔 우월감이 묻어나고 있었다.

"전쟁은 사람들의 의견과 무관하게 일어나는 법이야." 프랑수아즈가 말했다.

"그래도 결국엔 사람이 결정하는 일이잖아요. 게다가 그들이 그 정도로 미치진 않았을 거 아니에요." 그자비에르는 적대적인 경멸감을 드러내며 말했다.

전쟁이나 정치에 관해 이야기할 때면 그녀는 그것을 아무짝에도 쓸데없다고 치부하면서 늘 짜증을 내곤 했다. 그럼에도 불구하고 프랑수아즈는 그녀의 공격적인 말투에 놀라고 말았다.

"미쳤기 때문이 아니라 그럴 수밖에 없기 때문에 그러는 거야. 사회는 이상한 기계 장치 같아서, 아무도 그걸 제어할 수 없거든." 피에르가 말했다.

"흥! 그 기계가 자기를 박살 내는데도 가만히 있는 이유를 도무지 모르겠어요."

"그들이 어쨌으면 좋겠는데?" 프랑수아즈가 물었다.

"양처럼 머리를 조아리진 않아야겠죠."

"그러면 정당에 들어갔어야지."

프랑수아즈의 말을 가로막으면서 그자비에르가 말했다.

"세상에! 저는 제 손을 더럽히고 싶진 않은걸요."

"그러면 넌 양이 되는 거야. 언제나 마찬가지라고. 사회적 방식을 통해서만 사회에 맞설 수 있는 거야." 피에르가 말했다.

"아무튼 제가 만약 남자라면, 징병하러 날 찾아와도 절대 따라나서지 않을 거예요." 그자비에르는 분노로 벌겋게 달아올라 있었다.

"그래도 소용없을걸. 헌병 둘에게 끌려가게 될 테니까. 그래도 네가 계속 고집을 피운다면 아마 너를 벽에다 세워 두고 총질을 해 댈 거라고." 프랑수아즈가 말했다.

그자비에르는 입을 살짝 삐죽거리며 말했다.

"죽는 게 그토록 두려우신가 보죠?"

이 정도로 심하게 억지를 부리는 모습을 보니 단단히 화가 났음이 분명했다. 프랑수아즈는 그자비에르의 독설이 유독 자신을 향하고 있다는 인상을 받았다. 자기가 무슨 잘못을 했는지 당최 알 수 없었다. 그녀는 괴로워하면서 그자비에르를 쳐다보았다. 도대체 어떤 독한 생각을 하고 있기에 애정으로 끓어오르던 저 향긋한 얼굴이 이다지도 갑자기 변해 버린 걸까? 부드러운 머리칼에 가려진 작고 고집스러운 얼굴 아래엔 악의로 가득 찬 독기가 퍼져 있었다. 그러나 프랑수아즈는 무방비 상태로 그것을 마주하고 있었다. 그자비에르를 사랑하기에, 이제 프랑수아즈에겐 그녀의 증오심을 버텨 낼 재간이 없었다.

"조금 전에 넌 스스로를 죽음으로 내모는 짓은 말도 안 되는 일이라고 했잖아." 프랑수아즈가 말했다.

"일부러 죽는다면 문제가 달라지죠."

"죽임을 당하지 않으려고 자살하는 건 일부러 죽는 게 아니야."

"아무튼 전 그러는 편이 더 좋아요." 그자비에르가 말했다. 그러고는 멍하니 지친 얼굴로 이렇게 덧붙였다.

"게다가 다른 방법도 있다고요. 언제든 탈영할 수 있으니까요."

"그러는 게 쉽지 않다는 걸 너도 알잖아." 피에르가 말했다.

그자비에르의 눈초리가 부드러워졌다. 그녀는 피에르를 향해 애교 섞인 미소를 지어 보였다.

"탈영이 가능한 상황이라면 그렇게 하실 건가요?"

"수천 가지 이유로 탈영하지 않겠어. 무엇보다 탈영을 하는 순간, 프랑스로 돌아올 생각을 영원히 단념해야 한다고. 이곳엔 내 극장과 내 관객이 있어. 또한 내 작품이 의미를 지니고, 세상에 흔적을 남길 기회를 잡을 수 있는 곳 또한 바로 이곳이라고."

그자비에르는 한숨을 내쉬었다.

"그렇네요. 선생님께선 온갖 낡은 고철들을 끌고 다니시니까요." 그녀는 슬픔과 실망감에 젖은 얼굴로 말했다.

프랑수아즈는 흠칫하고 놀랐다. 그자비에르의 말에는 항상 이중의 의미가 담겨 있었다. 나 역시 낡은 고철들 중 하나로 여기는 것일까? 피에르가 나에 대한 애정을 간직하고 있다는 이유로 그를 비난하고 있는 것일까? 자신이 둘 사이에 끼어들면 그자비에르는 갑자기 입을 다물곤 했다. 또 프랑수아즈가 피에르와 조금이라도 길게 얘기를 나누려 하면, 그자비에르는 뚱하니 우울한 표정을 지었다. 그 같은 모습을 몇 번이나 목격했더랬다. 그간 무심코 넘겨 왔지만, 오늘은 분명히 알아볼 수 있었다. 그자비에르는 어쩌면 피에르가 자유로운 상태에서, 오직 자신만을 마주하고 있다고 느끼기를 원하는지도 몰랐다.

"그런 낡은 고철들이 모두 나 자신이라고. 그 사람이 느끼고 사랑하는 것은 그가 직접 쌓아 올린 인생과 구분되지 않는 법이니까."

그자비에르가 눈을 반짝였다.

"흥! 전 제가 원하는 때에 어디든지 갈 수 있는걸요." 그녀는 살짝 연기를 하듯 몸을 떨면서 말했다. 그러더니 격한 어조로 이렇게 말을 끝마쳤다.

"국가니, 직업이니 하는 데에 절대로 종속되어선 안 돼요. 사람은 물론이거니와 그 무엇에도 말이죠."

"넌 행하는 것과 존재하는 것이 무엇인지 전혀 이해하지 못하고 있어. 그 둘은 완전히 같은 거라고." 피에르가 말했다.

"사람마다 달라요."

이렇게 말하는 그자비에르의 얼굴에는 늘 보아 온 그 도전적인 미소가 담겨 있었다. 그녀는 아무것도 하지 않았고, 그런 그녀가 바로 그자비에르였다. 그녀는 흔들림 없이, 꿋꿋하게 그런 여자로 존재하고 있었다.

잠시 침묵이 흐르고, 마침내 그자비에르가 비아냥거리듯 공손한 태도로 말했다.

"물론 이 문제는 선생님께서 저보다 더 잘 알고 계시겠죠."

"그래도 넌 약간의 좋은 판단력이 다른 모든 지식보다 더 가치가 있다고 생각하는 거지? 그런데 왜 갑자기 우리를 미워하게 된 거야?" 피에르가 쾌활하게 물었다.

"제가 두 분을 미워한다고요?" 그자비에르가 되물었다.

그녀는 결백하다는 듯 두 눈을 크게 떴지만, 입만은 여전히 비죽거리고 있었다.

"그랬다면 제가 미친 거겠죠."

"재미있는 계획을 짜던 중에 우리가 지루한 전쟁 이야기를 계속하니까 짜증이 난 거지?"

"두 분에겐 하고 싶은 이야기를 할 권리가 있는걸요."

"넌 우리가 쓸데없이 세상을 비참하게 만들기를 즐긴다고 여기겠지. 하지만 단언하건대, 그렇지 않아. 현재의 상황을 살펴볼 필요가 있다고. 정세의 흐름이란 우리 모두에게 중요한 문제거든."

"저도 잘 알아요. 그렇지만 말을 한들 무슨 소용이 있겠어요?" 그자비에르는 조금 혼란스러운 얼굴을 하고서 말했다.

"만일의 경우에 대비하는 데는 도움이 돼. 부르주아 특유의 신중함 때문에 이러는 게 아니야. 세상에 짓눌리는 일이 정말로 끔찍하다면, 또 양이 되고 싶지 않다면, 네가 처한 상황을 명확하게 파악하는 데에서부터 새로 시작하는 것밖에는 다른 방도가 없어." 피에르는 웃으면서 말했다.

"그래도 전 도무지 이해가 되질 않아요." 그자비에르는 탄식 섞인 목소리로 말했다.

"하루 만에 이해할 순 없는 노릇이지. 우선은 신문을 읽어야겠군."

그자비에르는 두 손으로 관자놀이를 눌렀다.

"이런! 신문을 읽는 건 너무나도 지루해요! 게다가 어떤 관점에서 내용을 받아들여야 할지도 모르겠고요."

"그렇긴 하지. 이미 정세를 파악한 상태가 아니라면 손가락 사이로 흘러 사라질 테니까." 프랑수아즈가 말했다.

프랑수아즈는 여전히 괴로움과 분노 탓에 가슴을 옥죄고 있었다. 그자비에르가 자신이 낄 수 없는 어른들 사이의 대화를 싫어하는 건 순전히 질투심 때문이었다. 그러나 지금의 사태는 피에르가 잠시라도 자기에게 관심을 보이지 않으면 그녀가 못 견뎌 하기 때문에 벌어진 것이었다.

　"내가 뭘 해야 할지 알겠군. 하루 날을 잡아서 네게 정세가 어떤지 대략적으로 설명해 줄게. 그 뒤엔 정기적으로 정보를 알려 주고 말이야. 그다지 복잡한 문제는 아니거든." 피에르가 말했다.

　"그게 좋겠네요." 그자비에르는 신이 나서 말했다. 그러더니 프랑수아즈와 피에르 쪽으로 몸을 기울이면서 이렇게 말했다.

　"엘로이를 보셨어요? 입구 쪽 자리에 앉아 있어요. 두 분이 지나가다가 몇 마디 건네리라는 희망을 품고서 말이죠."

　엘로이는 크루아상을 크림커피에 적시고 있었다. 화장기 없는 얼굴이었다. 소심하면서도 쓸쓸해 보이는 모습이 그리 나쁘진 않았다.

　"모르는 사람이 보면 호감이 가는 여자라고 생각하겠군." 프랑수아즈가 말했다.

　"두 분을 만나려고 점심을 핑계로 일부러 여기 왔음이 분명해요."

　"저 애라면 충분히 그럴 수 있지." 피에르가 대꾸했다.

　카페는 사람들로 다소 붐비고 있었다. 옆자리에선 한 여자가 쫓기는 듯한 얼굴로 계산대 쪽을 흘끔거리며 편지를 쓰고 있었다. 종업원 눈에 띄어서 무언가를 주문해야 할까 봐 걱정하는 눈치였다. 한편 창가 쪽에 앉은 남자가 탁자를 여러 차례 두드렸음에도 종업원은 모습을 드러내지 않았다.

피에르는 벽시계를 쳐다보았다.

"그만 돌아가야겠어. 베르제 집으로 점심을 먹으러 가기 전까지 해야 할 일이 산더미처럼 쌓여 있거든."

"이제 막 분위기가 좋아졌는데 가셔야 하다니." 그자비에르가 힐난조로 말했다.

"분위기는 전반적으로 좋지 않았나? 오 분 정도 분위기가 나빴다 한들 끝내주는 밤이었으니, 뭐 그리 대수겠어?" 피에르가 말했다.

그자비에르는 속내를 알 수 없는 미소를 지어 보였다. 세 사람은 멀리서 엘로이에게 눈인사를 건네곤 돔에서 나왔다. 베르제 집으로 점심을 먹으러 가는 일이 프랑수아즈는 썩 내키지 않았다. 그래도 아주 잠시나마 그자비에르 없이 피에르와 단둘이 있을 수 있음에 그녀는 만족했다. 다른 세상으로 잠깐 도피하는 것이나 마찬가지였다. 점점 더 강하게 자신을 옭아매는 삼각관계로 말미암아 숨 막히기 시작했던 것이다.

그자비에르는 선뜻 두 사람과 팔짱을 끼었다. 그러나 여전히 기분이 좋아 보이진 않았다. 세 사람은 아무 말 없이 교차로를 건너 호텔에 도착했다. 프랑수아즈의 우편함 속에 속달로 온 편지 한 통이 들어 있었다.

"폴의 글씨체처럼 보이네." 이렇게 말하면서 프랑수아즈는 봉투를 뜯었다.

"점심 모임을 취소하는 대신에 오후 4시에 저녁을 먹으러 오라는군요."

"아! 정말 잘됐어요!" 그자비에르가 두 눈을 반짝이면서 말했다.

"그러게, 운이 좋군." 피에르가 말했다.

프랑수아즈는 아무 말도 하지 않았다. 그녀는 손가락으로 편지지를 뒤집어 보았다. 그자비에르 앞에서 봉투를 뜯지 않았더라면 약속이 취소됐다는 편지 내용을 숨긴 채 피에르와 단둘이 오후를 보낼 수 있었을지도 몰랐다. 하지만 지금으로선 어쩔 도리가 없었다.

"방에 올라가서 조금 쉰 뒤에 돔에서 다시 만나기로 하죠." 그녀가 말했다.

"토요일이니 벼룩시장에 가는 게 어떻소? 점심은 파란색 간이식당에서 먹고." 피에르가 말했다.

"좋아요, 정말 재미있을 거예요, 그렇죠? 이렇게 운이 좋을 수가!" 흥분한 그자비에르가 재차 말했다.

그녀가 드러내는 기쁨에는 경박스러울 정도로 집요한 구석이 있었다.

세 사람은 계단을 올랐다. 그자비에르는 자기 방에 갔고, 피에르는 프랑수아즈를 따라 그녀의 방으로 들어갔다.

"많이 졸리진 않소?" 그가 물었다.

"아뇨. 이 정도 산책이라면 밤새 걸어도 그다지 피곤하지 않아요." 그녀가 대답했다.

프랑수아즈는 화장을 지우기 시작했다. 찬물에 얼굴을 담그면 피로가 완전히 풀릴 듯했다.

"날씨가 좋군. 재미있는 하루를 보낼 수 있을 거야."

"그 자비에르가 상냥하게 굴기만 한다면요."

"그럴 거요. 우리랑 금방 헤어지게 되리라고 생각할 때에만 우울해하니까."

"그 때문만은 아니에요."

그녀는 잠시 말을 멈췄다. 자기가 악의적으로 험담을 한다고, 피에르가 생각할까 봐 겁이 났던 것이다.

"내 생각에 그 애가 화를 낸 이유는 오 분 동안 우리 둘이서만 대화를 나눴기 때문이에요."

그녀는 다시 한 번 뜸을 들였다.

"난 그 애가 조금은 질투한다고 생각해요."

"질투심이 지독히도 많은 아이야. 당신은 그걸 이제야 눈치챈 거요?"

"내가 잘못 생각하고 있을지도 모른다고 생각했어요."

자신이 속으로 사력을 다해 맞서는 감정들을 피에르가 우호적으로 받아들이는 모습을 볼 때마다 그녀는 늘 충격을 받았다.

"그 앤 나를 질투하고 있어요." 그녀는 말했다.

"그 앤 모든 것에 질투심을 느껴요. 엘로이, 베르제, 극장, 정치, 그 모든 것에 말이오. 우리가 전쟁에 대해 얘기하자 자신을 배신했다고 느낀 거요. 우리가 오로지 자기만을 염려해야 한다고 생각하는 거야."

"오늘 그 애가 원망의 대상으로 삼은 건 나예요."

"맞소. 당신이 미래에 대한 우리 계획에 선뜻 동의하지 않았기 때문이오. 그 애가 당신을 질투하는 까닭은 비단 나 때문만이 아니라, 바로 당신 때문이기도 하다는 말이지."

"나도 잘 알아요."

피에르가 마음의 무게를 덜어 주려고 이런 말을 했다면 실수한 셈이었다. 답답함이 점점 더 강해지고 있었기 때문이다.

"그래서 더 괴롭다고요. 상호성이 결여된 사랑을 하고 있다는 기분이 들거든요. 내 뜻과 무관하게, 나를 위하는 게 아닌 사랑을 받고 있는 기분이에요."

"그게 그 애가 사랑하는 방식인 거요."

그는 이런 식의 사랑에 놀랍도록 쉽게 적응한 상태였다. 심지어 그자비에르에게서 승리를 얻어 냈다고 생각하는 모양이었다. 그와 반대로, 프랑수아즈는 정열적이면서도 우울한 마음에 휘둘리는 상황이 괴롭기만 했다. 그자비에르가 그녀에게 품고 있는 변덕스러운 감정을 통해서만 그녀는 실재하고 있었다. 그 마녀는 그녀의 이미지를 손에 움켜쥐고, 자기 마음대로 그녀를 조종하고 있었다. 지금 이 순간, 프랑수아즈는 불청객이자 보잘것없고, 감정이 메말라 버린 영혼으로 존재할 뿐이었다. 스스로에 대한 어떤 긍정성을 되찾기 위해서는 언젠가 그자비에르가 보내 줄 미소를 기다려야만 하는 처지였다.

"그 애 기분이 어떨지는 두고 보면 알겠죠." 그녀가 말했다.

낯설면서도 반항적인 의식에게 자신의 행복뿐 아니라, 자기 존재마저 이토록 내맡긴 현재의 상황이 진심으로 불안하기만 했다.

프랑수아즈는 아무런 감흥 없이 두꺼운 초콜릿 과자 조각을 베어 물었지만 좀체 목구멍으로 넘길 수 없었다. 피에르가 원망스러웠다. 밤을 새고 지친 그자비에르가 일찌감치 잠자리에 들었으리라는 사실을 그는 뻔히 알고 있을 터였다. 또 아침의 불화 이후로 프랑수아즈가 한동안 그녀와 단둘이 있고 싶어 하리라는 점을 알아차릴 법도 했다. 프랑수아즈가 병석에서 벗어났을 때, 두 사람 사이엔 굳은 합의가 있었더랬다. 이틀에 하루는 7시부터 자정까지 그녀가 그자비에르와 함께 외출하고, 다른 날 2시부터 7시까지는 피에르가 그 애를 만나기로 말이다. 그 밖의 시간은 각자 자유롭게 보내기로 했지만, 그자비에르와 단둘이 만나는 것만큼은 금하기로 했다. 적어도 프랑수아즈는 이 약속을 철저하게 지키고 있었다. 하지만 피에르는 훨씬 자기 마음대로 굴었다. 오늘 밤만 하더라도 그는 한탄과 농담이 섞인 말투로, 극장에 가기 전에 자기를 다시 만나 달라고 부탁하면서 엄살을 부렸던 것이다. 그는 조금도 미안해하지 않는 듯했다. 높은 의자에 그자비에르와 나란히 앉아서 그녀에게 랭보의 생애에 대해 신나게 떠들어 대는 모습으로 보아서는 그렇게 생각할 수밖에 없었다. 이 얘기를 들려주기 시작한 때는 벼룩시장에 당도했을 무렵이었지만, 본론에서 자꾸만 벗어나는 탓에 랭보는 여태 베를렌을 만나지조차 못한 상태였다.[3] 말로는 랭보에 대해 묘사하고 있었지만,

---

3) 모두 19세기 프랑스의 시인으로 혁신적인 작품을 다수 발표했다. 또 랭보와 베를렌은 연인 관계를 맺으며 숱한 스캔들을 일으킨 것으로 유명하다.

피에르의 목소리에선 은밀히 무언가를 암시하는 듯한 어조가 잔뜩 묻어나고 있었다. 그자비에르는 그런 그에게 매혹당한 듯, 다소곳하게 피에르를 응시하고 있었다. 두 사람 사이에 성관계는 거의 없다시피 했지만, 몇 차례의 입맞춤과 가벼운 애무 끝에 관능적 교감을 이룬 상태였다. 서로를 조심히 대하는 두 사람의 태도 아래로 그러한 교감이 드러났다. 프랑수아즈는 눈길을 돌렸다. 평소에는 그녀 역시 피에르의 이야기를 듣는 일을 좋아했다. 그러나 오늘 밤에는 그의 변화무쌍한 목소리나 그가 들려주는 재미있는 장면들이, 심지어 예상을 뛰어넘는 전개마저 전혀 마음에 와닿지 않았다. 다만 사무치도록 그가 원망스러울 뿐이었다. 그는 거의 매일같이 프랑수아즈에게 정성껏 설명해 주었다. 그자비에르가 자기만큼이나 프랑수아즈를 좋아한다고 말이다. 그렇지만 여자들의 우정은 그다지 대수롭지 않다는 듯 처신하곤 했다. 단연코 그가 우위를 점하고 있었다. 하지만 그의 경솔한 처사까지 정당화되는 것은 아니었다. 당연히 그의 부탁을 거절하기란 상상할 수도 없는 일이었다. 만약 그랬다면 그는 물론이고, 어쩌면 그자비에르까지 화를 내며 난리를 피울지도 몰랐다. 그렇다고 해서 그의 합석을 흔쾌히 허락하면, 그녀가 그자비에르를 소홀히 여기는 듯 비칠 터였다. 프랑수아즈는 카운터 뒤에 위치한, 벽의 윗부분을 전부 차지한 거울을 흘깃 쳐다보았다. 그자비에르는 피에르에게 미소 짓고 있었다. 피에르가 자기를 독차지하길 바란다는 점에 흡족해하고 있음이 분명했다. 하지만 그것이 이자리에 피에르를 불러낸 프랑수아즈를 원망하지 않을 이유는 못 되었다.

"아! 베를렌 부인의 얼굴이 눈에 선하네요." 그자비에르가 웃음을 터뜨리면서 말했다.

프랑수아즈는 비참함에 마음이 더욱 옥죄는 기분이었다. 그자비에르는 여전히 나를 미워하고 있을까? 오후 내내 정답게 굴었지만 단지 겉으로만 그럴 따름이었다. 날씨가 좋았던 데다 벼룩시장을 구경하는 일이 재미있어서 그랬을 뿐, 별다른 의미는 없었다.

'저 애가 날 미워한다고 해서 내가 뭘 할 수 있단 말인가?' 프랑수아즈는 생각했다.

잔을 입으로 가져가던 그녀는 자신이 손을 떨고 있음을 깨달았다. 하루 종일 커피를 너무 많이 마신 데다, 초조함에 안절부절못하는 것이었다. 그렇지만 그녀가 할 수 있는 일이란 아무것도 없었다. 저 고집 센 영혼, 또 그것을 보호하는 살로 이루어진 저 아름다운 육체에 그녀는 아무런 영향도 끼칠 수 없었다. 남자의 손길만을 허락하는, 그러나 프랑수아즈 앞에서는 마치 견고한 갑옷처럼 버티고 서 있을 뿐인, 따뜻하고 부드러운 몸이었다. 그녀가 할 수 있는 일은, 그저 가만히 앉아서 무죄 혹은 유죄 판결이 떨어지길 기다리는 것밖에는 없었다. 열 시간째 그녀는 그렇게 기다리는 중이었다.

'구차하다.' 문득 그녀는 생각했다.

온종일 그자비에르가 눈살을 찌푸리는지, 그녀의 억양이 어떤지를 살피고 있었던 것이다. 지금 이 순간에도 비참할 정도로 불안에 사로잡혀 있었다. 피에르로부터, 그리고 거울에 비친 즐거운 분위기로부터, 심지어 자기 자신으로부터도 소외되어 있었다.

'저 애가 나를 미워한다고 한들 뭐가 대수라는 말인가?' 그녀는 반항심에 붙들린 채 생각했다. 접시에 놓인 치즈케이크를 똑바로 바라보듯, 그자비에르의 증오를 정면으로 응시할 수는 없을까? 곱고 밝은 노란빛에, 분홍색 자운영 장식이 달린 케이크였다. 갓난아이 냄새와 마찬가지로 시큼한 맛이 난다는 걸 몰랐다면 먹고 싶었을지도 모른다. 저 작고 둥근 머리가 세상에서 더 큰 자리를 차지하는 건 아니었다. 그저 시선 속에 가둬 둘 수도 있으리라. 거기서 소용돌이치며 뿜어져 나오는 증오의 기운을 저 머릿속에 도로 집어넣을 수만 있다면, 프랑수아즈의 뜻대로 붙들어 놓을 수 있을지도 몰랐다. 말 한 마디만으로도 저 증오는 굉음을 내며 와해될 테고, 그자비에르의 몸속에서 피어오르는 한 줄기 연기로 변하게 되리라. 케이크의 노란색 크림 아래 감춰진 그 맛만큼이나 아무런 해도 끼치지 못하는 연기로 말이다. 증오는 스스로가 실재한다고 느끼겠지만, 설령 그렇더라도 달라지는 건 거의 없으리라. 분노의 소용돌이를 그리며 헛되이 몸부림치는 게 전부일 테니까. 결국 남들은 하늘의 구름처럼 잠잠해진 미약한 기류가 저 무기력한 얼굴 위를 돌연 스쳐 지나가는 광경을 보게 될 터였다.

'그것은 저 애의 머릿속에만 존재하는 관념에 불과하다.' 프랑수아즈는 속으로 말했다.

그 순간, 이 말이 효력을 발휘한 듯했다. 금발로 뒤덮인 저 두개골 밑에는 연이어 무질서하게 지나가는 시시한 장식화만

이 들어 있을 뿐, 눈길을 거두면 그것들을 볼 일은 이제 없을 것이었다.

"이런, 가야겠군! 늦고 말았어." 피에르가 말했다.

그는 의자에서 뛰어내리며 트렌치코트를 걸쳤다. 늙은이 같은 포근한 목도리를 두르지 않으니, 그의 모습은 무척이나 젊고 활기차 보였다. 프랑수아즈는 그를 향해 애정이 샘솟고 있음을 느꼈지만, 그건 그를 향한 원망만큼이나 그녀 혼자만의 감정이었다. 그는 미소를 지었지만, 그 미소는 그녀 마음의 움직임과 섞이는 일 없이, 연신 그녀 앞에 놓여 있을 따름이었다.

"내일 아침 10시에 돔에서 봅시다." 피에르가 말했다.

"알겠어요. 내일 아침에 만나요." 프랑수아즈가 대답했다. 그녀는 무심한 태도로 그와 악수를 나누었다. 그러고 나서 그녀는 그의 손이 그자비에르의 손을 잡는 장면을 보았다. 그자비에르의 미소를 통해, 그녀는 손가락을 마주 잡는 저 행동이 애무에 해당함을 깨달았다.

피에르의 모습이 멀어지자 그자비에르는 프랑수아즈를 향해 몸을 돌렸다. 머릿속에만 존재하는 관념…… 말로 얘기하기는 쉬웠다. 그러나 프랑수아즈는 이제 자신의 말을 믿지 않았다. 속임수에 불과했기 때문이다. 주문이란 마음속에서 우러나와야 하는데, 그녀 마음은 완전히 마비되어 있었다. 사악한 기운을 머금은 안개가 세상 곳곳에 드리운 채 소리와 빛을 오염시키고 있었다. 그리고 그것은 프랑수아즈의 뼛속까지 스며들었다. 안개가 저절로 사라지기만을 기다릴 수밖에 없었다. 구차하게 기다리고 기회를 엿보면서 괴로워해야만 했다.

"우린 뭘 할까?" 그녀가 물었다.

"선생님이 원하는 걸 해요." 그자비에르는 상냥하게 웃으면서 대답했다.

"산책하러 갈까? 아니면 어디 가고 싶은 곳이 있어?"

그자비에르는 대답하길 망설였다. 머릿속에 이미 정해 둔 장소가 있는 눈치였다.

"흑인 댄스홀에 가 보면 어때요?" 그녀가 말했다.

"좋은 생각이네. 거기에 발을 들인 지 한참 됐잖아."

식당에서 나온 프랑수아즈는 그자비에르와 팔짱을 꼈다. 그자비에르의 제안이란 결국 화려한 외출이었다. 프랑수아즈에게 특별히 애정을 표하겠노라 마음먹었을 때, 그자비에르는 벌써 그녀로 하여금 춤을 추게 하겠다고 선뜻 결정해 버린 것이었다. 아니면 단순히 자기가 즐기고 싶어서 흑인 댄스홀을 원했을지도 몰랐다.

"조금 걸을까?" 프랑수아즈가 말했다.

"좋아요. 몽파르나스 대로를 따라 걸어요."

그자비에르는 팔을 빼내면서 이렇게 해명했다.

"제가 선생님한테 팔을 끼는 게 더 좋겠어요."

프랑수아즈는 순순히 그녀가 하자는 대로 따랐다. 그자비에르의 손가락이 자신의 손가락을 더듬자 그녀는 그 손가락을 살며시 쥐었다. 그자비에르는 애정 어린 신뢰감에 젖어 부드러운 재질의 여성용 장갑 속에 든 자신의 손을 그녀의 손에 가만히 내맡겼다. 프랑수아즈의 내면에서 행복의 여명이 솟아올랐다. 하지만 이 행복을 진짜로 믿어야 할지, 여전히 알 수 없었다.

"보세요, 저번에 봤던 그 갈색 머리 미녀가 레슬링 선수랑 같이 있어요." 그자비에르가 말했다.

두 사람은 손을 맞잡고 있었다. 넓은 어깨 위에 놓인 레슬링 선수의 머리는 아주 자그마해 보였다. 여자는 이를 다 드러낸 채 활짝 웃고 있었다.

"저곳이 집같이 느껴지기 시작했어요." 그자비에르는 돔의 테라스를 흡족해하는 눈길로 쳐다보면서 말했다.

"저기서 많은 시간을 보냈으니까." 프랑수아즈가 대꾸했다.

그자비에르가 작게 한숨을 내쉬었다.

"아! 성당을 둘러싼 루앙의 오래된 거리들과 그곳에서 보낸 저녁 시간을 떠올릴 때면 마음이 아파요!"

"막상 거기 있을 때는 그리 좋아하지 않았잖아."

"무척이나 서정적인 곳이었죠."

"가족을 만나러 돌아갈 작정이야?"

"물론이죠. 이번 여름에는 꼭 가 보려고요."

그녀의 숙모는 매주 편지를 보내오고 있었다. 마침내 그녀의 가족은 기대했던 것보다 훨씬 더 긍정적으로 상황을 받아들이고 있었다.

그자비에르가 갑작스레 입꼬리를 내리더니 중년 여인처럼 지친 표정을 지었다.

"그때는 사는 법을 알았었는데. 상황을 느낄 수 있어서 얼마나 좋았는지 몰라요."

그자비에르의 그리움에는 늘 어느 정도의 원망이 잠재되어 있었으므로 프랑수아즈는 방어 태세에 돌입했다.

"예전엔 시들시들하다면서 불평했던 걸로 기억하는데." 프랑수아즈가 말했다.

"그때는 지금 같지 않았어요." 그자비에르가 희미한 목소리로 말했다.

그녀는 고개를 떨군 채 중얼거렸다.

"지금의 전 감각이 무뎌졌다고요."

그자비에르는 프랑수아즈에게 대답할 겨를조차 주지 않고 돌연 밝은 얼굴로 그녀의 팔을 끌어안았다.

"저기 있는 예쁜 캐러멜 하나만 사 주시면 안 돼요?" 그녀는 이렇게 말하더니, 세례식 때에 받는 선물 상자처럼 분홍빛으로 반짝이는 상점 앞에서 걸음을 멈추었다.

진열창 안쪽에서는 나무로 만들어진 커다란 쟁반이 느릿한 속도로 제자리를 맴돌고 있었다. 그 위에서 크림으로 속을 채운 대추야자와 설탕에 절인 호두 그리고 초콜렛 과자가 유혹당한 시선 앞에 아름다운 자태를 드러내고 있었다.

"뭘 좀 사 주세요." 그자비에르가 재촉하는 투로 말했다.

"화려하고 멋진 저녁을 보내려면 지난번처럼 구역질이 나선 안 되는데." 프랑수아즈가 말했다.

"아이참! 한두 개만 먹을 거니까 괜찮아요." 그자비에르가 말했다.

그녀는 웃고 있었다.

"이 상점은 정말 예쁜 색깔로 장식되어 있네요. 마치 만화 영화 속으로 들어가는 듯해요."

프랑수아즈는 가게 문을 밀었다.

"특별히 원하는 건 없어?"

"로쿰⁴⁾이 먹고 싶어요."

그자비에르는 신이 난 얼굴로 과자들을 살펴보았다.

"이것도 사면 안 될까요? 이름이 너무 예쁘잖아요." 비단 종이에 싸여 있는, 엿기름에 졸인 가느다란 과자를 가리키면서 그녀가 말했다.

"캐러멜 두 개랑 로쿰 하나, 그리고 두아드페⁵⁾ 100그램 주세요." 프랑수아즈가 말했다.

여자 점원이 볼록한 무늬가 새겨진 종이 봉지 안에 과자를 담았다. 홈에 끼워진 분홍색 끈으로 입구를 조일 수 있는 봉지였다.

"저라면 저 봉지 때문에라도 과자를 살 것 같아요." 그자비에르는 이렇게 말하고 나서 자랑스럽다는 듯 다음과 같이 덧붙였다.

"꼭 엽낭 같잖아요. 전 이미 여섯 개나 가지고 있는걸요."

그녀는 프랑수아즈에게 캐러멜 하나를 건넨 뒤, 자신도 작은 젤리 조각을 베어 물었다.

"단것을 나눠 먹는 할머니들 같아서 쑥스럽군."

"우리도 여든 살이 되면 종종걸음으로 과자점까지 겨우 걸어가서 두 시간 동안 진열창을 마주한 채, 로쿰 향이 어쩌고

---

4) 터키와 그리스식 전통 젤리.

5) '요정의 손가락'라는 뜻을 지닌 과자로, 가느다란 막대 모양의 과자다.

저쩌고하며 떠들어 대겠죠. 입술에 침을 살짝 묻히고서 말이에요. 동네 사람들은 우리를 손가락질할 테고요."

"또 고개를 절레절레 저으면서 '캐러멜이 예전만 못하군!' 하며 구시렁대겠지. 지금보다 더 종종대는 일은 아마 없을 테지만."

두 사람은 서로를 바라보며 웃었다. 그들은 한가로이 대로를 거닐 때면, 보통 팔십 대 노인의 걸음걸이를 취했던 것이다.

"모자를 구경해도 괜찮을까요?" 그자비에르가 여성용 모자 가게 앞에 멈춰 선 채 말했다.

"혹시 하나 사고 싶은 거야?"

그자비에르가 웃음을 터뜨렸다.

"모자를 싫어하는 건 아니지만 제 얼굴에는 도통 어울리지가 않아서요. 제가 아니라 선생님한테 어울리는 모자가 있는지 보려고요."

"내가 모자를 쓰면 좋겠어?"

"저렇게 생긴 작은 밀짚모자가 무척 잘 어울릴 것 같아요. 모자 쓴 모습을 상상해 보세요. 근사한 모임에 가실 때에는 커다란 베일을 달고, 모자 뒤로 넓은 리본 모양으로 매듭을 묶는 거예요." 그자비에르가 애원하는 목소리로 말했다.

그녀의 두 눈은 반짝거리고 있었다.

"제발요! 그렇게 하실 거라고 말씀해 주세요."

"그리 내키지 않는걸. 베일이라니!"

"선생님은 뭘 해도 잘 어울리실 거예요! 아! 제가 선생님 옷을 골라 드릴 수 있다면!" 그자비에르가 간절하게 말했다.

"그래 좋아! 봄옷을 골라 줘. 네 손에 날 맡겨 보겠어." 프랑수아즈는 흔쾌히 수락했다.

그녀는 그자비에르의 손을 잡았다. 이토록 상냥해질 수 있는 아이였다니! 변덕 정도는 용서해 줘야 했다. 상황이 녹록하지 않은 데다, 그녀는 무척이나 젊지 않은가. 프랑수아즈는 다정스레 그녀를 바라보았다. 그자비에르가 멋진 삶을 행복하게 살 수 있기를 강렬히 바랐다.

"좀 전에 감각이 무뎌진 것 같다고 한탄하면서 무슨 얘기를 하려던 거야?" 그녀는 나긋나긋하게 물었다.

"아! 그게 다예요."

"뭔가 더 있는 것 같던데."

"말 그대로예요."

"난 네가 인생에 만족하면 좋겠어."

그자비에르는 아무런 대꾸도 하지 않았다. 한창 밝았던 표정이 순식간에 가라앉았다.

"사람들과 너무 친하게 지내면 네 일부를 잃게 되리라고 생각하는 거야?"

"네. 용종(茸腫)이 되어 버리는 거죠."

그자비에르의 목소리에서 일부러 무례하게 굴려는 기색이 느껴졌다. 프랑수아즈는 사실 그녀가 사회적 삶을 그리 싫어하지 않으리라고 생각했다. 피에르와 자신이 그녀를 놔두고 둘이서만 외출했을 때엔 심지어 굉장히 화를 내기도 했으니 말이다.

"그렇지만 혼자 지낼 수 있는 시간은 아직 네게 많이 남아 있잖아."

"그래도 예전 같지는 않다고요. 진짜로 혼자 있는 게 아니니까요."

"무슨 말인지 알 것 같아. 그 시간이 충만하게 느껴지던 예전과 달리, 지금은 있으나 마나 한 시간적 공백에 불과하게 되었다는 말이군."

"바로 그거예요." 그자비에르가 쓸쓸히 대답했다.

프랑수아즈는 잠시 생각하다가 이렇게 말했다.

"네 스스로 무언가를 해 보려 한다면 달라질 수 있을 텐데, 그런 생각은 안 해 봤어? 그게 무뎌지지 않는 가장 좋은 방법이거든."

"아! 뭘 하면 좋을까요?"

그녀의 얼굴은 정말로 딱해 보였다. 프랑수아즈는 진심으로 그녀를 돕고 싶었다. 하지만 그자비에르를 돕기란 쉽지 않은 일이었다. 프랑수아즈는 미소를 지으며 말했다.

"예를 들면 배우가 되는 건 어때?"

"세상에나, 배우라니요!"

"연습을 하기만 한다면 난 네가 배우가 될 수 있으리라고 확신해." 프랑수아즈가 열정적으로 말했다.

"안 될 거예요." 그자비에르는 기운 없는 표정으로 대답했다.

"모르는 일이야."

"어떻게 될지도 모르면서 연습을 하기란 퍽 쓸데없는 짓이에요."

그자비에르는 어깨를 으쓱였다.

"가장 평범한 여자조차 스스로 배우가 될 수 있다고 믿는 판국이잖아요."

"그렇다고 그게 네가 배우가 될 수 없는 이유는 아니지."

"일 퍼센트 정도의 가능성이 있는 거죠."

프랑수아즈는 조금 힘주어 그녀의 팔을 붙잡았다.

"거참 이상한 논리로군. 내 말을 좀 들어 봐. 성공 가능성을 군이 잴 필요는 없다고 생각해. 우리로선 얻을 게 있을 뿐, 잃을 건 전혀 없거든. 그러니 성공하는 쪽에 투신할 가치가 있다고."

"네, 그 말씀은 이미 하셨더랬죠."

그자비에르는 믿을 수 없다는 얼굴로 고개를 저었다.

"저는 맹목적으로 믿는 걸 좋아하지 않아요."

"무조건 믿으라는 게 아니야. 내기에 도전해 보라는 거지."

"결국 같은 이야기잖아요."

그자비에르는 입을 조금 비죽였다.

"칸제티나 엘로이는 바로 그런 식으로 스스로를 다독이죠."

"그래, 보상에 관한 신화가 역겹기 그지없는 건 사실이야. 그런데 이건 꿈에 관한 얘기가 아니야, 바람에 관한 거지. 다른 문제라고!"

"엘리자베트 씨도 위대한 화가가 되길 바라고 있죠. 그것참 멋지더군요."

"나는 그 애가 그 신화에 대한 믿음을 더욱더 공고히 유지하려고 단지 행동할 뿐, 진심으로 바랄 줄은 모른다고 생각해."

이렇게 말하고 나서 프랑수아즈는 잠시 생각에 잠겼다.

"네가 보기에 남들은 다 단번에 완성된 무언가로 존재하는 것 같겠지만, 나는 그렇게 생각하지 않아. 지금 이 상태에서 스스로를 직접 자유로이 만들어 나가고 있다는 느낌을 받거든. 젊은 시절에 피에르가 그토록 야심만만했던 건 우연이 아니야. 사람들이 빅토르 위고에 대해 뭐라고 떠들어 댔는 줄 알아? 자신을 빅토르 위고라고 믿는 미친놈이라고 했다고."

"저로서는 빅토르 위고를 싫어할 수가 없어요." 그 자비에르가 말했다.

그녀의 걸음이 빨라졌다.

"조금 더 빨리 걸을 순 없을까요? 춥잖아요. 그렇지 않으세요?"

"더 빨리 걷도록 하자." 이렇게 대답하고 나서 프랑수아즈는 말을 이어 갔다.

"널 정말 설득하고 싶어. 도대체 넌 왜 스스로를 의심하는 거야?"

"전 자신을 속이고 싶지 않아요. 믿음이란 볼썽사나운 짓이라고 생각하거든요. 손으로 만지는 것 말고 확실한 건 아무것도 없잖아요."

그 자비에르는 적대적으로 입을 묘하게 비죽거리면서 자신의 주먹을 쳐다보았다. 프랑수아즈는 그런 그녀를 근심스럽게 바라보았다. 이 아이의 머릿속에는 대체 뭐가 들어 있을까? 잔잔한 행복이 흐르던 지난 몇 주 동안, 그녀는 잠을 자지 않았던 것이다. 저렇게 웃는 얼굴 뒤에 숨어서 수많은 것들을 머릿속으로 떠올렸으리라. 그녀는 무엇 하나 잊지 않았던 것이다. 그녀의 머릿속 어느 한 구석에 모든 것들이 그대로 남아 있었다. 작은 불티가 날리다가, 언젠가 폭발에 이를 터였다.

블로메 거리의 모퉁이를 돌자 두 사람 눈에 붉은 담배가 커다랗게 그려진 담배 가게의 간판이 들어왔다.

"과자 하나 먹을래?" 프랑수아즈는 분위기를 바꾸려고 물었다.

"아뇨, 과자를 별로 좋아하지 않아요."

프랑수아즈는 손가락으로 투명하고 가느다란 막대 사탕 하나를 집어 들었다.

"기분 좋은 맛이야. 달지 않으면서 순수한 맛이야."

"전 순수한 게 싫어요." 그자비에르는 입매를 일그러뜨리며 말했다.

불안이 다시금 프랑수아즈를 뚫고 지나갔다. 무엇이 지나치게 순수하다는 걸까? 피에르와 나로 인해 자기가 들어선 이 생활이? 피에르와의 키스가? 아니면 나 자신인 걸까? 선생님의 겉모습은 무척이나 순수해요. 그자비에르는 이따금 그녀에게 이렇게 말하곤 했다. 문 위쪽에 하얀색 굵은 글씨로, '식민지식 댄스홀'이라고 적혀 있었다. 두 사람은 안으로 들어갔다. 검은색, 옅은 노란색, 밀크커피색의 수많은 얼굴들이 카운터에 모여 있었다. 프랑수아즈는 입장권 두 장을 사려고 줄을 섰다. 여자는 칠 프랑, 남자는 구 프랑이었다. 칸막이 너머로 들려오는 룸바 음악이 그녀의 생각을 뒤죽박죽 헝클어뜨렸다. 도대체 무슨 일이 벌어졌을까? 그자비에르의 반응을 순간적 변덕으로 해석한다면 지나친 속단일 터였다. 핵심적 원인을 찾아내기 위해서는 지난 두 달 동안의 일들을 복기해 봐야 했는지도 몰랐다. 모름지기 공들여 묻어 둔 오랜 불만이란 난처한 상황에 봉착했을 때에만 생생하게 되살아나는 법이었다. 프랑수아즈는 기억을 떠올리고자 애썼다. 몽파르나스 대로에서는 가볍고 단순한 내용으로 대화를 나누었다. 그러고는 그 대화에 몰두하는 대신, 내 쪽에서 돌연 진지한 주제로 대화의 방향을 틀어 버렸다. 그자비에르를 향한 애정 때문이었다. 그러나 내 손안에 저 보드라운 손이, 그리고 내 볼을 간지럽히는 저 향기로운 머리카락이 명백히 존재했던 데 반해, 난 오직 말로만 애정을 표현하지 않았던가? 이것이야말로 내 어설픈 순수함을 보여 주는 증거가 아닐까?

"저기 좀 보세요, 도미니크 패거리가 다 모여 있네요." 널찍한 홀로 들어서면서 그자비에르가 말했다.

샤노, 리즈 말랑, 두르댕, 샤이에 등이 눈에 띄었다. 그자비에르가 무심한 눈길로 그들을 훑어보는 동안, 프랑수아즈는 그들에게 미소 지은 채 고갯짓을 해 보였다. 그자비에르는 줄곧 프랑수아즈와 팔짱을 끼고 있었다. 어딘가 들어섰을 때 남들 눈에 커플처럼 비치는 것을 그녀는 싫어하지 않았다. 외려 이런 식의 도발 행위를 즐기곤 했다.

"저쪽 자리가 좋겠어요." 그녀가 말했다.

"마르티닉 펀치를 마셔야겠다." 프랑수아즈는 말했다.

"저도요."

이렇게 대꾸하고 나서 그자비에르는 경멸스러운 말투로 다음과 같이 덧붙였다.

"어떻게 사람을 저토록 상스러운 눈으로 빤히 쳐다볼 수 있죠? 그래 봤자 난 아무렇지도 않지만."

그자비에르와 함께 뒷말하길 좋아하는, 멍청하기 짝이 없는 무리들의 악의적인 시선에 둘러싸여 있다고 느끼자, 프랑수아즈는 돌연 진정한 쾌락을 느꼈다. 다른 모든 사람들로부터 고립된 채, 둘만의 열정적 세계 속에 갇힌 듯한 기분이었다.

"네가 원하면 나 역시 바로 춤을 출 거야. 오늘 밤엔 그러고 싶어." 프랑수아즈가 말했다.

그녀는 룸바를 제외하고 다른 춤이라면 우스꽝스럽게 보이지 않을 만큼 출 줄 알았다.

그자비에르의 얼굴이 환해졌다.

"정말로 괜찮으시겠어요?"

그자비에르는 그녀를 위압적으로 꼭 끌어안은 채 주변엔 눈길조차 주지 않고 홀린 듯 춤을 추기 시작했다. 그러나 아예 정신이 나간 상태는 아니었다. 그녀는 시선을 주지 않고도 볼 줄 알았고, 스스로 그러한 능력을 무척 자랑스럽게 여겼다. 남들에게 과시할 수 있음에 기뻐하고 있음이 분명했다. 평소보다 프랑수아즈를 더 꼭 끌어안고, 과하게 애교를 피우며 미소 짓는 저 모습을 의도하지 않았다고는 할 수 없었다. 프랑수아즈 역시 미소를 보냈다. 춤 때문에 머리가 다소 어지러웠다. 프랑수아즈는 그자비에르의 아름다운 젖가슴이 자기 가슴팍에 따뜻하게 와 닿고 있음을 느끼면서, 그녀의 매혹적인 숨결을 들이마셨다. 욕망이란 이런 것일까? 그런데 무엇을 욕망하고 있단 말인가? 저 애와의 입맞춤을? 내 품에 안긴 이 몸을? 아무것도 떠오르지 않았다. 다만 사랑에 빠진 여자 같은 이 얼굴이 영원히 자신을 향해 있기를, 그래서 온 마음을 다해 '그녀는 내 것이다.'라고 말할 수 있기를 바라는, 어렴풋한 욕구만이 감지될 뿐이었다.

"아주, 정말 아주 잘 추시던데요." 자리로 돌아오자 그자비에르가 말했다.

그녀는 계속 서 있었다. 오케스트라가 룸바를 연주하자 혼혈 남성 한 명이 그자비에르 앞에서 정중하게 미소를 지으며 허리를 굽혔다. 프랑수아즈는 펀치 앞에 앉아서 달달한 음료를 한 모금 들이켰다. 흐릿한 프레스코화로 장식한 커다란 홀은 결혼식이나 연회가 열릴 법한 평범한 공간이었지만, 그 안에서 보이는 건 거의 유색 인종의 얼굴뿐이었다. 흑단색 검은 피부부터 분홍빛이 도는 황갈색 피부에 이르기까지, 이곳에서는 모든 종류의 피부색을 볼 수 있었다. 흑인들은 노골적으로 음란하게 춤을 추었다. 하지만 정녕 순수하게 리듬을 타는 까닭인지, 저들의 룸바는 꾸밈없이 투박한 몸짓 속에 원시적 의례 특유의 신성함을 간직하고 있었다. 흑인들 틈에 섞여 있는 백인들의 춤사위에는 기쁨이 덜 담겨 있었다. 특히나 백인 여자들은 뻣뻣한 기계, 최면에 걸린 히스테리 환자처럼 보였다. 완벽한 우아함으로, 음란함과 단정함에 같이 맞서는 자는 오직 그자비에르뿐이었다.

그자바에르는 새로운 상대의 춤 신청을 고갯짓으로 거절한 뒤, 프랑수아즈 곁에 돌아와 앉았다.

"흑인 여자들 말이에요, 몸에 악마가 씌었나 봐요. 전 절대로 저렇게 춤추지 못할 거예요." 그녀는 화를 내듯 말했다. 그러고는 잔에 입술을 담갔다.

"너무 달군요! 못 마시겠어요."

"넌 춤을 굉장히 잘 추는걸. 너도 알잖아."

"네, 문명인치고는요." 그자비에르는 경멸적인 투로 말했다. 그녀는 무대 한가운데에 있는 무언가를 뚫어지게 쳐다보았다.

"저 여자는 아직도 식민지 태생의 키 작은 백인 남자랑 춤을 추고 있군요." 그자비에르가 말했다. 그녀의 시선은 리즈 말랑을 가리키고 있었다.

"우리가 도착했을 때부터 지금까지 줄곧 저 남자를 놓아주지 않고 있어요." 그러더니 불평하듯 이렇게 덧붙였다.

"저 남자는 민망할 정도로 잘생겼네요."

몸에 딱 맞는 자줏빛 웃옷을 걸친, 완벽히 늘씬한 몸매를 지닌 저 남자가 매력적인 건 사실이었다. 그자비에르의 입술에서 한층 강해진, 불만 어린 탄식이 또다시 쏟아져 나왔다.

"아! 한 시간 동안 저 흑인 여자로 살 수 있다면 일 년 치 목숨이라도 내놓겠어요."

"아름답군. 전형적인 흑인 같지는 않아. 인도인의 피가 흐르는 거 같지 않아?"

"모르겠어요." 그자비에르는 풀이 죽은 얼굴로 대답했다.

경탄이 그녀의 눈 속에 증오의 섬광을 불러일으키고 있었다.

"아니면 저 여자를 사서 감금할 수 있을 정도로 부자여야 했는데. 보들레르가 그렇게 했잖아요, 안 그래요? 상상해 보세요, 집에 돌아왔는데 강아지나 고양이 대신에 저 멋진 생명체가 난롯가 한구석에서 가르랑거리는 모습을 발견하는 장면을요!"

난로 앞에 길게 누워 있는 검은색 나체…… 그자비에르는 이걸 상상하고 있을까? 저 애의 몽상은 과연 어디까지 이르는 것일까?

'전 순수한 게 싫어요.' 프랑수아즈로서는 그 코와, 부피를 지닌 입술의 윤곽을 도저히 외면할 수 없었던 것이다! 탐욕스러운 눈과 손, 반쯤 벌어진 입술 사이로 드러난 날카로운 이는 포획할 사냥감을, 가까이에 있는 무언가를 찾고 있었다. 그자비에르는 아직 그게 무엇인지 모르고 있었다. 소리와 색채, 냄새, 몸, 이 모든 게 그녀에게는 먹잇감에 해당했다. 아니면 알고 있는 것인가?

"춤추러 가요." 느닷없이 그녀가 말했다.

그녀의 손이 프랑수아즈를 움켜쥐었다. 그런데 그 손이 갈망하는 건 프랑수아즈도, 그녀의 이성적인 다정함도 아니었다. 서로 처음 만났던 그날 밤, 그자비에르의 눈에선 흥분의 불길이 일었더랬다. 하지만 꺼져 버린 그 불길이 다시 타오를 일은 영원히 없을 터였다. '저 애가 날 사랑할 이유는 대체 뭐라는 말인가?' 프랑수아즈는 고통에 잠겨 생각했다. 섬세하고 딱딱하고, 보리 설탕의 시시한 맛을 닮은, 지나치게 차분한 얼굴과 투명하고 순수한 영혼을 지닌 자. 엘리자베트는 그렇게 말했었다. 프랑수아즈가 종교처럼 숭배하는 얼음장같이 차가운 완벽함을 느끼고자, 그자비에르가 인생의 한 조각을 할애하진 않았을 터였다. 그러니까 결국 이것이 나로구나. 프랑수아즈는 살짝 혐오를 느끼며, 스스로를 그렇게 여겼다. 이렇게

서툴고 어색하게 굴더라도 그것에 좀체 신경을 쓰지 않았던 예전에는 그다지 중요한 문제가 아니었다. 하지만 이젠 그러한 성격이 그녀라는 사람과, 그녀의 몸짓을 완전히 잠식해 버렸다. 심지어 그녀의 생각마저 딱딱하고 냉랭하고 모나게 변했다. 그녀를 이루던 조화로운 균형이 무가치한 불모성으로 돌변한 것이었다. 날카로운 가시가 돋친, 반쯤 투명하고 밋밋한 하얀색 덩어리. 그것이 바로 자신도 모르는 사이에 돌이킬 수 없을 정도로 형태를 갖춘, 프랑수아즈 자신의 모습이었다.

"피곤하지 않아?" 자리로 돌아오자 그녀는 그자비에르에게 물었다.

그자비에르의 눈언저리는 살짝 그늘져 있었다.

"네, 피곤해요. 늙었나 봐요. 선생님은요?" 이렇게 말하면서 그녀는 입술을 앞으로 내밀었다.

"괜찮아." 프랑수아즈가 대답했다. 춤과 졸음 그리고 하얀색 럼주의 달짝지근한 맛이 마음을 어지럽혔다.

"어쩔 수 없죠, 뭐. 항상 밤에 만나니까 기운이 넘칠 리 없잖아요."

"맞는 말이야."

이렇게 말하고 나서 프랑수아즈는 망설이다가 다음과 같이 덧붙였다.

"라브루스는 밤에 시간이 없으니까, 어쩔 수 없이 오후를 그에게 줄 수밖에 없어."

"당연히 그렇겠죠." 그자비에르는 굳은 얼굴로 말했다.

문득 프랑수아즈는 후회보다 고통스러운 희망을 품고 그녀를 바라보았다. 그자비에르는 나의 은근한 겸손에 분노하지 않았을까? 내가 자기를 격하게 대해 주기를, 그렇게 자신의 사랑에 강한 인상을 남겨 주기를 바랐던 건 아닐까? 게다가 프랑수아즈는 그녀가 알아주기를 바랐다, 그자비에르가 자기보다 피에르를 더 좋아하고 있음을 알아채고 자신이 기꺼운 마음으로 체념하지 않았음을 말이다.

"일정을 달리 조정해 볼 수 있을 거야."

그자비에르는 프랑수아즈의 말을 가로막으면서 밝게 말했다.

"그러지 마세요. 이대로가 아주 좋은걸요."

그녀는 얼굴을 찌푸리고 있었다. 일정을 조정한다는 생각에 반감을 느낀 모양이었다. 정해진 바 없이, 전적으로 자기 편한 대로 피에르와 프랑수아즈를 만나고 싶었던 것이다. 어쨌든 이것은 과도한 요구였다. 돌연 그녀가 미소를 지었다.

"아! 저 남자, 걸려들었군요."

리즈 말랑과 춤을 추던 식민지 태생의 남자가 수줍고도 상냥한 얼굴로 다가오고 있었다.

"저 남자한테 추파를 던진 거야?" 프랑수아즈가 물었다.

"예쁘장한 얼굴 때문에 그런 건 아니에요! 그냥 리즈를 방해하고 싶었을 뿐이에요." 그자비에르가 말했다.

그녀는 자리에서 일어나 자신의 전리품을 따라 무대 중앙으로 나아갔다. 작업이 하도 감쪽같이 이루어진 터라, 프랑수아즈로서는 아주 미세한 눈짓이나 웃음기조차 알아차릴 수 없었다. 그자비에르로 인해 놀라는 일은 끝없이 이어질지도 몰랐다. 프랑수아즈는 거의 손도 대지 않은 술잔을 집어 들고 반쯤 비웠다. 저 애의 머릿속에서 벌어지는 일들을 끄집어낼 수만 있다면! 자기가 피에르를 사랑하는 데에 찬성했다고 나를 원망하는 것인가? ……그렇지만 피에르를 사랑해 달라고 내가 부탁한 건 아니지 않은가. 반발심에 젖어 생각했다. 그자비에르가 자유롭게 선택한 것이다. 그렇다면 저 애는 정확히 무엇을 선택한 것일까? 애교와 애정, 질투의 밑바탕엔 진정 무엇이 깔려 있단 말인가? 진실이란 과연 있기나 할까? 프랑수아즈는 별안간 그녀를 증오할 준비가 되었음을 느꼈다. 그자비에르는 소매가 넓은 하얀색 블라우스를 걸친 눈부신 모습으로 춤을 추었다. 분홍빛으로 살짝 달아오른 얼굴로, 식민지 태생의 남자를 바라보며 쾌락으로 반짝이고 있었다. 아름다웠다. 아름답고 고독한 데다, 아무 근심마저 없어 보이는 모습이었다. 프랑수아즈가 전력을 다해서 임하는 이 사건을, 그녀는 자기한테 편한 대로 겪어 내고 있었다. 매 순간이 부추기는 대로, 다정하게 혹은 잔인하게 굴면서 말이다. 그리고 그자비에르가 경멸 혹은 동의의 미소를 짓는 동안, 프랑수아즈는 그녀 앞에서 홀로 발버둥질해야만 했다. 그녀는 정확히 무엇을 바라고 있는가? 반드시 알아내야 했다. 피에르의 마음, 좋은 것, 나쁜 것 그리고 각자가 진심으로 원하는 것, 그 모든 걸 알아내야 했다. 프랑수아즈는 잔을 마저 비웠다. 더는 뚜렷이 보이지 않았다. 그 무엇도 더 이상 명확하지 않았다. 주위에는 오직 형태가 일정하지 않은 잔해들과 내면의 공허 그리고 사방을 뒤덮은 어둠뿐이었다.

오케스트라 연주가 잠시 그쳤다가 다시 춤이 시작되었다.

그자비에르는 몇 걸음 떨어져서 식민지 태생의 혼혈 남성과 마주 보고 있었다. 서로 몸이 닿지는 않았지만, 어떤 특별한 흥분이 두 사람의 몸을 뚫고 지나가는 듯했다. 이 순간, 그자비에르는 자신 말고 아무것도 바라지 않았다. 스스로의 매력에 흠뻑 취한 것이다. 그때 프랑수아즈 또한 느닷없이 만족감에 휩싸였다. 이제 그녀는 아무것도 아니었다. 군중 속에 파묻힌 한 여자이자, 세계의 아주 작은 파편에 불과했다. 움켜쥘 수 없을 정도로 미세한 황금빛 금속 조각으로 송두리째 변해 가는 중이었다. 이토록 비천한 처지가 되고 나서야 비로소, 반년 전 행복의 한가운데에서 그녀가 헛되이 바랐던 것이 손아귀에 주어진 것이었다. 이곳을 채우는 음악과 얼굴, 불빛 들이 후회와 기대, 사랑으로 뒤바뀐 채 그녀와 섞여 들면서, 그녀의 모든 심장 박동에 대체할 수 없는 의미를 부여하고 있었다. 그녀의 행복은 산산조각 나고 말았지만, 이제 그것은 열정적인 순간으로 이루어진 빗방울이 되어 다시 그녀 주위로 쏟아져 내렸다.

그자비에르는 조금 비틀대면서 자리로 돌아왔다.

"저 남자, 춤 솜씨가 인간의 수준을 넘어서네요."

의자에 등을 기대앉은 그녀의 얼굴이 순간 일그러졌다.

"아! 너무 피곤해요."

"집에 가고 싶어?" 프랑수아즈가 물었다.

"네! 집에 너무 가고 싶어요!" 그자비에르가 애원하는 목소리로 말했다.

두 사람은 댄스홀에서 나와 택시를 잡았다. 그자비에르가 좌석에 쓰러지듯 앉자, 프랑수아즈는 그녀의 팔 밑으로 자기 팔을 슬며시 끼워 넣었다. 움직임 없는 그녀의 작은 손을 움켜잡자 일종의 기쁨이 밀려오더니 프랑수아즈의 마음을 헤집어 놓았다. 그녀가 원하든 원하지 않든, 그자비에르는 증오나 사랑보다 더 강력한 인연으로 프랑수아즈와 연결되어 있었다. 그자비에르 앞에서 프랑수아즈는 여러 먹잇감 중 하나가 아니라, 그녀 삶의 실체에 해당했다. 격정과 쾌락, 갈망으로 이루어진 지금의 순간들은, 그들을 지탱하는 이 견고한 골조가 없다면 실재하지 못할 수도 있었다. 그자비에르에게 닥친 이 모든 일이 프랑수아즈를 통해 일어나고 있었다. 아무리 그자비에르의 의도에 반하더라도, 어쨌든 그녀는 프랑수아즈에게 속해 있었다.

택시가 호텔 앞에서 멈춰 섰고, 두 사람은 빠르게 계단을 올라갔다. 무척 피로함에도 불구하고 그자비에르의 걸음걸이에선 여전히 엄청난 활기가 느껴졌다. 그녀는 방문을 밀었다.

"잠깐 들어갔다 갈까?" 프랑수아즈가 물었다.

"집에 돌아온 것만으로도 피로가 덜한 것 같아요." 그자비에르가 말했다.

그녀는 재킷을 벗고서 프랑수아즈 옆에 앉았다. 프랑수아즈의 불안정한 평온이 송두리째 기우뚱하고 말았다. 눈부신 블라우스를 걸치고, 곧은 자세로 앉은 채 가까이에서 미소 짓던 그자비에르는 손에 닿지 않는 상태로 여기에 있었다. 그녀가 직접 그러기로 마음먹지 않는 한, 그 어떤 끈으로도 그녀를 묶어 둘 수 없었다. 그자비에르를 묶어 둘 수 있는 건 그녀 자신뿐이었다.

"즐거운 밤이었어." 프랑수아즈가 말했다.

"그러게요. 다시 들러야겠어요."

프랑수아즈는 걱정스레 그녀의 주위를 둘러보았다. 고독이 다시금 그자비에르를 에워싸고 있었다. 이 방과 잠, 몽상이 만들어 낸 고독이. 그것에 가닿을 방도는 전혀 없었다.

"넌 결국 흑인 여자만큼이나 춤을 잘 추게 될 거야."

"그럴 리가요! 불가능해요."

또다시 침묵이 무겁게 내려앉았지만, 말로 어떻게 대처할 수 있는 분위기가 아니었다. 프랑수아즈는 그녀의 아름다운 육체가 풍기는 위압적인 우아함에 온몸이 마비된 채 꼼짝할 수 없었다. 심지어 그 몸을 향한 욕망조차 품을 수 없는 상태였다.

그자비에르는 눈살을 찌푸리면서 어린아이같이 하품을 했다.

"이대로 잠이 들 것 같아요."

"난 이만 갈게." 프랑수아즈는 자리에서 일어나며 이렇게 말했다. 목이 메었지만 달리 어쩔 도리가 없었다.

"잘 자."

문가에 서 있던 프랑수아즈는 다시 방 안으로 뛰어 들어가서 그자비에르를 끌어안았다.

"잘 자, 나의 그자비에르." 그녀는 그자비에르의 볼을 쓰다듬으면서 말했다.

그자비에르는 순순히 몸을 맡기더니, 프랑수아즈의 어깨에 잠시 얌전하게 기대어 있었다. 지금 이 아이는 무엇을 바라고 있을까? 그만 놓아주길 바랄까, 아니면 더 세게 안아 주길 바랄까? 프랑수아즈는 가볍게 몸을 떼어 냈다.

"잘 자." 그녀는 한껏 자연스러운 어조로 말했다.

그것으로 끝이었다. 프랑수아즈는 계단을 올랐다. 쓸데없이 애정을 표현했음이 수치스러웠다. 그녀는 무거운 마음을 안고서 잠자리에 들었다.

3장

'4월, 5월, 6월, 7월, 8월, 9월, 이렇게 여섯 달 동안 훈련하면 교전 지역에 나갈 만할 거야.' 제르베르는 생각했다.

욕실에 놓인 거울 앞에 가만히 선 자세로 그는 페클라르에게서 빌려 온 멋진 넥타이를 매는 중이었다. 그는 자기가 전장에서 겁을 낼지 아닐지, 알고 싶었다. 하지만 그런 건 예측할 수 없는 문제였다. 상상했을 때 가장 무서운 건 추위였다. 구두를 벗었을 때 떨어져 나간 발가락이 그 속에 남아 있는 걸 보면 어쩌나.

'이번만큼은 더 이상 희망이 없어.' 그는 체념한 채 생각했다. 세계를 불지옥과 피바다로 몰아넣기로 한 결정을 태연하게 받아들일 정도로 사람들이 미쳐 있다는 게 당최 믿기지 않았다. 하지만 독일군이 체코에 쳐들어간 상황이었고, 이 문제에 대해 영국이 단호한 입장을 취하고 있음도 사실이었다.

제르베르는 막 완성한 넥타이 매듭을 만족스러운 표정으로 바라보았다. 넥타이 매기를 좋아하지는 않았지만, 라브루스와 프랑수아즈가 저녁 식사를 하러 어디로 데려갈지 짐작할 수 없었다. 둘 다 크림소스를 좋아하는 고약한 취향을 가진 데다 프랑수아즈가 아무리 괜찮다고 얘기해도 스웨터를 걸친 모습으로 격자무늬 식탁보가 깔린 레스토랑에 들어섰다가는 남들의 눈총을 받을 터였다. 그는 양복 윗도리를 걸치고서 거실로 나갔다. 아파트에는 아무도 없었다. 페클라르의 책상 위에 놓인 시가들 중 두 대를 신중히 골라 들고 자클린의 방으로 들어갔다. 장갑과 손수건, 루주, 랑방의 아르페지오 향수가 있었다. 이러한 사치품에 들인 돈이면 한 가족 전체를 먹여 살릴 수 있으리라. 제르베르는 그레이스 담배 한 갑과 초콜릿 한 봉지를 주머니에 넣었다. 단것을 좋아한다는 게 프랑수아즈의 유일한 약점이니 그녀에게 건넬 만한 선물이었다. 제르베르는 낡아 빠진 구두와 올이 나간 스타킹을 부끄럼 없이 신는 프랑수아즈를 높이 평가했다. 그녀의 방에서는 눈길을 끄는 장식품 역시 찾아볼 수 없었다. 골동품이나 자수품, 심지어 차를 끓이는 도구조차 가지고 있지 않았다. 게다가 그녀와 함께 있을 때면 굳이 잘 보이려고 애쓸 필요가 없었다. 그녀는 교태를 부리지 않았고, 두통을 호소하거나 변덕을 부리지도 않았으며, 특별한 배려를 요구하지도 않았다. 그녀 옆에선 말없이 조용히 있어도 괜찮았다. 제르베르는 출입문을 쾅 닫고서 3층 계단을 빠른 속도로 뛰어 내려갔다. 사십 초. 이토록 어둡고 구부러진 작은 계단을 라브루스는 절대 나만큼 빨리 내려오지 못할 것이다. 가끔씩 내기에서 그가 이기는 건 당찮게도 운이 좋았기 때문이다. 사십 초. 라브루스는 분명 과장한다며 자신을 비난할 터다. '그렇다면 삼십 초가 걸렸다고 말해야겠군.' 제르베르는 결심했다. 이렇게 말하면 오히려 진실이 제자리를 찾아갈 것이었다. 그는 생제르맹데프레 광장을 가로질렀다. 약속 장소는 카페 플로르였다. 두 사람에게는 자주 가는 곳이 아니므로 흥미롭게 여겨질 테지만, 제르베르는 그 카페가, 또 거기에 들어앉은 지식인 엘리트들이 지겨울 따름이었다. '내년엔 내 모습이 변해 있겠지.' 그는 화가 나서 생각했다. 라브루스가 순회공연을 한다면 끝내주는 경험이 되리라. 그는 이미 결정을 내린 듯했다. 제르베르는 문을 밀었다. 내년에 자신이 참호 속에 있게 되리라는 점에는 더 이상 의문의 여지가 없었다. 슬쩍 미소를 띤 채 주위를 둘러보면서 카페 안을 가로지르던 그의 미소가 한결 더 크게 번졌다. 각자 따로 놓고 보아도 은근히 별난 구석이 있는 세 사람이건만, 저렇게 같이 있는 모습을 보니 우습기 그지없었다.

"왜 그렇게 웃는 거야?" 라브루스가 물었다.

제르베르는 어쩔 수 없지 않느냐고 몸짓을 해 보이면서 말했다.

"여러분 때문이죠."

세 사람은 의자에 나란히 앉아 있었는데, 프랑수아즈와 라브루스가 양쪽에서 파제스를 에워싼 형국이었다. 제르베르는 그들 맞은편에 앉았다.

"우리가 그렇게 우스워 보여?" 프랑수아즈가 물었다.

"본인들은 모르겠죠." 제르베르가 대답했다.

그를 곁눈질하면서 라브루스가 말했다.

"우리 모습이 라인강 근처의 작고 활기찬 휴양지를 떠오르게 하던가?"

"거참 고약한 상상이군요. 사태가 진정되는 분위기라고 말씀하신 건 바로 선생님이시잖아요." 제르베르가 말했다.

"이렇게 될 줄은 몰랐지."

"이번엔 틀림없이 전쟁이 벌어질 거예요."

"이 사태에서 벗어나기는 어려울 것 같아. 지난 9월보다 훨씬 나빠졌다는 생각이 들거든. 체코 측에 호언장담을 한 이상, 영국으로선 발을 뺄 수 없는 처지라."

잠시 침묵이 흘렀다. 제르베르는 파제스가 있는 자리가 늘 거북했다. 라브루스와 프랑수아즈 역시 불편해 보이긴 마찬가지였다. 제르베르는 주머니에 넣어 둔 시가를 꺼내서 라브루스에게 건넸다.

"받으세요. 굵은 거예요."

라브루스는 마음에 든다는 듯 짧게 휘파람을 불었다.

"페클라르는 형편이 좋나 보군! 디저트를 먹으면서 피우자고."

"이건 선생님 거예요." 제르베르가 담배와 초콜릿을 프랑수아즈 앞에 꺼내 놓으며 말했다.

"어머, 고맙기도 해라!"

그녀의 얼굴을 환히 밝히는 저 미소는 그녀가 종종 라브루스를 다정하게 감싸며 드러내던 그 미소와 얼핏 닮아 보였다.

제르베르는 마음이 한껏 달아올랐다. 프랑수아즈가 자기에게 애정을 느끼고 있지는 않을까, 하고 믿을 뻔한 순간이 있기는 했다. 하지만 오랫동안 자신을 만나 주지 않았으므로, 그녀가 자기에게 관심이 거의 없다고, 오직 라브루스에게만 관심을 보인다고 생각했던 것이다.

"맛 좀 봐요." 이렇게 말하면서 프랑수아즈는 초콜릿 봉지를 돌렸다.

그자비에르는 조심스러운 표정을 지으며 고개를 저었다.

"저녁 먹기 전엔 먹지 말아요. 식욕이 가실 거야." 피에르가 말했다.

프랑수아즈는 초콜릿을 베어 물었다. 저런 식으로 단 몇 입만에 한 봉지를 다 비울 터였다. 단것을 저렇게나 많이 먹고도 심장에 무리가 없다니, 기이할 정도였다.

"뭘 마시겠어?" 라브루스가 물었다.

"페르노요." 제르베르가 대답했다.

"좋아하지도 않으면서 대체 왜 페르노를 마시는 거야?"

"좋아하진 않지만 페르노를 마시는 건 좋아요."

"참 너다운 말을 하는구나." 프랑수아즈가 웃으며 말했다.

다시금 아무도 말을 하지 않았다. 제르베르는 담뱃대에 불을 붙이더니 빈 잔에 얼굴을 대고 천천히 연기를 내뿜었다.

"이렇게 하실 수 있으세요?" 그가 도전적인 말투로 라브루스에게 물었다.

크림색의 뿌연 소용돌이가 잔을 가득 채웠다.

"심령체 같아." 프랑수아즈가 말했다.

"부드럽게 연기를 내뿜기만 하면 돼."

이렇게 말하고 나서 피에르는 집중한 얼굴로 담배 연기를 내뿜으며 잔 쪽으로 고개를 숙였다.

"잘하시네요. 성공을 축하하며!" 거만한 표정으로 제르베르가 말했다.

그는 피에르의 잔에 자기 잔을 부딪치더니 단숨에 연기를 들이마셨다.

"자랑스럽겠어요." 만족감으로 얼굴이 환해진 피에르를 향해 프랑수아즈가 웃으며 말했다. 그녀는 아쉬운 듯 초콜릿 봉지를 쳐다보다가 단호한 몸짓으로 가방 속에 집어넣었다.

"식사할 시간을 가지려면 지금 떠나는 게 좋겠어요." 그녀가 말했다.

제르베르는 왜 평소 그녀를 엄하고 위압적이라 생각했는지 다시 한 번 궁금해졌다. 일부러 소녀처럼 보이려고 하진 않지만 그녀의 얼굴엔 활기와 생명력 그리고 강렬한 욕망이 넘쳐났다. 또한 자신의 모습을 무척이나 편히 여기는 듯 보였으므로, 그녀 곁의 사람마저 편안함을 느꼈다.

라브루스는 파제스 쪽으로 고개를 돌리고 걱정스레 그녀를 쳐다보았다.

"잘 알겠지? 택시를 타고 블랑쉬 거리에 있는 아폴로 극장으로 가 달라고 하면 돼. 그러면 극장 앞에 택시가 설 테고, 넌 그 안으로 들어가기만 하면 돼."

"카우보이 이야기인 거 맞죠?" 의심스럽다는 듯 파제스가 물었다.

"더할 나위 없을 정도로. 말을 타고 한바탕 질주하는 장면들이 잔뜩 나온다고." 프랑수아즈가 말했다.

"총격전이랑 끔찍한 싸움판도 벌어지고." 라브루스가 말했다.

마치 악마가 유혹하듯 두 사람은 파제스 쪽으로 얼굴을 들이밀었다. 두 사람의 목소리에는 애원하는 기색이 담겨 있다. 터져 나오는 웃음을 참기 위해 제르베르는 영웅적인 노력을 기울여야 했다. 그는 페르노 한 모금을 삼켰다. 매번 아니스 열매의 맛이 돌연 맛있게 느껴지는 기적이 일어나기를 바라지만, 항상 치밀어 오르는 구역질 탓에 몸서리칠 뿐이었다.

"주인공은 잘생겼나요?" 파제스가 물었다.

"여느 배우들만큼 호감이 가는 스타일이야." 프랑수아즈가 말했다.

"잘생기진 않은 거네요." 파제스는 심통 난 얼굴로 말했다.

"전형적인 미남은 아니야." 라브루스가 인정했다.

파제스는 실망해서 입을 비죽였다.

"두 분을 믿을 수가 없어요. 지난번에 데려가서 보여 주신 영화의 주인공은 얼굴이 꼭 바다표범처럼 생긴 것이, 비열해 보였다고요."

"윌리엄 파월을 말하는 거예요." 프랑수아즈가 말했다.

"하지만 이번엔 완전히 다르다고. 젊고 잘생긴 데다 완전히 야성적이야." 라브루스는 간청하듯 말했다.

"좋아요, 여하튼 보긴 할게요." 파제스는 체념한 듯 말했다.

"자정에 도미니크의 극장에 올 건가요?" 제르베르가 물었다.

"물론이죠." 언짢은 얼굴로 파제스가 대답했다.

제르베르는 그 대답이 썩 미덥지 않았다. 이를테면 한 번도 찾아온 적이 없었던 것이다.

"저는 여기 오 분 더 남아 있을게요." 프랑수아즈가 일어서자 파제스는 말했다.

"그럼 안녕." 프랑수아즈는 따뜻한 목소리로 인사말을 건넸다.

"안녕히 가세요." 이렇게 말하면서 그자비에르는 묘한 표정을 지은 채 곧장 고개를 숙였다.

"저 애가 극장에 갈지 의문이네요. 바보같이 굴긴. 분명히 재미있을 텐데." 카페를 나서면서 프랑수아즈가 말했다.

"당신도 봤잖소, 계속 다정하게 굴려고 최선을 다하는 모습을. 다만 끝까지 그러지 못했을 뿐이오. 우리가 원망스러운 거지."

"뭣 때문에요?" 제르베르가 물었다.

"자기랑 저녁 시간을 함께 보내지 않아서." 라브루스가 말했다.

"그럼 데려가면 되지 않습니까?" 제르베르는 말했다. 자신과 함께하는 저녁 식사 자리가 라브루스와 프랑수아즈에게 골치 아픈 일거리로 비치다니, 그는 기분이 언짢았다.

"절대로 그럴 순 없어. 절대 같은 선상에 놓인 문제가 아니거든." 프랑수아즈가 말했다.

"저 아인 작은 독재자라고. 그렇지만 우리에겐 대비책이 있지." 피에르가 활기차게 말했다.

제르베르는 마음이 놓였지만, 파제스가 라브루스에게 정확히 어떤 의미를 지닌 존재인지 알고 싶었다. 프랑수아즈에 대한 애정 때문에 그녀를 좋아하는 걸까? 그게 아니라면 뭘까?

감히 물어볼 엄두가 나질 않았다. 라브루스가 우연히 조금이라도 속내를 털어놓을 때면 기분이 퍽 좋았지만, 자기 쪽에서 먼저 캐물을 입장은 아니었다.

라브루스는 택시를 잡았다.

"라그리유에서 저녁을 먹는 거 어때?" 프랑수아즈가 물었다.

"그게 좋겠네요. 붉은 콩을 곁들인 햄이 아직 있을 거예요." 제르베르는 갑자기 자신의 허기를 알아차리고 이마를 쳤다.

"이런! 뭔가 잊었다는 걸 지금 깨달았어요."

"뭔데?" 라브루스가 물었다.

"점심으로 소고기를 한 번 더 먹는 걸 잊었어요. 머저리 같으니."

택시가 작은 레스토랑 앞에 멈춰 섰다. 굵은 창살이 가게 정면 유리창을 보호하고 있었다. 식당 안으로 쭉 들어가니 맛좋아 보이는 술병이 즐비한, 아연으로 된 카운터가 있었다. 홀은 비어 있었다. 사장과 계산원만이 목에 냅킨을 두른 채 대리석 식탁에서 저녁을 먹고 있었다.

"이런!" 제르베르가 다시금 이마를 치며 말했다.

"놀랐잖아. 뭘 또 잊은 건데?" 프랑수아즈가 물었다.

"아까 삼십 초 만에 계단을 내려왔다고 말씀드리는 걸 잊었어요."

"거짓말을 하는군." 라브루스가 말했다.

"믿지 않으시리라고 생각했어요. 정확히 삼십 초였다고요."

"내가 보는 앞에서 다시 해 봐. 어쨌든 몽파르나스 계단에서는 내가 널 제대로 앞질렀다고."

"제가 미끄러졌잖아요." 이렇게 말하고서 제르베르는 메뉴판을 집어 들었다. 붉은 콩을 곁들인 햄이 있었다.

"여긴 한가한 편이네요." 프랑수아즈가 말했다.

"아직 시간이 이르니까. 게다가 당신도 알다시피, 사람들은 심한 충격을 받으면 집에 틀어박히지 않소. 오늘 밤엔 열 명의 관객 앞에서 연기를 하게 생겼군." 이렇게 말하고 나서 라브루스는 마요네즈를 올린 달걀을 주문했다. 그는 소스가 발린 달걀노른자를 광적으로 빨아 댔다. 그는 이것을 달걀 미모사[6] 만들기라 부르곤 했다.

"이번에는 결말이 나면 더 좋겠어요. 내일을 위한다는 타령만 해 대는 건 사는 게 아니잖아요." 제르베르가 말했다.

"그 덕분에 시간을 벌기도 하잖아." 프랑수아즈가 말했다.

"뮌헨 조약을 맺을 때도 다들 그렇게 말했지만, 난 바보 같은 짓을 한 거라고 봐. 뒤로 물러선들 무슨 소용 있겠어." 이렇게 말하면서 라브루스는 탁자에 놓여 있던 보졸레 포도주병을 집어 들더니 세 사람의 잔에 술을 따랐다.

"이래선 안 돼. 언제까지 이런 식으로 회피할 순 없어."

"요컨대 왜 안 된다는 거죠?" 제르베르가 물었다.

프랑수아즈는 잠시 뜸을 들이다가 이렇게 말했다.

"전쟁을 하는 것보다 차라리 나은 거 아닌가요?"

라브루스는 어깨를 으쓱였다.

---

6) 샴페인과 오렌지 주스를 섞어서 만드는 칵테일로, 접객용 음료나 식전주로 마신다. 달걀노른자와 마요네즈를 섞으면 미모사 칵테일과 비슷한 색깔이 나므로, 저렇게 표현한 듯하다.

"잘 모르겠소."

"이곳 상황이 심각해지더라도 선생님께선 언제든지 미국으로 건너가시면 되잖아요. 그곳에서 분명히 받아 줄 거예요, 이미 유명하시잖아요." 제르베르가 말했다.

"거기서 내가 뭘 할 수 있지?" 라브루스가 물었다.

"프랑스어를 하는 미국인이 아마 적잖을 거예요. 또 영어를 배워서 영어로 된 작품을 무대에 올려도 되고." 프랑수아즈가 말했다.

"전혀 구미가 당기질 않는군. 망명지에서 작업을 하는 게 대체 내게 무슨 의미가 있다는 거요? 세상에 흔적을 남기길 원한다면 세상과 연대해야 하는 법이오." 라브루스가 말했다.

"미국 역시 세상이잖아요." 프랑수아즈는 말했다.

"하지만 내 세상은 아니지 않소."

"당신이 미국을 받아들이면 그곳 역시 당신 세상이 될 거예요."

라브루스는 고개를 저었다.

"당신은 꼭 그자비에르처럼 말하는군. 난 그럴 수 없소. 난 이곳에 발을 깊숙이 들여놓은 상태니까."

"당신은 아직 젊어요."

"맞소. 그렇지만 미국에서 새로운 연극을 만드는 일은 영 내키지 않소. 내가 관심 있는 건 오직 내 작품을 완성하는 거요. 크리스틴 고모에게서 끌어낸 돈으로 고블랭의 판잣집에서 구슬땀을 흘려 가며 착수했던 내 작품을 말이오."

라브루스는 프랑수아즈를 쳐다보았다.

"이해하지 못하겠소?"

"이해해요." 프랑수아즈는 말했다.

그녀는 뜨거운 관심을 드러내며 라부르스의 이야기를 듣고 있었다. 제르베르는 그런 모습을 보면서 일종의 서운한 감정을 느꼈다. 그 또한 달아오른 얼굴로 자신을 쳐다보는 여자들과 종종 마주하곤 했다. 하지만 그럴 때마다 짜증이 날 뿐이었다. 그처럼 만개한 애정이 저속한 것으로, 혹은 압력을 행사하는 뭔가로 여겨졌던 것이다. 그러나 프랑수아즈의 눈 속에서 반짝이는 사랑은 무방비하지도, 억압적이지도 않았다. 그녀에게서 그 같은 사랑을 불러일으키고 싶을 정도였다.

라부르스는 말을 이어 갔다.

"과거가 있었기에 지금의 내가 있는 거요. 뤼스 발레단,[7] 비외콜롱비에 극단,[8] 피카소, 초현실주의, 이 모든 게 없었더라

---

7) 1909년에 러시아인 세르게이 댜길레프가, 러시아 상트페테르부르크의 황실 발레단을 바탕으로 파리에 창설한 발레단이다. 당시 프랑스 발레보다 더 풍부하게 생동감을 표현해 내는 러시아 발레의 스타일을 도입한 덕분에, 뤼스 발레단은 20세기 내내 프랑스에서 가장 영향력 있는 발레단으로 자리 잡았다. 본 번역서에서는 러시아 발레의 스타일과, 그 스타일을 도입한 뤼스 발레단을 구분하기 위해, 소문자로 쓰인 les ballets russes는 '러시아 발레'로, 대문자로 쓰인 les Ballets russes는 '뤼스 발레단'으로 각각 옮겼다.
8) 연극 예술의 쇄신을 목표로 1913년에 파리에서 창립한 극단으로, 같은 명칭을 지닌 극장에서 공연을 했다. 1970년대 쇠락기에 접어들면서 결국 1977년에 극장 문을 닫았다. 그러나 수많은 이들의 청원 덕분에 1986년 정부가 극장을 매입한 뒤, 1993년에 다시 문을 열었다. 현재는 '코메디프랑세즈'와 '리슐리외 극장'과 더불어 파리 3대 극장 중 하나로 일컬어진다. 1944년 5월, 이 극장에서 장폴 사르트르의 희곡 「닫힌 방」이 초연되었다.

면 나 역시 없었을 테지. 물론 예술이 나로 인해 유례없는 미래를 맞이하길 바라고 있음은 사실이오. 하지만 난 그게 이러한 전통으로부터 기인한 미래였으면 하오. 무에서 작업하기란 불가능해. 그러면 아무런 진척도 이루지 못할 테지."

"물론 내 것이 아닌 역사를 위해 모든 걸 싸 들고 정착하러 가는 일이 달가울 리는 없겠죠." 프랑수아즈가 말했다.

"개인적으로는, 삶은 옥수수를 먹으러 뉴욕에 가는 것만큼, 철조망을 치러 로렌주 어딘가로 가고 싶은 마음이오."

"그래도 난 옥수수가 더 좋아요. 특히나 구워 먹을 수 있다면요."

"음, 맹세하건대 베네수엘라나 생도맹그[9]로 도망칠 수 있는 방법만 있다면 전⋯⋯." 제르베르가 말했다.

"전쟁이 터진다면 난 도망치고 싶지 않아. 솔직히 말해서 호기심 비슷한 게 들기도 하고." 라브루스가 말했다.

"참 별난 취미이긴 하네요." 제르베르가 말했다.

온종일 전쟁에 대한 몽상에 젖어 있었지만, 막상 라브루스가 이미 전쟁이 시작된 듯 단호하게 말하는 소리를 듣고 있자니 뼛속까지 얼어붙었다. 사실상 전쟁은 여기에, 탁탁 소리를 내며 타는 난로와, 노란빛을 발하는 아연으로 된 카운터 사이에 존재하고 있었다. 그리고 지금 먹는 이 음식은 장례식장에서 먹는 식사에 해당했다. 전투모, 탱크, 군복, 녹회색 트럭이, 엄청난 크기의 더러운 물결이 세상을 덮치는 중이었다. 하늘

---

9) 오늘날의 아이티를 말한다.

이 음산한 빛으로 번득이는 동안 끈적거리는 거무스름한 액체가 온 땅을 뒤덮었고, 어깨에 젖은 개 냄새가 나는 납빛 옷을 걸친 사람들이 그 속으로 빨려 들어가고 있었다.

"나도 같은 생각이야. 어떤 중요한 일이 나랑 상관없이 벌어지는 건 원하지 않아." 프랑수아즈가 말했다.

"그렇다면 스페인 내전에도 참여했어야 하고, 심지어 중국에도 갔어야죠." 제르베르가 말했다.

"그건 달라." 라브루스가 말했다.

"왜 다른지 모르겠군요."

"상황과 관련한 문제인 듯 보여. 라즈곶에 갔던 일이 생각나는군. 그때 피에르가 나더러 폭풍우가 닥쳐오기 전에 먼저 떠나라고 떠미는데, 절망감 때문에 미치겠더라고. 만약 그 말을 따랐더라면 죄책감에 시달렸을 거야. 그런데 이젠 세계를 휩쓸 폭풍우가 지척에서 발생하려 한다고."

"바로 그거야. 이번 전쟁은 나 자신의 역사에 속한 일이지. 따라서 모른 척 그냥 건너뛰는 데에 동의할 수 없고말고."

그의 얼굴은 기쁨으로 반짝였다. 제르베르는 부러운 듯 두 사람을 바라보았다. 이렇게 서로를 중요한 사람으로 여긴다면 마음이 참 든든할 터였다. 누군가에게 자신이 대단히 소중하게 여겨졌더라면, 스스로의 눈에도 자기가 조금은 더 의미 있는 사람으로 비쳤으리라. 그는 자신의 인생이나 생각에 마땅한 가치를 부여하지 못하고 있었다.

"이미 아시겠지만, 군인들의 살을 째다가 완전히 미쳐 버린 의사 한 명을 페클라르가 알고 있어요. 한 사람을 수술하고 있으면 옆에서 다른 사람이 죽어 갔던 거예요. 누군가를 수술하는데, 어딘가에서 '무릎이 아파! 젠장, 무릎이 아프다고!'라고 끊임없이 소리 지르던 사람도 있었나 보더라고요. 유쾌한 상황이었을 리 없죠." 제르베르는 말했다.

"그런 상황에 놓이면 고함을 지르는 것 외엔 다른 방법이 없을 거야. 하지만 그것조차 내 뜻을 거스를 수는 없어. 다른 일과 마찬가지로 경험해 볼 만한 일이라고." 라브루스는 말했다.

"그런 식이라면 모든 게 정당화될 수 있다고요. 그저 팔짱을 끼고 있는 수밖에요." 제르베르가 말했다.

"아! 절대로 그렇지 않아. 무언가를 경험한다는 건 멍청히 감내함을 의미하지 않는다고. 그게 뭐가 됐든, 난 가능하다면 모든 걸 경험해 볼 작정이야. 왜냐하면 내가 그 모든 걸 자유롭게 경험할 수 있다고 믿기 때문이지."

"기이한 자유로군요. 선생님께서 관심 있어 하시는 일을 더는 할 수 없게 될 거예요."

라브루스는 미소를 지었다.

"보다시피 난 달라졌어. 예술 작품을 더는 절대적으로 숭배하지 않는다고. 다른 활동들 역시 계획할 수 있어."

제르베르는 생각에 잠겨 잔을 비웠다. 라브루스가 변할 수 있다고 생각하니 기분이 묘했다. 늘 한결같은 사람이라고 여겨 왔던 것이다. 그는 모든 질문에 대한 답을 지니고 있었다. 그가 스스로에게 던질 수 있는 질문이란 과연 무엇인지 여전히 알 수 없었다. 제르베르는 말했다.

"그렇다면 미국으로 떠나지 못할 이유가 없잖아요."

"지금으로선 내 자유를 사용하는 가장 좋은 방법은 말이야, 내가 아끼는 모든 가치와 연결된 문명을 지키는 것이라고 생각해."

"어쨌든 제르베르 말에도 일리는 있어요. 자신을 위한 자리가 마련된 세계라면, 당신은 그게 무엇이든 정당하다고 여길지도 몰라요."

프랑수아즈는 웃으며 말을 이어 갔다.

"난 당신이 스스로를 하느님 아버지로 간주하고 있지는 않은지 늘 의심했다고요."

두 사람은 모두 즐거워 보였다. 이런 식으로 활기를 띤 채 말을 주고받는 두 사람을 볼 때면 제르베르는 항상 어처구니없다는 생각이 들곤 했다. 이런 대화가 상황에 어떠한 변화를 가져다준단 말인가? 지금 마시는 보졸레 포도주의 취기와 폐를 질식시키는 담배 연기 그리고 목구멍으로부터 치밀어 오르는 두려움에 맞서, 이 모든 말이 대체 무엇을 할 수 있단 말인가?

"뭐야? 무엇 때문에 우리가 못마땅한 거지?" 라브루스가 물었다.

제르베르는 흠칫 놀랐다. 생각하던 바를 들키리라곤 예상하지 못했던 것이다.

"그럴 리가요."

"꼭 판사 같은 얼굴을 하고 있던걸." 이렇게 말하면서 프랑수아즈는 그에게 메뉴판을 내밀었다.

"디저트 먹지 않을래?"

"전 디저트를 좋아하지 않습니다." 제르베르가 말했다.

"파이가 있어. 좋아하잖아." 프랑수아즈가 말했다.

"네, 좋아하지만 오늘은 당기질 않는군요." 제르베르가 대답했다.

두 사람은 웃음을 터뜨렸다.

"잘 익은 마르를 마시지 못할 정도로 너무 지친 건가?" 라브루스가 말했다.

"아뇨, 마르라면 언제든 마셔야죠."

라브루스가 술 석 잔을 주문하자, 종업원은 주둥이가 좁은, 먼지가 내려앉은 커다란 병을 가져왔다. 제르베르는 담배에 불을 붙였다. 참으로 놀라운 점은, 라브루스마저 스스로 집착할 수 있는 무언가를 상상해 내야 한다는 것이었다. 급기야 제르베르는 그의 평정심이 오롯한 본심은 아니라고 의심하는 단계에 이르고 말았다. 피에르는 자기 사상에 애착을 느꼈다. 이를테면 자신의 가구를 대하는 페클라르의 심리와 어느 정도 비슷하다고 할 수 있었다. 프랑수아즈, 그녀는 라브루스에게 의지하고 있었다. 이런 식으로 사람들은 자기 삶에 어떤 의미를 부여해 주는 견고한 세계로 스스로를 둘러쌀 채비를 했다. 그러나 그 밑바탕에는 일종의 기만이 늘 존재하기 마련이었다. 자신을 속이려 하지 않고 솔직하게 들여다보면, 위엄을 뽐내는 세계의 외관, 그 이면에서 그저 무의미하고 하찮은 인상들의 먼지구름만을 마주하게 될 터였다. 아연으로 만든 계산대가 반사하는 노란 불빛, 마르 바닥에 깔린 발효된 모과의 맛. 이것들은 말로 붙잡을 수 있다기보다, 말없이 감내해야 하는 것이었다. 그러다가 이것들이 흔적도 없이 사라져 버리면,

붙잡을 수 없는 또 다른 무언가가 생겨나곤 했다. 모래와 물밖에 없는 곳에 무언가를 세우려 하는 건 미친 짓이었다. 심지어 죽음은 야단법석을 떨 만큼 가치 있는 것이 아니었다. 물론 죽음은 소름 끼치는 것이었다. 그러나 그건 단지 죽음을 맞닥뜨린 상황을 상상할 수 없기 때문에 그러는 데에 지나지 않았다.

"죽임을 당하는 게 차라리 나아요. 하지만 얼굴이 망가진 채 살아갈 수도 있겠죠."

"난 다리 하나는 더 희생하겠어." 라브루스가 말했다.

"전 팔을 잃는 편이 나을 것 같아요. 마르세유에서 손 대신에 갈고리를 단 영국인 청년을 본 적이 있어요. 글쎄, 오히려 더 멋져 보이더라니까요." 제르베르가 말했다.

"의족은 거의 티 나지 않지만, 팔은 감추는 게 아예 불가능한걸."

"우리 직업을 감안한다면 선택의 여지가 많지 않은 건 사실이에요. 한쪽 귀가 떨어져 나가면 경력은 끝장날 테니까요."

"그런 일이 일어날 리 없어." 갑자기 프랑수아즈가 입을 열었다. 목소리가 잠기고 표정 역시 변해 있었다. 갑자기 그녀의 눈에 눈물이 차올랐다. 제르베르는 그런 그녀가 뜻밖에도 아름답다고 생각했다.

"부상을 입지 않고 무사히 돌아올 수도 있소. 게다가 아직 전쟁터로 떠난 것도 아니잖아요." 라브루스는 달래듯 이렇게 말하면서 프랑수아즈에게 미소를 지어 보였다.

"지레 나쁜 상상을 할 필요는 없소."

프랑수아즈 쪽에서도 애써 미소를 지었다.

"확실한 건, 오늘 밤 당신이 텅 빈 객석을 앞에 두고 공연하게 되리라는 점이에요."

"맞아." 라브루스는 황량한 레스토랑을 둘러보았다. "어쨌든 가야겠소, 시간이 다 됐어."

"나도 일하러 돌아가겠어요." 이렇게 말하고 나서 프랑수아즈는 어깨를 으쓱였다.

"일할 마음이 얼마나 있을지는 잘 모르겠지만."

세 사람은 바깥으로 나왔다. 그러고는 라브루스가 택시를 잡았다.

"우리랑 같이 타고 가겠소?" 그가 물었다.

"아뇨, 걸어서 돌아가는 게 더 좋아요." 프랑스아즈는 라브루스, 제르베르와 차례로 악수를 나눴다.

제르베르는 그녀가 두 손을 주머니에 찔러 넣고 다소 어색한 잰걸음으로 멀어져 가는 모습을 바라보았다. 이제 그녀를 다시 보지 못한 채, 한 달가량의 세월을 보내게 될 터였다.

"타게." 택시 안으로 그를 밀어 넣으면서 라브루스가 말했다.

제르베르는 분장실의 문을 열었다. 기미오와 메르카통이 목과 팔에 황토색 크림을 바른 채 벌써 화장대 앞에 자리를 잡고 있었다. 그는 두 사람과 건성으로 악수를 나눴다. 둘 다 마음에 들지 않았다. 지나치게 후터분하고 자그마한 분장실은 크림과 머릿기름의 역한 냄새로 뒤덮여 있었다. 기미오가 창문을 닫아 두라고 연신 우겼던 것이다. 그는 감기에 걸릴까 봐 겁을 냈다. 제르베르는 단호하게 창문 쪽으로 걸어갔다.

'내게 뭐라고 하면, 저 수다쟁이 녀석의 면상을 갈겨 주겠어.' 제르베르는 생각했다.

아무 놈이랑 주먹다짐을 한바탕 벌이면 기분이 좀 풀릴 듯했다. 하지만 기미오는 잠자코 있었다. 그는 커다란 자줏빛 분첩으로 얼굴에 분칠을 하고 있었다. 주위로 분가루가 날리자 그는 불쌍한 얼굴로 두 번 재채기를 했다. 제르베르는 무척이나 우울했으므로 그 모습을 보고도 전혀 웃음이 나질 않았다. 그는 양복 상의, 넥타이, 신발, 양말을 차례로 벗기 시작했다. 이 모든 걸 잠시 후에 다시 입어야 한다고 생각하니 지레 질리는 기분이었다. 게다가 그는 사내놈들 앞에서 맨살을 드러내기를 상당히 꺼렸다.

'난 여기서 대체 뭘 하고 있단 말인가!' 고통에 가까운 경악에 사로잡힌 채 그는 주위를 둘러보면서 느닷없이 속으로 물었다. 지금 자신의 심리 상태가 어떤지를 그는 잘 알고 있었다. 불쾌함이 절정에 다다른 상태였다. 마치 마음속이 온통 썩은 물로 변한 것만 같았다. 어린 시절엔 자주 이런 기분에 사로잡히곤 했다. 세제가 섞인 수증기 사이로 세탁통에 허리를 숙이고 있는 어머니를 볼 때면 특히나 그랬다. 며칠 뒤면 총기를 손질하고 병영 뜰을 행진하다가, 얼어붙은 구덩이 속에서 보초를 설 터였다. 어처구니가 없었다. 하지만 그때를 기다리면서, 지금은 허벅지에 붉은 기를 주려고 분을 펴 바르고 있었다. 나중에는 지우느라 엄청 고생하게 될 터였다. 이 또한 어이없기는 마찬가지였다.

"젠장!" 그는 갑자기 소리를 질렀다. 오늘 밤, 엘리자베트가 자신을 스케치하러 오겠다고 얘기했던 것이다. 날 하나는 잘 골랐군.

문이 열리고 랑블랭이 얼굴을 내밀었다.

"포마드 좀 가진 사람 있나?"

"제게 있습니다." 기미오가 공손히 말했다. 기미오는 랑블랭을 부자인 데다 커다란 영향력을 지닌 인물로 간주했으므로 그에게 잘 보이려고 노골적으로 애썼다.

"고맙네." 랑블랭은 냉담하게 말했다. 그는 분홍색 기름 덩어리가 출렁이는 유리병을 받아 들고 제르베르를 향해 몸을 돌렸다.

"오늘 밤엔 다소 한기가 돌 것 같지 않나? 길을 잃은 고양이 세 마리가 오케스트라석과 특등석에 자리 잡고 있는 게 다이니 말일세."

별안간 그가 큰 소리로 웃어 대자, 제르베르는 안심하고 웃음을 터뜨렸다. 종종 랑블랭을 뒤흔들어 놓는, 그만의 폭발적인 명랑함이 그는 마음에 들었다. 게다가 동성애자이지만 자기 주위를 얼쩡대지 않아서 고맙게 느껴지기도 했다.

"테데스코는 하얗게 질려 있어! 외국인이라면 한 명도 빠짐없이 집단 수용소에 감금될 거라고 믿고 있거든. 칸제티가 흐느끼면서 그의 손을 잡더군. 샤노는 이미 그를 더러운 외국인이라 취급하면서, 프랑스 여인들은 의무를 수행할 줄 안다고 떠들어 대고 있더군. 맹세하건대 진짜로 그러고들 있다고." 랑블랭이 말했다.

그는 만족감과 냉소가 한데 뒤섞인 표정으로 거울을 들여다보면서, 둥글게 말린 가발을 얼굴 주위에 정성스레 붙이고 있었다.

"귀염둥이 제르베르, 파란색 분 좀 빌려줄래?" 엘로이의 목소리였다.

그녀는 남자 배우들이 가슴 털을 드러내고 있을 때면 늘 남자 분장실에 들어오려고 했다. 그녀는 반쯤 벗은 상태였다. 투명한 숄 밑으로 젖가슴을 내놓다시피 하고 있었다.

"꺼지지 못해! 예의가 아니잖아." 제르베르가 소리쳤다.

"그리고 여기 좀 가리지 그래." 랑블랭이 숄을 끌어내리면서 말했다. 그는 역겨워하는 눈빛으로 그녀의 모습을 좇았다.

"간호원으로 참전하겠다더군. 저 여자에겐 횡재가 아니겠나, 저 여자 다리 사이에 떨어질, 무방비 상태의 불쌍한 사내놈들 말이야."

랑블랭은 멀어져 갔다. 제르베르는 로마인 복장을 걸치고서 얼굴에 분장을 하기 시작했다. 분장하는 일은 비교적 재미있었다. 정밀한 작업을 좋아했던 것이다. 그는 직접 새로운 눈화장법을 고안해 냈다. 그는 훨씬 우아해 보이게 하는, 별 같은 형태의 눈꺼풀 선을 길게 늘렸다. 거울에 만족스러운 시선을 던지고 나서, 그는 계단을 내려갔다. 대기실에는 도화지를 팔에 낀 채 의자에 앉아 있는 엘리자베트가 있었다.

"내가 너무 일찍 온 건가요?" 싹싹한 목소리로 그녀가 물었다. 오늘 밤 그녀는 상당히 세련돼 보였다. 그 점을 부정할 수는 없었다. 그녀의 재킷을 재단한 사람은 분명 솜씨 좋은 재단 사이리라. 제르베르는 그 방면에 정통했으므로, 바로 알아볼 수 있었다.

"십 분 뒤에 오겠습니다." 제르베르가 말했다.

그는 무대 장치 쪽을 흘끔 쳐다보았다. 모든 게 준비되어 있었고, 소도구 역시 손 닿는 곳에 정확히 놓여 있었다. 그는 벌어진 커튼 사이로 객석을 살펴보았다. 스무 명 남짓인 관객을 보니 망했다는 기분이 들었다. 제르베르는 입에 호루라기를 물고 배우들에게 내려오라고 신호를 보내고자 복도를 뛰어다녔다. 그러고는 체념한 모습으로 엘리자베트 옆에 와서 앉았다.

"방해가 되는 거 아닌가요?" 종이 꾸러미를 풀면서 그녀가 물었다.

"아닙니다. 시끄럽게 구는 사람이 없도록 감시하려고 여기에 있어야 하는 것뿐이에요."

적막 속에서 징이 음산하고 묵직한 소리로 세 번 울렸다. 그러자 막이 올랐고, 무대로 나가는 문 옆에는 카이사르의 수행원들이 모여 있었다. 하얀색 토가를 두른 라브루스가 들어왔다.

"여기 있었구나." 그가 동생을 보며 말했다.

"보다시피."

"요즘엔 더 이상 초상화를 그리지 않는다고 생각했어." 그녀의 어깨 너머로 도화지를 들여다보면서 그가 말했다.

"훈련 삼아 하는 거야. 구성화만 그리다 보면 손이 굳거든."

"나중에 날 보러 와."

그가 문턱을 넘자 수행원들이 그 뒤를 따랐다.

"무대 뒤에서 연극을 구경하고 있으니 묘한 기분이 드네요. 다 꾸며 낸 거라는 게 훤히 보이는군요." 엘리자베트가 말했다.

그녀는 어깨를 으쓱였다. 제르베르는 그녀를 거북하게 쳐다보았다. 그녀 앞에선 늘 마음이 편하지 않았다. 자기에게 원하는 바가 무엇인지 도통 알 수 없었던 것이다. 가끔은 약간 미친 여자가 아닌가 싶기도 했다.

"그대로 있어요, 움직이지 말고." 이렇게 말하고 나서 엘리자베트는 미안하다는 듯 미소를 지었다.

"자세가 힘들지는 않나요?"

"괜찮습니다."

힘든 점은 전혀 없었지만 어쩐지 바보가 된 기분이었다. 대기실을 지나가던 랑블랭이 비웃는 듯한 시선을 던졌다. 사방이 고요했다. 모든 문을 닫아 둔 상태라 아무런 소리도 들리지 않았다. 저쪽에서는 배우들이 텅 빈 객석을 마주한 채 분주히 움직이고 있었다. 엘리자베트는 손이 굳는 걸 방지하기 위해 기를 쓰고 스케치했다. 그리고 제르베르는, 바보 같은 모습으로 이곳에 있었다. '무슨 의미가 있단 말인가?' 제르베르는 분노에 사로잡힌 채 생각했다. 방금 전, 분장실에서와 마찬가지로 배 속의 공허가 느껴졌다. 이런 기분이 들 때면 늘 머릿속에서 기억 하나가 되살아났다. 프로방스 지역을 도보로 여행하던 중 어느 날 밤에 보았던 커다란 거미의 모습이었다. 거미는 나무에 늘어진 거미줄에 매달린 채 애써 기어오르고 있었다. 그러다가 거미줄에서 뚝 떨어지고 말았지만, 거미는 힘겨운 인내심을 발휘하여 다시금 기어올랐다. 저토록 끈질긴 의지를 어디로부터 끌어내는지 당최 알 수가 없었다. 끔찍할 정도로 세상 속에 홀로 있는 듯 보였다.

"인형극 공연은 한동안 계속할 예정인가요?" 엘리자베트가 물었다.

"도미니크 말로는 이번 주말까지라더군요."

"파제스는 결국 배역을 완전히 포기했나요?"

"오늘 밤엔 오겠다고 약속했습니다."

엘리자베트는 연필의 움직임을 멈추고 제르베르를 노려보았다.

"파제스를 어떻게 생각해요?"

"괜찮은 사람이죠."

엘리자베트가 큰 소리로 웃음을 터뜨렸다.

"물론 그렇겠죠, 당신이 그 애만큼 소심한 사람이라면……."

그녀는 그림 위로 집중한 얼굴을 숙이고서 다시 연필을 움직이기 시작했다.

"전 소심하지 않아요." 제르베르가 말했다.

자신이 얼굴을 붉히고 있다는 사실에 화가 났다. 너무나도 못나 보이는 상황이었다. 남이 자신에 대해 떠들어 대는 걸 몹시 싫어했으므로 불쾌한 기색을 감춰야 했지만, 몸을 살짝 움직일 수조차 없었다.

"그렇게 생각할 수밖에 없는걸요." 엘리자베트가 활기차게 말했다.

"이유가 뭐죠?"

"그렇지 않다면 그 애를 좀 더 쉽게, 깊이 알아 갔을 테니까요."

엘리자베트는 눈을 들고, 진심과 호기심이 담긴 표정으로 제르베르를 바라보았다.

"정말 아무것도 눈치채지 못했나요, 아니면 모르는 척하는 건가요?"

"무슨 말씀을 하고 계신지 모르겠군요." 제르베르는 당황한 얼굴로 말했다.

"매력적이잖아요. 제비꽃 같은 그런 수수함은 좀처럼 찾아보기 어렵다고요." 그녀는 확신에 찬 눈빛으로 허공을 바라보면서 말했다. 저 여잔 진짜로 미쳐 가는 중인지도 몰랐다.

"하지만 파제스는 내게 관심이 없는걸요."

"그렇게 생각해요?" 엘리자베트가 비꼬는 목소리로 물었다.

제르베르는 아무 대답도 하지 않았다. 파제스가 몇 차례 이상하게 군 적이 있음은 사실이었다. 하지만 그것이 딱히 대단한 증거는 아니었다. 프랑수아즈와 라브루스를 제외하면, 그녀는 어느 누구에게도 관심이 없었다. 엘리자베트는 그를 놀리고 싶었으므로, 짜증을 내듯 연필심을 빨아 댔다.

"그 애가 마음에 들지 않나요?" 그녀가 물었다.

제르베르는 어깨를 으쓱였다.

"뭔가 잘못 알고 계시군요."

그는 거북한 듯 주위를 둘러보았다. 엘리자베트는 언제나 경망스럽게 굴었다. 얘기하는 즐거움만을 좇으며, 생각 없이 말을 내뱉곤 했다. 게다가 이번에는 허풍을 떨고 있음이 분명했다.

"오 분만요. 환호성이 나갈 때가 되어서요." 그는 몸을 일으키며 말했다.

단역 배우들이 대기실 한쪽 끝에 와서 앉았다. 제르베르는 그들에게 신호를 보내고서, 무대로 나가는 문을 조용히 열었다. 배우들의 목소리가 들리진 않았지만, 카시우스와 카스카의 대화 중에 나직이 깔리는 반주를 신호로 삼았다. 군중이 카이사르에게 왕관을 바치는 장면을 알리는 주제 선율이 들리길 기다리는 동안, 제르베르는 매일 밤 똑같은 감동에 젖곤 했다. 이 순간이 지닌, 애매하고 실망스러운 장엄함을 진실하다고 여겼던 것이다. 그가 손을 들자, 커다란 환성이 피아노 연주의 후반부 선율을 뒤덮었다. 멀리서 들려오는 목소리의 웅얼거림을 한층 더 부각하는 정적이 흐르는 가운데, 그는 다시금 때를 엿보았다. 짧은 연주가 들리자 모두의 입에서 함성이 터져 나왔다. 세 번째 신호였다. 짧은 대사가 주제 선율의 시작을 알리자마자, 목소리들은 훨씬 격렬하게 고조되었다.

"지금부터 한동안은 마음을 놓고 있어도 됩니다." 다시 자세를 잡으면서 제르베르가 말했다. 그러나 마음은 여전히 어수선했다. 자기가 여자들의 호감을 적잖이 사고 있음을, 심지어 지나칠 정도로 매력적이라는 사실을 알고 있었다. 하지만 파제스 역시 그러리라는 소리는 그저 듣기 좋으라고 하는 말일 터였다. 잠시 후, 그가 입을 열었다.

"오늘 저녁에 파제스를 만나 봤지만, 맹세코 저를 원하는 듯 보이지 않았어요."

"왜 그렇게 생각하죠?"

"제가 프랑수아즈, 라브루스 선생님이랑 저녁을 먹으러 갈 거라고 하니까 화를 내더라고요."

"아, 짐작이 가네요. 그 아가씨는 질투심이 제법 강한 편이에요. 그러니 실제로 당신이 미웠을 거예요. 하지만 그걸로는 아무것도 증명할 수 없어요." 이렇게 말하고 나서 엘리자베트는 입을 다물더니 오직 연필만을 놀려 댔다. 제르베르는 더 묻고 싶었지만 그 어떤 질문도 입 밖으로 끄집어내지 못했다. 죄다 경박해 보이는 질문만이 떠올랐던 것이다.

"그런 애를 당신 인생에 들여놓으면 상당히 귀찮아질 거예요. 프랑수아즈랑 라브루스가 아무리 헌신적이라 해도, 그 애는 두 사람을 버겁게 하고 있죠." 엘리자베트가 말했다.

제르베르는 오늘 저녁에 벌어진 일과, 라브루스의 호인다운 말투를 떠올렸다.

'저 아인 작은 독재자라고. 그렇지만 우리에겐 대비책이 있지.'

타인의 표정과 억양은 또렷이 기억했지만, 그들 머릿속에 담긴 것을 파악하기 위해 그들 내부로 뚫고 들어가는 방법은 알지 못했다. 그들의 생각은 계속 간결하고 불투명한 상태로 눈앞에 남아 있었고, 그것을 명확하게 파악한 적은 결코 없었다. 그는 망설였다. 조금이라도 정보를 얻어 낼 수 있는 뜻밖의 기회였던 것이다.

"두 분이 파제스에게 어떤 감정을 품고 계신지 도무지 모르겠어요." 그는 말했다.

"그들이 어떤 사람인지 당신도 알잖아요. 두 사람은 서로를 무척 아끼고 있어요. 다른 사람과는 항상 가볍거나 장난스러운 관계만을 맺을 뿐이고." 이렇게 말하고 나서 엘리자베트는 완전히 매료된 표정으로 그림을 내려다보았다. 그러더니 이렇게 덧붙였다.

"두 사람은 양녀를 들이는 일에 재미를 느낀 거죠. 그런데 그 일로 조금 곤란해지기 시작했다고 난 생각해요."

제르베르는 잠시 뜸을 들였다.

"가끔씩 라브루스 선생님께서 염려하는 눈으로 파제스를 지긋이 바라보시곤 하더군요."

엘리자베트가 웃음을 터뜨렸다.

"그런데도 당신은 피에르가 파제스를 사랑하고 있다는 걸 몰랐던 건가요?"

"당연하죠." 제르베르는 분노로 숨이 막히는 듯했다. 손윗사람 행세를 하려고 드는 모습이 정말로 꼴불견이었다.

"그 애를 잘 살펴보세요. 내 말이 맞으리라고 확신해요. 당신은 손가락 하나만 까딱하면 될 테니." 엘리자베트는 다시금 진지한 표정을 지으며 말했다. 그러고는 짙은 냉소를 담아서 이렇게 덧붙였다.

"진짜로 손가락만 까딱하면 된다니까요."

도미니크의 카바레 또한 트레토 극장만큼이나 한산했다. 공연은 우울한 얼굴을 한 열 명의 단골을 대상으로 이루어졌다. 가방에다 방수포를 입힌 작은 공주 인형을 챙겨 넣는 동안, 제르베르의 마음은 답답해졌다. 이번이 마지막 공연일 가능성이 컸기 때문이다. 내일이면 잿빛 먼지 비가 온 유럽에 쏟아져 내릴 테고, 망가지기 쉬운 이 인형도, 무대 장치도, 술집의 카운터도 그리고 몽파르나스 거리를 밝히는 저 오색찬란한 불빛도 그 빗속에 쓸려 갈 예정이었다. 그는 매끈하고 차가운 인형의 얼굴을 한동안 어루만졌다. 진정한 매장(埋葬)이었다.

"꼭 시체 같군요." 파제스가 말했다.

제르베르는 흠칫 놀랐다. 상자 속에 늘어놓은 얼음장같이 차가운 작은 몸뚱이들을 쳐다보면서 파제스는 코트를 걸친 채 목도리를 매는 중이었다.

"오늘 밤, 여기에 잘 온 거예요. 당신이 있으면 공연이 훨씬 제대로 흘러가거든요." 그가 말했다.

"내가 오겠다고 했잖아요." 그녀는 놀란 듯 품위 있게 말했다.

그녀는 막이 올라가기 직전에 도착했으므로, 두 사람은 공연 전에 몇 마디 말을 나눌 겨를조차 없었던 것이다. 제르베르는 그녀를 흘깃 쳐다보았다. 이야깃거리를 찾아내서 잠시 그녀를 붙들어 두고 싶었다. 어쨌든 그리 위압적인 사람은 아니었다. 얼굴에 목도리를 두르고 있으니, 심지어 통통한 아이같이 보였다.

"영화는 보러 갔어요?" 그가 물었다.

"아뇨. 극장이 너무 멀더라고요." 이렇게 말하면서 그녀는 목도리 가장자리를 만지작거렸다.

제르베르는 웃음을 터뜨렸다.

"택시를 타면 금방인데요."

"아! 영화가 전혀 기대되지 않아서요." 그녀는 조심스러운 표정으로 말했다. 그러고는 상냥하게 미소를 지으며 이렇게 물었다.

"저녁은 잘 먹었어요?"

"붉은 콩을 곁들인 햄을 먹었어요. 기적이었죠." 신이 나서 대답하던 제르베르는 순간 당황했다. 그는 무슨 생각이 떠올랐는지 잠시 말을 멈추었다가 이렇게 덧붙였다.

"그렇지만 당신에겐 음식 이야기가 역겹게 느껴지겠지요."

파제스가 눈썹을 치켜올렸다. 붓으로 그린 일본 가면의 눈썹처럼 보였다.

"누가 그러던가요? 말도 안 되는 거짓말이에요."

제르베르는 만족해하며, 마치 심리학자라도 된 듯 생각해 보았다. 그자비에르가 프랑수아즈와 라브루스에게 여전히 화가 나 있음은 훤히 알 수 있었다.

"그렇다고 해서 본인이 먹는 걸 좋아한다고 주장하려는 건 아니죠?" 그는 웃으면서 말했다.

"내가 금발이라서 그렇게 믿는 거라고요. 다들 내가 이슬만 먹고 사는 줄 아는지." 그자비에르는 울먹이는 얼굴로 말했다.

"좋아요, 그럼 나랑 햄버그스테이크를 먹으러 가지 않을래요?" 제르베르가 물었다. 그는 미처 생각하지도 않은 말을 내뱉고 나서 곧장 자신의 대담함에 놀라고 말았다.

그자비에르의 눈빛이 환하게 반짝였다.

"하나 정도는 먹을 수 있어요."

"좋아요, 갑시다." 제르베르는 그녀가 지나갈 수 있도록 뒤로 물러섰다. 그녀와 무슨 이야기를 나눌 수 있을까? 그는 걱정스레 생각했다. 어쨌든 조금은 우쭐한 기분이 들었다. 손가락 하나 까딱하지 못했다는 말은 듣지 않을 수 있을 터였다. 평소에 그는 늘 뒤로 물러나 있는 편이었다.

"이런! 상당히 춥네요." 파제스가 말했다.

"쿠폴로 갑시다. 오 분만 가면 돼요."

파제스는 곤란하다는 듯한 얼굴로 주위를 둘러보았다.

"더 가까운 데는 없나요?"

"햄버그스테이크를 먹으려면 쿠폴로 가야죠." 제르베르는 단호하게 말했다.

너무 춥다, 아니면 너무 덥다, 여자들은 항상 이런 식이었다. 좋은 애인이 되려면 신경 써야 하는 게 너무나도 많았다. 네가 좋다니 나도 좋다, 라는 이유로 몇몇의 여자들에게 호감을 느낀 적은 있지만, 곧 싫증이 나는 걸 보면 불치병인 듯했다. 운 좋게 동성애자로 태어났더라면 남자들이랑만 어울렸을지도 몰랐다. 이별 역시 보통 일이 아니었다. 남에게 고통을 주고 싶지 않았기 때문에 더더욱 그랬다. 결국 여자들도 헤어졌음을 깨닫게 되지만, 그러기까지는 오랜 시간이 걸렸다. 아마 아니는 지금 깨달아 가는 중일 것이다. 아무런 언질 없이 벌써 세 번이나 약속 자리에 나가지 않은 터였다. 제르베르는 쿠폴 정면을 사랑스러운 듯 쳐다보았다. 번쩍이는 조명이 재즈의 선율만큼이나 마음을 우울하게 흔들어 놓았다.

"봐요, 멀지 않잖아요."

"당신은 다리가 기니까 그렇죠. 전 빨리 걷는 사람이 좋아요." 그자비에르는 동의하는 얼굴을 하고, 아래위로 훑어보면서 말했다.

회전문을 밀고 들어가기에 앞서 제르베르는 그녀를 돌아보았다.

"아직도 햄버거가 먹고 싶어요?"

그자비에르는 멈칫거리며 대답했다.

"솔직히 말하자면, 아주 먹고 싶은 건 아니에요. 너무 갈증이 나서요."

그녀는 변명하듯 그를 쳐다보았다. 광대뼈가 도드라진 데다, 어린애의 머리칼 같은 곱슬머리를 목도리 밑으로 빼고 있으니 상당히 귀여워 보였다. 어떤 대담한 생각 하나가 제르베르의 머릿속을 스치고 지나갔다.

"그러면 댄스홀에 내려가 보는 건 어때요? 탭댄스를 가르쳐 줄게요." 이렇게 말하면서 그는 소심하게 미소를 지어 보였다. 곧잘 통하는 수법이었다.

"어머나, 좋아요!" 파제스가 지나치게 좋아했으므로 그는 살짝 아연실색했다. 그녀는 재빨리 목도리를 벗더니, 계단을 두 개씩 뛰어넘으며 서둘러 붉은색 층계를 내려가기 시작했다. 당황한 제르베르는 엘리자베트의 헛소리에 어느 정도 진실이 담겨 있었나, 하고 속으로 자문해 보았다. 파제스는 언제나 다른 사람을 경계하지 않았던가! 그런 그녀가 오늘 밤엔 가장 대수롭지 않은 수작을 흔쾌히 받아 준 것이었다.

"여기에 앉죠." 제르베르는 탁자 하나를 가리키며 말했다.

"그러죠, 아주 좋아 보이네요." 파제스는 들뜬 얼굴로 주위를 둘러보았다. 대재앙의 위협 앞에서 공연보다는 춤이 더 좋은 피난처에 해당했다. 몇몇 커플은 벌써 무대 위에서 춤을 추고 있었다.

"이런 풍의 실내 장식이 난 너무 좋아요."

이렇게 말하면서 파제스는 콧등에 주름을 잡았다. 그자비에르의 이러한 표정을 마주할 때마다, 제르베르는 진지한 태도를 유지하는 데에 종종 애를 먹었다.

"도미니크의 카바레는 모든 게 단출하잖아요. 남들은 그걸 풍류라고 부르더군요. 조잡하다고 생각하지 않아요? 거기에 있는 사람들하며 그치들이 하는 농담까지, 모든 게 고지식하게 정돈된 듯 보이잖아요." 그녀는 입을 살짝 비죽이면서 공모를 꾀하는 표정으로 제르베르를 쳐다보았다.

"오! 맞아요. 그치들은 근엄한 웃음의 소유자예요. 라브루스 선생님이 들려준 이야기 속에 등장하는 철학자 같은 작자들이죠. 원에 맞닿은 접선을 보면서, 각이 진 듯 보이지만 각은 아니라며 웃어 대던 철학자 말예요."

"날 비웃는 거죠?" 파제스가 말했다.

"절대로 그렇지 않아요. 그 철학자에겐 그게 최고로 웃긴 장면이었을 테죠. 음침한 자들 중 한 명이었거든요."

"그래도 즐길거리 한 가지는 놓치지 않은 셈이군요."

제르베르는 웃음을 터뜨렸다.

"샤르피니의 노래를 들어 본 적 있나요? 난 그 사람을 별종이라고 불러요, 특히 「카르멘」의 '내 어머니, 그녀가 보이는구나.'라는 대목을 부를 때랑, 브란카토가 여기저기를 찾아 헤매면서 '도대체 어디 있단 말인가? 여기인가? 가련한 그 여인은 어디 있단 말인가?'라는 대목을 부를 때 말예요.[10] 그 대목을 들을 때마다 모두 눈물을 쏟아 가며 웃곤 하죠."

"들어 본 적 없어요. 진짜로 웃긴 노래를 들어 본 적이 없어서 무척이나 들어 보고 싶군요." 파제스는 유감스럽다는 얼굴로 말했다.

"그럼, 언제 한번 들으러 가야겠군요. 그러면 조르지우스[11]는요? 조르지우스도 몰라요?"

"몰라요." 그자비에르는 제르베르에게 가련해 보이는 눈빛을 보냈다.

제르베르가 머뭇거리며 말했다.

"시시하다고 생각할지도 모르지만, 그 사람의 노래는 엄청난 재치와 말장난으로 가득해요." 음악에 흠뻑 빠진 모습으로 조르지우스의 노래를 듣는 파제스의 모습을 상상하기란 힘들었다.

"재미있으리라는 확신이 드네요." 그녀는 열렬히 대꾸했다.

"뭘 마시겠어요?"

"위스키요."

"그럼, 위스키 두 잔 주세요."

---

10) 장 샤르피니(Jean Charpini, 1901~1987)와 앙투안 브란카토(Antoine Brancato, 1900~1991)는 1920~1930년대, 프랑스 파리에서 활동한 카바레 스타이다. 전문 오페라 가수는 아니었지만 뛰어난 재능으로 다양한 작품을 패러디하며 여러 무대에서 활약했다. 특히 당대 게이 문화를 대표하는 아이콘이었다.

11) 본명은 조르주 기부르(Georges Guibourg, 1891~1970)로, 보통 조르지우스라고 불렸다. 프랑스 파리에서 활동한 가수이자 작가, 배우였으며 뛰어난 재능으로 한 시대를 풍미했다.

제르베르는 술을 주문했다.

"위스키를 좋아해요?"

"아뇨. 요오드 물감 냄새가 나잖아요." 파제스는 눈살을 찌푸리며 대답했다.

"그래도 마시는 건 좋아하잖아요. 내가 페르노를 마시는 것처럼요."

이렇게 말하고 나서 제르베르는 조심스레 덧붙였다.

"그런데 난 위스키를 좋아해요."

그러더니 대담하게 미소를 지어 보였다.

"우리 탱고 출래요?"

"좋죠."

파제스는 자리에서 일어나더니 손바닥으로 치마의 주름을 폈다. 제르베르는 그녀를 끌어안았다. 그녀가 춤을 잘 춘다는 사실이, 가령 아니나 칸제티보다 훨씬 잘 춘다는 사실이 생각났다. 그럼에도 오늘 밤 그녀의 완벽한 동작은 그에게 경이로울 따름이었다. 그녀의 금발로부터 그윽하면서도 향긋한 내음이 올라왔다. 제르베르는 잠시 생각을 멈춘 채, 춤의 리듬과 기타 선율, 오렌지색 조명 불빛의 소용돌이, 보드라운 몸을 두 팔로 안고 있다는 달콤함에 자기를 맡겼다.

'너무 바보같이 굴었어.' 불현듯이 그는 생각했다. 몇 주 전에 함께 외출하자고, 진즉에 권해 봤어야 했다. 이젠 입대가 그를 기다리고 있었다. 너무 늦은 것이다. 오늘 밤 이후로 내일이란 없을지도 몰랐다. 제르베르는 마음이 아렸다. 그의 인생 속 모든 것이 내일 없는 상태로 여전히 남아 있었다. 먼발치에서 뜨거운 사랑 이야기에 감탄했었다. 그러나 위대한 사랑이란 야망과도 같았다. 상황이 중차대하고, 사람들의 말과 행동이 큰 족적을 남길 법한 세계에서나 가능한 일이라고 말이다. 제르베르는 자신에게 문을 열어 주지 않을 어떤 미래 속에, 대기실 안에 갇혀 있는 듯했다. 오케스트라가 연주를 멈추자, 저녁 내내 그를 따라다니던 불안은 돌연 공포로 바뀌었다. 손가락 사이로 흘려보낸 모든 세월이 무의미하고 덧없게 비쳤다. 그런데 그 세월이 그의 하나뿐인 삶을 이루고 있었다. 그는 다른 삶에 대해 전혀 아는 바가 없었다. 군번 배지를 손목에 차고, 지저분한 모습으로, 뻣뻣하게 굳은 채 병영에 누워 있을 날이 오면, 그에게는 더 이상 아무것도 남아 있지 않을 터였다.

"위스키 한 잔 더 하러 갑시다." 그가 말했다.

그자비에르는 순순히 미소를 지었다. 자리로 돌아오던 중 두 사람은 꽃을 파는 여자가 꽃이 가득 든 바구니를 내밀고 있는 모습을 보았다. 제르베르는 걸음을 멈추고서 붉은색 장미 한 송이를 골랐다. 그가 장미꽃을 그자비에르 앞에 놓자 그녀는 꽃송이를 핀으로 블라우스에 달았다.

4장

프랑수아즈는 마지막으로 거울을 들여다보았다. 이번엔 거슬리는 점이 하나도 없었다. 눈썹은 정성껏 손질된 상태였고, 머리를 올려 빗은 덕분에 목선이 환하게 드러난 데다 손톱마저 루비처럼 반짝이고 있었다. 그녀는 폴 베르제에게 애정을 품고 있었으므로, 오늘 저녁 모임을 전망하며 즐거워했다. 그녀와 함께 외출할 때면 늘 즐거웠다. 오늘 밤 폴은 세비야 무도회장을 그대로 본떠 만든 스페인 댄스홀에 데려가 주겠다고 했다. 피에르와 그자비에르가 불러일으킨, 긴장되고 격렬하고, 숨 막히는 분위기로부터 몇 시간 동안 놓여날 수 있으리라 생각하니 프랑수아즈는 기분이 좋았다. 스스로가 생명력 넘치고, 생기발랄하게 느껴졌다. 더불어 폴의 아름다움과 공연의 매력 그리고 기타 선율과 만사냐 포도주[12]의 향미가 되

살려 줄 세비야의 시적 정취를 음미할 준비가 되었다고 생각
했다.

자정이 되기 오 분 전이었다. 더 이상 망설여서는 안 되었
다. 오늘 밤을 망치지 않으려면, 그자비에르의 방문을 두드리
러 계단을 내려가야 했다. 이 시각, 피에르는 극장에서 두 사
람을 기다리고 있었다. 두 사람이 제때 도착하지 않으면 그는
분명 화를 낼 터였다. 그녀는 녹색 잉크로 적힌 큼직한 글씨가
늘어선 분홍색 종이를 다시 한 번 읽어 보았다.

'죄송하지만 오후엔 집에 있을게요. 오늘 밤 좋은 상태로 외
출하기 위해 쉬고 싶어요. 11시 반에 선생님 방으로 갈게요.
애정을 담아.' 프랑수아즈는 이 메모를 아침에, 문 아래 틈에
서 발견했다. 그자비에르가 오후 내내 잠을 자고 싶어 할 정도
로 간밤에 무슨 짓을 저질렀을지, 그녀는 피에르와 함께 걱정
스레 따져 보았다. '애정을 담아.'라니, 아무 의미 없고 공허하
고 상투적인 문구였다. 어제저녁, 제르베르와 식사하러 가기
전에 그녀를 카페 플로르에 혼자 남겨 두었을 때, 그자비에르
는 몹시도 화를 냈었다. 따라서 오늘 그녀의 기분이 어떨지를
예측하기란 불가능했다. 프랑수아즈는 가벼운 모직으로 만든
새로 산 망토를 어깨에 두른 채, 핸드백과 어머니에게서 받은
예쁜 장갑을 들고 계단을 내려갔다. 그자비에르가 심통을 부
려서 피에르가 화를 내더라도, 두 사람 사이에 어떤 말썽이 벌

---

12) 스페인 안달루시아 지방에서 제조되는 주정 강화 포도주. 캐모마일 향
기가 나서 만사냐(Manzanilla, 캐모마일의 스페인어 표기)라고 부른다.

어지더라도, 크게 신경 쓰지 않으리라고 다짐했다. 그녀는 방문을 두드렸다. 문 뒤에서 희미하게 바스락거리는 소리가 들려왔다. 마치 그자비에르가 남몰래 홀로 어루만지는 비밀스러운 생각이 파닥거리는 소리 같았다.

"누구세요?" 잠에 취한 목소리가 들렸다.

"나야." 프랑수아즈는 대답했다. 이번엔 아무런 기척도 없었다. 프랑수아즈는 그자비에르가 얼굴을 내보이길 기다리는 동안, 심지어 유쾌한 상황에서도 늘 겪을 수밖에 없는 이러한 불안감을 거북하게 받아들이고 있었다. 웃고 있을까, 인상을 쓰고 있을까? 어떤 상태이든 오늘 저녁 모임의 흐름, 아니 오늘 밤 세계 전체의 흐름은 그자비에르 눈에 담긴 섬광에 달려 있었다. 문이 열리기 전까지 한동안 시간이 흘렀다.

"전 전혀 준비가 안 됐어요." 그자비에르가 음침한 목소리로 말했다.

항상 똑같은 일을 겪으면서도 매번 당혹스럽긴 마찬가지였다. 그자비에르는 실내 가운을 걸친 채, 누렇게 뜨고 부은 얼굴 위로 잔뜩 헝클어진 머리카락을 늘어뜨리고 있었다. 그녀 뒤로 보이는 흐트러진 침대는 여전히 따뜻해 보였고, 온종일 덧창을 열지 않았음을 직감할 수 있었다. 방 안에는 담배 연기가 가득했고, 코를 찌르는 듯한 독한 술 냄새가 진동하고 있었다. 하지만 진짜로 숨통을 질식하게 하는 건 술과 담배라기보다, 열에 달떴을 때 보게 되는 환각처럼 여러 색깔이 뒤섞인 벽 사이로 매시간, 매일, 매주의 세월이 흐르는 동안 켜켜이 쌓인, 충족되지 못한 욕망과 권태 그리고 원한이었다.

"기다릴게." 프랑수아즈는 우유부단한 태도로 말했다.

"그렇지만 전 아직 옷을 입지 않았는걸요." 이렇게 말하면서 그자비에르는 고통스러운 체념의 표정을 지은 채 어깨를 으쓱였다.

"기다리지 마세요, 저 빼고 가세요."

어찌할 바를 모른 채 당황한 상태로 프랑수아즈는 계속 문가에 서 있었다. 그자비에르의 마음에서 드러난 질투와 증오를 목격한 뒤로, 그녀의 이 같은 은둔 생활은 프랑수아즈를 두렵게 했다. 이 방은 그녀가 자기만의 의식을 치르는 성소일 뿐만 아니라, 화려한 독초가 번식하는 온실이었으며, 습한 공기가 몸에 쩍쩍 들러붙는, 망상에 사로잡힌 자의 지하 독방이었다.

"잘 들어. 난 라브루스를 데리러 갈 거야. 그리고 이십 분 뒤에 다시 널 데리러 올게. 이십 분 안에 준비하기는 어려울까?"

그자비에르의 얼굴이 갑자기 환해졌다.

"물론 가능하죠. 두고 보시라고요, 가능한 한 빨리 준비할게요."

프랑수아즈는 두 층을 마저 내려갔다. 오늘 저녁 모임을 망칠 것 같은 예감이 들었으므로 짜증이 났다. 며칠 전부터 공기 중에는 재앙의 기운이 떠돌고 있었으므로, 결국 터지게 될 터였다. 특히나 그자비에르와 프랑수아즈의 사이가 좋지 않았다. 토요일 밤, 흑인 댄스홀에서 나온 뒤, 서투르게 내뱉은 애정 고백만으로는 아무것도 해결되지 않았던 것이다. 프랑수아즈는 걸음을 재촉했다. 그녀를 파악하기란 거의 불가능했다.

억지웃음, 애매모호한 말 한 마디면 즐거운 외출을 송두리째 망치기에 충분했다. 오늘 밤 역시 모른 척할 생각이었지만, 그자비에르가 그 무엇도 무심코 넘기지 않으리라는 사실을 프랑수아즈는 잘 알고 있었다.

프랑수아즈가 피에르의 분장실에 들어섰을 때는 12시 10분이었다. 그는 이미 외투를 걸친 채 소파 가장자리에 앉아서 담배를 피우고 있었다. 피에르는 의혹이 담긴 굳은 얼굴을 들고 프랑수아즈를 쳐다보았다.

"혼자 온 거요?"

"지금쯤이면 그자비에르가 우릴 기다리고 있을 거예요. 아직 준비가 덜 되었더라고요." 아무리 익숙해지려 노력해 보아도 언제나 마음이 답답해졌다. 심지어 오늘 피에르는 웃어 보이려는 시도조차 않았다. 그에게서 이런 대접을 받은 적은 지금껏 단 한 번도 없었다.

"그 애를 만났소? 상태가 어땠소?"

그녀는 당황해서 그의 기색을 살폈다. 왜 저리도 안절부절 못하는 듯 보일까? 저이와 그자비에르 사이에는 아무런 문제도 없을 텐데. 설령 둘이서 언쟁을 벌였더라도, 그건 일상적인 사랑싸움일 뿐이지 않은가.

"우울하고 피곤한 것 같더라고요. 온종일 방 안에서 자거나 담배를 피우고, 차를 마시며 하루를 보냈더군요."

피에르는 자리에서 일어났다.

"간밤에 그 애가 뭘 했는지 알고 있소?"

"뭘 했는데요?" 긴장감이 엄습했다. 무언가 좋지 않은 일이 벌어질 참이었다.

"제르베르랑 새벽 5시까지 춤을 췄다더군." 그는 거의 기고 만장한 투로 말했다.

"어머나! 그래서요?"

프랑수아즈는 당황스러웠다. 제르베르와 그자비에르가 함께 외출한 건 이번이 처음이었다. 그녀가 균형을 확보하고자 어렵사리 애쓰고 있는 이 불안하고 복잡한 생활 속에서, 가장 작은 변화조차 흉조를 내포하고 있었다.

"제르베르는 기분이 좋아 보이더군. 심지어 조금 거드름을 피우기까지 하던걸." 이어서 피에르는 이렇게 말했다.

"제르베르가 뭐라고 하던가요?" 프랑수아즈가 물었다. 지금 막 마음속에 자리 잡은 이 막연한 느낌을 뭐라고 불러야 할지 몰랐다. 다만 그 감정이 지닌 혼탁한 색채만큼은 낯설지가 않았다. 요즘 그녀가 느끼는 모든 기쁨의 밑바닥에는 썩은 내가 고여 있었고, 또 최악의 걱정거리는 메스꺼운 쾌감 비슷한 것을 안겨 주었다.

"그 애를, 무척이나 춤을 잘 추는 데다, 호감이 가는 사람이라고 생각하더군." 피에르가 싸늘하게 말했다. 그는 진심으로 속상한 표정을 짓고 있었다. 그가 별다른 이유 없이 자신을 퉁명스레 대하지 않았음을 알고 나니 프랑수아즈는 마음이 놓였다.

피에르가 다시 입을 열었다.

"하루 종일 방 안에 틀어박혀 있는 건, 뭔가 마음을 흔들어 놓는 일이 생길 때면 그 애가 늘 하는 짓이잖소. 한가로이 그

일을 곱씹어 보려고 굴속으로 파고드는 거지."

그는 분장실 문을 닫고서 프랑수아즈와 함께 극장을 나섰다.

"당신이 그 애를 좋아하고 있다는 사실을 왜 미리 제르베르에게 알리지 않았나요? 한 마디 정도는 해 줬어야 해요." 입을 다물고 있던 프랑수아즈가 물었다.

피에르의 옆얼굴이 날카롭게 변했다.

"내 의중을 살피려 하는 것 같더군. 난처해하면서도, 재치 있게 뭔가를 떠보려는 듯한 얼굴을 하고 있었어." 그는 기분 나쁘게 웃으면서 말했다. 그러더니 한층 더 불쾌한 말투로 이렇게 덧붙였다.

"난 격려를 아끼지 않았지."

"당연히 그러셨겠죠! 어떻게 당신은 그 애가 먼저 의심하길 바랄 수 있죠? 당신은 그 애 앞에서 늘 초연한 척 굴었다고요."

"내가 그자비에르의 등에다 '사냥 금지'라고 쓰인 팻말이라도 붙여 놓길 바라는 건 아니겠지?" 피에르는 손톱을 물어뜯으며 앙칼진 목소리로 말했다.

"제르베르는 알아차렸어야 해."

프랑수아즈의 얼굴로 피가 솟구쳤다. 피에르는 승부에 초연해하고 있음을 자랑스러워했지만, 패배에 대한 전망을 진심으로 받아들이지는 않았던 것이다. 이 순간, 그는 억지를 부리면서 부당하게 굴고 있었다. 그를 지나치게 높이 평가하는 프랑수아즈로서는 이런 식으로 유약한 모습을 보이는 그를 미워하지 않을 수 없었다.

"그 앤 심리학자가 아니라고요." 이렇게 말하고 나서 그녀는 신랄한 어조로 덧붙였다.

"게다가 우리 관계와 관련해서 당신 입으로 직접 이렇게 말하지 않았던가요? 누군가를 진심으로 존중한다면, 그 사람이 속내를 털어놓지 않은 상황에서 그의 마음속을 몰래 들여다보는 짓은 하지 않는 법이라고."

"누굴 탓하자는 건 아니오. 이대로도 아무 문제 없거든." 피에르는 냉랭한 목소리로 말했다.

그녀는 원망스레 그를 쳐다보았다. 그는 괴로워하고 있었다. 하지만 그런 그를 동정하기에 그의 고통은 지나치게 공격적이었다. 그럼에도 그녀는 호의적으로 대응하려고 노력했다.

"그자비에르가 제르베르를 좋게 대한 까닭은, 아마 모르긴 몰라도 우리한테 화가 났기 때문일 거예요."

"그럴지도 모르지. 어쨌든 그 애가 새벽 무렵까지 집에 돌아가고 싶어 하지 않았고, 제르베르를 위해 아양을 떨었음은 사실이오. 게다가 지금으로선 폴을 만나러 가야 하니, 이야기를 나눌 수도 없는 상황이고." 그는 성이 나서 어깨를 들썩이고 있었다.

프랑수아즈는 그가 본심을 숨기고 있다고 느꼈다. 피에르는 자신의 근심과 불만을 말없이 곱씹어야 할 때면, 시간의 흐름을 천천히, 그리고 교묘한 고문으로 바꿔 놓는 재주를 부리곤 했다. 이처럼 절제된 해명만큼 두려운 것은 없었다. 그녀를 기분 좋게 했던 오늘의 저녁 모임은 더는 즐거운 사건이 아니었다. 단 몇 마디 말로, 피에르는 이미 이 모임을 부담스러운 고역으로 뒤바꿔 놓았다.

"여기 있어요. 내가 그자비에르를 데리러 올라갈게요." 호텔에 도착하자 그녀는 이렇게 말하고 나서 두 계단씩 빠르게 올라갔다. 이 상황에서 해방되어 자유로워질 가능성은 전혀 없는 것일까? 이번에도 또다시 사람들의 얼굴과 무대에 몰입하기란 불가능하단 말인가? 그녀는 자신을 피에르 그리고 그자비에르와 한데 묶어 두는, 나머지 세상과 동떨어지게 하는 이 주술의 굴레를 부숴 버리고 싶었다.

프랑수아즈가 문을 두드리자 그 즉시 문이 열렸다.

"아시겠죠? 제가 엄청 서둘렀다는 것을요." 그자비에르가 말했다. 누렇게 뜬 얼굴을 하고 불안해하면서, 이곳에 갇혀 있던 아까의 그 여자라고는 믿기지 않았다. 그녀의 얼굴은 매끈하고 밝았으며, 고른 굵기로 컬을 넣은 머리카락이 어깨 위로 내려와 있었다. 그녀는 푸른색 원피스를 걸치고, 약간 시든 장미를 가슴팍에 핀으로 매달아 놓았다.

"스페인 댄스홀에 간다니 너무 신나요. 진짜 스페인 사람들을 볼 수 있는 거 맞죠?" 그녀는 한껏 들뜬 얼굴로 말했다.

"물론이지. 아름다운 무희들이랑 기타 연주자들 그리고 캐스터네츠 연주를 보게 될 거야."

"어서 가요." 이렇게 말하고 나서 그자비에르는 손가락 끝으로 프랑수아즈의 망토를 어루만졌다.

"이 망토, 참 마음에 드네요. 가장무도회 때 입는 두건 달린 망토가 떠올라요. 너무 아름다우세요." 그녀가 감탄조로 덧붙였다.

프랑수아즈는 어색한 미소를 지었다. 그자비에르가 현재의 상황과 어울리지 않았던 것이다. 피에르의 굳은 얼굴을 보면 화들짝 놀랄 터였다. 그자비에르는 경쾌한 걸음걸이로 성큼성큼 계단을 내려갔다.

"이런, 기다리시게 했군요." 피에르에게 손을 내밀며 그녀는 쾌활하게 말했다.

"상관없어." 피에르가 무척이나 싸늘하게 말하자 그자비에르는 당황스러운 듯 그를 쳐다보았다. 그는 몸을 돌려서 택시를 불렀다.

"일단 폴을 데리러 갈 거야. 장소를 알려 주기로 했거든. 처음 가는 사람들이 찾기엔 상당히 외진 곳인가 보더라고." 프랑수아즈는 말했다.

그자비에르는 뒷좌석 안쪽에 프랑수아즈와 나란히 자리를 잡았다.

"우리 사이에 앉을 수 있어요, 자리가 제법 충분해요." 프랑수아즈가 웃으며 피에르에게 말했다.

그는 보조 의자를 내리며 말했다.

"고맙지만 괜찮소."

프랑수아즈는 미소를 거뒀다. 계속 골을 부릴 심산이라면 저대로 내버려 두는 수밖에 없었다. 그는 결코 오늘의 외출을 망치는 데 성공하지 못할 터였다. 그녀는 그자비에르 쪽으로 몸을 돌렸다.

"그래, 간밤에 춤을 추러 갔다며? 재미있었어?"

"그럼요! 제르베르 춤 솜씨가 끝내주던걸요. 쿠폴 지하에 갔었어요. 그 사람이 말하던가요? 연주가 환상적이더라고요."

그자비에르는 태연한 목소리로 말했다.

그녀는 눈을 몇 번 깜빡이더니 마치 미소를 보내듯이 피에르를 향해 입술을 내밀었다.

"선생님께서 말씀하신 영화는 무서운 생각이 들어서 자정까지 그냥 플로르에 남아 있었어요."

피에르는 적대적인 얼굴로 그녀를 쏘아보며 말했다.

"그야 네 자유지."

그자비에르는 잠시 당황스러워하더니, 얼굴을 거만하게 씰룩이며 프랑수아즈 쪽으로 다시 눈길을 돌렸다.

"우리 둘이 거기에 같이 가 봐야 해요. 솔직히 여자들끼리 댄스홀에 가는 것도 상당히 괜찮잖아요. 지난 토요일, 흑인 댄스홀에 갔을 때 무척 재미있었는걸요."

"나야 너무 좋지. 이런, 너 방탕한 생활을 하고 있구나! 이제 연달아 이틀 내내 날밤을 새우게 생겼군." 이렇게 말하면서 프랑수아즈는 밝은 얼굴로 그자비에르를 바라보았다.

"그래서 하루 종일 쉰 거예요. 선생님과 외출할 때 생생한 모습을 보이고 싶어서요."

프랑수아즈는 피에르의 비아냥거리는 눈초리를 눈썹 하나 까딱하지 않고 버텨 냈다. 그는 너무 과민하게 반응하고 있었다. 그자비에르가 제르베르와 춤추기를 즐겼다는 이유로 저런 얼굴을 할 필요까지는 없었다. 게다가 그는 스스로 잘못하고 있음을 알고 있었다. 하지만 심술궂은 오만함을 방패 삼아서, 선의와 예의범절 그리고 모든 종류의 도덕규범을 천연덕스럽게 짓밟고 있었다.

프랑수아즈는 그가 자유롭더라도 그를 사랑하기로 마음먹었지만, 그러한 결심엔 여전히 지나치게 안일한 낙관주의가 깃들어 있었다. 피에르가 자유롭다면, 그를 사랑하는 일 역시 그녀에게만 달렸다고는 할 수 없었다. 그는 자유롭게 스스로를 가증스러운 존재로 만들 수도 있었던 것이다. 지금 그는 바로 그런 짓거리를 하고 있었다.

택시가 멈춰 섰다.

"폴 집에 같이 올라가 볼래?" 프랑수아즈가 물었다.

"너무 좋죠, 집이 참 예쁘다고 말씀하셨잖아요."

프랑수아즈가 택시 문을 열었다.

"둘이서 다녀와요. 기다리고 있을 테니까." 피에르가 말했다.

"하고 싶은 대로 해요." 이렇게 말하고서 프랑수아즈는 그자비에르와 팔짱을 낀 채 건물 입구로 들어섰다.

"아름다운 아파트를 구경하게 돼서 너무 좋아요."

그자비에르는 행복에 젖은 어린 소녀의 표정을 짓고 있었다. 프랑수아즈는 그녀의 팔을 꼭 끌어안았다. 비록 지금의 이 애정이 피에르에 대한 원한에서 생겨났다고 할지라도, 실컷 누리고 있자니 참으로 달콤했다. 어쩌면 하루 종일 방 안에 틀어박혀 있으면서, 그자비에르는 마음을 정화했을지도 몰랐다. 이러한 희망이 가져다준 희열에 비추어, 프랑수아즈는 그간 그자비에르의 적대감이 자신을 얼마나 아프게 했는지 가늠해 보았다.

프랑수아즈가 초인종을 누르자 하녀가 나와서 문을 열어주었다. 그러고는 천장이 높은 널찍한 방으로 두 사람을 안내

했다.

"부인에게 알리겠습니다."

그자비에르는 천천히 주위를 돌아보면서 황홀한 듯 말했다.

"너무 아름다워요!"

형형색색으로 빛나는 샹들리에, 녹슨 구리 장식을 두른 궤짝, 파란색 범선을 수놓은 오래된 붉은 비단이 덮인 화려한 전시대, 침실 안쪽에 걸어 놓은 베니스풍 거울에 그녀의 눈이 차례로 가닿았다. 윤이 나는 거울 표면의 가장자리는, 마치 서리가 핀 듯 반짝반짝 빛나는 유리질의 변화무쌍한 아라베스크 문양에 둘러싸여 있었다. 막연한 부러움이 프랑수아즈를 꿰뚫고 지나갔다. 비단, 유리실 그리고 값비싼 목재에다 자신의 특징을 새겨 넣을 수 있는 능력을 지니고 있다는 건 행운이다. 확고한 취향이 선택한, 적절한 부조화를 이루는 물건들 위로 폴의 얼굴이 어려 있었다. 그자비에르가 황홀에 젖어, 일본 가면과 청동색 작은 물병, 유리 상자에 우뚝 선 조가비 인형 속에서 응시하고 있는 것은, 바로 폴의 얼굴이었다. 반면 프랑수아즈는 흑인 댄스홀에 갔을 때나 크리스마스 전날 밤에 그랬듯이, 키리코[13]의 그림 속에 나오는 얼굴 없는 머리처럼 스스로를 특징 없고 밋밋하다고 느꼈다.

"안녕하세요, 만나서 반가워요!" 폴이 말했다. 그녀는 몸 앞쪽으로 손을 내밀며, 경쾌한 걸음걸이로 다가왔다. 그녀가 걸

---

13) 조르조 데 키리코(Giorgio de Chirico, 1888~1978). 20세기에 활동한 초현실주의 계열의 이탈리아 화가이다.

친 검은색 긴 드레스의 장엄함과 대조를 이루는 걸음걸이였다. 노란 색조가 들어간 차분한 색깔의 벨벳 장식은 허리를 돋보이게 했다. 그녀는 팔을 쭉 펴서 그자비에르의 손을 잠시 그대로 붙잡고 있다가 이렇게 말했다.

"프라 안젤리코[14]의 그림에 나오는 여인을 점점 더 닮아 가는군요."

그자비에르가 어쩔 줄 몰라 하며 고개를 숙이자 폴은 손을 놓았다.

"외출 준비가 다 되었어요." 그녀는 은빛 여우 털로 만든 짧은 외투를 걸치면서 말했다.

세 사람은 계단을 내려갔다. 폴이 다가오자 피에르는 미소를 지었다.

"오늘 밤 극장에 손님이 많이 왔나요?" 택시가 움직이기 시작하자 폴이 물었다.

"스물다섯 명이 왔더군요. 극장을 잠시 닫으려고요. 어차피 「바람의 사나이」 연습도 시작한 터라 일주일 뒤엔 공연을 내릴 예정이었거든요."

"우리는 더 운이 없어요. 이제 막 공연을 시작한 참이거든요. 사태가 불길해질 때면, 사람들이 자기 속으로 움츠러드는 태도가 조금 이상하지 않나요? 우리 집 옆에서 제비꽃을 파는 여자도 최근 이틀 동안 꽃다발을 세 개도 못 팔았다더군요."

---

14) Fra Angelico(1400?~1455). 초기 르네상스 시대의 피렌체파를 대표하는 이탈리아 화가이다.

택시가 비탈진 좁은 길에서 멈춰 섰다. 피에르가 요금을 치르는 동안, 폴과 그자비에르는 몇 발짝 걸음을 옮겼다. 그자비에르는 홀린 듯 폴을 응시하고 있었다.

"여자 셋을 데리고서 카바레에 오다니, 내 꼴이 우습군." 피에르가 나지막이 투덜거렸다.

그는 폴이 들어선 어두운 골목을 원망스럽게 쳐다보았다. 모든 집이 잠들어 있는 듯했다. 골목 안쪽에 자리한 나무로 된 작은 문 위에는 빛바랜 글자로 '세비야나'라고 쓰여 있었다.

"좋은 자리를 맡아 달라고 전화를 해 두었어요." 폴이 말했다.

그녀는 앞장서서 안으로 들어가더니, 어떤 까무잡잡한 얼굴의 남자를 향해 힘차게 다가갔다. 사장인 듯했다. 두 사람은 웃으며 몇 마디 대화를 주고받았다. 홀은 무척 작았고, 천장 한가운데에 달린 조명등이 커플들로 북적이는 무대 위에 분홍색 불빛을 쏟아 내고 있었다. 그 밖의 다른 곳은 온통 어둠에 잠겨 있었다. 폴은 한쪽 벽에 늘어선 탁자 중 하나로 걸음을 옮겼다. 나무 칸막이가 탁자 사이를 가로막고 있었다.

"기분이 너무 좋아요! 꼭 세비야의 댄스홀처럼 꾸며 놓았군요." 프랑수아즈가 말했다.

그녀는 하마터면 피에르 쪽을 돌아볼 뻔했다. 이 년 전, 알라메다 근처의 한 무도회장에서 그와 함께 보냈던 아름다운 밤이 떠올랐다. 하지만 피에르는 그 추억들을 떠올릴 기분이 아니었다. 그는 무기력하게, 만사냐 포도주 한 병을 가져다 달라고 점원한테 얘기하고 있었다. 프랑수아즈는 주위를 둘러보았다. 담배 연기에 잠겨, 실내 장식과 사람들의 형태가 아직은 어렴풋하게 보이는 개장 무렵의 순간을 그녀는 좋아했다. 이 흐릿한 광경이 조금씩 명확해지며, 수많은 세밀한 장면과 매력적인 이야기 들로 바뀌게 되리라고 생각하니 즐거웠다.

"난 이곳에 억지로 꾸며 낸 정취가 없어서 참 마음에 들어요." 폴이 말했다.

"그렇네요. 이보다 더 간소하게 만들 수는 없지요." 프랑수아즈는 말했다.

탁자를 비롯해서 좌석으로 놓아둔 등받이 없는 의자, 작은 스페인 포도주통을 잔뜩 늘어놓은 뒤쪽의 카운터까지 모든 게 통나무로 만들어져 있었다. 그러나 피아노가 놓인 단상과, 밝은색 정장을 갖춰 입은 연주자들이 무릎에 걸쳐 놓은 반짝이는 기타를 제외하면, 특별히 눈길을 끄는 건 없었다.

"코트를 벗어야 할 거예요." 그자비에르의 어깨를 만지며 폴이 말했다.

그자비에르가 미소를 지었다. 택시에 올라탄 뒤로, 그녀의 시선은 연신 폴에게 붙박여 있었다. 그자비에르는 최면술에 걸린 사람처럼 순순히 옷을 벗었다.

"원피스가 너무 멋지네요!" 폴이 말했다.

피에르는 뚫어질 듯 사나운 눈빛으로 그자비에르를 응시하고 있었다.

"그런데 그 꽃은 왜 달고 있는 거야? 시들었는데 말이야." 그가 싸늘하게 말했다.

그자비에르는 그를 쏘아보더니, 가슴팍에서 천천히 장미를 떼어 냈다. 그러고는 방금 전에 점원이 자기 앞에다 가져다 놓은 만사냐 술잔 속에 꽃을 꽂았다.

"그러면 다시 싱싱해질 거라고 생각하는 거야?" 프랑수아즈가 물었다.

"당연하죠." 그 자비에르는 시들한 꽃을 곁눈질로 살피면서 말했다.

"기타 연주자들 솜씨가 그만이죠? 진짜 플라멩코 연주를 할 줄 안다니까요. 저 사람들 덕분에 이런 분위기를 낼 수 있죠." 이렇게 말하면서 폴은 카운터 쪽으로 시선을 돌렸다.

"사람들이 없을까 봐 걱정했는데, 스페인 사람들은 현재 사태에 그리 충격받지 않았나 봐요."

"저 여자들, 정말로 놀랍네요. 여러 겹으로 화장을 했는데도 피부가 전혀 부자연스러워 보이지 않아요. 변함없이 생동감과 본능이 흘러넘치는 얼굴을 하고 있잖아요." 프랑수아즈가 말했다.

그녀는 풍성한 흑발 아래로 화려하게 화장을 한, 키가 작고 뚱뚱한 스페인 여자들을 하나하나 살펴보았다. 여름 내내 밤마다 짙은 향기를 풍기는 감송꽃 다발을 귀 뒤에 꽂고 있던 세비야 여인들과 똑 닮은 모습이었다.

"춤은 또 얼마나 잘 춘다고요! 나는 저 여자들에게 찬사를 보내려고 이곳에 자주 온답니다. 저 여자들은 쉬고 있을 때 보면 다들 뚱뚱하고 다리가 짧아서 둔할 것 같지만, 일단 움직이기 시작하면 그 즉시 날렵하고 고상해지죠."

프랑수아즈는 잔 속에 입술을 담갔다. 말린 호두의 풍미가 세비야 술집의 미지근한 그늘을 떠올리게 했다. 거리엔 태양이 작열하는 가운데, 그녀는 피에르와 그 그늘 아래에서 올리브와 정어리를 배불리 먹었더랬다. 프랑수아즈는 피에르를 향해 눈길을 돌렸다. 그때의 아름다운 휴가를 그와 함께 떠올리고 싶었는지도 모른다. 그러나 피에르는 줄곧 그자비에르에게 적대적인 시선을 고정하고 있었다.

"이런, 오래가지 못했군." 그가 말했다.

장미꽃은 마치 중독된 듯 애처롭게 줄기 위로 늘어져 있었다. 완전히 누렇게 변한 데다, 꽃잎은 아예 시들었다. 그자비에르는 손가락으로 조심스레 꽃을 집어 들며 말했다.

"그렇네요, 완전히 죽었나 봐요."

그녀는 탁자 위로 꽃을 내던지더니 도전적인 눈빛으로 피에르를 쳐다보았다. 그러면서 술잔에 든 술을 단숨에 들이켰다. 폴은 깜짝 놀라서 눈이 휘둥그레졌다.

"장미의 영혼은 맛이 좋은가?" 피에르가 물었다.

그자비에르는 아무런 대답 없이 몸을 뒤로 젖히고서 담배에 불을 붙였다. 거북스러운 침묵이 흘렀다. 폴이 프랑수아즈를 보면서 미소를 지었다.

"파소 도블레를 춰 볼래요?" 그녀는 분위기를 전환하고자 하는 바람을 명확히 담아서 물었다.

"당신과 춤을 추면 내가 춤을 출 줄 안다고 착각한다니까요." 프랑수아즈는 몸을 일으키며 말했다.

피에르와 그자비에르는 계속 말 한 마디 나누지 않고 나란히 자리에 앉아 있었다. 그자비에르는 홀린 듯한 얼굴로 자기가 내뿜은 담배 연기를 눈으로 좇았다.

"단독 공연 계획은 어떻게 되어 가고 있나요?" 잠시 후 프랑수아즈가 물었다.

"상황이 나아진다면, 5월에는 뭔가를 시도해 보려고요." 폴이 대답했다.

"분명히 성공적일 거예요."

"글쎄요. 그런데 공연 자체엔 크게 관심이 없어요. 내 춤 양식을 극에 도입할 수 있기를 무척이나 바랐었나 봐요." 폴의 얼굴에는 그늘이 드리웠다.

"이미 어느 정도는 그렇게 하고 있잖아요. 당신의 조형술은 너무도 완벽하다고요."

"그 정도론 충분하지 않아요. 찾아내야 할 무언가가, 진짜로 새로운 무언가가 있으리라는 확신이 들어요. 다만, 시행착오를 겪어야 하겠죠, 위험을 무릅써야 할 테고……." 다시금 폴의 얼굴이 어두워졌다.

프랑수아즈는 감동에 젖은, 호감 어린 눈빛으로 그녀를 바라보았다. 폴은 베르제의 품에 안기려고 자신의 과거를 부정했을 때, 그의 곁에서 대담하고 영웅적인 인생을 시작했노라고 믿었더랬다. 그러나 지금 베르제는 그동안 쌓아 올린 명성을 장삿속으로 이용할 뿐이었다. 폴은 이 같은 실망감을 자인하기엔, 그를 위해 너무나 많은 희생을 치러 왔다. 그럼에도 폴이 철석같이 확신하는 사랑과 행복엔 벌써 고통스러운 균열이 생겨나 있었고, 프랑수아즈는 그것을 훤히 들여다볼 수 있었다. 쌉쌀한 무언가가 목구멍을 타고 치밀어 올랐다. 그녀가 남겨 둔 대로, 칸막이 안의 피에르와 그자비에르는 여전히 입을 다물고 있었다. 피에르는 고개를 약간 숙인 채 담배를 피웠고, 그자비에르는 은근히 안타까워하는 표정으로 그런 그를 살펴보았다. 저 아이는 얼마나 자유로운가! 그녀의 마음과 생각은 자유로웠고, 괴로워하고 의심하고 증오하는 데에도 자유로웠다. 그 어떤 과거나 맹세, 스스로와 맺은 약속조차 그녀를 구속하지는 못했다.

기타 연주가 그치자 폴과 프랑수아즈는 자리로 돌아왔다. 프랑수아즈는 살짝 불안해하면서 만사냐 포도주병이 비어 있음을, 그자비에르가 파란색 마스카라를 칠한 긴 속눈썹 아래로 두 눈을 지나칠 만큼 번득이고 있음을 보았다.

"저 무희를 잘 보세요. 솜씨가 일품이에요."

스페인 의상을 갖춰 입은 성숙하고 통통한 여자가 무대 한가운데로 나왔다. 중간 가르마를 탄 그녀의 얼굴은, 몸에 두른 붉은색 숄과 같은 색깔의 빗으로 장식한 검은 머리카락 아래로, 동그랗게 활짝 피어 있었다. 기타 연주자가 단조로운 몇 가지 음을 기타로 튕기는 동안, 그녀는 주위를 둘러보며 미소를 보냈다. 연주자가 음악을 시작하자, 그녀는 상체를 느리게 곧추세우더니 아름다운 두 팔을 공중으로 들어 올렸다. 그러고는 손가락으로 캐스터네츠를 치며, 어린애같이 경쾌하게 몸을 통통 움직이기 시작했다. 꽃무늬가 들어간 넓은 치마는 근육질 다리를 둘러싼 채 소용돌이치고 있었다.

"갑자기 저 여자가 무척이나 아름답게 보여." 프랑수아즈는 그자비에르 쪽으로 고개를 돌리고서 말했다.

그자비에르는 아무 대답이 없었다. 춤을 구경하는 데 푹 빠진 그녀는 자기 곁에 그 누구도 들이지 않았다. 두 뺨이 발그레하게 달아오른 그녀는 더 이상 자신의 얼굴을 통제하지 못한 채, 넋이 나간 듯 황홀함에 젖어서 무희의 움직임을 눈으로 좇고 있었다. 프랑수아즈는 술잔을 비웠다. 그자비에르와 함께 무언가를 하거나 느끼면서 절대로 일체감을 이룰 수 없음은 이미 잘 알고 있었다. 하지만 방금 전에 그자비에르의 달콤한 애정을 느꼈던 터라, 그녀에게 또다시 소외당했다는 사실에 가혹함을 느꼈다. 프랑수아즈는 다시금 무희에게 집중했다. 이제 무희는 상상으로 그려 낸 연인을 향해 미소를 짓고 있었다. 그를 유혹하다가 밀쳐 내더니, 끝내는 그의 품에 안겼다. 그러고 나서 그녀는 불길함을 자아내는 신비로 가득 찬 몸짓을 하는 마녀가 되었다. 그 뒤엔, 마을 축제에서 제정신을 잃은 채 두 눈을 부릅뜨고 빙빙 도는 시골 아낙네를 흉내 냈다. 춤이 환기하는 젊음과, 현기증을 불러일으키는 경쾌함은, 그것들이 만개하는 늙어 가는 몸뚱이 속에서 감동적인 순수함을 간직하고 있었다. 자기도 모르게 그자비에르를 흘깃 쳐다본 프랑수아즈는 소스라치게 놀라고 말았다. 그자비에르는 더 이상 무희를 바라보고 있지 않았다. 고개를 숙인 채, 오른손에 든 반쯤 타들어 간 담배를 왼손으로 천천히 가져가고 있었다. 프랑수아즈는 터져 나오는 비명을 가까스로 눌러 담았다. 그자비에르가 시뻘건 담뱃불로 살갗을 지지자, 싸늘한 미소가 그녀의 입술을 치올렸다. 미친 여자의 그것처럼 내밀하고 고독한 미소였으며, 쾌락에 사로잡힌 여자의 관능적이고 고통스러운 미소였다. 차마 지켜보기가 힘들었다. 끔찍한 무언가를 은폐한 미소였던 것이다.

무희는 공연을 마친 뒤 무대 가운데에 서서 박수에 화답하고 있었다. 그자비에르 쪽으로 고개를 돌리던 폴은 아무 말 없이, 의아하다는 듯 눈을 크게 떴다. 피에르는 한참 전부터 그자비에르의 짓거리를 눈치채고 있었다. 아무도 선뜻 입을 열지 않았으므로, 프랑수아즈 역시 잠자코 있었다. 그러나 방금 벌어진 일은 결코 받아들일 수 없는 것이었다. 그자비에르는 둥글게 모은 입술을 교태 부리듯 앞으로 살짝 내밀고서, 불에 덴 부위를 덮고 있던 재를 향해 살살 입김을 불었다. 작은 입자로 된 보호막을 날려 보낸 뒤, 그자비에르는 훤히 드러난 화상 자국에 다시금 불붙은 담배 끝을 가져다 댔다. 프랑수아즈는 흠칫 몸을 떨었다. 하지만 이 광경에 들고 일어난 것은 몸뿐만이 아니었다. 존재의 정중앙에 이르기까지, 그녀는 한층 깊숙하고 훨씬 돌이킬 수 없는 치명타를 받은 느낌이었다. 광기 어린 저 비웃음 뒤에는 이제껏 그녀가 단 한 번도 상상해 본 적이 없는 결정적 위험이 도사리고 있었다. 거기에는 탐욕스레 똬리를 틀고, 확신에 가득 차서 오직 자신만을 위해 실재하는 무언가가 자리 잡고 있었다. 그것에 가까이 다가가기란 불가능했다. 목표물에 가닿았다고 여긴 순간, 상상은 여지없이 깨지고 말았다. 감히 파악할 수 있는 대상이 아니었던 것이다. 그것은 부단한 용출이자 끊임없는 도주였고, 오직 스스로에게만 투명했으므로 바깥에서 침투하기란 영원히 불가능했다. 타인은 영구히 배제당한 채, 다만 그 주위를 맴돌 수 있을 뿐이었다.

"바보 같으니라고. 그러다간 뼈까지 타고 말 거야." 프랑수아즈가 말했다.

그자비에르는 고개를 들어서 다소 매서운 표정으로 주위를 둘러보았다.

"아프지 않아요."

폴이 그녀의 손목을 잡았다.

"곧 통증이 심해질 거예요. 어린애같이 이게 무슨 짓이에요!"

상처 자국은 10수짜리 동전 하나만 한 크기였고 상당히 깊이 파인 듯했다.

"맹세하건대 아무 느낌도 없다니까요." 그자비에르가 손을 빼내며 말했다. 그녀는 같은 편을 대하듯 만족스러운 얼굴로 폴을 쳐다보았다.

"불에 데니까 쾌락이 느껴져요."

무희가 다가왔다. 한 손엔 쟁반을 들고, 다른 손엔 스페인 사람들이 곧장 입에 부어 마시려고 사용하는 주둥이가 둘 달린 술 단지를 쥐고 있었다.

"제 건강을 기원하며 마셔 주실 분 계신가요?" 그녀가 물었다.

피에르가 지폐 한 장을 쟁반 위에 얹어 놓자 폴은 술 단지를 받아 들고서 무희에게 스페인어로 몇 마디 말을 건넸다. 이윽고 폴은 고개를 뒤로 젖히더니 입속에다 능숙하게 적포도주를 쏟아 넣었고, 딱 적절한 순간에 끊었다.

"당신 차례예요." 그녀가 피에르에게 말했다.

피에르는 단지를 손에 쥐고 걱정스레 살펴보다가, 입술 끝으로 주둥이를 가져가면서 고개를 뒤로 젖혔다.

"그렇게 하면 안 되죠." 무희가 말했다.

그녀는 거침없는 손길로 술 단지를 멀리 떨어뜨렸다. 마침 입속에 술을 쏟아 넣던 피에르는 잠시 숨을 쉬려고 움직이다가, 자기 넥타이에 술을 흥건히 엎지르고 말았다.

"제기랄!" 화를 내며 그가 말했다.

무희가 웃음을 터뜨리면서 스페인어로 그를 조롱하기 시작했다. 그가 제법 분한 표정을 짓자 돌연 흥겨워졌고, 폴의 근엄한 얼굴 역시 젊음을 되찾았다. 프랑수아즈는 가까스로 억지웃음을 쥐어짜는 데 성공했다. 마음속에 벌써 두려움이 자리 잡은 탓에 무슨 수를 써도 다른 곳으로 관심을 돌릴 수 없었다. 이번에 그녀는 행복 이상의 무언가가 위험에 처했다고 느꼈다.

"더 있다 갈까?" 피에르가 물었다.

"선생님께서 지루하지 않으시다면요." 그자비에르가 소심하게 대답했다.

폴은 막 돌아간 참이었다. 오늘 만남은 그녀가 돋워 준 점잖은 흥취 덕분에 매력적일 수 있었다. 그녀는 세 사람에게 좀처럼 보기 힘든 파소 도블레와 탱고 동작을 알려 주었고, 무희를 자리로 초대해서 아름다운 민중 가곡을 불러 달라고 청하기도 했다. 그곳에 있던 모두가 그 노래를 따라 불렀다. 네 사람은 만사냐 포도주도 실컷 마셨다. 마침내 피에르도 인상을 폈고 완전히 유쾌해진 상태였다. 그자비에르는 화상이 아프지 않은 모양이었다. 하지만 그녀는 모순적이면서도 온갖 격

럴한 감정들을 차례로 얼굴에 드러냈더랬다. 시간은 오직 프랑수아즈에게만 무겁게 흘러갔다. 음악, 노래, 춤, 그 어느 것 하나도 지금 그녀를 꼼짝 못 하게 하는 불안을 깨뜨려 주지 못했다. 그자비에르가 손을 불로 지진 그 순간부터 프랑수아즈는 고통에 젖어 황홀해하는 그 얼굴을 머릿속에서 도저히 떨쳐 낼 수 없었다. 그 순간의 기억이 그녀를 떨게 했다. 그녀는 피에르를 향해 고개를 돌렸다. 그와 다시 연결되어야만 했다. 그러나 몹시 폭력적으로 피에르와 분리되고 말았기에, 그녀는 여태 그에게 가닿지 못한 채 혼자였다. 피에르와 그자비에르가 뭐라고 떠들어 댔지만, 두 사람의 목소리는 아주 먼 곳에서 들려오는 듯했다.

"도대체 왜 그런 거야?" 그자비에르의 손을 만지면서 피에르가 물었다.

그자비에르는 애원하는 눈빛으로 그를 쳐다보았다. 그녀의 얼굴은 다정한 굴복을 표하고 있었다. 프랑수아즈가 피에르를 보고 결코 더는 웃을 수 없을 만큼 그에게 단호한 태도를 취했던 이유는 바로 그자비에르 때문이었다. 그런데도 그자비에르는 이미 한참 전에 말없이 그와 화해를 하고, 급기야 그의 품속에 쓰러질 준비가 된 듯 굴고 있었다.

"왜 그랬어?" 피에르가 재차 물었다. 그는 상처 난 그자비에르의 손을 잠시 들여다보았다.

"아무래도 이 화상은 뭔가 신성한 의미를 지닌 것 같은데." 그가 말했다.

그자비에르는 경계심을 푼 얼굴로 그에게 웃어 보였다.

"속죄의 상처인 셈이지." 그는 이렇게 덧붙여 말했다.

"맞아요. 장미꽃을 저렇게 만든 바람에 이성을 잃고 잠시 감상적인 상태에 빠졌던 거예요. 제 자신이 어찌나 수치스럽던지!"

"넌 어젯밤의 기억을 네 안에 묻어 두고 싶어 하는 거지?" 피에르는 다정한 목소리로 묻고 있었지만 적잖이 긴장한 모습이었다.

그자비에르는 감탄하듯 눈을 크게 떴다.

"어떻게 아셨어요?" 그녀는 그의 신기(神氣)에 마음을 빼앗긴 듯 보였다.

"시든 장미. 눈치채기 쉬웠어."

"희극 배우나 할 법한 웃기는 짓거리를 한 거죠. 바로 선생님께서 저를 도발하신 거라고요." 그녀는 애교를 떨며 말했다.

그녀의 미소는 마치 입맞춤을 하듯 뜨겁게 달아올라 있었다. 프랑수아즈는 거북한 기분에 사로잡혀서 자문했다. 지금 난 사랑의 밀어(蜜語)나 들으려고 이 자리에 있단 말인가? 이곳은 그녀의 자리가 아니었다. 그렇다면 과연 내 자리는 어디에 있단 말인가? 그 어디에도 없음이 분명했다. 그 순간, 프랑수아즈는 스스로를 세상에서 지워진 존재라고 느꼈다.

"나 때문이라니!" 피에르가 말했다.

"비꼬는 표정으로 저를 무섭게 쏘아보셨잖아요." 그자비에르는 부드럽게 말했다.

"내가 기분 나쁘게 군 건 사실이야. 사과하지. 하지만 네가 다른 일에 정신이 팔려 있다는 느낌을 받아서 그런 거라고."

144

"선생님은 안테나라도 달고 계신가 봐요. 제가 입을 열기도 전에 이미 부정적으로 나오시는 걸 보면 말예요. 다만 안테나 성능이 좋지는 않나 보군요." 그녀는 고개를 절레절레 흔들었다.

"네가 제르베르에게 푹 빠진 건 아닌가, 순간 의심이 들었거든." 피에르가 불쑥 이렇게 말했다.

"푹 빠졌다고요? 그 애송이가 대체 뭐라고 하던가요?" 이렇게 말하면서 그자비에르는 이마를 찌푸렸다.

피에르가 일부러 그렇게 말한 건 아니었다. 그는 비열한 짓을 할 줄 모르는 사람이었다. 그럼에도 그의 말은 제르베르를 향한 불쾌한 비방을 담고 있었다.

"별말 안 했어. 다만 간밤의 외출이 즐거웠다는 말은 하더군. 네가 남을 즐겁게 해 주려고 노력하는 건 상당히 드문 일이잖아."

"그렇게 나오리라 미리 의심해야 했는데. 그런 자식은 조금만 친절하게 대해 주면 곧바로 착각을 한다니까요! 형편없이 모자란 지능으로 무슨 얘기를 꾸며 냈는지 누가 알겠어요!" 그자비에르는 크게 화를 내며 말했다.

"그러고 나서 넌 하루 종일 방에 틀어박혀 있었지, 간밤의 낭만을 되새기려고 말이야."

"과장된 낭만이죠." 불쾌하다는 듯 그녀가 말했다.

"지금이야 그렇게 보이겠지."

"그럴 리 없어요. 곧바로 알아차렸다고요." 그자비에르는 초조한 목소리로 대꾸했다. 그녀는 피에르의 얼굴을 똑바로 쳐다보았다.

"뭐, 끝내주는 저녁을 보낸 듯 비쳤으면 하는 바람이 있긴 했죠. 이해하시겠어요?"

두 사람은 말을 그쳤다. 지난 스물네 시간 동안 제르베르가 그녀에게 어떤 모습으로 비쳤을지는 절대로 알 수 없을 터였다. 심지어 그녀는 이미 그 모든 일을 잊은 상태였다. 다만 지금 이 순간, 그녀가 진심으로 제르베르를 부정하고 있다는 점만큼은 확신할 수 있었다.

"우리에게 복수한 거지."

"그래요." 그자비에르는 목소리를 깔고 대답했다.

"하지만 우리 입장에선 제르베르와 함께 저녁 식사를 한 지가 너무 오래되었던 터라 잠시라도 그 아이를 만나야만 했다고." 피에르는 변명하는 투로 말했다.

"잘 알아요. 그렇지만 모두가 선생님을 괴롭히는데도 가만히 계시는 모습을 보면 늘 짜증이 나는걸요."

"배타적인 아이로군."

"성격을 고칠 순 없는 노릇이잖아요." 그자비에르는 의기소침하게 말했다.

"애쓸 것 없어. 너의 배타적인 성격은 치졸한 질투심이 아니거든. 네 비타협적인 성격과 격렬한 감정은 서로 잘 어울리니까. 그걸 빼면 넌 더 이상 같은 사람이 아닐 테지." 피에르는 상냥하게 말했다.

"아! 세상에 우리 셋만 있다면 얼마나 좋을까요! 우리 세 사람 빼고 아무도 없다면요!" 이렇게 말하는 그자비에르의 눈은 뜨겁게 빛났다.

프랑수아즈는 억지로 미소를 지었다. 피에르와 그자비에르가 합의에 이르는 모습을 볼 때마다 자주 고통을 느끼곤 했다. 그런데 오늘 밤, 이들의 하나 된 의견 속에서 그녀는 자신을 향한 유죄 판결을 발견했다. 지금 두 사람은, 그녀가 늘 거부해 왔던 질투와 원망이라는 감정을 마치 소중하게 조심히 다뤄야 하는, 거추장스럽지만 귀중한 물건이라도 되는 양 떠들어 대고 있었다. 그녀 역시 자신의 내면에서 이렇듯 염려스러운 보물과 마주할 수 있었다. 도대체 무슨 까닭에서, 자기 감정보다 그자비에르가 과감하게 발로 차 버린 공허하고 낡아 빠진 명령을 더 애지중지했던 것일까? 그녀는 수시로 질투심에 사로잡혔고, 피에르를 증오하고자 했으며, 그자비에르에게 나쁜 일이 닥치기를 바라는 유혹에 빠지곤 했다. 하지만 자신은 순수해야 한다는 헛된 명분 아래, 마음속에서 공허함이 자라나도록 방관하고 말았다. 그자비에르는 뻔뻔스럽게 태연히 굴면서, 스스로를 온전히 긍정하는 길을 택했다. 그 선택의 대가로 그녀는 세상을 향해 묵직한 영향력을 발휘할 수 있었고, 피에르는 뜨거운 관심을 보이며 그녀에게 다가서고 있었다. 한편, 프랑수아즈는 감히 자신으로 존재할 엄두조차 내지 못했다. 고통이 터져 나오는 가운데, 그녀는 이러한 위선적 비겁함이 자기를 전연 아무것도 아닌 존재로 만들어 버렸음을 깨달았다.

그녀가 눈을 드니 그자비에르가 말을 하고 있었다.

"전 선생님 얼굴이 피곤해 보일 때가 정말 좋아요. 완전히 창백해지시거든요." 피에르의 얼굴을 향해 그자비에르는 돌연 미소를 던졌다.

"선생님은 유령을 닮으셨어요. 유령 연기를 하실 때 얼마나 멋지시던지."

프랑수아즈는 피에르를 살펴보았다. 그의 안색이 파리한 것은 사실이었다. 지금과 같이 초췌한 그의 얼굴에서 비치는 정신적 나약함에 눈물이 날 정도로 마음이 흔들렸던 적이 자주 있었다. 하지만 그 얼굴에 가닿기에는 그와 너무나도 단절되어 있었다. 오직 그자비에르의 미소를 통해서만 그 얼굴이 지닌 비현실적 매력을 파악할 수 있었다.

"너도 알다시피 난 더 이상 유령으로 존재하고 싶지 않아."

"왜요! 유령이라고요, 시체가 아니라. 유령은 살아 있는 존재라고요. 영혼은 몸에서 떨어져 나간 덕분에 배가 고프지도, 목이 마르지도, 졸리지도 않다고요." 그자비에르의 시선은 피에르의 이마와 손에 고정되어 있었다. 단단하고 섬세한 긴 손이었다. 프랑수아즈는 곧잘 그 손을 사랑스럽게 어루만졌지만, 굳이 들여다볼 생각은 단 한 번도 한 적이 없었다.

"더군다나 땅에 붙어 있지 않다는 점에서 전 유령을 시적인 존재라고 생각해요. 어디에 있든 다른 곳에도 동시에 존재하고 있으니까요."

"난 이곳 이외에 다른 곳에 있지 않는걸."

피에르는 그자비에르를 향해 다정하게 웃었다. 프랑수아즈는 종종 자기가 얼마나 달콤하게 그러한 미소를 받아들였는지 떠올려 보았다. 그러나 이제 더는 그 미소를 바랄 수 없었다.

"그렇긴 한데, 어떻게 말하면 좋을지 모르겠네요. 지금 선생님은 본인이 원해서 여기 계신 거잖아요. 갇혀 계신 것처럼 보이지 않는다고요."

"내가 갇혀 있는 듯 보일 때가 자주 있나?"

그자비에르는 주저하듯 말했다.

"가끔이요. 선생님은 근엄한 신사분들과 대화를 나눌 때면 꼭 죄수같이 보인다니까요." 그녀는 애교를 부리듯 미소를 지었다.

"기억나는군. 우리가 처음 만난 날, 넌 내가 거드름이나 피우는 비열한 인간이리라고 속단했었잖아!"

"선생님이 변하신 거죠."

소유자로서의 행복과 자랑스러움이 담긴 그자비에르의 눈길은 피에르를 감싸고 있었다. 그녀는 그가 바뀌었다고 생각하는 것이다. 정말로 그럴까? 프랑수아즈로서는 그에 대해 판단을 내리기란 더 이상 불가능했다. 마음이 메말라 버린 오늘 밤엔 가장 진귀한 보물조차 무관심 속으로 빨려 들어갈 뿐이었다. 그자비에르의 눈동자 속에서 새로운 섬광을 빛내며 번뜩이는 저 음산한 격정을 믿어야만 했다.

"당신, 기운이 하나도 없어 보이는군." 피에르가 말했다.

프랑수아즈는 흠칫 놀랐다. 그가 말을 걸고 있는 상대는 그녀였다. 그는 걱정스러운 표정을 짓고 있었다. 그녀는 애써 목소리를 가다듬으려고 애썼다.

"술을 너무 많이 마셨나 봐요."

말이 목구멍에 걸려서 제대로 나오질 않았다. 피에르는 미안해하는 표정을 짓고서 그녀를 바라보았다.

"밤새 내가 너무나도 얄미웠겠군." 후회하는 얼굴로 그는 말했다.

피에르는 자기도 모르게 자신의 손을 그녀의 손 위에 얹었다. 프랑수아즈는 그에게 미소를 지어 보이는 데 성공했다. 그의 염려에 감동받았지만, 피에르가 그녀의 마음속에 다시금 불러일으킨 애정조차 그녀를 고독한 불안으로부터 놓여나게 하지는 못했다.

"조금은 그랬죠." 그의 손을 맞잡으면서 그녀가 말했다.

"미안해요, 나 스스로 좀체 통제가 안 되더군." 프랑수아즈에게 고통을 안겨 주었다는 생각에 피에르는 무척이나 심란해했다. 만약 오직 두 사람의 애정만이 문제가 되었더라면, 프랑수아즈는 벌써 마음의 안정을 되찾았으리라.

"오늘 모임을 내가 망쳐 버린 셈이군. 당신이 그토록 고대했건만."

"망치다니요, 그렇지 않아요."

이렇게 답한 뒤 프랑수아즈는 애써 좀 더 밝은 얼굴로 말을 덧붙였다.

"아직 시간이 남았잖아요. 여기에 있으니 재미있네요." 그녀는 그자비에르 쪽으로 고개를 돌렸다.

"그렇지 않아? 폴이 거짓말하지는 않은 거야. 멋진 곳이잖아."

그자비에르가 야릇한 미소를 지어 보였다.

"우리가 '밤의 파리'를 구경하는 미국인 관광객 같다고는 생각하지 않으시나 봐요. 스스로를 더럽히지 않으려고 멀찌감치 떨어져 앉은 채, 아무것도 손대지 않고 그저 구경만 했는데 말예요……."

피에르의 얼굴이 어두워졌다.

"이런! 넌 '올레!' 하고 외치면서 손가락을 튕기고 싶은가 봐." 피에르가 말했다.

그자비에르는 어깨를 으쓱였다.

"그럼 뭐가 하고 싶은데?" 피에르가 물었다.

"없어요. 그냥 그렇다는 말예요." 그자비에르는 냉랭하게 대꾸했다.

또 시작이다. 산성 물질처럼 부식성 강한 증오가 짙은 소용돌이를 그리면서 다시금 그자비에르로부터 새어 나오는 중이었다. 날카로운 공격에 방어 태세를 취해 봤자 소용없었다, 그저 참고 기다리는 수밖에는. 프랑수아즈는 이미 녹초가 되었다고 느꼈지만, 피에르는 여태 체념하지 않은 상태였다. 그자비에르가 두렵지 않은 것이었다.

"느닷없이 왜 우리가 미워진 거지?" 딱딱한 말투로 그가 물었다.

그자비에르가 날카로운 웃음을 터뜨렸다.

"이런! 안 되죠, 다시 시작하지 마시라고요." 그녀의 볼이 벌겋게 달아오르면서 입가에 경련이 일었다. 극도로 화가 난 듯 보였다.

"선생님을 미워하면서 시간을 보내고 있지 않다고요. 음악을 듣고 있어요."

"넌 우리를 미워하고 있어." 피에르가 거듭 말했다.

"절대 아니에요." 그자비에르는 대꾸한 뒤에 호흡을 가다듬었다.

"선생님께서 마치 연극 무대를 보듯이 바깥에서 상황을 구경하며 즐거워하시는 모습을 목격한 건 이번이 처음도 아니에요. 전혀 놀랍지 않다고요." 이렇게 말하고 나서 그녀는 자신의 가슴에 손을 가져다 댔다. 그러고는 뜨거운 미소를 지으며 말을 이어 갔다.

"저는요, 살아 있는 사람이라고요, 아시겠어요?"

피에르는 프랑수아즈에게 난처해하는 시선을 던졌다. 잠시 뜸을 들이던 그는 마음을 가라앉히려고 애쓰면서 이렇게 말했다.

"무슨 일 있었나?" 그의 목소리는 한층 누그러져 있었다.

"아무 일도 없었어요."

"프랑수아즈와 내가 한패가 됐다고 생각한 게로군."

그자비에르는 그를 똑바로 쳐다보면서 거만한 어조로 이렇게 말했다.

"바로 그거예요."

프랑수아즈는 이를 악물었다. 그자비에르를 때리고 짓밟아 버리고 싶은 충동이 강렬하게 밀려왔다. 피에르와 그녀의 이중창을 참을성 있게 들어주며 몇 시간이나 보냈건만, 그자비에르는 피에르와 최소한의 우정을 주고받을 권리조차 프랑수아즈에게 허락하지 않은 것이었다! 지나친 처사였다. 상황이 이런 식으로 계속 이어질 수는 없는 노릇이었다. 그녀는 더 이상 참을 수 없을 것만 같았다.

"넌 이상할 정도로 부당하게 굴고 있어. 내가 생각하기에 프랑수아즈가 슬퍼하는 건, 너에 대한 내 태도 때문이라고. 우리 두 사람의 관계 때문에 그러는 게 아니야." 피에르는 화를 내면서 말했다.

아무런 대꾸도 하지 않은 채, 그자비에르는 앞으로 몸을 내밀었다. 옆자리에 있던 웬 젊은 여자가 자리에서 일어나더니, 거친 목소리로 스페인 시 한 편을 막 낭독하기 시작한 참이었다. 엄청난 정적이 흐르는 가운데, 모든 시선은 그녀를 향하고 있었다. 무슨 내용인지 알 수 없었지만 격정적인 억양과, 비장미가 흐르는 열정으로 일그러진 얼굴 탓에, 창자를 에는 듯한 슬픔이 밀려왔다. 증오와 죽음을 노래하는 시였다. 어쩌면 희망 또한 노래하고 있는지도 몰랐다. 그 안에 담긴 격동과 탄식이 모두의 마음속에서 불현듯 환기한 것은, 바로 갈가리 찢긴 스페인이었다. 기타 연주와 노랫소리, 화려한 숄과 감송꽃은 불과 피로 인해 길거리에서 내쫓기고 말았다. 댄스홀은 무너져 내려앉았고, 술이 가득 담겨 있던 가죽 부대는 폭탄으로 찢어발겨져 있었다. 이제 맹렬히 달콤하던 저녁 공기 속을 떠도는 건 두려움과 굶주림이었다. 사람들을 취하게 하던 플라멩코 선율과 포도주의 풍미는 벌써 죽어 버린 과거의 장례식만을 암시할 뿐, 더는 아무것도 아니었다. 잠시 프랑수아즈는 비장해 보이는 붉은 입술에 시선을 고정한 채, 격렬한 주문이 불러일으킨 황량한 이미지를 떠올리는 데 집중했다. 신비로운 울림 아래 펄떡이는 호소와 그리움 속으로 몸과 마음이 빨려 들어가길 바랐던 것이다. 그녀는 그만 고개를 돌리고 말았다. 자신에 대한 생각이라면 멈출 수 있었지만, 그자비에르가 자기 옆에 버티고 있다는 사실만큼은 잊을 수 없었다. 그자비에르는 이제 여자가 아니라 허공을 응시하고 있었다. 그녀의 손가락 사이로 담배가 타들어 가고 있었다. 담뱃불이 살에 닿기 직전이었지만 모르는 눈치였다. 신경증적 황홀경에 빠진 듯 보였다. 프랑수아즈는 손으로 이마 위를 훔쳤다. 땀에 젖어 있었던 것이다. 공기는 답답했고, 그녀의 마음속에선 상념이 들불처럼 타올랐다. 방금 전의 광기 어린 미소 속에서 그 모습을 드러낸, 적의로 가득 찬 현존이 점점 더 가까이 엄습하고 있었다. 그 끔찍한 발현을 외면할 방법은 전혀 없었다. 매일같이, 매 순간 위험을 피해 왔건만, 결국 이렇게 되고 말았다. 아주 어린 시절부터 모호한 형상으로만 감지해 왔던, 결코 넘어설 수 없는 장애물과 끝내 맞닥뜨린 것이다. 그자비에르의 광적 향락과 증오, 질투를 통해서 죽음만큼이나 괴물 같고 치명적인 파렴치가 터져 나오고 있었다. 마치 최후의 선고가 내려진 듯, 프랑수아즈의 눈앞에 그녀의 의지와 무관한 상태로 무엇인가가 실재하기에 이른 것이다. 자유롭고 절대적이며, 결코 꺾을 수 없는 낯선 의식 하나가 우뚝 서 있었다. 죽음이자 총체적 부정이며, 영원한 부재와도 같은 것이었다. 그런데 충격적이리만큼 모순적이게도, 이 무의 구렁텅이는 스스로를 현존하게 할 수 있었고, 자신을 위해 자기를 충만하게 실재하도록 할 수 있었다. 온 세계가 그 속으로 빨려 들어가고 있었다. 프랑수아즈 역시 세계를 영원히 빼앗긴 채 텅 빈 구덩이 속에서 사라져 가고 있었다. 그 어떤 말이나 이미지로도 무한히 계속되는 그 구덩이의 윤곽을 그려 내기란 불가능했다.

"조심해." 피에르가 말했다.

그는 그자비에르 쪽으로 몸을 굽히더니 타들어 가는 담배 꽁초를 그녀의 손가락에서 빼냈다. 마치 악몽에서 깨어난 듯 그녀는 피에르를 찬찬히 살펴보다가 프랑수아즈를 바라보았다. 느닷없이 그녀가 두 사람의 손을 한쪽씩 붙잡았다. 그녀의 손바닥은 타는 듯 뜨거웠다. 자기 손을 움켜쥔 손가락의 뜨거운 열기가 전해지자, 프랑수아즈는 오싹 소름이 끼쳤다. 손을 빼내고 고개를 돌려서 피에르와 이야기를 나누고 싶었다. 하지만 꼼짝도 할 수 없었다. 프랑수아즈는 그자비에르에게 붙들린 채 가만히 주물리는 자신의 몸뚱이와, 파렴치한 현존을 감추고 있는 선명히 아름다운 그녀의 얼굴을 망연자실하게 응시했다. 오랫동안 그자비에르는 프랑수아즈 삶의 한 조각에 불과했었다. 그런데 돌연 그녀가 최고의 권한을 지닌 유일한 현실로 변해 버렸다. 바야흐로 프랑수아즈는 하나의 이미지를 이루는 가장 희미한 면적에 지나지 않았다.

'왜 내가 아니라 그녀인가?' 프랑수아즈는 곰곰이 생각했다. 한 마디만 하면 될 터였다. '이게 나다.'라고 말하기만 하면 되는 것이었다. 이 말을 믿고 스스로를 선택해야 했었다. 그자비에르의 증오와 애정, 생각을 무해한 연기로 치부해 버리지 못한 채 몇 주를 보내고 말았다. 이들이 자신을 물어뜯도록 그냥 내버려 둔 채, 먹잇감이 되기를 자처했던 것이다. 스스로의 저항과 반항을 뚫고, 자신을 무너뜨리는 데 자유롭게 전념했던 것이다. 그녀는 감히 자기를 긍정할 엄두조차 내지 못한 채, 아무 상관 없는 증언자인 양 자신의 일에 임하고 있었다.

반면 그자비에르는 발끝에서 머리끝까지, 오직 스스로에 대한 생생한 긍정으로서 존재하고 있었다. 그녀가 몹시도 확고한 위력으로 스스로를 실재하게 한 나머지, 그것에 매혹당한 프랑수아즈는 자신보다 그녀를 더 좋아하게 되었다. 그래서 스스로가 지워져 가고 있음에도 그냥 가만히 있었던 것이다. 그녀는 그자비에르의 눈을 통해 공간과 사람들, 피에르의 미소를 보기 시작했다. 또한 오로지 그자비에르가 그녀에게 품은 감정을 통해서만 자기를 인식하는 지경에 빠지고 말았다. 급기야 그녀와 하나가 되려고 애쓰는 중이었다. 하지만 이러한 불가능한 노력으로 인해, 그녀는 자신의 소멸을 이뤄 냈을 뿐이었다.

기타는 연신 단조로운 선율을 연주했고, 공기는 지중해의 열풍처럼 달아올라 있었다. 그자비에르의 손은 먹잇감을 놓치지 않았고, 그녀의 굳은 얼굴엔 아무것도 드러나지 않았다. 피에르 역시 꼼짝 않고 있었다. 세 사람 모두 한꺼번에 같은 주문에 걸려서 대리석 조각으로 변해 버린 듯 보였다. 몇 가지 이미지들이 프랑수아즈를 스쳐 지나갔다. 낡은 윗옷, 숲속의 황량한 들판, 피에르와 그자비에르가 자기에게서 멀리 떨어져 단둘이 비밀스러운 시간을 보냈던 폴 노르의 구석 자리. 이미 그때, 오늘 밤과 마찬가지로, 범접할 수 없는 존재를 위해서 자신의 존재가 소멸해 가고 있음을 느꼈더랬다. 하지만 스스로의 소멸을 이토록 완벽히, 냉철하게 실감한 적은 없었다. 그녀에게 더 이상 아무것도 남아 있지 않다면 모를까. 그런데 수많은 도깨비불 사이로 사물들의 표면 위를 떠다니는 희미한 인광이 아직 남아 있었다. 자신을 마비시키던 긴장감에서 갑자기 놓여난 프랑수아즈는 조용히 울음을 터뜨렸다.

이 눈물이 주술을 중단시켰다. 그자비에르가 손을 놓았던 것이다.

"그만 갈까?" 피에르가 말했다.

프랑수아즈는 자리에서 일어났다. 단번에 모든 생각을 비워 내자, 그녀의 몸 역시 순순히 움직여 주었다. 그녀는 망토를 팔에 걸쳐 들고 홀을 가로질러 나왔다. 바깥에서 찬 공기를 쐬니 눈물이 말랐다. 그러나 마음속 떨림만큼은 여태 그칠 줄 몰랐다. 피에르가 그녀의 어깨를 쓰다듬었다.

"상태가 안 좋아 보이는군." 그가 걱정하듯 말했다.

프랑수아즈는 변명하듯 얼굴을 찌푸리면서 말했다.

"확실히 너무 많이 마셨어요."

그자비에르는 두 사람보다 몇 걸음 앞선 상태로, 마치 로봇처럼 뻣뻣하게 걸어가고 있었다.

"저 애도 꽤 취했어. 집에 데려다주고 나서 우리끼리 조용히 이야기합시다." 피에르가 말했다.

"그렇게 해요."

차가운 밤공기와 피에르의 다정함이 그녀의 마음을 조금은 진정시켜 주었다. 그자비에르를 따라잡은 두 사람은 각자 그녀와 팔짱을 끼었다.

"좀 더 걸어도 좋겠군." 피에르가 말했다.

그자비에르는 아무런 대답이 없었다. 창백한 얼굴 중앙에 위치한 그녀의 입술은 돌처럼 딱딱한 비웃음을 띤 채 일그러져 있었다. 세 사람은 말없이 거리를 내려갔고, 날이 밝아 오고 있었다. 불쑥 그자비에르가 걸음을 멈췄다.

"여기가 어디죠?" 그녀가 물었다.

"라트리니테야." 피에르가 대답했다.

"아! 좀 취했나 봐요."

"내가 보기에도 그래. 기분은 어때?" 피에르가 쾌활하게 물었다.

"모르겠어요. 무슨 일이 있었는지 도통 모르겠어요. 스페인어를 하는 아름다운 여자를 다시 본 것까진 생각이 나는데, 그다음에는 기억이 없어요." 그녀는 아프다는 듯 이마를 찡그렸다.

"그 여자를 잠깐 보다가 줄담배를 피워 댔고, 네 손가락에서 타들어 가는 꽁초를 빼내야 했지. 무감각한 상태로, 꽁초에 살갗이 타는 데도 가만히 있더군. 그러다가 갑자기 정신을 차리는 듯하더니 우리 손을 붙잡았어."

"맞아요, 그랬어요! 지옥 밑바닥에 떨어져서 빠져나올 수 없을 것만 같은 기분이었거든요." 그자비에르는 몸을 흠칫 떨었다.

"조각상으로 변한 듯 한동안 가만히 있었는걸. 그러는 와중에 프랑수아즈가 울음을 터뜨렸고."

"기억이 나요." 그자비에르는 뜻 모를 미소를 지으면서 말했다. 그러더니 눈을 내리깔고 나직한 목소리로 이렇게 말했다.

"선생님이 우셨을 때 전 너무 기뻤어요. 저 역시 울고 싶었나 봐요."

잠시 프랑수아즈는 공포에 사로잡힌 채, 부드러우면서도 냉혹한 그녀의 얼굴을 바라보았다. 기쁨이나 고통 같은 것은 전연 찾아볼 수 없는 얼굴이었다. 오늘 밤 내내, 그자비에르는 단 한 순간도 프랑수아즈의 고뇌 따위엔 신경을 쓰지 않았던 것이다. 단지 즐기는 차원에서 그녀가 우는 모습을 바라보았을 따름이었다. 프랑수아즈는 그자비에르에게서 팔을 빼낸 뒤 돌풍에 떠밀려 가듯이 앞서 달려가기 시작했다. 반항심 담긴 오열이 그녀를 뒤흔들어 놓았다. 그녀가 느끼는 불안과 눈물, 고통스러운 이 밤은 그녀에게 속해 있었다. 그자비에르가 자신에게서 이것들을 빼앗아 가도록 결코 허락하지 않을 터였다. 산 채로 자기를 집어삼키려 하는 그녀의 탐욕스러운 촉수로부터 벗어나기 위해서라면 세상 끝까지라도 도망칠 작정이었다. 뒤쪽에서 빠르게 걷는 소리가 들려오더니 억센 손 하나가 그녀를 멈춰 세웠다.

"왜 그러는 거요? 제발 진정해요." 피에르가 말했다.

"싫어요, 싫다고요." 그녀는 울면서 그의 어깨 위로 무너져 내렸다. 고개를 들었을 때, 옆에 서서 놀라움과 호기심 어린 표정으로 프랑수아즈를 빤히 쳐다보는 그자비에르의 모습이 그녀 눈에 들어왔다. 하지만 수치심을 완전히 벗어던진 프랑수아즈의 마음에 더는 아무것도 생채기를 낼 수 없었다. 피에르는 두 사람을 택시 안으로 밀어 넣었다. 프랑수아즈는 자제력을 잃은 채 계속 울고 있었다.

"도착했소." 피에르가 말했다.

프랑수아즈는 뒤도 돌아보지 않고 계단을 네 개씩 올라가서 소파에 무너지듯 주저앉았다. 머리가 아팠다. 아래층에서 말소리가 들리더니 곧이어 방문이 열렸다.

"무슨 일이오?" 이렇게 물으며 피에르는 서둘러 다가와서 그녀를 끌어안았다. 그녀는 그에게 매달렸다. 한동안 공허함과 어둠 그리고 자신의 머리카락을 어루만지는 가벼운 애무만이 느껴졌다.

"내 사랑, 무슨 일 때문에 이러는 거요? 내게 말해 봐요."

피에르의 목소리가 들려오자 그녀는 눈을 떴다. 새벽빛에 물든 방 안은 야릇한 생기로 가득했고, 마침내 어둠의 영향에서 벗어났다는 안도감을 안겨 주었다. 프랑수아즈는 뜻밖에도 다시 마주한 낯익은 형체들을 차분하게 눈에 담았다. 이렇듯 부정당한 현실을 생각하니, 죽음을 생각할 때만큼이나 한없이 고통스러웠다. 여기 있는 사물들과 스스로의 충만함 속으로 다시 빠져들 필요가 있었다. 그러나 임종 직전에 죽음에서 풀려난 듯, 끝없이 혼란스럽기만 했다. 결코 잊지 못할 것 같았다.

"모르겠어요. 모든 게 너무도 부담스러웠어요." 이렇게 말하고 나서 그녀는 피에르를 향해 희미하게 웃어 보였다.

"내가 당신을 고통스럽게 한 거지?"

그의 손을 잡으면서 그녀는 말했다.

"아니에요."

"그자비에르 때문인 거요?"

프랑수아즈는 무기력하게 어깨를 으쓱해 보였다. 막상 설명하려고 하니 무척 어려웠다. 머리가 몹시 아팠던 것이다.

"그 애가 당신을 질투하는 걸 보고서 화가 난 게로군." 피에르가 말했다. 그의 목소리에선 후회가 묻어나고 있었다.

"나도 그 애를 참아 내기 힘들었소. 계속 저런 식으로 지낼 순 없어. 내일 당장 그 애와 이야기해 보겠소."

프랑수아즈는 펄쩍 뛰었다.

"그러면 안 돼요. 그럼 그 애가 당신을 증오하게 될 거예요."

"어쩔 수 없지."

그는 자리에서 일어나 방 안을 서성이다가 그녀 곁으로 돌아왔다.

"죄책감이 느껴지는군. 그 애가 내게 품고 있는 호감에 바보처럼 기대고 있었어. 물론 치사한 방법으로 유혹했다는 말을 하려는 건 아니오. 난 우리가 진정한 삼각관계를 만들어 나가길 바랐소. 그 누구도 희생되는 일 없이, 제대로 조화를 이뤄 낸 세 사람이서 함께하는 삶 말이오. 무모한 시도일지 모르겠지만, 적어도 도전해 볼 만한 가치는 있었다고! 그런데 그 자비에르가 질투심에 사로잡힌 고약한 계집애처럼 나온다면, 또 내가 한가로이 재미나 보는 동안 당신이 불쌍한 희생자가 되어야 한다면 우리 이야기는 역겨워질 거야."

그는 굳은 얼굴을 하고서 단호하게 거듭 말했다.

"그 애와 이야기해 봐야겠어."

프랑수아즈는 그를 다정하게 바라보았다. 피에르는 자기가 저질렀을지도 모르는 과오에 대해서 그녀만큼 냉철하게 분석하고 있었다. 강인하고 명철하며 당당하게 모든 비열함을 거부하는 그의 모습 속에서 그녀는 다시금 피에르와 만나고 있었다. 하지만 두 사람이 완벽하게 합의를 이루어 내더라도, 그 녀의 행복은 되살아나지 않으리라. 또다시 새로운 근심거리가 생겨날 가능성 앞에서 그녀는 진이 빠지고 무기력한 기분에 사로잡혔다.

"당신을 향한 사랑 때문에 날 질투했다는 것을 그 애가 인 정하도록 하겠단 말은 아니겠죠?" 그녀는 힘없이 물었다.

"물론 나더러 잘난 체한다면서 미친 듯이 화를 낼지도 몰 라. 하지만 그런 위험을 감수할 작정이오."

"안 돼요. 제발 그러지 마세요. 게다가 그 문제로 운 게 아니 라는 말이에요." 피에르가 그자비에르를 잃는다면, 이젠 그녀 가 참을 수 없는 죄책감에 시달릴 터였다.

"그렇다면 왜 운 거요?"

"날 비웃을 거잖아요." 그녀는 살짝 미소를 지으며 말했다. 희미한 희망의 빛이 솟아난 것이었다. 말 속에 불안을 가둬 둘 수 있다면 불안으로부터 벗어날 수도 있었다.

"그 애가 나와 마찬가지로 하나의 의식을 가지고 있음을 깨 달았기 때문이에요. 당신도 타인의 의식을 마음속으로 느낀 적이 있죠?" 다시 몸이 떨리고, 말이 나오지 않았다.

"당신도 알다시피, 받아들이기 힘든 사실이잖아요."

피에르는 조금 의심스럽다는 얼굴로 그녀를 쳐다보았다.

"내가 취했다고 생각하는군요. 물론 취한 건 사실이에요. 하지만 그렇다고 해서 달라지는 건 없어요. 왜 그렇게 놀라는 거죠?"

그녀는 자리에서 벌떡 일어났다.

"만약 내가 죽음이 두렵다고 말했더라면 당신은 이해했을 거예요. 하지만 지금 말한 것 또한 죽음만큼이나 실질적이고 끔찍한 사실에 해당한다고요! 물론 누구나 세상에 홀로 존재하지 않는다는 걸 잘 알고는 있죠. 그런데 말로만 그러는 거라고요, 마치 언젠가 자신이 죽으리라고 말하는 것처럼요. 그러다가 그 사실을 진심으로 믿기 시작하는 날엔……."

방이 빙글빙글 돌았고, 그녀는 벽에 기대었다. 피에르가 그녀를 팔로 부축했다.

"쉬는 게 어떻겠소? 당신이 하는 말을 가볍게 여기는 건 아니지만, 이에 대한 이야기는 당신이 조금 눈을 붙이고 난 뒤에 차분하게 나누는 편이 나을 것 같소."

"그것에 대해 더는 할 말이 없어요." 프랑수아즈는 말했다. 다시금 눈물이 흘렀고, 죽을 만큼 피로가 몰려들었다.

"가서 쉬도록 해요."

피에르는 그녀를 침대에 누인 뒤, 구두를 벗기고 이불을 덮어 주었다.

"난 바람을 쐬고 싶어. 그래도 잠들 때까지는 옆에 있어 주겠소."

피에르가 곁에 앉자 그녀는 그의 손을 자신의 뺨에 가져다 댔다. 예전과 달리 오늘 밤엔, 마음의 평화를 되찾는 데에 피에르의 사랑만으로는 충분하지가 않았다. 그의 사랑은, 오늘에야 비로소 정체를 드러낸 그것으로부터 그녀를 지켜 줄 수 없었다. 그것은 손 닿지 않는 곳에 있었고, 이제 프랑수아즈는 그것이 은밀히 스쳐 지나가는 낌새조차 더는 알아차리지 못했다. 하지만 그것은 계속 끈질기게 실재하고 있었다. 그 자비에르가 파리에 정착하면서 가져온 피로와 권태, 심지어 재앙마저 프랑수아즈는 기꺼이 받아들였더랬다. 자신의 삶을 이루는 순간에 해당했기 때문이다. 그러나 밤새 벌어진 일은 다른 종류의 것이었다. 그녀가 그 일을 자기 것으로 삼기란 불가능했다. 지금 세계는 그녀의 눈앞에, 마치 거대한 금기 같은 모습으로 우뚝 서 있었다. 이제 막 성취한 것은, 바로 그녀라는 실존의 몰락이었다.

5장

프랑수아즈는 관리인을 향해 웃어 보인 뒤, 녹슨 낡은 무대 도구들을 모아 둔 복도를 지나, 녹색 나무로 된 작은 계단을 재빠르게 올라갔다. 며칠 전부터 공연이 중단되었으므로, 이제 피에르와 느긋이 저녁 시간을 보낼 수 있다고 생각하니 기뻤다. 그를 마지막으로 본 지 꼬박 하루가 지난 터라, 초조함과 더불어 약간의 불안감마저 느꼈다. 그 자비에르와 외출한 이야기를 기다릴 때면, 도저히 차분하게 가만있을 수 없었다. 그러나 모든 외출이 비슷비슷했다. 입맞춤과 언쟁, 다정한 화해, 열정적인 대화 그리고 기나긴 침묵. 프랑수아즈는 문을 밀고 들어갔다. 피에르는 양손 가득히 종이 뭉치를 들고 뒤적이면서 서랍장의 서랍을 향해 몸을 숙이고 있었다. 그녀를 향해 그가 달려왔다.

"아! 당신을 만나지 못한 지 한참이 지난 듯하군. 업무를 겸한 점심 식사를 하면서 베르냉에게 어찌나 저주를 퍼붓고 싶던지! 연습 시간 직전에야 놔주더라니까. 어찌 지냈소?" 그는 프랑수아즈의 어깨를 끌어안으며 말했다.

"당신에게 할 얘기가 한가득이에요."

프랑수아즈는 그의 머리칼과 목덜미를 쓰다듬었다. 재회하는 순간마다 그가 실재하고 있음을 확인하는 일이 좋았다.

"뭘 하는 중이었어요? 정리하려고요?"

"아! 정리라면 포기했소, 어찌해 볼 수 있는 수준이 아니야." 피에르는 원망 어린 눈길을 서랍장 쪽으로 던지며 말했다. 그러면서 이렇게 덧붙였다.

"게다가 그리 서둘러 정리할 것도 더는 없고."

"이번 리허설 공연 때 보니 긴장이 풀린 게 분명히 느껴지더군요."

"맞소, 또 한 번 모면했다는 생각뿐이었지. 이 상태로 얼마나 가느냐는 다른 문제겠지만. 좋은 시간 보냈소?" 피에르는 담뱃대에 윤을 내려고 코에 문지르면서 말했다.

"얼마나 많이 웃었는지 몰라요. 의도한 결과라고 확신할 수는 없지만, 어쨌든 꽤나 재미있었어요. 블랑쉬 부케가 야식까지 먹고 가라고 붙잡았지만 랑블랭이랑 같이 도망쳐 나왔어요. 랑블랭이 날 얼마나 많은 술집으로 끌고 다니던지. 그래도 잘 버텨 냈죠. 오늘 온종일 문제없이 일을 해낸걸요."

"작품이랑 부케 그리고 랑블랭에 대해 자세히 좀 들려줘요. 뭣 좀 마시겠소?"

"위스키 한 잔 주세요. 그리고 당신이 뭘 했는지나 먼저 말해 봐요. 그 자비에르랑 즐거운 저녁을 보냈나요?"

"휴!" 그는 손을 위로 쳐들면서 말했다.

"당신은 그런 난장판을 상상도 못 할 거요. 다행히도 잘 끝났지만, 두 시간 동안이나 적대감에 진저리 치면서 폴 노르 구석 자리에 나란히 앉아 있었다니까. 그 정도로 심각하게 싸운 적은 처음이었소."

그는 벽장에서 배트69 위스키를 꺼낸 뒤, 두 잔에 절반씩 따랐다.

"무슨 일이 있었는데요?"

"음, 우선은 당신을 향한 그 애의 질투심에 관한 문제로 이야기를 시작했소."

"그러지 말지 그랬어요."

"내가 마음을 단단히 먹었다고 말하지 않았소."

"그래서 어떻게 되었죠?"

"그 애의 독점욕에 관해 대화를 나누었소. 총체적으로 보자면 그건 네가 지닌 강인하고 높이 평가할 만한 특성에 해당하지만, 그게 통하지 않는 경우가 하나 있으니, 바로 우리 셋의 관계라고 그 애에게 말해 줬소. 이때까지는 흔쾌히 동의하더군. 그런데 당신을 질투하는 거 아니냐고 얘기했더니, 곧바로 경악과 분노로 얼굴이 시뻘게지더군."

"쉽지 않은 상황이었겠군요."

"맞아, 내가 우습거나 거만하게 비칠 수도 있었거든. 그래도 속이 좁은 애는 아니잖소. 다만 자기를 비난하니까 속이 뒤집

한 거지. 아주 미친 듯이 내 말을 되받아치더군. 하지만 나는 잘 버텨 냈소, 수많은 예시를 들어 보였거든. 결국 엄청나게 화를 내면서 울더군. 하도 적대적으로 구는 바람에 겁이 날 정도였다니까. 그 애가 질식사할지도 모른다는 생각까지 들더라고."

프랑수아즈는 걱정스레 그를 바라보았다.

"어쨌든 지금 그 애가 당신을 원망하고 있지는 않죠?"

"물론이지. 처음에는 나도 화가 나더군. 하지만 당신한테 밉보이는 상황인 듯해서 도와주려는 것뿐이라고 곧바로 잘 설명해 줬소. 우리 세 사람이 이루려 하는 것이 얼마나 어려운 목표인지, 그게 우리 모두에게 얼마나 전적인 진심을 요구하는지 납득시켰지. 나무라는 말이 아니다, 다만 널 위험으로부터 지켜 주고 싶어서 이러는 거다, 라고 설득하니, 더는 나를 원망하지 않더라고. 내가 보기에는 날 용서했을 뿐만 아니라, 진심으로 노력해 보기로 마음먹은 듯하더군."

"당신 말이 사실이라면 그 애는 칭찬받을 만하네요." 이렇게 말하는 프랑수아즈의 마음속에선 믿음이 샘솟고 있었다.

"평소보다 더 진솔하게 많은 대화를 나누었소. 그렇게 얘기하고 나니, 그 애 마음속의 뭔가가 해소된 듯 보이더군. 당신도 아는 그 애의 표정이 있지 않소, 늘 자신의 가장 좋은 면을 감추려 하는 그 표정 말이오. 그게 싹 사라졌더군. 일말의 거리낌 없이 나와 진심을 나누는 것 같았다니까. 마치 나에 대한 사랑을 솔직히 인정하는 데에 더 이상 아무런 장애물도 없다는 듯 말이야."

"자신이 질투하고 있음을 솔직히 인정하고 나니 마음이 개운해진 모양이네요." 이렇게 말하고 나서 프랑수아즈는 담배 한 개비를 손에 들고 피에르를 다정스레 바라보았다.

"왜 웃는 거요?"

"남들이 자기한테 품고 있는 호감을, 항상 정신적 미덕인 양 여기는 당신을 보고 있으니 재미있어서요. 본인을 인간의 모습을 취한 신으로 간주하는 당신의 사고방식을 보여 주는 한 단면이죠."

"그렇다고 볼 수 있지." 당황한 피에르는 이렇게 말하면서 겸연쩍게 웃었다. 그러자 잠든 모습에서나 찾아볼 수 있었던, 행복에 젖은 천진난만한 기색이 그의 얼굴에 떠올랐다.

"자기 방으로 차를 마시러 가자고 하더군. 심지어 내가 키스를 하자 처음으로 자기도 내게 키스를 해 주더군. 전적으로 자기를 맡긴다는 표정을 하고서 새벽 3시까지 내 품에 안겨 있었다니까."

프랑수아즈는 가슴 한편이 살짝 찢기는 듯한 고통에 사로잡혔다. 그녀 또한 자제하는 방법을 배워야만 했다. 자신한테 주어졌을 때 어떻게 받아들여야 할지 몰랐던 그 몸을, 피에르가 안을 수도 있다고 생각할 때면 늘 고통스러웠다.

"내가 말했잖아요, 결국 그 애와 자게 될 거라고." 그녀는 살짝 미소를 지으면서, 이 말이 풍기는 노골적인 느낌을 애써 완화해 보려고 했다.

피에르는 얼버무리는 것 같은 태도를 취했다.

"그 애에게 달렸지. 물론 나야…… 하지만 그 애의 기분을 상하게 할 만한 짓을 굳이 부추길 마음은 없소."

"그 애에겐 순결한 기질이 없는걸요."

그녀가 입 밖으로 내뱉자마자 그 말은 곧 그녀의 마음속으로 날카롭게 파고들었다. 그녀의 얼굴에 피가 살짝 솟구쳤다. 여자의 욕구를 지닌 성인으로 그자비에르를 여기기가 무척이나 싫었지만, 그건 어쩔 수 없는 사실이었다. 순수한 게 싫어요, 저는 실재한다고요. 그자비에르는 남들이 자신에게 강요하는 수상쩍은 순결에 온 힘을 다해 맞서 싸웠다. 그녀의 불편한 심기 속에서 악착같은 자기주장이 뚫고 나왔던 것이다.

"물론 그렇지 않지. 그래도 난 그 애가 관능적인 면에서 균형을 찾아냈을 때 비로소 행복해질 수 있다고 생각해. 지금 그 애는 혼란스러운 거야. 당신도 그렇게 생각하지 않소?"

"나 역시 전적으로 그렇게 생각해요."

그자비에르의 관능을 일깨운 건 아마도 피에르의 키스와 애무이리라. 상황이 여기서 멈출 리 만무했다. 프랑수아즈는 자신의 손가락을 뚫어져라 쳐다보았다. 이런 생각을 하는 데에도 결국 익숙해질 것이다. 이미 조금은 불쾌함이 수그러진 듯했다. 피에르의 사랑과 그자비에르의 애정을 확신했으므로, 이제 그 어떤 이미지도 더는 해롭지 않을 터였다.

"우리가 그 애에게 요구하는 건 평범한 문제가 아니오. 결국 이런 생활 방식을 그려 볼 수 있는 건, 전부 우리 두 사람 사이에 특별한 사랑이 존재하기 때문이오. 또한 그 애가 특별한 사람이기에 이런 조건에 따를 수 있는 거고. 그러니 그 애가 간혹 의심하거나, 심지어 반항하는 것도 충분히 납득할 수 있지."

"그래요, 우리에겐 시간이 필요해요."

프랑수아즈는 자리에서 일어나 피에르가 열어 놓은 서랍 쪽으로 가서, 흩어진 종이 사이로 손을 집어넣었다. 그녀 역시 불신에 사로잡혀서 잘못을 저지른 터였다. 이따금 아주 가벼운 결핍 때문에 피에르를 엄히 대했고, 그에게 털어놓아야 했던 수많은 생각을 마음속에 담아 둔 채, 그를 이해하기보다 그와 맞서 싸우려 했던 것이다. 그녀는 오래된 사진 한 장을 집어 들고 미소를 지었다. 그리스풍의 튜닉을 걸치고, 고불거리는 가발을 쓴 피에르가 젊고 딱딱한 얼굴로 하늘을 처다보고 있었다.

"우리가 처음 만났을 때 당신이 어땠는지 좀 봐요. 당신은 거의 늙지를 않았네요."

"당신도 그렇소." 피에르는 그녀 곁으로 다가와서 서랍을 들여다보았다.

"여기 들어 있는 모든 걸 함께 보고 싶어요."

"그럽시다. 재미있는 게 한가득이니." 그는 몸을 곧추세운 뒤, 손으로 프랑수아즈의 팔을 쓰다듬었다.

"우리가 이 일에 발을 담그기로 결정한 게 잘못된 선택이었다고 생각진 않소? 우리가 잘 해내리라 생각해요?" 그가 걱정스레 물었다.

"가끔은 의심이 들 때가 있긴 해요. 그래도 오늘 밤엔 다시 희망이 느껴지는군요." 프랑수아즈가 대답했다.

그녀는 서랍장에서 멀어지며, 위스키 잔이 놓인 자리로 돌아가 앉았다.

"그런데 당신은 왜 그러는 거요?" 그녀의 맞은편 자리에 앉으면서 피에르가 물었다.

"내가 왜요?" 냉정을 유지하고 있을 때, 그자비에르에 대해 이야기하는 일은 항상 그녀를 다소 주눅 들게 했다.

"그자비에르의 존재가 계속 견딜 수 없이 느껴지는 건가?"

"아주 잠시 그러는 것뿐이라는 걸 알잖아요."

"그래도 가끔씩 그렇다는 거잖소?" 피에르가 집요하게 물어 왔다.

"그야 어쩔 수 없는걸요."

"당신 때문에 놀라고 있소. 다른 사람에게서 자기와 닮은 하나의 의식을 발견하고 눈물을 쏟을 수 있는 사람은 내가 아는 한 당신뿐이거든."

"바보같이 보이나요?"

"무슨 소리! 사실 모두가 자기의식을 절대적으로 경험하지. 수많은 절대적 의식들이 어떻게 양립할 수 있을까? 탄생 혹은 죽음만큼이나 불가사의한 일이지. 모든 철학자들을 좌절하게 하는 문제인걸."

"그렇다면 내가 왜 놀랍다는 거죠?"

"날 놀라게 한 건, 당신이 형이상학적 상황 때문에 그렇게까지 실질적으로 동요하고 있다는 점이었소."

"그렇지만 실질적인 문제인걸요. 내 삶의 모든 의미가 거기에 달려 있으니까요."

"내 말은 그게 아니오. 이를테면, 몸과 마음을 통해 어떤 관념을 경험하는 당신의 능력이 어쨌든 범상하지 않다는 얘기를 하는 거요." 피에르는 프랑수아즈를 흥미로운 표정으로 응시하고 있었다.

"내게 관념이란 이론적인 게 아니라 느껴지는 것이에요. 만약 관념이 이론으로만 남는다면, 아무 의미도 없을 거예요. 관념이 이론에만 해당했더라면, 내가 세상에서 유일한 의식으로 존재하고 있지 않음을 깨닫기 위해 그자비에르를 기다리지 않아도 됐겠죠." 그녀는 미소를 지었다.

피에르는 생각에 잠겨서 입술 안쪽을 손가락으로 매만졌다.

"당신이 그자비에르를 통해 그런 깨달음을 얻었다는 건 잘 알겠소."

"그래요. 당신과 함께 있을 때의 난 전혀 거북하지 않았어요. 당신과 나 자신을 거의 구별 짓지 않았으니까요."

"게다가 우리 사이엔 상호성이 자리 잡고 있잖소."

"무슨 말이죠?"

"당신이 나를 하나의 의식으로 인정하는 그 순간, 나 역시 당신을 하나의 의식으로 인정하고 있음을 알게 된다는 거지. 그로써 모든 게 달라지는 거요."

"그럴지도 모르죠." 프랑수아즈는 곤혹스러움을 느끼며 잔의 밑바닥을 바라보았다.

"어쨌든 그런 게 우정이죠, 각자 자신의 주도권을 내려놓는 것 말예요. 그런데 만약 둘 중 한 명이 그러길 거부한다면 어떻게 될까요?"

"그럴 경우에 우정은 불가능하지." 피에르가 대답했다.

"그럼 어떻게 해야 하죠?"

"모르겠소."

그자비에르는 결코 자신을 희생하지 않을 것이다. 아무리 직접 높은 자리에 올려놓은 사람일지라도, 또 그 사람을 아끼는 순간에조차, 그녀에게 그는 오직 하나의 대상으로 남아 있을 터였다.

"해결책이 없는 셈이네요."

프랑수아즈는 미소를 지었다. 그자비에르를 죽여야만 하겠지…… 그녀는 자리에서 일어나 창가 쪽으로 걸어갔다. 오늘 밤엔 그자비에르로 인해 마음이 무겁지 않았다. 그녀는 커튼을 걷었다. 그녀는 동네 사람들이 바람을 쐬러 오는 조용한 작은 광장이 마음에 들었다. 웬 노인이 벤치에 앉아 종이봉투에서 먹을 것을 꺼내고, 어린아이 하나는 나무 주위를 뛰어다니고 있었다. 가로등 불빛은 금속같이 정밀한 나뭇잎의 윤곽을 선명히 드러내고 있었다. 피에르는 자유로웠다. 그녀는 혼자였다. 그러나 두 사람은 이토록 분리된 상태의 한가운데에서, 오래전에 그녀가 지나칠 정도로 안일하게 꿈꿨던 결합만큼이나 본질적 융합을 되찾을 수 있을 터였다.

"무슨 생각을 하지?" 피에르가 물었다.

아무런 대답 없이 그녀는 그의 얼굴을 손으로 감싸고 키스를 퍼부었다.

"좋은 시간이었어요."

이렇게 말하면서 프랑수아즈는 기쁜 마음으로 피에르와 팔짱을 꼈다. 두 사람은 한참 동안 사진을 같이 들여다보았고,

오래전에 주고받은 편지를 다시 읽었다. 그러고는 프랑수아즈가 쓰고 있는 소설과, 함께한 젊은 시절 그리고 유럽의 미래 등에 대해 대화를 나누면서 강변과 샤틀레, 레알 둘러보았다. 두 사람이 자유롭고도 사심 없이 이토록 긴 대화를 나누기는 몇 주 만에 처음 있는 일이었다. 그들을 정념과 근심의 굴레로 옭아맸던 그자비에르의 주술이 마침내 끊어지면서, 두 사람은 거대한 세상의 중심에서 다시금 서로에게 완전히 섞여 들었다. 그들 뒤로는 과거가 끝도 없이 펼쳐져 있었다. 대륙과 바다가 널따란 식탁보 모양으로 지구의 표면을 뒤덮고 있었다. 그리고 헤아릴 수 없을 만큼 수많은 보물들 사이에 실재하는 기적 같은 확신이, 공간과 시간이 만들어 낸 몹시도 협소한 한계마저 초월하고 있었다.

"이런, 그자비에르의 방에 불이 켜져 있잖아." 피에르가 말했다.

프랑수아즈는 흠칫 놀랐다. 자유로운 비행을 마친 뒤, 어떤 충격도 받지 않고 호텔 앞 어두운 골목에 안착하는 일 따위는 결코 일어날 수 없는 모양이었다. 새벽 2시였다. 피에르는 마치 잠복 경찰 같은 얼굴을 하고, 어두운 벽면에서 밝게 빛나는 창문 하나를 살펴보고 있었다.

"그게 왜 놀랄 일이죠?"

"물론 아니지."

이렇게 대꾸하고 나서 피에르는 문을 밀고 들어가더니, 걸음을 재촉하며 계단을 올랐다. 그가 3층 층계참에서 멈춰 섰다. 정적이 흐르는 가운데 중얼거리는 목소리가 새어 나오고 있었던 것이다.

"누군가 저 애 집에서 얘기를 하고 있군." 피에르는 가만히 서서 귀를 기울였다. 그보다 몇 계단 아래에서 난간을 잡고 있던 프랑수아즈 역시 그 자리에 가만히 서 있었다.

"누굴까?" 그가 말했다.

"오늘 밤 누구랑 외출한다고 하던 가요?"

"그럴 계획은 없다고 했는데. 누군지 알아봐야겠어." 피에르는 이렇게 말하면서 앞으로 한 발짝 내딛었다.

그가 다시 한 걸음 앞으로 나아가자 바닥에서 삐걱 소리가 났다.

"들리겠어요."

잠시 멈칫거리던 피에르는 몸을 굽히고 구두끈을 풀기 시작했다. 그간 맛보았던 그 어떤 감정보다 한층 더 짙고 씁쓸한 절망이 프랑수아즈를 덮쳐 왔다. 피에르는 노란색 벽 사이를 살금살금 걸어가서 문에다 귀를 가져다 댔다. 오늘 밤의 행복과 프랑수아즈, 세계, 이 모든 것들이 단 한 차례의 몸짓으로 전부 지워져 버리고 말았다. 남은 것이라곤 고요한 복도와 나무 문짝 그리고 속삭이는 목소리뿐이었다. 프랑수아즈는 절망에 잠겨 그를 바라보았다. 강박증에 사로잡힌 듯 초조해하는 그 얼굴에서 조금 전 자신을 향해 그토록 다정하게 웃어 보이던 사랑하는 이의 얼굴을 찾아내기란 불가능했다. 그녀는 층계를 마저 올라갔다. 가볍게 스치는 바람에도 금세 착란에 빠지는 광인이 일시적으로 제정신을 차린 모습에 속은 기분이었다. 방금 전에 피에르가 보여 준 분별력 있고 온화한 모습은 내일을 기약할 수 없는 잠정적 진정 상태였을 뿐, 그는 결코 완쾌되지 않았던 것이다. 피에르가 발끝으로 걸어서 그녀에게 돌아왔다.

"제르베르야. 그럴 줄 알았어." 나지막한 목소리로 그가 말했다.

그는 손에 신발을 든 채로 나머지 계단을 올라갔다.

"도대체 왜 그게 이상한 일인지 모르겠군요. 같이 외출을 했다가 집까지 바래다줬나 보죠." 방으로 들어서며 프랑수아즈가 말했다.

"그 앤 제르베르를 만날 거라고 내게 말하지 않았어. 그 사실을 왜 내게 숨긴 거지? 아니면 갑자기 외출하기로 결심한 거야."

프랑수아즈는 코트와 원피스를 벗은 뒤 실내 가운을 걸쳤다.

"서로 만나기로 했겠죠."

"두 사람 모두 이젠 도미니크의 카바레에 가지 않는다고. 아니야, 저 애가 일부러 제르베르를 만나러 갔음이 틀림없어."

"제르베르 쪽에서 그런 게 아니라면 말이죠."

"제르베르는 마지막 순간까지 저 애를 불러낼 수 있는 놈이 절대로 아니야."

피에르는 소파 가장자리에 걸터앉아서 당황한 얼굴로 자신의 벗은 발을 내려다보았다.

"그자비에르가 춤을 추고 싶었는지도 모르죠."

"그래, 저 애가 욕구를 주체하지 못하고 제르베르에게 전화를 한 거로군, 전화기 앞에 서기만 해도 겁에 질려서 기절할 듯 구는 저 애가 말이야. 게다가 몽파르나스를 벗어나면 단 세

발짝도 떼지 못하는 주제에, 생제르맹데프레까지 걸어 내려갔단 말이군!" 피에르는 연신 발을 들여다보고 있었다. 오른쪽 양말에 뚫린 구멍 사이로 살짝 보이는 발가락 끝에 홀린 듯 보였다.

"다른 뭔가가 있을 거야." 그가 말했다.

"그러길 바라나 보죠?" 프랑수아즈는 체념한 채 머리를 빗었다. 이런 식으로 한없이 되풀이되는 논쟁을 도대체 언제부터 이어 온 것일까? 그자비에르는 무슨 짓을 한 걸까? 어쩌려는 속셈일까? 무슨 생각으로? 도대체 왜? 밤이면 밤마다 사람을 지치게 하는 헛된 망상이 되살아났다. 입속의 열기와 마음속 침통함 그리고 졸린 몸을 휘감는 피로와 함께. 마침내 질문에 대한 답을 찾아내면, 그와 비슷한 또 다른 질문이 다시금 꼬리를 물고 집요하게 이어졌다. 그자비에르는 대체 무엇을 원한단 말인가? 그녀는 뭐라 말할 것인가? 어떤 식으로? 어떤 이유에서? 질문을 멈출 수 있는 방도는 전혀 없었다.

"모르겠어. 어젯밤엔 너무나도 다정한 얼굴로 자신을 내맡긴 채 날 신뢰하는 모습을 보였단 말이야."

"그렇다고 그 애가 변했다고 말할 순 없잖아요? 또 제르베르와 만난 게 어쨌든 죄도 아니고요."

"당신과 나를 빼고 다른 사람이 그 애 방에 들어간 적은 단 한 번도 없었어. 그 애가 제르베르를 불러들였다면, 나에게 복수하려는 심산에서 그랬는지도 몰라. 그러니까 나를 증오하기 시작한 거야. 아니면 그냥 그 자식을 방에 들이고 싶었는지도 모르고. 그렇다면 그 자식이 무척이나 마음에 들었다는 말이겠지. 어쩌면 두 가지 마음이 동시에 들었을 수도 있고." 그는 당황해서 정신이 나간 듯한 표정을 지은 채 발을 흔들어 대고 있었다.

"그냥 단순히 변덕을 부리는 걸 수도 있잖아요." 프랑수아 즈는 자신 없는 목소리로 말했다. 간밤에 피에르와 이룬 화해 는 진심이었음이 분명하다. 그러는 시늉을 하는 재주 따윈 그 자비에르에게 없었다. 설령 그렇다 해도 그 애가 마지막 순간 에 보인 미소를 전적으로 믿어서는 안 됐다. 일시적으로 진정 되었음을 의미할 뿐, 헤어지자마자 틀림없이 상황을 복기하기 시작했으리라. 마음을 달래 주는 합리적이고 상냥한 설명을 마친 뒤 혼자 내버려 두면, 그녀는 종종 난데없이 증오로 활 활 타오르곤 했던 것이다.

피에르는 어깨를 으쓱였다.

"그게 아니라는 걸 당신도 잘 알잖아."

프랑수아즈는 그에게 한 걸음 다가섰다.

"당신은 간밤의 대화 때문에 저 애가 당신을 원망하고 있으 리라 생각하는 거죠? 그렇다면 나로선 상당히 후회가 되네요."

"당신은 후회할 일을 하지 않았소. 남들이 진실을 말해 주는 걸 저 애도 참을 줄 알아야 한다고." 피에르가 거칠게 말했다.

그는 자리에서 일어나 방 안을 서성였다. 그가 괴로워하는 모습을 적잖이 보아 왔지만, 이번에 그는 유달리 참기 힘든 고 통에 맞서 싸우고 있는 듯 보였다. 고통으로부터 그를 벗어나 게 해 주고 싶은 마음이 들기도 했다. 피에르가 스스로에게 불안과 근심을 뒤집어씌울 때면, 평소 그녀는 원망 섞인 불신을 안은 채 그를 바라보곤 했다. 그런데 그러한 불신마저 그의 얼굴에 담긴 고뇌를 마주하면 금세 녹아 버리고 말았다. 하지만 이제 그녀가 할 수 있는 일이란 아무것도 없었다.

"안 잘 거예요?" 그녀가 물었다.

"자야지."

그녀는 가리개 뒤로 들어가서 오렌지 향기가 나는 크림을 얼굴에 발랐다. 피에르의 불안이 그녀를 사로잡았다. 나무와 약간의 석고로 만든 판자 몇 장으로 가로막힌 아래층에는 예상할 수 없는 얼굴을 한 그자비에르와, 그런 그녀를 바라보는 제르베르가 있었다. 침대맡에 놓인 핏빛 갓을 씌운 아주 작은 조명 불빛이 방 안을 비출 테고, 나직한 말소리는 뿌연 연기 사이로 길을 내고 있으리라. 두 사람은 무슨 말을 하고 있을까? 나란히 앉아 있을까? 서로를 어루만지고 있을까? 제르베르가 어떤 얼굴을 하고 있을지는 상상할 수 있었다. 그는 늘 같은 얼굴을 하고 있으니까 말이다. 하지만 그자비에르의 마음속에서 그의 얼굴은 어떻게 비치고 있을까? 매력적으로 보일까, 애처로워 보일까? 냉정해 보일까? 아니면 무심해 보일까? 응시하기 좋은 대상일까, 아니면 적일까? 혹은 먹잇감? 두 사람의 목소리가 이 방까지 올라오는 일은 없으리라. 다만 가리개 너머로 옷자락이 스치는 소리 그리고 열병이 만들어 낸 환청처럼 적막함 속에서 더 크게 울려 퍼지는 째깍거리는 시계 소리만이 들려올 뿐이었다.

"잘 준비는 됐어요?" 프랑수아즈가 물었다.

"응." 피에르는 파자마를 입은 채 맨발로 문 옆에 서 있었다.

그가 조심스레 문을 반쯤 열었다.

"아무 소리도 들리질 않는군. 아직 제르베르가 있는지 알고 싶어."

프랑수아즈는 그에게 다가갔다.

"그러게요, 아무 소리도 전혀 들리질 않는군요."

"알아보러 가야겠어."

프랑수아즈는 그의 팔에 손을 올렸다.

"조심해요, 당신과 마주치면 상당히 기분 나빠 할 거예요."

"그럴 위험은 없어."

빼꼼히 열린 문틈으로 피에르의 모습을 잠시 눈으로 좇던 프랑수아즈는 솜과 매니큐어 리무버를 들고 손톱 하나하나를 세심하게 지우기 시작했다. 손톱 가장자리에는 분홍색 자국이 여전히 남아 있었다. 매 순간 자기 자신에게 집중할 수 있다면 불행이 마음속까지 와닿는 일은 없을지도 몰랐다. 불행은 동조자를 필요로 하는 법이었다. 프랑수아즈는 화들짝 놀랐다. 방바닥에서 두 개의 맨발이 스르륵 나타났던 것이다.

"어떻게 됐어요?" 그녀가 물었다.

"아무 소리도 나질 않더군. 서로 키스하고 있음이 분명해." 그는 문에 기댄 채 말했다.

"제르베르가 떠났을 가능성이 더 크죠."

"그럴 리 없어. 만약 누군가 문을 열고 닫았다면, 내 귀에 들렸을 테니까."

"어쨌든 키스를 하지 않더라도 조용히 있을 순 있잖아요."

"그자비에르가 제르베르를 집에 끌어들인 거라면, 그 자식

품에 안기고 싶어서 그랬을 테지."

"꼭 그런 거라고 볼 순 없어요."

"난 그러리라고 확신해."

피에르가 이런 식으로 묵살하듯 얘기하는 건 흔하지 않은 일이었다. 프랑수아즈는 가슴이 미어지는 듯했다.

"난 그자비에르가 단지 사내놈을 품에 안으려고 제르베르를 방 안에 끌어들였다고는 생각하지 않아요. 그랬다면 남자 쪽에서 기절초풍했을 테죠. 또 그자비에르가 혹시 자신을 마음에 들어 하는 건 아닌지 제르베르가 함부로 추측한다고 생각하면 그 애는 아마 미쳐 날뛸지도 모른다고요! 당신도 봤잖아요, 그자비에르는 제르베르가 아주 약간 거드름을 피운다고 느끼자, 곧장 그 애를 증오하기 시작한걸요."

피에르는 묘한 얼굴로 프랑수아즈의 기색을 살폈다.

"내 직감을 믿지 못하겠다는 건가? 둘이서 키스하고 있다고 말하잖아."

"당신이 완전무결한 건 아니잖아요."

"그럴지도 모르지. 하지만 그자비에르에게 번번이 속는 건 당신이잖소."

"사실이라는 걸 증명했어야죠."

피에르는 사악해 보일 정도로 빈정거리는 미소를 지었다.

"내가 봤다면 어쩌겠소?"

프랑수아즈는 당황스러웠다. 이 사람이 이런 식으로 나를 농락하는 이유는 대체 무엇이라는 말인가?

"봤군요, 당신." 그녀는 확신 없는 목소리로 말했다.

"그래, 열쇠 구멍으로 들여다봤소. 소파에서 둘이 키스하는 모습을 말이야."

프랑수아즈는 점점 더 마음이 불편해졌다. 피에르의 표정에선 무언가 어색하고 꾸며 낸 듯한 기색이 느껴졌다.

"왜 내게 그렇다고 곧장 말하지 않은 거죠?"

"당신이 날 믿는지 알고 싶었거든." 피에르는 불쾌하게 피식거리면서 말했다.

프랑수아즈는 솟구치려 하는 눈물을 억제하기 힘들었다. 그러니까 피에르는 그녀가 잘못을 저지르도록 일부러 유도한 셈이었다! 기이하기 짝이 없는 이 모든 농간 속엔 그녀가 단 한 번도 짐작해 본 적 없는 적의가 깔려 있었다. 피에르가 나에게 은밀히 원망을 키워 왔다니, 과연 가능한 일이라는 말인가?

"자기가 무슨 예언자라도 된다고 생각하나 보죠?" 그녀는 냉랭하게 말했다.

피에르가 가리개 뒤로 모습을 감춘 사이, 그녀는 이불 속으로 들어갔다. 목구멍이 타는 듯했다. 서로 하나가 되어 그토록 정답게 하룻밤을 보낸 직후에 이루어진, 이 느닷없는 증오의 폭발을 이해할 수 없었다. 조금 전까지 배려심 넘치는 모습으로 그녀와 그자비에르에 대해 이야기를 나누던 사람과 이남자가 정녕 같은 사람이라는 말인가? 그릇된 질투심으로 입을 비죽이면서 열쇠 구멍 앞에 몸을 수그린 채 남몰래 염탐하는 이 사람이? 그런 그가 아집과 흥분에 사로잡혀서 추태 부리는 꼴을 마주하고 있자니, 그녀는 치밀어 오르는 진심 어린 혐오를 억누를 수 없었다. 그녀는 양손에 목을 받치고, 등을 대고 누웠다. 고통의 순간을 최대한 지연하기 위해 숨을 죽인 채 상념을 참아 냈다. 그러나 이러한 긴장 상태는 치명적인 극강의 통증을 겪는 것보다 더 괴롭게만 느껴졌다. 그녀는 침대로 다가오는 피에르에게 시선을 돌렸다. 피로 탓에 그의 얼굴 살이 물렁해졌음에도 냉랭하고 딱딱한 그의 표정은 전혀 부드러워 보이지 않았고, 허여멀건 목덜미가 혐오스러웠다. 그녀는 벽 쪽으로 몸을 붙였다. 피에르는 그녀 옆에 누운 뒤 전등 스위치에 손을 가져다 댔다. 함께 지낸 이래 처음으로 두 사람은 무슨 원수라도 되듯 잠자리에 들려는 참이었다. 프랑수아즈는 계속 눈을 뜨고 있었다. 잠에 빠져든 직후에, 무슨 일이 벌어지지나 않을까 겁이 났던 것이다.

"잠이 오지 않나 보군." 피에르가 말했다.

그녀는 꼼짝도 않았다.

"그래요."

"무슨 생각을 해요?"

그녀는 아무 대답도 하지 않았다. 울음을 터뜨리지 않고는 더 이상 아무 말도 할 수 없을 것만 같았다.

"날 가증스럽게 여기겠지."

그녀는 자제심을 발휘했다.

"내가 보기에 당신이야말로 나를 미워하기 시작한 듯하군요."

"그럴 리가!" 피에르가 말했다. 그는 그녀의 어깨 위에 손을 얹었다. 그리고 그녀는 자신을 향하는 그의 당황한 얼굴을 보았다.

"그런 생각은 바라지 않소. 그것이야말로 내겐 가장 가슴

아픈 일일 테니."

"당신은 충분히 그렇게 보인다고요." 그녀는 목이 잠긴 상태로 말했다.

"어떻게 그렇게 생각할 수 있지? 내가 당신을 미워한다고 말이야. 내가?"

그의 억양에선 뼈아픈 절망이 묻어났다. 기쁨과 고통으로 마음이 찢기는 가운데, 문득 프랑수아즈는 피에르의 눈에 눈물이 고여 있음을 알아챘다. 그녀는 더 이상 울음을 참지 못하고 당장 그의 품속으로 파고들었다. 피에르가 우는 모습을 단 한 번도 본 적이 없었던 것이다.

"아니에요, 그렇게 생각하지 않아요. 너무나 끔찍한 생각인걸요."

피에르는 그녀를 끌어안았다.

"사랑하오." 그가 나직한 목소리로 말했다.

"나 역시 당신을 사랑해요."

그의 어깨에 기댄 채 프랑수아즈는 계속 울었다. 하지만 지금 흘리는 눈물은 달콤한 눈물이었다. 자기 때문에 피에르가 눈시울을 붉힌 순간을 영원히 잊지 못할 것 같았다.

"눈치챘겠지만, 조금 전 내가 거짓말을 한 거요." 피에르가 말했다.

"왜 그랬어요?"

"당신을 시험해 보려 했다는 건 사실이 아니야. 훔쳐봤다는 게 부끄러워서 그랬소. 그래서 당신한테 곧바로 말하지 못했던 거고."

"그랬군요. 그래서 그렇게도 석연치 않은 표정을 지었던 거고요!"

"두 사람이 키스했다는 사실을 당신이 알길 바랐소. 당신이 내 말을 그냥 믿어 주리라고 생각했는데, 어쩔 수 없이 이실직고해야 하는 상황에 처하니까 당신을 원망했던 거요."

"난 당신이 순전히 악의적으로 날 대한다고 생각했어요. 그 점이 끔찍하게 느껴졌고요. 묘한 기분이 드네요, 당신이 수치심을 느낄 수 있으리라고는 단 한 번도 생각해 본 적이 없어서요." 그녀는 피에르의 이마를 부드럽게 어루만지면서 말했다.

"잠옷을 입은 채 복도를 배회하면서 열쇠 구멍으로 염탐이나 하는 나 자신이 얼마나 비열하게 느껴지던지, 당신은 상상도 못 할 거요."

"잘 알아요. 정념이란 참 구차하죠."

그녀는 마음이 편안해졌다. 스스로를 명철하게 평가할 줄 아는 피에르가 더는 끔찍하게 여겨지지 않았다.

"구차하지." 피에르는 이 말을 반복하면서 천장을 뚫어져라 쳐다보았다.

"그 애가 제르베르를 끌어안고 있다고 생각하니 참을 수가 없어."

"이해해요." 이렇게 말하면서 프랑수아즈는 피에르의 얼굴에 자신의 볼을 가져다 댔다. 오늘 밤이 오기 전까지, 피에르의 불쾌한 기분과 거리를 두고자 늘 노력했더랬다. 본능적으로 경계심이 들었기 때문이다. 이젠 그의 고뇌를 함께 느끼고자 애쓸 것이다, 아무리 참을 수 없는 고통이 덮쳐 오더라도 말이다.

"우리는 좀 눈을 붙여야 해요." 피에르가 말했다.

"그래요." 그녀는 눈을 감았다. 피에르가 자고 싶어 하지 않음을 알았다. 그녀 역시 제르베르와 그자비에르가 서로 입맞춤을 나누는 아래층 소파에 대한 생각에서 벗어날 수 없었다. 제르베르의 품속에서 그자비에르는 무얼 찾고 있을까? 피에르에 대한 복수? 관능의 충족? 먹잇감으로 다른 사람이 아닌 제르베르를 택한 건 우연일까? 혹은 손에 넣을 무언가를 악착같이 갈구하던 그 순간에 이미, 그녀는 제르베르를 원했던 것이 아니었을까? 프랑수아즈의 눈꺼풀이 무거워졌다. 제르베르의 얼굴이, 거무스름한 그의 볼이, 여자처럼 긴 그의 속눈썹이 돌연 번쩍하고 다시 떠올랐다. 제르베르는 그자비에르를 사랑하고 있을까? 그 애 또한 사랑할 줄 안단 말인가? 내가 바랐더라면 나 역시 사랑해 줬을까? 왜 그 애는 그럴 마음을 먹지 못했을까? 이렇게 뒤늦게 따져 본들 무슨 소용이 있단 말인가! 어쩌면 그 불가해한 의미를 영영 깨닫지 못하게 된 사람은 바로 내가 아닐까? 어쨌든 제르베르가 품에 안고 있는 건 그자비에르였다. 그녀의 눈꺼풀은 이제 돌덩이처럼 무거워졌다. 한동안 그녀는 곁에서 들려오는 규칙적인 숨소리에 여전히 귀를 귀울이고 있었다. 이윽고 그녀에겐 더 이상 아무 소리도 들리지 않았다.

문득 프랑수아즈는 정신을 차렸다. 머릿속에 몽롱한 기운이 두텁게 남아 있음을 보니, 오래도록 잠을 잔 모양이었다. 그녀는 눈을 떴다. 방 안은 이미 환해진 상태였다. 피에르는 앉은 자세를 취하고 있었다. 잠에서 완전히 깨어난 듯 보였다.

"몇 시에요?"

"5시요."

"안 잤어요?"

"조금 잤소. 제르베르가 갔는지 알고 싶어." 그가 문 쪽을 쳐다보았다.

"밤새 있지는 않았을 거예요."

"살펴보고 오겠소."

피에르는 이불을 젖히고 침대를 빠져나갔다. 프랑수아즈는 이번만큼은 그를 말리려 하지 않았다. 그녀 또한 알고 싶었던 것이다. 그녀는 자리에서 일어나 그를 따라 층계참으로 갔다. 계단 안으로 흐릿하게 빛이 들어왔지만 건물 전체는 아직 잠들어 있었다. 그녀는 뛰는 가슴을 안고서 난간에 기댔다. 무슨 일이 벌어질까?

잠시 후, 피에르가 계단 아래로 모습을 드러내더니 그녀에게 신호를 보냈다. 그녀도 아래로 내려갔다.

"열쇠가 구멍에 꽂혀 있는 바람에 아무것도 보이지 않아. 그래도 그 애는 혼자 있는 것 같소. 울고 있나 봐."

프랑수아즈는 문 쪽으로 다가섰다. 그자비에르가 컵받침에 잔을 올려놓고 있는지, 가볍게 달그락거리는 소리가 났다. 그러고는 희미한 잡음과 함께 울음소리가 들리더니, 다시 한 번 우는 소리가 좀 더 크게 들려왔다. 슬픔에 젖어 마음껏 오열하는 소리였다. 그자비에르는 소파 앞에 무릎을 꿇고 엎어져 있거나 바닥에 길게 엎드려 있는 듯했다. 그 애는 아무리 슬퍼도

변함없이 자제력을 발휘해 왔다. 그런데 그녀의 몸에서 이런 짐승 같은 울음소리가 나오고 있다니, 당최 믿기지 않았다.

"취한 것 같지 않아요?" 프랑수아즈가 물었다.

그자비에르로 하여금 이토록 완전히 자제력을 잃게 할 수 있는 것은 오직 술뿐이었다.

"그런 것 같소."

두 사람은 걱정과 무기력함에 사로잡힌 채 계속 문 앞에 서 있었다. 아무래도 이 새벽 시간에 노크할 만한 핑곗거리를 찾기란 불가능했다. 하지만 취기와 고독이 낳은 악몽에 사로잡혀서 극도로 낙심한 채 흐느껴 우는 그자비에르의 모습을 머릿속으로 그리고 있자니, 그야말로 고문이었다.

"여기 있지 말고 가요." 마침내 프랑수아즈가 입을 열었다. 잦아든 흐느낌은 이제 고통스러운 작은 헐떡거림으로 변해 있었다.

"몇 시간 뒤엔 이유를 알게 되겠죠." 그녀는 덧붙여 말했다.

그들은 천천히 방으로 올라갔다. 두 사람 모두 새로운 추측을 내놓을 만한 기운 따윈 없었다. 단지 언어로는 그자비에르의 탄식이 끊임없이 메아리치는 이 막연한 두려움에서 벗어날 수 없었다. 무엇이 저 애를 그토록 아프게 하는 것일까? 치유해 줄 방도는 없을까? 침대에 몸을 던진 프랑수아즈는 피로와 두려움, 고통의 밑바닥을 향해 무방비 상태로 빨려 들어갔다.

프랑수아즈가 잠에서 깨어났을 때는 덧창 사이로 햇살이 스며들고 있었다. 아침 10시였다. 피에르는 양팔을 머리 위로 올린 채, 긴장감 하나 없는 천사 같은 얼굴로 여태 자고 있었다. 프랑수아즈는 팔꿈치를 대고서 몸을 일으켰다. 문틈 아래쪽으로 분홍색 종이 끝부분이 비죽 나와 있는 광경이 보였다. 흥분해서 아래층을 오갔던 일이며, 괴로움을 자아내는 이미지와 더불어, 밤새 있었던 일들이 일순간 머릿속에 떠올랐다. 그녀는 황급히 침대를 빠져나왔다. 종이는 반으로 찢겨 있었다. 긴 세로 변 쪽을 거칠게 찢어 놓은 종잇조각 위에는 알아볼 수 없는 글씨로 서로 겹쳐 쓴 어떤 문구가 적혀 있었다. 프랑수아즈는 메모의 첫머리를 겨우 해독했다. '제 자신이 너무나도 혐오스러워서 창문으로 몸을 던지려 했지만 그럴 용기가 나지 않을 것 같아요. 절 용서하지 마세요. 제가 너무나도 비겁한 짓을 저질러서 내일 아침이면 선생님께서 직접 저를 죽이려 드실 게 분명해요.' 마지막 문장은 특히나 읽을 수 없었다. 종이 아래쪽에는 비뚤어진 큰 글씨로 이렇게 쓰여 있었다. '용서하지 마세요.'

"무슨 일이오?" 피에르가 물었다.

그는 헝클어진 머리를 하고 아직 잠에 취한 눈으로 침대 끝에 걸터앉아 있었다. 그러나 선명한 근심이 잠기운을 뚫고 나왔다.

프랑수아즈는 종이를 내밀었다.

"상당히 취했었나 봐요. 글씨 좀 보세요."

"용서하지 말라니." 이렇게 말하면서 그는 녹색 잉크로 쓰인 글을 빠르게 읽어 내려갔다.

"그 애가 어떤 상태인지 빨리 가서 좀 보고 와요. 방문을 두들겨 보라고." 그가 말했다.

그의 눈 속엔 공포가 담겨 있었다.

"가 볼게요." 프랑수아즈는 슬리퍼를 신고 황급히 계단을 내려갔다. 다리가 후들거렸다. 그자비에르가 갑자기 미친 거라면? 문 뒤에 의식을 잃은 채 쓰러져 있지는 않을까? 아니면 사나운 눈초리를 하고 한구석에 웅크리고 있을까? 문 위에는 분홍색 얼룩 같은 것이 묻어 있었다. 프랑수아즈는 가까이 다가갔다. 나무틀 위에 종이 한 장이 압정으로 꽂혀 있었다. 찢긴 종이의 남은 반쪽이었다.

그자비에르가 커다란 글씨로 '용서하지 마세요.'라고 적어 놓은 터였다. 그 아래엔 좀체 알아볼 수 없을 만큼 마구 갈겨 쓴 문장들이 서로 뒤엉켜 있었다. 프랑수아즈는 열쇠 구멍 쪽으로 몸을 수그렸다. 하지만 열쇠가 안쪽 구멍을 막고 있었다. 그녀는 조심스레 문을 두드렸다. 희미하게 삐걱대는 소리가 들렸지만 아무 대답도 없었다. 그자비에르는 자고 있는 듯했다.

프랑수아즈는 잠시 망설이다가 종이를 떼어 낸 뒤 방으로 돌아왔다.

"문을 두드릴 용기가 차마 나지 않았어요. 아직 자고 있나 봐요. 그 애가 문에 붙여 놓은 것 좀 보세요."

"읽을 수가 없군." 피에르는 수수께끼 같은 기호를 잠시 들여다보았다.

"'면목이 없어요.'라고 쓰여 있군. 저 애가 통제력을 완전히 상실한 상태였음은 확실해 보이는군."

그는 잠시 생각에 잠겼다.

"제르베르와 키스했을 때 이미 취한 건 아니었을까? 일부러 제르베르에게 공을 들였을까? 나를 골탕 먹이려는 심산에서 말이오. 아니면 뜻하지 않게 두 사람 모두 동시에 취한 걸까?"

"울면서 이걸 쓴 거예요. 그리고 나서 잠든 게 분명해요." 프랑수아즈는 그자비에르가 침대에 편안히 누워 있다는 확신을 얻고 싶었다.

그녀가 덧창을 열자 햇살이 방 안으로 들어왔다. 놀란 마음을 안고서 그녀는 분주하고 밝은 거리의 모습을 잠시 바라보았다. 모든 것들이 이치에 맞는 모습을 갖춰 가고 있었다. 그리고 나서 그녀는 강박적인 상념이 끊임없이 맴도는, 불안에 잠식된 방 안을 돌아보았다.

"어쨌든 문을 두드리러 가 볼게요. 아무것도 모른 채 마냥 이대로 있을 순 없으니까. 무슨 약이라도 삼켰으면 어쩌죠? 그 애가 어떤 상태인지 도대체 알 수가 없으니."

"그렇게 해요. 그 애가 대답할 때까지 문을 두드려 봐요."

프랑수아즈는 계단을 내려갔다. 때로는 다리를 움직여 가며, 때로는 생각 속에서 쉼 없이 계단을 오르내린 지 벌써 몇 시간째였다. 머릿속에선 그자비에르가 흐느끼는 소리가 여전히 울려 대고 있었다. 한참 동안 분명 낙담해 있었을 터였다. 그러다가 창문 밖으로 몸을 내밀었겠지. 그녀의 마음을 괴롭히는, 혐오가 만들어 낸 현기증은 상상하기조차 끔찍한 것이었다. 프랑수아즈는 문을 두드렸다. 심장이 터질 듯 뛰고 있었다. 아무런 대답이 없었다. 그녀는 더 세게 문을 두드렸다. 희미한 목소리가 웅얼거렸다.

"누구세요?"

"나야."

"무슨 일이세요?" 그 목소리가 말했다.

"아픈 건 아닌지 알고 싶어서."

"아프지 않아요. 자고 있었어요."

프랑수아즈는 무척이나 당혹스러웠다. 날이 밝자 그자비에 르는 방에서 휴식을 취하며, 제법 멀쩡한 목소리로 얘기하고 있었다. 간밤에 경험한 비극의 맛이 완전히 허황하게 느껴질 정도로 매우 정상적인 아침이었다.

"밤에 있었던 일 때문에 그래. 괜찮은 거야?"

"물론이죠, 전 괜찮아요. 자고 싶어요." 그자비에르는 언짢 아하는 목소리로 답했다.

그 순간 프랑수아즈는 다시 한 번 망설였다. 그녀는 이미 마음속에, 대재앙이 들어설 빈자리를 마련해 둔 터였다. 하지 만 지금의 이 무뚝뚝한 대답은 그 자리를 채워 주기는커녕, 실 망스럽고 맥이 빠지는 묘한 기분을 자아내는 것이었다. 이 이 상 버티고 있을 수 없었던 그녀는 다시 방으로 돌아왔다. 탄 식에 젖은 헐떡임과 비통에 물든 호소를 듣고 난 뒤라, 평소와 다름없이 조용한 하루를 시작해야 한다는 사실을 쉽사리 받 아들일 수 없었다.

"자고 있더군요. 내가 깨우러 간 것을 상당히 무례하다고 여기는 듯하더라고요."

"문을 열어 주진 않던가?"

"네."

"정오 약속에 나올지 모르겠군. 나오지 않을 것 같아."

"나도 그렇게 생각해요."

말없이 두 사람은 외출할 채비를 했다. 어디로 흘러갈지 모르는 생각을 말로 정리해 보려고 애써 봤자 소용없는 짓이었다. 준비를 마친 뒤 방에서 나온 두 사람은 마치 합의라도 한 듯 돔으로 향했다.

"뭘 해야 하는지 당신은 알고 있잖소. 제르베르더러 우리를 만나러 오라고 전화를 해 줬으면 하오. 그 애에게서 뭘 좀 알아낼 수 있을 거야."

"어떤 구실로 불러내죠?"

"있는 그대로 말해요. 그자비에르가 괴상한 메모를 남긴 채 방에 처박혀 있다, 걱정이 돼서 왜 저러는지 알고 싶다고 말하면 돼."

"알았어요, 전화를 하고 올게요. 블랙커피 한 잔 시켜 줘요." 카페로 들어서면서 프랑수아즈는 말했다.

그녀는 계단을 내려가서 교환수에게 제르베르의 번호를 알려 줬다. 피에르만큼이나 그녀의 신경 또한 날카로워진 상태였다. 간밤에 대체 무슨 일이 벌어진 걸까? 그냥 키스만 한 걸까? 두 사람이 서로에게 바란 건 무엇일까? 이제 무슨 일이 일어날까?

"여보세요. 끊지 마세요, 연결해 드릴게요." 교환수가 말했다.

프랑수아즈는 전화 부스 안으로 들어갔다.

"여보세요, 제르베르 씨와 통화하고 싶습니다만."

"접니다만 누구시죠?"

"나야, 프랑수아즈. 우리를 만나러 돔으로 좀 와 줄 수 있어? 여기 오면 이유를 말해 줄게."

"알겠어요. 십 분 안에 갈게요."

"좋아." 프랑수아즈는 동전함에 사십 수를 넣어 두고 카페가 있는 위층으로 다시 올라왔다. 엘리자베트가 안쪽 테이블에 자리를 잡고서, 자기 앞에 신문을 펼쳐 둔 채 담배를 물고 있는 모습이 보였다. 피에르는 잔뜩 화가 난 얼굴로 그녀와 마주 보고 앉아 있었다.

"어머! 여기 있었구나." 프랑수아즈가 말했다. 엘리자베트는 두 사람이 거의 매일 아침 여기에 온다는 사실을 모르지 않았다. 두 사람을 염탐하러 이곳에 자리를 잡고 있었음이 분명했다. 뭔가를 알고 있는 걸까?

"신문을 읽고 편지를 좀 쓰려고 들어온 거야." 엘리자베트가 말했다. 그러고는 일종의 만족감 어린 표정으로 이렇게 덧붙였다.

"그리 잘 지내고 있는 듯 보이진 않네."

"응." 프랑수아즈는 피에르가 주문을 하지 않았음을 알아차렸다. 틀림없이 어서 자리를 뜨고 싶은 것이었다.

엘리자베트는 재미있다는 듯 웃고 있었다.

"오늘 아침에 무슨 일 있었어? 꼭 장례라도 치르고 온 사람들처럼 보이네."

프랑수아즈는 머뭇거렸다.

"간밤에 그자비에르가 술에 취해서는 죽고 싶다고, 정신 나간 메모를 남겼거든. 그런데 지금은 문을 열어 줄 기미조차 없고 말이야. 얼빠진 짓이라면 뭐든 할 줄 아는 녀석이라니까."

이렇게 말하면서 피에르는 어깨를 으쓱해 보였다.

"그래서 호텔로 가급적 빨리 돌아가 봐야 해. 아무래도 마음이 진정되질 않아서 말이야." 프랑수아즈가 말했다.

"이봐요들! 그 애가 자살하는 일 따윈 없을 거야. 어젯밤에 라스파이 대로에서 그 애를 만났는데, 제르베르랑 같이 깡충깡충 잘만 뛰어다니던걸. 장담하건대, 그 애에겐 자살할 생각 자체가 없다고." 엘리자베트는 담배 끄트머리를 응시하고 있었다.

"그때 이미 취한 듯 보였어?" 프랑수아즈가 물었다.

"걔는 원래 어느 정도 약에 취한 듯 보이잖아. 그래서 딱히 뭐라고 말해 줄 수 없네. 두 사람 다 걔를 너무 진지하게 대하고 있어. 난 그 애한테 정말 필요한 게 뭔지 잘 알아. 억지로 하루에 여덟 시간씩 운동을 시키는 체육관에 처넣어야 한다고, 스테이크도 좀 먹이고. 그럼 훨씬 건강해질 거야, 내 말 믿으라고." 엘리자베트는 한심하다는 듯 고개를 절레절레 저었다.

"그 애가 어떤지 보러 가야겠다." 피에르가 몸을 일으키면서 말했다.

두 사람은 엘리자베트와 악수를 나눈 뒤 카페를 나왔다.

"전화를 걸러 들른 거라고 바로 둘러댔소."

"그렇군요. 그런데 여기서 제르베르를 만나기로 했는데."

"밖에서 기다리다가 낚아챕시다."

두 사람은 말없이 인도를 성큼성큼 걷기 시작했다.

"만약 엘리자베트가 카페를 나와서, 우리가 여기 있는 모습을 본다면 어떻게 여기겠어요?"

"흥! 상관없소." 피에르는 신경질적으로 말했다.

"간밤에 애들이랑 마주치자, 우리 분위기를 살피러 온 거예요. 어쩌면 저리도 우리를 미워할 수 있는지!"

피에르는 아무런 대답도 하지 않았다. 그의 시선은 지하철 입구 쪽에 고정되어 있었다. 프랑수아즈는 걱정스러운 듯 카페 테라스를 감시했다. 안 그래도 근심거리가 이토록 가득한데, 굳이 엘리자베트 때문에 더 놀라고 싶지 않았던 것이다.

"저기 오는군."

제르베르가 웃으면서 다가왔다. 눈 밑에 자리한 커다란 그늘이 뺨 중간 부분까지 내려와 있었다. 피에르의 표정이 밝아졌다.

"반가워. 재빨리 도망치자고. 저 안에 우리를 감시하는 엘리자베트가 있거든. 맞은편 카페로 몸을 숨기자." 그가 웃으며 말했다.

"괜히 나오라는 바람에 귀찮게 한 거 아니야?" 프랑수아즈가 물었다.

그녀는 마음이 불편했다. 제르베르는 틀림없이 지금 상황을 이상하다고 여길 터였다. 벌써부터 그는 어색한 표정을 짓고 있었다.

"아니요, 전혀 귀찮지 않아요." 그가 말했다.

세 사람이 테이블에 자리를 잡고 앉자 피에르는 커피 세 잔을 주문했다. 피에르 혼자서만 편안해 보였다.

"오늘 아침에 우리 방문 밑에서 발견한 것 좀 봐." 피에르는 주머니에서 그자비에르의 편지를 꺼내며 말했다.

"프랑수아즈가 방문을 두드렸는데도 문을 열어 주지 않더래.

자네는 뭔가 정보를 알 거 아닌가. 간밤에 자네 목소리를 들었거든. 그 애가 취한 거야? 그 애를 어떤 상태로 남겨 두었나?"

"취하지 않았어요. 하지만 위스키 한 병을 들고 갔으니까 제가 떠난 뒤 더 마셨는지도 모르죠."

제르베르는 말을 멈추고, 난처한 표정을 지으면서 머리카락을 뒤로 넘겼다.

"제가 간밤에 그녀와 잠자리를 가졌다는 말씀을 드려야겠네요."

잠시 침묵이 흘렀다.

"그런 일로 창문에서 뛰어내리고 싶은 마음이 들진 않아." 피에르가 부드러운 얼굴로 말했다.

프랑수아즈는 그런 그를 조금은 감탄하듯 바라보았다. 어찌나 능수능란하게 아무렇지 않은 척을 잘하던지! 하마터면 그녀 역시 속아 넘어갈 뻔했다.

"그 애로서는 중대한 일을 겪은 셈일 거예요." 그녀는 어색해하면서 말했다. 확실히 이것은 피에르에게 불시에 날아든 소식이 아니었다. 아무래도 그는 침착하게 처신하기로 다짐했음이 분명했다. 하지만 제르베르가 떠나고 나면, 어떠한 분노가, 어떠한 고통이 폭발하리라고 예상해야 할까?

"카페 되마고로 저를 찾아왔더라고요. 잠시 대화를 나누고 있자니 자기 방에 가자고 하더군요. 어쩌다 그렇게 되었는지는 잘 모르겠지만, 거기서 그녀가 제게 키스를 했고 같이 자게 됐어요." 제르베르가 말했다.

그는 부끄러움과 약간의 짜증이 섞인 표정을 하고 자기 잔만을 뚫어지게 쳐다보았다.

"오래전부터 그럴 조짐이 보였는걸!" 피에르가 말했다.

"네가 가고 나서 그 애가 술을 잔뜩 마셨다고 생각하는 거로군." 프랑수아즈는 말했다.

"그런 것 같아요." 이렇게 말하고 나서 제르베르는 다시 고개를 들었다.

"저를 바깥으로 내쫓았거든요. 맹세하건대, 그녀를 찾은 건 제가 아니에요." 그는 항변하는 표정으로 말했다. 그러더니 곧 얼굴을 풀고 이렇게 말했다.

"그녀가 저를 매도할 수도 있겠다는 생각이 들더라고요! 그 때문에 전 겁이 났어요! 꼭 제가 강간이라도 한 듯 굴더라니까요."

"그 애다운 짓이야." 프랑수아즈가 말했다.

제르베르는 돌연 주눅이 든 얼굴로 피에르를 쳐다보았다.

"절 나무라지 않으실 건가요?"

"대체 뭣 때문에?" 피에르가 물었다.

"모르겠어요." 제르베르는 난처해하며 말했다.

"그녀는 아직 어리잖아요. 아, 모르겠어요." 그는 얼굴을 살짝 붉히면서 말을 마쳤다.

"임신은 안 돼. 부탁하고 싶은 건 그게 다야." 피에르가 말했다.

프랑수아즈는 불쾌해하면서 컵받침에다 담배를 짓이겼다. 피에르의 이중성 때문에 짜증이 치밀었다. 연기를 하고 있다고 치부하는 것만으로는 부족했다. 지금 이 순간 그는 자기라는 사람과, 자신이 진심으로 아끼는 모든 것들을 조롱하는 눈 초리로 응시하고 있었다. 그러나 저 악착같은 침착함은 상상하기조차 고통스러울 정도의 긴장감을 대가로 치러야만 얻을 수 있는 것이었다.

"아! 그 점에 있어선 안심하셔도 됩니다."

이렇게 말하고 나서 제르베르는 걱정스레 말을 덧붙였다.

"그녀가 다시 저를 찾아올지 모르겠어요."

"그 애가 어디로 널 찾으러 간다는 거지?" 프랑수아즈가 물었다.

"방을 나서면서 제가 말해 줬거든요, 저를 만나려면 어디로 오면 되는지를. 하지만 제 쪽에서 그녀를 찾는 일은 없을 겁니다." 제르베르가 당당하게 말했다.

"아! 하지만 넌 결국 찾게 될 거야." 프랑수아즈가 말했다.

"절대로 아닙니다. 절 움직이게 할 수 있다고 착각하게 해선 안 되거든요." 제르베르는 성난 얼굴로 말했다.

"걱정하지 마, 그 애는 널 다시 만나러 올 거야. 이따금 오만하게 굴지만, 아주 종잡을 수 없는 아이인걸. 네가 보고 싶어지면 적당한 평계를 찾아낼 테지." 피에르가 담배를 한 모금 빨았다.

"네게 반한 것 같아 보였어? 아니면?"

"잘 모르겠어요. 가끔 키스를 하긴 했는데 매번 좋아하는 듯 보이진 않았어요."

"그 애가 어떤지 당신이 가 봐야겠소." 피에르가 말했다.

"그렇지만 그 애는 이미 날 쫓아냈다고요." 프랑수아즈가 말했다.

"어쩔 수 없잖소, 방문을 열어 줄 때까지 계속 두드려 봐요. 혼자 내버려 둬선 안 돼요. 속으로 무슨 생각을 하고 있는지 누가 알겠소."

피에르는 웃으며 덧붙였다.

"내가 가 봐도 되지만 적절한 때가 아니라는 생각이 들어서 그래요."

"저를 만났다는 얘기는 하지 마세요." 제르베르가 근심스레 말했다.

"걱정하지 마." 프랑수아즈가 말했다.

"그리고 정오에 우리가 기다리고 있으리라는 사실을 상기시켜 줘요."

프랑수아즈는 카페에서 나와 들랑브르 거리로 들어섰다. 이런 식으로 중재자 역할을 맡아야 하는 일이 진절머리 나곤 했다. 피에르와 그자비에르 양쪽에서 이런 역할을 자주 부탁해 왔으므로, 두 사람 모두에게 차례로 미움받는 처지였던 것이다. 하지만 오늘만큼은 최선을 다해서 이 역할을 수행할 작정이었다. 진심으로 두 사람이 걱정되었던 것이다.

그녀는 계단을 올라가서 방문을 두드렸다. 그자비에르가 방문을 열었다. 안색이 누렇고 눈두덩이는 부어 있었지만, 제법 신경 써서 치장한 모습이었다. 입술에 루주를 바르고, 속눈썹엔 마스카라를 칠한 상태였다.

"네 소식을 들으러 왔어." 프랑수아즈가 밝게 말했다.

그자비에르는 그녀를 향해 음침한 시선을 던졌다.

"제 소식이요? 아픈 데가 없는걸요."

"내게 편지를 썼잖아. 몹시 걱정했다고."

"제가 편지를 썼다고요? 제가요?"

"이것 봐." 그녀에게 분홍색 쪽지를 건네면서 프랑수아즈는 말했다.

"아! 어렴풋이 기억이 나네요. 정말 끔찍할 정도로 취했거든 요." 그자비에르가 말했다. 그녀는 프랑수아즈와 나란히 소파에 앉았다.

"네가 진짜 자살하려는 줄 알았어. 오늘 아침에 네 방문을 두드린 건 그 때문이고."

그자비에르는 혐오스럽다는 듯 종이를 응시했다.

"생각보다 훨씬 많이 취했었나 봐요." 이렇게 말하면서 그녀는 이마 위를 손으로 쓰다듬었다.

"되마고에서 제르베르를 만났더랬어요. 왜 그랬는진 전혀 모르겠지만, 위스키 한 병을 가지고 함께 제 방으로 올라왔 죠. 같이 술을 조금 마시다가, 그 사람이 가고 나서 저 혼자 한 병을 다 비웠어요." 그녀는 살짝 비웃음을 띤 채, 입을 반쯤 벌리고 먼 곳을 바라보았다.

"맞아요, 이제 기억이 나네요. 저 아래로 몸을 던져야겠다 는 생각에 사로잡혀서 한참 동안 창가에 서 있었어요. 그랬더 니 춥더라고요."

"이런! 사람들이 네 귀여운 시신을 내게 가져다주었더라면 꽤나 유쾌했을 거야."

그자비에르가 부르르 몸을 떨었다.

"어쨌든 전 그런 식으로 자살하지 않을 거예요."

그녀는 고개를 푹 수그렸다. 그녀가 저렇게까지 비참한 얼굴을 하고 있는 모습을 프랑수아즈는 본 적이 없었다. 프랑수아즈의 마음속에서 그녀를 향한 엄청난 애정이 솟구쳤다. 저 애를 무척이나 돕고 싶었더랬다! 그런데 그러려면 먼저 그자비에르가 그 도움을 받아들여야만 했다.

"그런데 왜 자살하겠다고 생각한 거야? 그토록 불행한 거야?" 프랑수아즈는 부드럽게 물었다.

그자비에르의 시선이 흔들리더니, 돌연 그녀의 얼굴은 고통에 취해 정신을 잃은 듯한 표정으로 바뀌었다. 프랑수아즈 역시 마음이 날카롭게 찢기는 것 같았고, 그 견딜 수 없는 고통에 집어삼켜지는 듯했다. 프랑수아즈는 그자비에르를 꼭 끌어안아 주었다.

"사랑하는 그자비에르, 왜 그러는 거야? 내게 말해 주면 안되겠니?"

그자비에르는 온몸의 무게를 실어 그녀의 어깨에 기대더니 오열을 터뜨렸다.

"무슨 일이야?" 프랑수아즈가 재차 물었다.

"수치스러워요."

"왜 수치스럽다는 거야? 술에 취한 게?"

그자비에르는 눈물을 삼키면서 어린애같이 울먹이는 목소리로 말했다.

"그것만이 아니라 모든 게 다요. 어떻게 처신해야 좋을지를 모르겠어요. 제르베르랑 말싸움을 벌이다가 결국 밖으로 쫓아

내 버렸어요. 제 쪽에서 못되게 군거라고요. 그러고 나선 바보 같은 편지나 쓰고. 또……." 그녀는 흐느끼면서 다시 울기 시작했다.

"그리고 또 뭐를 했는데?"

"그게 다예요. 이걸로 충분하다고 생각하지 않으세요? 제 자신이 쓰레기 같다는 생각이 들어요." 이렇게 말하면서 그자비에르는 딱한 얼굴로 코를 풀었다.

"그리 심각한 일은 하나도 없는걸." 프랑수아즈는 말했다. 잠시 그녀의 마음을 가득 채운, 너그럽기 그지없는 아름다운 고통이 완전히 옹색하고 시큼한 상태로 돌변해 버렸다. 절망하는 와중에도 그자비에르는 한 치의 오차도 없이 스스로를 통제하고 있었던 것이다……. 저렇게나 거리낌 없이 거짓말을 늘어놓다니!

"그렇게 난리 칠 거 없어."

"죄송해요. 다시 술에 취하는 일은 절대로 없을 거예요." 그자비에르는 눈물을 훔치더니 화를 내며 말했다.

그자비에르가 마음을 털어놓을 만한 친구로 자신을 대해 주길 잠시나마 바랐다니, 정말 미친 짓이었다. 그녀는 지나치게 오만하고 과도하게 비겁했다. 침묵이 흘렀다. 그자비에르를 위협하는 불가피한 미래 앞에서, 프랑수아즈는 스스로 동정심 어린 불안에 떨고 있음을 느꼈다. 그자비에르는 아마 피에르와 영원히 절교하게 될 테고, 그녀와 프랑수아즈의 관계 역시 그 결별의 영향을 받을지도 몰랐다. 따라서 그자비에르가 어떠한 노력도 거부한다면, 프랑수아즈로서는 그녀를 결코 구제하지 못할 터였다.

"라브루스가 점심을 같이 하려고 우리를 기다리고 있어."

그자비에르는 몸을 뒤로 젖혔다.

"아! 가고 싶지 않아요."

"왜?"

"몸이 몹시 무겁고 피곤해요."

"그래서 이러는 게 아니잖아."

"가고 싶지 않아요. 지금은 라브루스 선생님을 만나고 싶지 않아요." 이렇게 말하면서 그자비에르는 뭔가에 쫓기는 듯한 표정으로 프랑수아즈를 밀어냈다.

프랑수아즈는 그녀를 팔로 감쌌다. 그녀로부터 진실을 이끌어 낼 수 있기를 무척이나 바랐던 것이다! 그자비에르는 자신이 어떤 지점에서 도움을 필요로 하고 있는지조차 짐작하지 못하고 있었다.

"무엇이 두려운 거야?" 그녀가 물었다.

"그저께 밤의 일로 제가 일부러 취했다고 생각하실 거예요, 선생님과 무척 잘 지냈거든요. 또다시 해명을 해야겠죠. 지겨워, 지겨워요, 진저리가 난다고요" 그녀의 얼굴은 눈물에 젖어 있었다.

프랑수아즈는 힘주어 그녀를 껴안으면서 애매모호하게 말했다.

"아무것도 해명할 필요 없어."

"그럴 리 없어요. 모든 걸 해명해야 할 거라고요." 그자비에르가 말했다. 두 뺨 위로 쉴 새 없이 눈물이 흐르고 있었다. 이제 그녀의 얼굴은 고통에 젖은 커다란 살덩어리에 불과했다.

"제가 제르베르를 만날 때마다, 라브루스 선생님께서는 저와 사이가 틀어졌다고 생각하시면서 저를 원망하신다고요. 그런 선생님을 전 더 이상 견딜 수 없어요. 앞으로 선생님을 만나지 않겠어요." 극도의 절망에 빠진 그녀는 소리를 질렀다.

"네 생각과 달리, 난 네가 그 사람을 만나서 직접 대화를 나누면 사태가 잘 해결되리라고 믿어."

"그렇지 않아요, 제가 할 수 있는 일은 아무것도 없어요. 모든 게 끝났어요. 라브루스 선생님께선 절 증오하실 거예요."

그자비에르는 프랑수아즈의 무릎에 얼굴을 파묻고 흐느껴 울었다. 이 아이는 몹시 불행해질 것이다! 피에르 또한 지금 괴로워하고 있지 않은가!

프랑수아즈는 마음이 아파서 눈물이 흘러나왔다. 도대체 왜 이 두 사람은 사랑을 서로 괴롭히는 도구로만 사용하고 있단 말인가. 현재 이들 앞에는 컴컴한 지옥만이 기다리고 있을 뿐이었다.

그자비에르는 놀라서 고개를 들더니, 프랑수아즈를 바라보았다.

"저 때문에 울고 계시군요. 선생님께서 눈물을 흘리시다니! 제발 울지 마세요!"

그녀는 흥분해서 두 손으로 프랑수아즈의 얼굴을 감싸더니, 뜨거운 숭배를 담아 키스를 퍼부었다. 그 행위는 온갖 더러움으로부터 그자비에르를 정화해 주고, 그녀에게 자존감을 되돌려 주는 성스러운 키스였다. 프랑수아즈는 부드러운 그녀의 입술 아래에서 스스로가 고결하고 지극히 순수하며, 마치 성스러운 존재가 된 듯 느껴졌으므로, 그만 구역질이 치밀고 말았다. 그녀가 바라는 건 인간적인 우정이었지, 얌전한 우상으로 존재하라는 요구를 담은 광신도의 맹목적인 신앙이 아니었던 것이다.

"전 선생님께서 눈물을 흘려 주실 만한 가치가 없는 사람이에요. 선생님이 어떤 분이신지, 또 제가 어떤 사람인지를 깨닫게 될 때면 말예요! 제가 어떤 사람인지 선생님께서 아신다면! 그런 저 때문에 선생님께서 우시다니요!"

프랑수아즈도 그녀에게 키스를 해 주었다. 애정과 수치심의 격정이 향한 대상은 어쨌든 프랑수아즈였다. 그녀는 눈물의 짠맛으로 얼룩진 그자비에르의 얼굴 위에서, 졸음에 취해 몇 시간 동안 그자비에르를 행복하게 해 주리라 다짐했던 어느 카페에서의 기억과 재회하고 있었다. 비록 그날의 다짐을 이루진 못했지만, 그자비에르가 동의만 해 준다면 설령 어떤 대가를 치르더라도 온 세상으로부터 그녀를 보호해 줄 수 있을 것 같았다.

"네가 불행해지길 원하지 않아." 그녀는 열정을 담아서 말했다.

그자비에르는 고개를 저었다.

"선생님께선 절 모르고 계세요. 저를 사랑하시는 건 잘못된 일이에요."

"이미 널 사랑하고 있으니 나도 어쩔 수 없어." 프랑수아즈가 미소를 지으며 말했다.

"잘못하시는 거라고요." 그자비에르는 흐느껴 울면서 거듭 말했다.

"네겐 산다는 게 참 어려운 일일 거야. 내가 도울 수 있게 해 줘."

그자비에르에게 말해 주고 싶었다. 다 안다고, 그러나 우리 사이가 바뀌는 일은 절대 없으리라고. 그러나 제르베르를 배신하지 않고서는 이 말을 꺼낼 수 없었다. 누구를 탓해야 할지 모르는 상황에서 그녀는 연신 쓸모없는 연민에 젖어 있을 따름이었다. 그자비에르가 고백하기로 결심하기만 하면, 그녀를 위로하고 안심시킬 방법을 찾을 수 있을 것만 같았다. 심지어 피에르에게서도 그녀를 지켜 줄 작정이었다.

"왜 그렇게 마음이 복잡한지 말해 봐. 내게 말해 달라고." 프랑수아즈는 재촉하는 목소리로 물었다.

그자비에르의 얼굴에서 동요하는 기색이 비쳤다. 프랑수아즈는 그녀의 입술을 뚫어져라 쳐다보면서 기다렸다. 단 한 마디 말로, 그자비에르는 프랑수아즈가 아주 오래전부터 바라 왔던 바를 이루어 줄 참이었다. 두 사람의 기쁨과 걱정, 괴로움이 한데 섞인 완전한 융합을 말이다.

"말씀드릴 수 없어요." 그자비에르는 절망한 얼굴로 말했다. 그녀는 다시 한숨을 쉬면서 보다 침착하게 이렇게 덧붙였다.

"드릴 말씀이 없어요."

무기력한 분노가 치솟는 가운데, 양손으로 그자비에르의 작고 단단한 머리통을 터질 때까지 움켜쥐고 싶었다. 그자비에르를 억지로 물러서게 할 방법은 결국 없다는 말인가? 아무리 달래고 윽박질러 보아도, 그녀는 끝내 고집을 피우면서 연신 공격적인 경계 태세를 유지할 터였다. 재앙이 곧 그녀를 집어삼킬 상황인데, 프랑수아즈는 아무것도 할 수 없는 무기력한 목격자처럼 그저 멀찍이 떨어져 있을 수밖에 없었다.

"내가 널 도울 수 있을 거야. 난 확신한다고." 프랑수아즈는 분노로 목소리를 떨면서 말했다.

"절 도울 수 있는 사람은 아무도 없어요." 그녀는 고개를 뒤로 젖힌 채 손가락 끝으로 머리칼을 정돈했다. 그러면서 그녀는 서둘러 이렇게 말을 덧붙였다.

"제가 이미 말씀드렸죠, 전 아무짝에도 쓸모없는 인간이라고요. 진즉에 알려 드렸을 텐데요." 그녀의 얼굴은 사납고도 멍한 표정으로 되돌아와 있었다.

더 이상 눈치 없이 버티고 있을 순 없었다. 그녀는 그자비에르에게 전적으로 자신을 바칠 준비가 되었다고 느꼈더랬다. 만약 이러한 증여가 받아들여졌더라면, 프랑수아즈는 자기 자신은 물론이거니와, 고통스레 끊임없이 길목을 가로막아 온 낯선 현존으로부터도 아마 벗어날 수 있었을 터였다. 그러나 그자비에르는 그녀를 밀어내고 말았다. 프랑수아즈 앞에서 울고 싶어 함에도 자신의 눈물을 그녀와 나누기를 끝내 허락하지 않은 것이다. 프랑수아즈는 고독하고 고집 센 의식과 마주한 채 다시금 혼자가 되어 버린 자신을 발견했다. 그녀는 커다란 혹으로 보기 흉해진 그자비에르의 손을 손가락으로 어루만졌다.

"화상은 다 나은 거야?"

"네. 그렇게 아플 줄은 몰랐어요." 이렇게 대답하면서 그자비에르는 자기 손을 응시했다.

"또 이상한 치료법을 쓴 모양이구나."

그러고 나서 프랑수아즈는 낙담한 채 잠시 입을 다물었다.

"가 봐야겠어. 정말 같이 안 갈 거야?"

"네." 그자비에르가 말했다.

"라브루스한테는 뭐라고 해야 한담?"

자신과 무관한 문제라는 듯 그자비에르는 어깨를 으쓱해 보였다.

"마음대로 하세요."

프랑수아즈는 자리에서 일어났다.

"상황을 한번 수습해 볼게. 다음에 보자."

"안녕히 가세요."

프랑수아즈는 그자비에르의 손을 잡았다.

"완전히 진이 빠진 채 우울해하는 널 이곳에 두고 가려니 마음이 좋질 않구나."

그자비에르는 희미하게 미소를 지었다.

"취한 다음 날이면 늘 이런 걸요."

그녀는 마치 화석이라도 된 듯 소파 가장자리에 가만히 앉아 있었다. 프랑수아즈는 방을 나섰다.

무슨 일이 있어도 그자비에르 편을 들어 주고자 애쓸 작정이었다. 그자비에르조차 그녀 편에 서기를 거부하는, 고독하고 유쾌하지 않은 싸움이 될 터였다. 만약 프랑수아즈가 피에르에게 맞서 그자비에르의 편을 든다면 그는 분명 자신에게 반감을 품을 것이고, 그런 사태를 두려움 없이 떠올리기란 쉽지 않았다. 그런데 그녀는 스스로가 선택하지 않은 어떤 끈에 의해 그 자비에르한테 매여 있다고 느꼈다. 그녀는 천천히 길을 내려갔다. 가로등에 이마를 대고 울고 싶었다.

피에르는 그녀가 떠날 때 앉아 있던 그 자리에 혼자 앉아 있었다.

"그래, 그 애를 만난 게로군." 그가 말했다.

"네, 계속 울기만 하더라고요. 제정신이 아니더군요."

"오겠다고 했소?"

"아뇨, 당신을 만나기가 끔찍이도 겁이 나나 봐요." 프랑수아즈는 피에르를 바라보면서 신중하게 단어를 선택했다.

"당신이 모든 걸 알아차릴까 봐 겁이 나는 것 같더라고요. 당신을 잃으리라는 생각에 절망에 빠진 거죠."

피에르는 냉소를 머금었다.

"정답게 논쟁을 벌이지 않고선 나를 잃는 일은 없을 거요. 그 애한테 할 이야기가 많거든. 당연히 그 앤 당신한테 아무 말도 하지 않았겠지?"

"네, 아무 말도 하지 않더군요. 제르베르가 자기 방에 왔고 그를 밖으로 쫓아냈다, 그가 가고 나서 홀로 술에 취했다고 말한 게 다였어요." 프랑수아즈는 실망했다는 듯 어깨를 으쓱였다.

"다 털어놓으리라고 아주 잠깐 기대하긴 했지만요."

"사실대로 털어놓도록 하겠소."

"조심해요. 그 애가 아무리 당신을 점쟁이라 생각하더라도,

너무 집요하게 캐물으면 이미 모든 걸 알고 있다고 의심할 거 예요."

피에르의 얼굴이 한층 더 딱딱해졌다.

"알아서 잘하겠소. 그래도 만약 필요한 경우엔 내가 열쇠 구멍으로 방을 들여다봤다고 말할 거요."

프랑수아즈는 태연한 척 담배에 불을 붙였다. 그런데 손이 떨려 왔다. 피에르가 자신을 훔쳐보았다고 확신하게 됐을 때, 그자비에르가 느낄 모욕감을 태연자약하게 떠올릴 수는 없었던 것이다. 게다가 피에르는 무자비한 말을 능란하게 찾아내는 사람이었다.

"끝까지 몰아붙이지는 마요. 큰일을 저지를 아이니까."

"그럴 리 없어. 상당히 비겁한 애거든."

"자살하리라는 말을 하는 게 아니에요. 루앙으로 돌아가서 인생을 포기할지도 모른다고요."

"하고 싶은 대로 하라지. 맹세하건대 난 하나부터 열까지 다 되갚아 줄 거라고." 피에르는 화를 내며 말했다.

프랑수아즈는 고개를 숙였다. 그자비에르는 피에르에게 죄를 지었고, 영혼 깊숙이 상처를 준 것이다. 그 상처가 생생하게 느껴졌다. 단지 그의 상처만이 눈에 밟혔더라면, 모든 문제가 훨씬 단순했을지도 몰랐다. 하지만 프랑수아즈는 그자비에르의 일그러진 얼굴 또한 떠올리고 있었다.

한층 누그러진 태도로 피에르는 말을 이어 갔다.

"당신은 상상도 못 할 거요, 그 애가 내게 얼마나 다정했는지를. 그토록 열정적으로 연기하라고 그 애를 떠다민 건 아무것도 없었다고."

그의 목소리가 다시 딱딱해졌다.

"그 앤 그저 애교나 떠는 변덕쟁이이자 배신자에 지나지 않아. 나에 대한 미움이 되살아나는 바람에 제르베르와 잤을 뿐이라고. 나를 속임으로써 내게 복수하려고, 우리의 화해가 지닌 가치를 전적으로 지우려고 말이오. 날 제대로 한 방 먹인 셈이지. 하지만 그 대가를 톡톡히 치르게 할 거요."

"내 말 좀 들어 봐요. 하고 싶은 대로 하겠다는 당신을 내가 막을 순 없겠죠. 하지만 내게 한 가지만 약속해 줘요. 내가 모든 걸 알고 있다는 말은 하지 말아요. 이 사실을 알면 그 애는 더 이상 내 곁에서 지내는 걸 못 견뎌 할 거라고요."

피에르는 그녀를 쳐다보았다.

"좋소. 홀로 비밀을 지켰다고 얘기하겠소."

프랑수아즈는 그의 팔에 손을 얹었다. 쓸쓸한 슬픔이 밀려들었다. 그녀는 피에르를 사랑했지만, 함께 사랑을 나누기가 불가능한 그자비에르를 구하기 위해서 마치 타인처럼 그의 눈앞에 우뚝 서 있었던 것이다. 내일이면 그는 그녀의 적이 될지도 몰랐다. 그녀 없이, 심지어 그녀의 뜻에 반해서 피에르는 괴로워하고, 복수하고, 증오하게 될 터였다. 그녀가 그를 고독 속에 내던진 것이었다. 그와 하나가 되는 것 외에는 아무것도 바라지 않았던 그녀가 말이다! 프랑수아즈는 손을 거두었다. 그는 먼 곳을 응시하고 있었다. 그녀는 이미 피에르를 잃어버린 것이었다.

6장

프랑수아즈는 무대 위에서 열정적인 대화를 이어 가는 엘로이와 테데스코를 마지막으로 흘깃 쳐다보았다.

"가 볼게요." 그녀가 속삭였다.

"그자비에르한테 얘기할 거지?" 피에르가 물었다.

"네, 당신한테 약속했잖아요."

그녀는 고통스레 피에르를 쳐다보았다. 그자비에르가 집요하게 피해 다니는데도 그는 계속 그녀와 대면하기를 고집하고 있었다. 지난 사흘 동안 그의 신경과민증은 한층 심해져 갔다. 그자비에르에 대한 감정을 쏟아 놓지 않을 때면 그는 어두운 침묵 속에 빠져 있었다. 그의 곁에서 보내는 시간이 너무나도 무겁게만 느껴졌으므로, 프랑수아즈는 겨우 벗어날 구실을 찾아낸 듯 안도하며 오후 연습을 맞이한 터였다.

"그 애가 받아들일지 말지 당신이 어떻게 알지?" 피에르가 물었다.

"8시가 되면 그 애가 어떤 선택을 했는지 당신은 알게 될 거예요."

"하지만 무작정 기다리기란 견딜 수 없는 일이지."

프랑수아즈는 어쩔 수 없지 않느냐는 듯 어깨를 으쓱해 보였다. 헛걸음하게 되리라는 사실을 그녀는 거의 확신하고 있었다. 하지만 이런 생각을 피에르에게 털어놓으면, 그는 그녀의 진심을 의심할지도 몰랐다.

"그 애를 어디서 만나기로 했소?"

"되마고요."

"그렇군! 한 시간 뒤에 그쪽으로 전화를 걸 테니 그 애가 어떻게 하기로 했는지 내게 말해 줘요."

프랑수아즈는 항의하려다가 참았다. 피에르에게 이미 넘치도록 많이 맞서 왔던 것이다. 요즘에는 아주 사소한 말다툼만으로도 마음을 찢어 놓는 신랄하고 불신 어린 말들이 오가곤 했다.

"알겠어요."

그녀는 자리에서 일어나 중앙 통로로 나갔다. 내일모레엔 리허설이 열릴 예정이었다. 하지만 그녀도, 피에르도 거기엔 거의 신경 쓰고 있지 않았다. 팔 개월 전에, 같은 공연장에서 「율리우스 카이사르」 연습을 마쳤더랬다. 갈색 머리와 금발의 얼굴들, 오늘과 똑같은 얼굴들이 어둠 속에 자리해 있었다. 피에르 또한 같은 의자에 앉아서, 오늘처럼 조명이 환히 밝히는 무대 쪽으로 시선을 고정하고 있었다. 하지만 모든 것이 너무나도 달라지고 말았다! 그 당시 칸제티의 미소나 폴의 몸짓, 드레스의 주름은 매력적인 이야기의 반영 혹은 밑그림에 해당했다. 목소리에 담긴 하나의 억양이, 덤불숲의 색채가 희망의 방대한 지평선 위로 뜨거운 빛을 발하며 떠올랐었다. 붉은 좌석 아래의 어둠 속에도 온전한 희망이 숨어 있었다. 프랑수아즈는 극장을 나섰다. 정념이 과거의 풍요로움을 고갈시켜 버렸고, 메마른 현재 속에는 사랑할 만한 것이, 생각할 거리가 더는 남아 있지 않았다. 거리에서도 두 사람의 삶을 무한히 연장시켜 줬던 예전의 추억과 희망을 전혀 찾아볼 수 없었다. 이제 그것은 푸른빛의 좁은 틈새가 드문드문 뚫린 흐릿한 하늘 아래 놓인, 그저 통과해야 할 노정에 불과했다.

프랑수아즈는 카페 테라스에 자리를 잡고 앉았다. 대기 중에는 호두주에서 풍기는 습한 냄새가 떠다니고 있었다. 다른 해 같았으면 타는 듯 뜨거운 거리와 그늘진 산봉우리가 생각날 계절이었다. 프랑수아즈는 제르베르의 그을린 얼굴과 등산용 배낭 밑으로 굽어 있던 그의 기다란 몸을 떠올렸다. 그 애는 그자비에르와 어떻게 지내고 있을까? 비극이 벌어졌던 그 다음 날 저녁에 그자비에르는 제르베르를 만나러 갔고, 그렇게 둘이 서로 화해했다는 사실을 알고 있었다. 제르베르에게 아예 관심이 없는 척 굴면서도, 그자비에르는 가끔 그와 만나고 있다고 털어놓았다. 그자비에르에게 제르베르는 어떤 감정을 품고 있을까?

"안녕하세요." 그자비에르가 밝게 인사를 건넸다. 그녀는 자리에 앉더니 프랑수아즈 앞에 작은 은방울꽃 한 다발을 내려 놓았다.

"선생님을 위해 샀어요." 그녀가 말했다.

"친절하기도 해라."

"윗옷에 다셔야 해요."

프랑수아즈는 웃으면서 그 말에 따랐다. 모르진 않았다. 그 자비에르의 눈 속에서 웃고 있는 저 신뢰 어린 사랑이 한낱 신기루에 불과하다는 사실을 말이다. 그자비에르는 그녀를 신경 쓰는 법이 거의 없었고, 쉽사리 그녀에게 거짓말을 늘어놓곤 했다. 어리광이 담긴 미소 뒤에 후회를 숨기고 있을지도 몰랐다. 순순히 속아 넘어가 주는 프랑수아즈에 대한 만족감이 감춰져 있음은 분명했다. 아마 그자비에르 역시 피에르에게 맞설 동지를 찾고 있는 듯했다. 그러나 그녀의 마음이 아무리 불순한들, 프랑수아즈는 그 음흉한 얼굴이 지닌 매력을 감히 거부할 수 없었다. 상큼한 색채의 격자무늬 블라우스를 입은 그자비에르에게선 화사한 봄기운이 느껴졌다. 그 투명한 명랑함은 그녀의 얼굴에 선명한 활기를 불어넣었다.

"날씨가 참 좋네요. 제가 아주 자랑스러워요. 사내처럼 두 시간이나 걸었는데도 전혀 피곤하지 않은 거 있죠."

"난 아쉬워하는 중이야. 오후를 극장에서 보내는 바람에 햇살을 거의 즐기지 못했거든."

프랑수아즈는 마음이 아팠다. 그자비에르가 엄청난 호의를 발휘해서 자신을 위해 창조해 낸 이 매력적인 환상 속으로 기꺼이 빠져들고 싶었던 것이다. 여러 가지 이야기를 서로에게 들려주거나 다정한 말을 주고받으면서 종종걸음으로 센강을 향해 내려갈 수도 있었다. 그러나 이러한 미약한 감미로움조차 그녀에게는 용인되지 않았다. 그자비에르의 미소를 빛바래게 하고, 감춰진 수많은 독기를 끓어오르게 할 까다로운 논의에 당장 착수해야 했던 것이다.

"공연 준비는 잘되어 가나요?" 그자비에르가 상냥한 관심을 드러내며 물었다.

"그리 나쁘진 않아. 삼사 주 동안 공연할 수 있을 것 같아, 시즌을 마무리하는 시점까지는 말이야."

프랑수아즈는 담배를 집어 들고 손가락 사이로 굴렸다.

"왜 연습을 구경하러 오지 않는 거야? 라브루스가 자기를 더 이상 보지 않기로 한 거냐고 다시 묻던걸."

그자비에르는 다시금 얼굴을 일그러뜨리며, 어깨를 가볍게 으쓱였다.

"왜 그렇게 생각하신대요? 말도 안 되는 생각이에요."

"네가 사흘이나 피하고 있으니까 그러는 거지."

"전 피한 적 없어요. 시간을 잘못 알아서 약속 자리에 못 나갔을 뿐이에요."

"또 다른 날엔 피곤해서 안 나온 거고. 오늘 8시에 극장으로 자길 만나러 와 줄 수 있는지 물어봐 달라고 내게 부탁하더군."

그자비에르는 고개를 돌렸다.

"8시라고요? 그 시간에 약속이 있어요."

프랑수아즈는 풍성한 금발 아래 감춰진, 회피하는 듯 시무

룩해 보이는 그녀의 옆얼굴을 걱정스레 살펴보았다.

"확실해?"

오늘 밤 제르베르에게는 그자비에르와 외출할 일정이 없었다. 피에르가 약속 시간을 정하기에 앞서 알아낸 정보였다.

"참, 약속은 없어요. 하지만 일찍 잠자리에 들고 싶어서요."

"8시에 라브루스를 만나고 나서 일찍 자면 되잖아."

그자비에르가 고개를 들었다. 그녀의 눈 속에서 분노의 빛이 스쳐 지나갔다.

"그럴 수 없다는 걸 잘 아시면서 왜 그러세요! 새벽 4시까지 논쟁을 벌여야 할 테니까요!"

프랑수아즈는 어깨를 으쓱였다.

"그이를 만나고 싶지 않다고 솔직히 고백해. 그 이유 또한 그에게 분명히 밝히라고."

"또다시 저를 나무라실 게 뻔해요. 지금 이 순간 저를 증오하고 계실 게 분명하거든요." 그자비에르는 질질 끌며 말했다.

피에르가 오직 그자비에르와의 관계를 분명하게 끊어 내려는 목적에서 이 만남을 원하고 있음은 사실이었다. 그래도 만약 그녀가 이 제안을 받아들인다면, 그의 분노를 잠재울 수 있을지도 몰랐다. 하지만 이번에도 만남을 회피한다면 끝내 그의 분노를 한결 부추기게 될 터였다.

"사실상 나도 그이가 네게 아주 좋은 감정을 품고 있다고는 생각하지 않아. 그래도 어쨌든 숨어 지낸다고 해서 네게 득이 되는 건 없어. 그이가 널 찾아내고 말 테니까. 오늘 밤에라도 라브루스랑 대화해 보는 편이 더 나을 거야."

그녀는 초조한 눈빛으로 그자비에르를 바라보았다.

"한번 노력해 봐."

그자비에르의 표정이 우울해졌다.

"선생님이 무서운걸요."

"내 말 좀 들어 봐. 라브루스가 영원히 너를 보지 않기로 작정하길 원하는 건 아니지?" 프랑수아즈는 그자비에르의 팔에 손을 얹으면서 말했다.

"절 다신 보고 싶지 않으시대요?"

"네가 이런 식으로 계속 고집을 피우면 분명 그럴지도 몰라."

그자비에르는 낙담한 듯 고개를 떨구었다. 합리적인 생각을 도무지 주입할 수 없는 이 금빛 머리통을 벌써 몇 번이나 힘없이 바라보았던가!

프랑수아즈는 말을 이어 갔다.

"조금 있으면 내게 전화를 걸어 올 거야. 그이를 만나 봐."

그자비에르는 아무 대답이 없었다.

"원한다면 내가 먼저 그이를 만나서 네 입장을 설명해 볼게."

"그러지 마세요. 두 분 말씀이라면 이미 실컷 들었다고요. 만나러 가고 싶지 않아요." 그자비에르가 거칠게 말했다

"관계를 끊는 편이 더 낫겠다는 거야? 잘 생각해 봐. 결국엔 그렇게 될 테니까."

"어쩔 수 없죠." 그자비에르는 참담해하는 얼굴로 말했다.

프랑수아즈는 손가락으로 은방울꽃 줄기를 부러뜨렸다. 그자비에르에게서 얻을 수 있는 것은 아무것도 없었다. 그녀의 비겁함이 배신을 한층 더 부채질하는 형국이었다. 그렇지만

이런 식으로 피에르에게서 벗어날 수 있으리라고 생각한다면 오산이었다. 그는 한밤중에라도 그녀의 방으로 쳐들어가서 문을 두드릴 수 있는 사람이었다.

"미래를 진지하게 따져 보지 않으니까 어쩔 수 없다, 라는 말이 나오는 거라고."

"아! 어떻게 해도 라브루스 선생님과 제 관계는 해결되지 않아요."

그자비에르는 관자놀이를 횅하게 드러낸 채 양손을 머리카락 속에 파묻었다. 그녀의 얼굴은 증오와 고통이 빚어낸 정념으로 이미 가득 차 있었다. 그리고 그녀의 입술은 지나치게 무른 과일에 난 흠집 같은 비웃음을 띤 채 반쯤 벌어져 있었다. 그 흠집 사이로, 비밀스러운 독기가 햇살을 받으며 터져 나오고 있었다. 그들은 진척될 수 없었다. 그자비에르는 피에르의 모든 것을 독점할 수 있기를 갈망했다. 남과 나누지 않고서는 그를 소유할 수 없기에, 그녀는 그를 포기한 것이었다. 프랑수아즈를 둘러싼 분노 어린 원망에 사로잡힌 채 말이다.

프랑수아즈는 침묵을 유지했다. 그자비에르를 위해 그녀는 싸움에 투신하기로 다짐했건만, 되레 그자비에르가 상황을 어렵게 하고 있었다. 정체가 드러나는 바람에 어찌해 볼 수 없는 상황임에도, 그자비에르의 질투심은 결코 격렬함을 잃지 않았던 것이다. 프랑수아즈로부터 피에르의 몸과 영혼을 얻어 내는 데 성공했을 때에만, 조금이나마 진실한 애정을 프랑수아즈에게 내보일 수 있을지도 몰랐다.

"미켈 씨를 찾는 전화가 와 있습니다." 웬 목소리가 소리쳤다.

프랑수아즈는 자리에서 일어났다.

"그와 만날 거라고 말해 줘." 간절한 목소리로 그녀는 말했다.

그자비에르는 그녀에게 애원하는 눈길을 던지면서 고개를 저어 보였다.

프랑수아즈는 계단을 내려간 뒤, 전화 부스 안으로 들어가서 수화기를 집었다.

"여보세요, 프랑수아즈입니다."

"그래, 그 애가 오겠다고 했소?" 피에르가 물었다.

"똑같은 상황이에요. 무척 겁을 내고 있어서 도무지 설득할 수가 없어요. 계속 이런 식으로 나가면 당신이 관계를 끊을지도 모른다고 하니까 상당히 불안해하는 듯 보이더군요."

"상관없어. 그렇다고 해서 그 애가 잃는 건 아무것도 없을 테니까."

"내가 할 수 있는 건 다 했어요."

"알고 있소. 고마워요." 피에르가 싸늘하게 말했다.

그는 전화를 끊었다. 프랑수아즈는 자리로 돌아와서 환하게 웃으며 자신을 맞이하는 그자비에르 옆에 가 앉았다.

"지금 쓰고 계신 이 작은 밀짚모자만큼 선생님께 어울리는 모자는 없어요."

프랑수아즈가 자신 없는 듯 미소를 지었다.

"앞으로 내 모자는 네가 골라 주렴."

"그레타가 몹시 분한 표정으로 선생님을 계속 쳐다보더라고요. 자기만큼 다른 여자가 우아해 보이니까 배가 아팠나 봐요."

"그 여자가 입은 정장도 상당히 예쁘던걸."

프랑수아즈는 마음이 홀가분해진 듯했다. 운명은 결정되었다. 도움과 충고를 고집스레 거부해 준 덕분에, 프랑수아즈는 그자비에르의 행복을 보장해 줘야 한다는 무거운 근심으로부터 해방되었던 것이다. 프랑수아즈는 테라스를 훑어보았다. 밝은색 외투와 가벼운 윗도리, 밀짚모자가 수줍게 첫선을 보이고 있었다. 불현듯이 여느 해처럼 햇살과 초목을 향한 생생한 욕망이, 산허리를 끈질기게 오르고 싶은 싱싱한 욕망이 느껴졌다.

그자비에르가 아첨하듯 미소를 띤 채 슬며시 그녀를 쳐다보았다.

"처음으로 영성체를 하러 가는 여자애가 보이세요? 저 나이 무렵의 여자애들은 가슴이 송아지 간만큼이나 납작한 게 참 볼품이 없네요."

자기와 무관한 고된 걱정거리로부터 프랑수아즈를 끌어 내고 싶은 모양이었다. 그자비에르는 무신경하고 호인다운 태평함을 온몸으로 발산하고 있었다. 프랑수아즈는 순순히 광장을 지나가는 나들이옷 차림의 가족을 흘깃 쳐다보았다.

"첫 영성체를 받기는 했어? 그녀가 물었다.

"받지 않았으리라고 생각하실 만도 해요. 원피스 전체를 장미로 수놓아 달라고 졸랐더랬죠. 가여운 아버지께서는 결국 승낙하고 마셨고요." 지나치게 호들갑을 떨면서 그자비에르는 웃음을 터뜨렸다.

그녀가 뚝 하고 웃음을 그쳤다. 그녀의 시선이 향한 쪽으로 눈길을 돌리니 피에르가 택시 문을 닫고 있는 모습이 보였다.

피가 얼굴로 치솟았다. 피에르는 약속을 잊은 건가? 프랑수아즈 앞에서 그자비에르와 대화를 나누면, 그는 자신이 수치스럽게 발견한 비밀을 지킨 척하기가 불가능할 터였다.

"안녕." 피에르는 아무렇지도 않은 얼굴로 인사를 건네며 의자 하나를 끌어내 앉았다.

"오늘 밤에도 네가 시간을 낼 수 없는 것 같아서 말이야." 그는 그자비에르에게 말했다.

그자비에르는 계속 어안이 벙벙한 얼굴로 그를 바라볼 뿐이었다.

"우리 만남을 악착같이 따라다니는 사악한 저주를 풀어야겠다는 생각이 들더군. 지난 사흘 동안 왜 나를 피해 다닌 거야?" 피에르는 매우 다정하게 웃어 보였다.

프랑수아즈는 자리에서 일어났다. 자신이 있는 자리에서 피에르가 그자비에르를 몰아붙이길 원하지 않았던 데다, 정중한 태도 아래에 도사린 단호한 결심을 감지했던 것이다.

"내가 없는 자리에서 이야기를 나누는 게 더 좋겠다는 생각이 드네요."

그자비에르가 그녀의 팔을 붙들었다.

"안 돼요. 여기 계세요." 그녀는 꺼질 듯한 목소리로 말했다.

"놔줘. 피에르가 네게 할 이야기는 나랑 상관없는 일이야." 프랑수아즈는 부드럽게 말했다.

"같이 있어 주세요. 아니면 저도 가겠어요." 그자비에르는 이를 악물고서 말했다.

"그럼 여기 있도록 해요. 저 애가 신경 발작을 일으키려 하는 게 당신 눈에도 보이잖소." 피에르는 초조해하면서 말했다.

그는 그자비에르를 향해 몸을 돌렸다. 그의 얼굴에선 더 이상 상냥함의 흔적을 찾아볼 수 없었다.

"네가 나를 왜 이토록 겁내는지 알고 싶은데?"

프랑수아즈가 다시 자리에 앉자 그자비에르는 그녀의 팔을 놓았다. 그녀는 침을 삼킨 뒤 평정심을 되찾은 듯 보였다.

"전 선생님이 겁나지 않는데요."

"꼭 그렇게 보이는데. 더군다나 난 그 이유를 설명해 줄 수 있지." 그자비에르의 눈을 빤히 들여다보면서 피에르는 말했다.

"그럼 묻지 마세요."

"네 입으로 듣고 싶었거든." 피에르가 말했다. 그가 다소 연기를 하듯 말을 멈추더니, 그녀에게서 눈을 떼지 않은 채 얘기를 이어 갔다.

"내가 네 속마음을 읽어 내고, 그걸 큰 소리로 떠들어 댈까봐 넌 겁이 난 거야."

그자비에르의 얼굴이 일그러졌다.

"선생님 머릿속이 비열한 생각으로 가득 차 있음을 알아요. 아, 하도 끔찍해서 알고 싶지 않군요." 그녀는 혐오스럽다는 듯 말했다.

"네가 야비한 생각을 불러일으켰으니 내 잘못은 아니잖아."

"어쨌든 혼자만 알고 계시라고요."

"유감스럽지만 네게 알려 주려고 일부러 여기까지 온 거라고."

그는 잠시 숨을 돌렸다. 그자비에르를 자신의 지배 아래 둔 지금, 그는 침착하다 못해, 자기 뜻대로 상황을 조종할 수 있음에 즐거워 보이기까지 했다. 목소리와 미소, 짧은 침묵에 이르기까지 이 모든 게 철저히 계산된 행동이라는 생각이 들자, 프랑수아즈의 마음속에서 희망의 빛이 희미하게나마 반짝이기 시작했다. 그는 지금 자기 뜻대로 그자비에르를 복종시키려 하는 것이다. 만약 크게 힘들이지 않고 이에 성공한다면, 그는 수많은 가혹한 진실을 너그러이 용서할지도 몰랐다. 어쩌면 그녀와 연을 끊지 않기로 마음먹었을 수도 있었다.

그가 다시 입을 열었다.

"날 더 이상 만나고 싶지 않나 보더군. 나도 더는 우리 관계를 지속하고 싶은 마음이 없다고 말한다면, 넌 틀림없이 기뻐할 테지. 다만 나는 이유를 말하지 않고 사람을 버리는 데에는 익숙하지가 않아서 말이야."

그자비에르의 불안정한 위엄은 단번에 무너져 내리고 말았다. 휘둥그레진 눈과 반쯤 벌어진 입술 사이에서는 의심쩍은 혼란만이 표출되고 있었다. 그러한 불안에 담긴 진심이 피에르에게 가닿지 않기란 불가능했다.

"제가 뭘 어쨌다는 거죠?"

"넌 아무 짓도 하지 않았어. 게다가 네가 나에 대해 무슨 의무를 지닌 것도 아니고, 내가 너에게 어떤 권리를 가지고 있다고 생각한 적 역시 단 한 번도 없었어. 다만, 난 네가 어떤 인간인지를 깨닫게 되었을 뿐이야. 그래서 이 일에 더는 관심이 없어." 그는 싸늘하고 초연한 표정으로 말했다.

그자비에르는 마치 어딘가에 도움을 청하려는 듯 주위를 둘러보았다. 주먹을 부르쥔 모습으로 봐서, 자신을 변호하며 맞서 싸우고 싶은 생각이 간절한 듯했다. 그러나 피에르에게 꼬투리를 잡히지 않을 법한 말을 찾아내지 못하고 있음이 분명했다. 프랑수아즈는 이런 상황에서 어떻게 해야 하는지를 그녀에게 알려 주고 싶었다. 지금 피에르에게는 배수의 진을 칠 마음이 전연 없으며, 또 그가 이 같은 단호함만으로 그자비에르에게서 자신의 노기를 누그러뜨려 줄 만한 말을 얻어 내려고 한다고 말이다.

"최근 들어 제가 약속 자리에 나가지 않았기 때문인 거죠?" 마침내 그자비에르가 비탄에 잠긴 목소리로 말했다.

"네가 약속 자리에 나오지 않은 이유 때문에 그러는 거야." 피에르는 이렇게 말하고 나서 잠시 기다렸다. 하지만 그자비에르는 아무 말도 덧붙이지 않았다.

"넌 네 자신이 부끄러웠던 거야." 그가 다시 입을 열었다.

그자비에르는 화들짝 놀라서 자세를 고쳐 앉았다.

"그렇지 않아요. 전 단지 선생님께서 제게 화가 나셨으리라 믿었을 뿐이에요. 제가 제르베르를 만날 때마다 늘 화를 내곤 하셨으니까요. 게다가 이번엔 그 사람과 같이 술에 취하기까지 했으니……." 그녀는 경멸 어린 표정을 지으면서 어깨를 으쓱해 보였다.

"네가 제르베르와 우정을 나누든, 심지어 사랑을 나누든 난 아무렇지도 않아. 그보다 나은 상대를 고를 순 없을 테니까." 이번만큼은 그의 목소리에서 으르렁대는 분노가 어느 정도인지 좀체 가늠할 수 없었다.

"하지만 넌 순수한 감정을 느낄 줄 모르는 애야. 제르베르를 네 자만심을 달래고, 분노를 가라앉힐 도구로만 여겼잖아."

그는 그자비에르의 항변을 한 차례의 몸짓으로 가로막았다.

"네가 직접 그렇다고 고백했잖아. 그 애와 낭만적인 행각을 벌인 이유는 질투 때문이었다고. 말이야. 그러니 그날 밤에 그 애를 방으로 끌어들인 까닭은, 그 애의 아름다운 눈 때문이 아닌 거지."

"분명히 그렇게 생각하시리라 예상했어요. 확신했다고요."

그녀는 이를 앙다물었다. 그녀의 뺨 위로 분노에 젖은 눈물 두 줄기가 흘러내렸다.

"그게 사실임을 넌 알았기 때문에 그렇게 확신한 거야. 무슨 일이 있었는지 내가 말해 주지. 내가 네 끔찍한 질투심을 억지로 인정하게 하자, 넌 분노로 부들부들 떨었어. 넌 아무리 야비한 생각이라도 내심 다 받아들이는 인간이지. 단, 남들이 그런 걸 모른다는 조건 아래에서만 말이야. 그러니 넌, 아무리 교태를 부려도 너의 그 하찮은 영혼 밑바닥에 깔린 비열함을 내게 숨기는 데 실패했다는 사실을 깨닫고 당황했지. 네가 사람들에게 요구하는 건, 맹목적 찬양이야. 온전한 진실은 널 불편하게 하니까."

프랑수아즈는 걱정스레 그를 바라보았다. 이쯤에서 그를 제지하고 싶었다. 그는 자기가 하는 말에 완전히 빠져 있는 듯했다. 그는 침착함을 잃은 상태였고, 그의 얼굴에 드러난 냉혹함 역시 더 이상 꾸며 낸 것이 아니었다.

"말도 안 되는 소리를 하시는군요. 저는 그때 바로 선생님을 그만 증오하기로 했다고요!"

"천만에! 내가 그 말을 믿으려면 멍청해야 했을걸. 넌 그만 두지 않았어. 다만 마음껏 증오에 몰두하기 위해 조금 더 기운을 내야겠다고 생각한 거야. 증오란 피곤한 짓이거든. 그래서 넌 잠시 스스로에게 휴식할 여유를 주기로 한 거야. 안심이 됐겠지. 장차 상태가 나아지면, 그 즉시 다시 앙심을 품을 수 있으리라는 사실을 잘 알았을 테니까. 그런데 키스받고 싶다는 생각이 떠오르자 앙심 품는 일을 몇 시간 정도 미루기로 한 거야."

그자비에르의 얼굴이 부들부들 떨리고 있었다.

"선생님과 키스하고 싶은 마음은 조금도 없었어요." 그녀는 당당히 말했다.

"그랬을 수도 있어." 이렇게 말하면서 피에르는 음침한 미소를 지었다.

"넌 그냥 누군가에게 키스받고 싶었던 거고, 마침 내가 그 자리에 있었던 거지." 그는 경멸하듯 그자비에르를 발끝부터 머리끝까지 훑어보았다. 그러고는 상스러운 목소리로 이렇게 말했다.

"보다시피 그 점에 대해 불만은 없어. 네게 키스하는 건 기분 좋은 일이거든. 너만큼 나도 실속을 챙긴 셈이야."

그자비에르는 다시 한숨을 내쉬고, 지극히 순수한 혐오가 담긴 눈초리로 피에르를 바라보았다. 그 덕분에, 그녀는 평정심을 거의 되찾은 듯 보였다. 그러나 말없이 흘리는 눈물은 그녀의 표정에 담긴 신경증적 침착함과 모순되었다.

"지금 하신 말씀은 역겹기 그지없네요." 그녀는 웅얼거렸다.

"네가 한 짓거리 말고 역겨운 게 또 뭐가 있다는 거야? 지금 껏 네가 나와 맺어 온 관계 속엔 질투와 오만, 배신만이 존재 한다고. 넌 나를 네 발아래에 두기 전까지 그만둘 생각 따윈 하지 않았어. 나에 대한 우정도 전부 유치한 독점욕의 일부일 뿐이었지. 넌 홧김에 나와 제르베르 사이를 멀어지게 하려고 도 했어. 그다음엔 프랑수아즈와 너의 우정을 위태롭게 할 만 큼 그녀를 질투했고. 이기심과 변덕을 버리고 우리 셋이서 인 간적인 관계를 이룰 수 있도록 노력해 달라고 내가 간청했을 때에도, 넌 나를 증오할 뿐이었어. 끝끝내 마음속에 증오를 한 가득 품고 있었음에도, 단지 애무가 필요하다는 이유로 내 품 에 안겼던 거야." 피에르는 거칠게 말했다.

"거짓말을 하고 계시네요. 죄다 꾸며 내고 계시다고요."

"왜 내게 키스한 거지? 날 기쁘게 하기 위해서는 아니었을 거야. 그런 건 관대한 마음을 전제로 하는 행동이거든. 네게서 는 눈곱만큼도 찾아볼 수 없는 그 마음 말이야. 게다가 내 쪽 에서 거기까지 요구하지도 않았으니까."

"세상에! 키스를 한 게 정말이지 후회되는군요!" 그자비에 르는 이를 악물고서 말했다.

피에르는 악의에 찬 미소를 지으며 말했다.

"그렇겠지. 넌 그저 키스를 사양할 줄 몰랐던 거야. 넌 사양 하는 방법을 모르는 사람이니까. 그날 밤, 나를 증오하고 싶었 겠지만 내 사랑이 아직은 아주 유용해 보였겠지."

그는 어깨를 으쓱였다.

"어째서 이런 모순덩어리를 복잡한 영혼이라고 여길 수 있었는지 도무지 모르겠군!"

"선생님께 예의를 갖추고 싶었다고요."

그녀는 애써 모욕하려 했지만, 흐느낌 탓에 떨리는 목소리를 더는 조절하지 못했다. 프랑수아즈는 이 같은 공개 처형을 저지하고 싶었다. 이 정도면 충분했다. 이제 그자비에르는 피에르 앞에서 얼굴을 들지 못할 터였다. 하지만 여전히 완고하게 나오는 모습을 보니, 피에르는 아예 끝장을 보려는 심산인 듯했다.

"예의를 지나치게 밀고 나갔군. 진실은 말이야, 네가 뻔뻔하게 교태를 부렸다는 거라고. 우리 관계가 썩 마음에 들었던 너는 이걸 망가뜨리지 않은 채 유지하고 싶었던 거야. 그래서 날 증오하기를 몰래 미뤄 두기로 한 거고. 난 널 잘 알아. 네겐 계략을 치밀하게 꾸밀 만한 능력이 없어. 너 자신마저 네 그 엉큼한 속셈에 속아 넘어간 거라고."

그자비에르는 피식하고 웃음을 터뜨렸다.

"그런 허황한 이야기를 지어내긴 참 쉽죠. 전 선생님이 말씀하신 것과 달리 그날 밤 흥분하지 않았다고요. 다른 한편으로 선생님을 증오하지도 않았고요." 그녀는 조금 더 대담하게 피에르를 바라보았다. 피에르의 확신이 그 어떤 사실에도 기반하고 있지 않음을 느끼기 시작한 듯했다.

"제가 선생님을 증오하고 있다는 이야기를 꾸며 내신 건 바로 선생님이세요. 늘 가장 비열한 방향으로 해석하곤 하시니까요."

"꾸며 낸 이야기가 아니야. 난 내가 무슨 말을 하는지 잘 알

아. 넌 내가 있는 자리에서는 그럴 용기조차 없으면서 날 증오
했던 거야. 그래서 나와 헤어지자마자 네 자신의 유약함에 화
가 나서 복수하려 했던 거고. 그런데 비겁한 성정 탓에 비밀리
에 복수하는 것 외엔 달리 방법이 없었던 거지." 피에르는 위
협이 배어나는 목소리로 말했다.

"그게 무슨 말씀이시죠?" 그자비에르가 물었다.

"나름 썩 훌륭한 계획이긴 했어. 내가 아무 의심 없이 널 계
속해서 사랑했더라면, 넌 그런 날 속으로 조롱하면서 내게 찬
사를 받아 냈을 테니까. 그게 바로 네가 대단히 좋아할 만한
종류의 승리인 거야. 그런데 불행히도 그럴싸한 거짓말을 성
공시키기에는 네 능력이 한참 모자랐지 뭐야. 넌 네 자신이 교
활하다고 생각하겠지만, 너무나도 엉성하게 꾸민 계략 탓에
난 책을 보듯이 네 속셈을 훤히 들여다볼 수 있었지. 심지어
넌 배신했다는 사실을 감추는, 아주 기본적인 경계조차 기울
일 줄 모르더군."

비루한 공포가 그자비에르의 얼굴 위로 퍼져 나갔다.

"무슨 말씀을 하고 계신지 모르겠군요."

"모르겠어?"

침묵이 흘렀다. 프랑수아즈는 피에르에게 애원하는 눈길을
던졌다. 하지만 지금 이 순간, 그는 그자비에르에게 일말의 호
의도 품고 있지 않았다. 자신의 약속을 떠올리더라도, 결코 주
저하지 않고 그자비에르를 단호하게 짓밟아 놓을 터였다.

"우연히 제르베르를 방에 데려갔다는 네 말을 나로 하여금
믿게 할 수 있으리라고 생각했나? 넌 일부러 그를 취하게 한

거야. 내게 복수하려는 목적에서, 멀쩡한 정신으로 그 애와 자 겠노라 결심했으니까."

"세상에나! 그거군요! 상상하실 수 있는 게 그런 추잡한 생 각뿐이군요."

"부정하려고 애쓰지 마. 상상한 게 아니니까. 난 알고 있다고."

그자비에르는 미친 사람처럼 교활하고 의기양양한 얼굴로 그를 쳐다보았다.

"제르베르가 지어낸 야비한 말을 들었다고 뻔뻔하게 우기실 셈인가요?"

다시금 프랑수아즈는 말없이 피에르를 향해 절망적인 호소 를 보냈다. 이토록 가혹하게 그자비에르를 짓밟아서는 안 되 는 일이었다, 제르베르의 순진한 믿음을 배신해서도 안 되었 다. 피에르는 뜸을 들이다가 끝내 이렇게 말했다.

"물론 제르베르는 내게 아무 말도 하지 않았어."

"그러면요? 설마……."

"내게도 눈과 귀가 있거든. 우연히 이것들을 사용한 거지. 열쇠 구멍으로 들여다보는 건 쉬운 일이더군."

"선생님……." 그자비에르는 자기 손을 목으로 가져갔다. 숨 이 막히는 듯 그녀의 목덜미가 부풀어 올랐다.

"정말 그런 짓을 하신 건 아니죠?"

"물론 어려운 짓이었지! 하지만 너 같은 사람에게는 그 어 떤 짓이라도 할 수 있게 되더군." 피에르는 비웃으며 말했다

이제 그자비에르의 시선은 피에르를 떠나, 무기력한 분노로 정신이 나간 프랑수아즈 쪽으로 향했다. 그녀는 마음이 조마

조마했다. 무슨 말이든, 무슨 동작이든 해 보이고 싶었지만 소용없었다. 그자비에르가 사람들 앞에서 울부짖거나 잔을 깨부수기라도 할까 봐 겁이 났다.

"널 봤어."

"세상에! 그만하세요. 그 입 다물라고요." 프랑수아즈는 말했다.

그자비에르가 자리에서 일어섰다. 그녀는 관자놀이를 손으로 눌러 대며 얼굴 위로 눈물을 흘리다가, 느닷없이 바깥으로 뛰쳐나갔다.

"내가 쫓아가 볼게요." 프랑수아즈가 말했다.

"마음대로 해요."

피에르는 부자연스럽게 몸을 뒤로 젖히더니 주머니에서 담뱃대를 꺼냈다. 프랑수아즈는 뛰어서 광장을 가로질렀다. 그자비에르는 굳은 몸을 하고 하늘을 향해 고개를 쳐든 채 빠르게 걸어가고 있었다. 프랑수아즈는 그녀를 따라잡았다. 두 여자는 말없이 렌 거리의 어딘가로 올라갔다. 돌연 그자비에르가 프랑수아즈를 향해 몸을 돌렸다.

"절 그냥 내버려 두세요." 그녀는 잠긴 목소리로 말했다.

"그럴 수 없어. 널 떠나지 않을 거야."

"방으로 돌아가고 싶어요."

"같이 돌아가자." 프랑수아즈는 택시를 불렀다.

"타." 그녀는 단호하게 말했다.

그자비에르는 그 말에 순순히 따랐다. 그녀는 쿠션에 머리를 기대고 천장을 응시했다. 그녀의 윗입술은 비웃음으로 말려 올라가 있었다.

"그 자식한테 반드시 되갚아 주겠어."

"그자비에르." 프랑수아즈는 그녀의 팔을 쓰다듬으며 나지막이 말했다.

그자비에르는 흠칫 떨더니 펄쩍 뛰듯이 몸을 뒤로 뺐다.

"손대지 마세요." 그녀는 사납게 말했다.

마치 새로운 생각이 떠오른 듯, 그자비에르는 험상궂은 얼굴로 프랑수아즈를 뚫어져라 쳐다보았다.

"알고 계셨군요. 선생님은 모든 걸 알고 계셨어요."

프랑수아즈는 아무 대답도 하지 않았다. 택시가 멈춰 서자 그녀는 요금을 치르고 서둘러 그자비에르의 뒤를 쫓아 계단을 올랐다. 그자비에르는 방문을 반쯤 열어 둔 채 세면대에 기대서 있었다. 눈은 퉁퉁 부었고 머리칼은 마구 헝클어져 있었으며, 두 볼은 불그레하니 얼룩덜룩했다. 마치 그녀는 자신의 연약한 몸을 상하게 하는, 사나운 악마한테 사로잡혀 발광한 듯한 몰골이었다.

"그러니까 지난 사흘 동안 제가 말하는 데도 잠자코 계셨던 거군요, 제가 거짓말을 하고 있음을 다 알면서도!"

"피에르가 내게 모든 일을 털어놓은 것이 내 잘못은 아니잖아. 또 신경 쓰고 싶지 않기도 했고."

"제가 참 우스웠겠군요!"

"그자비에르! 우습다고 생각한 적은 단 한 번도 없어." 프랑수아즈는 그녀를 향해 한 발짝 내딛으면서 말했다.

"가까이 오지 마세요. 더는 선생님을 보고 싶지 않아요. 영원히 떠나고 싶어요." 그자비에르가 비명을 지르며 말했다.

"진정해. 이 모든 게 어처구니없는 일이라고. 우리 둘 사이엔 아무 일도 벌어지지 않았는걸. 라브루스와의 일은 나와 아무 상관도 없다고."

그자비에르는 수건을 집어 들더니 가장자리에 달린 술 장식을 난폭하게 잡아당겼다.

"전 선생님이 주신 돈을 받고 있어요. 선생님에게 기대어 생활하고 있다고요! 그 점을 고려하셔야 한다고요."

"넌 지금 제정신이 아니야. 차분해졌을 때 다시 보러 올게."

그자비에르는 수건을 놓았다.

"그러세요. 이제 그만 가세요."

그녀는 흐느끼며 소파로 걸어가서 길게 몸을 던졌다.

프랑수아즈는 망설이다가 조용히 방을 나와서 문을 닫고 자기 방으로 올라갔다. 크게 걱정하진 않았다. 그자비에르는 오만하기보다 아직 무기력한 상태이니, 루앙으로 돌아가지는, 인생을 망칠 만한 무모한 패기를 부리지는 못할 터였다. 문제는 명백한 우월감에 휩싸여 자신을 대한 프랑수아즈를 그녀가 용서하는 일은 절대로 없으리라는 점이었다. 다른 여러 가지 불만에 한 가지 더 추가된 셈이었다. 프랑수아즈는 모자를 벗고 거울을 들여다보았다. 압박감을 느낄 기운조차 없다. 불가능해진 우정이 더는 아쉽지 않았고, 피에르를 원망하는 마음도 전연 없었다. 이제 그녀가 할 수 있는 일이란, 스스로 그토록 자랑스럽게 여겨 온 인생의 초라한 잔해를, 끈기 있게, 또 처량하게 지켜 내려고 애쓰는 것뿐이었다. 파리에 머물러 달라고 그 자비에르를 설득하고, 피에르의 신뢰를 얻어 내기 위해 노력해 볼 작정이었다. 그녀는 자신의 이미지를 향해 희미하게 미소를 지어 보였다. 뜨거운 욕구와 자신감 넘치는 침착함, 행복을 향한 갈망으로 이루어진 이 모든 세월을 거치고 나면, 나 역시 여느 여자들과 마찬가지로 체념에 젖은 여인네로 변하게 될까?

7장

프랑수아즈는 컵받침에 담배 끝을 짓이겼다.

"이 더위에 일할 엄두가 나요?"

"불편하지 않은걸. 당신은 오후에 뭘 할 거요?"

두 사람은 피에르의 분장실에 붙은 테라스에 앉아 있었다. 거기서 막 점심 식사를 마친 참이었다. 그들 밑으로 극장 앞 작은 광장은 묵직한 느낌의 푸른 하늘에 짓눌린 듯 보였다.

"위르쉴린 극장에 그자비에랑 같이 가기로 했어요. 채플린 특별 상영회가 열리거든요."

피에르가 입술을 앞으로 삐죽 내밀었다.

"이젠 그 애랑 계속 붙어 다니는군."

"완전히 풀이 죽어 있다고요."

그자비에르는 루앙으로 돌아가지 않았다. 그러나 프랑수아즈가 더 많이 신경을 써 주고, 제르베르와 자주 만났음에도 불구하고, 그자비에르는 한 달 전부터 영혼이 빠져나간 빈껍데기 같은 상태로 간신히 뜨거운 여름을 나고 있었다.

"6시에 당신을 데리러 올게요. 괜찮죠?"

"좋소." 이렇게 말하고 나서 피에르는 억지로 미소를 지으며 덧붙였다.

"재미있는 시간 보내요."

프랑수아즈는 미소로 화답했다. 그러나 분장실을 나서자마자 미약했던 즐거움은 곧장 사라져 버렸다. 요즘 들어 혼자일 때면 마음속에 항상 그늘이 지고는 했다. 확실히 피에르는 곁에 그자비에르를 붙들어 둔 그녀에게, 심지어 마음속으로도 화내고 있지는 않았다. 하지만 피에르의 눈에 그녀가 가증스러운 현존의 전적인 영향력 아래에 놓인 듯 비치는 일만큼은 막을 수 없었다. 연신 피에르가 그녀를 투과해서 바라보는 대상은 바로 그자비에르였던 것이다.

바뱅 사거리에 위치한 시계는 2시 30분을 가리키고 있었다. 프랑수아즈는 걸음을 재촉했다. 그자비에르가 눈부시게 하얀 블라우스를 걸치고 카페 돔 테라스에 앉아 있는 모습이 보였다. 머리카락 또한 반짝이고 있었다. 멀리서 보면 찬란했지만, 그녀 얼굴엔 생기가 없었고 눈빛은 흐릿했다.

"내가 늦었군."

"저도 방금 왔어요."

"기분은 어때?"

"더워요." 그자비에르가 한숨을 내쉬며 말했다.

프랑수아즈는 그녀 옆에 앉다가 흠칫 놀라고 말았다. 연한 담배 냄새와, 늘 그자비에르의 주위를 맴도는 차 향기 사이로 병원에서나 맡을 수 있을 법한 묘한 냄새가 났기 때문이다.

"간밤에 잠은 잘 잤어?"

"잠은 안 췄어요. 너무 피곤해서요."

이렇게 말하면서 그자비에르는 입을 비죽였다.

"게다가 제르베르도 머리가 아프다고 해서요."

그녀는 쉽사리 제르베르에 대해 이야기하곤 했다. 하지만 프랑스아주는 그 수에 넘어가지 않았다. 그자비에르가 가끔씩 속내를 털어놓는 이유는 우정 때문이 아니라, 제르베르와의 결속을 거부하기 위해서였기 때문이다. 분명 제르베르에게 육체적으로 강하게 끌리고 있었지만, 그에게 가혹한 평가를 내리면서 기꺼이 복수하려 하는 것이었다.

"난 라브루스랑 긴 산책을 했어. 센강의 둑길을 말이야. 멋진 밤이었지." 프랑수아즈는 말을 멈췄다. 그자비에르는 일말의 관심조차 기울이지 않았던 것이다. 그녀는 지친 얼굴을 하고 먼 곳을 응시하고 있었다.

"극장에 가려면 지금 출발해야 해."

"그러죠."

그자비에르는 자리에서 일어나 프랑수아즈와 팔짱을 꼈다. 기계적인 행위일 뿐, 곁에 누군가가 있음을 느끼고 있지는 않았다. 프랑수아즈는 걸음을 옮기기 시작했다. 이 순간, 피에르는 분장실의 무더운 열기 속에서 일을 하고 있었다. 그녀 또한 조용히 방 안에 틀어박혀서 글을 쓸 수도 있었다. 예전 같았으면 이토록 텅 빈 기나긴 시간 동안, 일을 하는 데에 악착같이 매진했을 터였다. 극장이 문을 닫아서 시간적 여유가 있음에도, 그녀로서는 이 시간을 낭비하는 수밖에 없었다. 벌써부터 휴가라는 생각이 들었기 때문도 아니었다. 다만, 지난 규율에 대한 감각을 완전히 상실한 상태였다.

"아직도 극장에 가고 싶어?"

"모르겠어요. 산책을 하는 게 더 좋겠다 싶기도 해요."

프랑수아즈는 느닷없이 발밑에 펼쳐진 뜨뜻미지근한 권태의 사막 앞에서 겁에 질린 채 뒷걸음질했다. 그러니까 엄청나게 긴 시간을 보내기 위해 고군분투해야 하는 형국이었다! 그자비에르의 기분은 대화를 나눌 만한 상태가 아니었다. 하지만 그녀의 현존은 스스로와 이야기하게 하는, 진정한 침묵을 만끽하도록 허락하지 않았다.

"그럼, 산책을 하도록 하자."

역청 냄새를 풍기는 도로가 발에 들러붙었다. 별안간 격렬한 첫 무더위가 찾아든 상황이었다. 프랑수아즈는 무미건조하고 무기력한 덩어리로 변해 버린 듯한 느낌에 사로잡혔다.

"오늘도 피곤하니?" 프랑수아즈는 다정한 목소리로 물었다.

"늘 피곤한걸요. 늙으려나 봐요." 그녀는 프랑수아즈 쪽으로 몽롱한 시선을 던졌다.

"함께 산책하기에 좋은 짝이 되어 드리지 못해서 죄송해요."

"무슨 소리야! 내가 너랑 같이 있는 걸 얼마나 좋아하는지 알면서."

그자비에르는 그녀의 미소에 아무런 반응도 보이지 않았

다. 이미 자신 속으로 움츠러들어 있었다. 프랑수아즈는 그녀에게 육체적 호의나 정신적 매력을 바라지 않았다. 그녀의 삶에 끼어들 수 있게 해 주길 바랄 뿐, 달리 원하는 건 아무것도 없었다. 하지만 그자비에르가 이 사실을 납득하게 하는 데 성공한 적은 단 한 번도 없었다. 한 달 동안 줄곧 그녀와 가까워지려고 끈질기게 노력해 봤지만, 그자비에르는 낯선 자로 남아 있겠다며 고집을 부렸다. 그리고 그자에 의해 거부당한 현존이 프랑수아즈 위로 위협적인 그림자를 드리우고 있었다. 스스로에게 몰두한 순간도, 또 다른 때에는 그자비에르에게 전적으로 집중한 순간도 있었다. 하지만 어느 날 밤 광적인 미소가 그녀에게 드러내 보인 이원성을, 불안에 사로잡힌 채 점점 자주 느끼곤 했다. 그러한 이원성이 야기한 이 경악스러운 현실을 무너뜨릴 수 있는 유일한 방법이란, 오로지 우정 안에서 그자비에르와 함께하며 스스로를 완전히 잊는 것뿐이었다. 최근, 기나긴 몇 주를 보내면서 프랑수아즈는 그래야 할 필요성을 차츰 더 날카롭게 느꼈더랬다. 그러나 그자비에르는 자기 자신을 절대로 잊지 않을 터였다.

흐느끼는 긴긴 노랫소리가 불타는 대기의 두터운 막을 뚫고 나왔다. 어느 황량한 길모퉁이에서 웬 남자가 간이 의자에 앉아 무릎을 양쪽으로 벌린 채 톱질을 하고 있었다. 그의 목소리는 톱의 비명 소리에 구슬픈 노랫말을 담아내고 있었다.

길 위로 비가 내리는구나
한밤중 내게 들려오는 건

혼란스러운 마음의 소리
멀어지는 너의 발걸음 소리

프랑수아즈는 그자비에르의 팔을 꼭 붙들었다. 찌는 듯한 고독 속에 잠긴 그 무기력한 음악은 그녀에게 자기 마음의 이미지를 보여 주는 듯했다. 그 팔은 버려지고, 아무것도 느끼지 못하는 상태로 그녀 팔에 가만히 붙들려 있었다. 촉감으로 느껴지는 그 아름다운 몸을 통해서조차 그자비에르에게 가닿기란 불가능했다. 프랑수아즈는 길가에 앉아 꼼짝도 하고 싶지 않았다.

"어디라도 들어가자. 너무 더워서 못 걷겠어." 프랑수아즈가 말했다. 단조로운 하늘 아래를 무작정 쏘다닐 기력이 그녀에게는 남아 있지 않았다.

"좋아요! 저도 앉고 싶어요. 그런데 어디로 갈까요?"

"전에 우리 마음에 들었던 아라비아풍 카페에 다시 가 볼까? 여기서 아주 가까워."

"그럼 거기로 가요."

두 사람은 길모퉁이를 돌았다. 하나의 목적지를 향해 걸으니 벌써부터 기운이 나는 듯했다.

"우리가 함께 멋진 오후를 여유롭게 보낸 건 그때가 처음이었잖아. 기억나지?"

"오래전 일 같아요. 그때는 진짜 젊었는데!"

"일 년도 채 지나지 않았는걸."

올겨울을 보내면서 프랑수아즈 또한 늙어 버리고 말았다.

그때만 해도 스스로에게 질문을 던지는 일 없이 살았더랬다. 그녀를 둘러싼 세상은 넓고 풍요로웠으며, 그녀에게 속해 있었다. 피에르를 사랑하고 또 그의 사랑을 받으면서, 자신이 누리는 행복이 단조롭다고 여기는 호사를 더러 맛보기도 했다. 그녀는 문을 밀었다. 모직 양탄자와 구리 쟁반, 알록달록한 조명 불빛을 그녀는 알아보았다. 그곳은 변함없었다. 무희와 연주자 들은 오목한 벽감 속에 쭈그리고 앉아서 수다를 떨고 있었다.

"적적한 분위기로 바뀌었네요."

"아직 이른 시간이라 그래. 분명히 사람들로 가득 찰 거야. 다른 데로 갈래?"

"아니요, 그냥 여기 있어요."

두 사람은 지난번에 앉았던 자리로 가서 까슬까슬한 쿠션 위에 앉아 박하차를 주문했다. 그자비에르 곁에 자리를 잡은 순간, 돔에서 의구심을 자아냈던 이상야릇한 냄새가 다시금 풍겨 왔다.

"오늘 무엇으로 머리를 감았어?"

그자비에르는 부드러운 머리칼을 손가락으로 쓰다듬으며 놀라서 말했다.

"머리를 감지 않았는데요."

"약품 냄새가 나서."

그자비에르는 왜 그런지 알겠다는 듯 미소를 짓더니 곧바로 다시 얼굴을 굳혔다.

"머리엔 손대지 않았어요." 그녀는 거듭 말했다.

그녀는 얼굴을 흐리더니, 약간 체념한 듯한 얼굴로 담배에 불을 붙였다. 프랑수아즈는 그녀의 팔에 조심스레 손을 얹었다.

"무척 우울해 보이네. 그런 상태가 지속되도록 내버려 두어선 안 돼!"

"별수 있어요? 전 밝은 성격이 아닌걸요."

"그렇지만 노력을 전혀 않잖아. 내가 구해다 준 책은 왜 안 읽는 거야?"

"우울할 땐 책을 읽을 수가 없어요."

"제르베르랑은 왜 같이 작업을 안 하는 거야? 좋은 공연에 참여하는 게 가장 좋은 치료제일지도 몰라."

그자비에르는 어깨를 으쓱였다.

"제르베르랑은 작업을 할 수 없어요. 자기 연기만 할 줄 알지, 뭐 하나 제대로 알려 줄 능력이 없거든요. 벽이랑 일하는 거 같다고요."

그러더니 딱 자르는 말투로 이렇게 덧붙였다.

"게다가 그 사람 연기가 맘에 들지도 않고요. 애송이거든요."

"말도 안 되는 소릴 하는구나. 제르베르에게 개성이 다소 부족한 건 사실이지만, 명민한 데다 감각이 뛰어난 아이라고."

"그것만으론 부족해요." 그자비에르는 이렇게 말하면서 얼굴을 일그러뜨리더니, 거친 말투로 덧붙였다.

"전 평범함을 증오해요."

"아직 젊어서 경력이 많진 않지만 난 그 애가 뭔가 해내리라고 믿어." 프랑수아즈가 말했다.

그자비에르는 고개를 저었다.

"진짜로 미숙해서 그러는 거라면 적어도 희망이 있겠지만, 그 사람은 밋밋한걸요. 라브루스 선생님이 알려 준 걸 그대로 흉내 낼 줄만 안다고요."

그자비에르는 제르베르에게 적잖은 불만을 품고 있었다. 그중 하나는 제르베르가 라브루스를 숭배한다는 점일 터였다. 자기가 피에르를 만나거나, 심지어 프랑수아즈를 만나는 날에도 그자비에르가 엄청나게 심술을 부린다고 제르베르는 주장했었다.

"그것참 아쉽네. 조금이라도 일을 한다면 삶을 변화시킬 수 있을 텐데."

프랑수아즈는 낙담해서 그자비에르를 바라보았다. 그녀를 위해서 무엇을 할 수 있을지 정말 갈피를 잡을 수 없었다. 문득 프랑수아즈는 그자비에르가 풍기는 냄새의 정체가 무엇인지를 알아차렸다.

"그래, 이건 에테르 냄새잖아." 그녀는 깜짝 놀라서 말했다.

그자비에르는 아무런 대답도 없이 고개를 돌렸다.

"에테르로 뭘 한 거야?" 프랑수아즈가 물었다.

"아무것도 하지 않았어요."

"그렇다면?"

"조금 들이마셨어요. 기분이 좋거든요."

"이번이 처음이야, 아니면 전에도 그런 적이 있는 거야?"

"아! 몇 번 맡아 봤어요." 그자비에르는 일부러 무뚝뚝한 표정을 지은 채 말했다.

프랑수아즈는 그자비에르가 비밀을 들켰음에도 그리 동요

하고 있지 않다는 인상을 받았다.

"조심해. 바보가 되거나 망가질 수 있다고."

"어차피 버릴 몸인걸요."

"왜 그러는 건데?"

"취하질 않아서요. 아프기만 하지."

"그러다 더 아플 수도 있다고."

"생각해 보세요, 코에다 솜을 가져다 대기만 해도 얼마간 더 이상 살아 있는 것 같지 않다니까요."

프랑수아즈는 그녀의 손을 잡았다.

"그렇게나 불행한 거야? 대체 뭐가 문제야? 내게 말해 주면 안 되겠니?"

그자비에르가 무엇 때문에 괴로워하는지를 프랑수아즈는 잘 알고 있었다. 그러나 대뜸 털어놓으라고 할 수는 없는 노릇 이었다.

"일 문제 빼고는 제르베르랑 잘 지내고 있지?" 그녀가 다시 물었다.

프랑수아즈가 관심을 가지고 대답을 기다리는 까닭은, 단 지 그자비에르를 염려해서만은 아니었다.

"아, 제르베르랑은 아무 문제 없어요! 아시다시피, 그 사람 은 별로 중요하지 않거든요." 그자비에르는 어깨를 으쓱해 보 였다.

"그래도 그 아이를 썩 아끼는 편이잖아."

"내 것이라면 뭐든지 아끼는걸요."

이렇게 말하고 나서 그자비에르는 사나운 표정으로 말을

이어 갔다.

"혼자서 누군가를 독점하면 마음이 놓이거든요."

그러고는 곧장 누그러진 목소리로 이렇게 말했다.

"하지만 살면서 재미있는 대상을 하나 만들었다는 것, 그이상의 의미를 지니진 않죠."

프랑수아즈는 소름이 끼쳤다. 그자비에르의 멸시 어린 억양이 그녀를 개인적으로 모욕하고 있는 듯 여겨졌기 때문이다.

"그럼 그 애 때문에 울적해하는 건 아니라는 말이지?"

"네."

그자비에르가 하도 무력하고 안쓰러운 얼굴을 하고 있었으므로, 프랑수아즈의 일시적 모멸감은 싹 사라지고 말았다.

"내가 뭘 잘못한 건 아니고? 우리 관계에 만족하고 있니?"

"물론이죠!"

그자비에르는 다정한 표정으로 살짝 미소를 지었다가, 곧바로 미소를 거둬들였다. 그러더니 별안간 흥분한 얼굴을 하고 절박한 목소리로 이렇게 말했다.

"지루해요. 끔찍할 정도로요."

프랑수아즈는 아무런 대답도 하지 않았다. 그자비에르의 삶에 이러한 공허를 야기한 것은 바로 피에르의 부재였다. 그녀에게 피에르를 돌려주어야 했지만, 그럴 수 없을까 봐 프랑수아즈는 두려웠다. 그녀는 찻잔을 비웠다. 카페에는 손님이 조금 들어차 있었고, 방금 전부터 연주자들은 코피리를 불고 있었다. 그리고 무희가 무대 중앙으로 나와서 몸을 흔들어 대고 있었다.

"저 여자는 엉덩이가 정말 크네요. 살이 찐 거예요." 그자비에르는 혐오스럽다는 듯 말했다.

"원래 뚱뚱했어."

"그랬을지도 모르죠. 예전엔 대수롭지 않은 것에도 감탄하곤 했으니까요. 이젠 많이 달라졌지만." 그자비에르는 천천히 벽을 둘러보면서 말했다.

"사실 여기 있는 건 죄다 모조품에 불과해. 지금의 넌 진짜로 아름다운 것만을 좋아하게 되었으니, 굳이 아쉬워할 필요는 없어."

"그렇지 않아요. 요즘엔 그 무엇도 제게 와닿지 않는걸요!"

그녀는 눈을 깜빡이면서 늘어지는 목소리로 말을 이어 갔다.

"전 닳아빠졌어요."

"그렇게 생각하고 싶겠지. 하지만 말만 그렇지, 넌 닳지 않았어. 단지 우울할 뿐이야." 프랑수아즈는 치미는 짜증을 느끼며 말했다.

그자비에르는 불행한 얼굴로 그녀를 쳐다보았다.

프랑수아즈는 상냥하게 말을 이어 갔다.

"넌 되는대로 살고 있잖아. 계속 그런 식으로 살아선 안 돼. 내 말 잘 들어. 우선 더 이상 에테르 냄새를 맡지 않겠다고 내게 약속해." 프랑수아즈는 상냥하게 말했다.

"선생님은 짐작도 못 하실 거예요. 좀처럼 끝나지 않는 하루하루가 얼마나 끔찍한지를."

"심각한 문제라는 걸 너도 알잖아. 그만두지 않으면 네 자신을 완전히 망치게 될 거라고."

"그런다고 해서 대단할 걸 잃을 사람은 아무도 없는걸요."

"적어도 나는 그럴 거야." 프랑수아즈는 다정히 말했다.

"흥!" 그자비에르는 믿을 수 없다는 표정을 지었다.

"무슨 말이 하고 싶은 거야?"

"이미 저를 그리 좋게 보고 계시지 않잖아요."

프랑수아즈는 불쾌함에 젖어서 어안이 벙벙해지고 말았다. 자기가 표하는 애정에 그자비에르의 마음이 꿈쩍도 않는 듯 보일 때가 종종 있었다. 하지만 그녀가 자신의 애정 자체를 의심하는 양 비친 경우는 단 한 번도 없었던 것이다.

"무슨 말을 하는 거야! 내가 늘 너를 높이 평가했다는 걸 잘 알잖아."

"맞아요, 전에는 저를 좋게 보셨더랬죠."

"그런데 왜 지금은 그렇지 않다는 거지?"

"느낌이 그래요." 그자비에르는 열의 없이 얼버무렸다.

"하지만 우리가 요즘같이 자주 만난 적도, 내가 이 정도로 너와 친밀감을 쌓으려고 애쓴 적도 없었잖아." 프랑수아즈는 당황해서 말했다.

"저를 동정해서 그러시는 거잖아요. 이게 바로 저라고요! 저는 남의 동정이나 받는 처지라고요!" 그자비에르는 고통스럽게 웃었다.

"그건 사실이 아니야. 어쩌다 그런 생각을 하게 된 거야?"

그자비에르는 고집스러운 얼굴로 담뱃불을 뚫어져라 응시했다.

"내게 설명해 줘. 아무 이유 없이 그런 식으로 단정할 리 없잖아."

그자비에르는 뜸을 들였다. 그녀가 망설임과 침묵을 통해 대화를 제멋대로 이끌어 나가고 있다는 사실이, 프랑수아즈 로서는 새삼 불쾌하게 느껴졌다.

"선생님께서 제게 싫증을 느끼시는 건 어찌 보면 당연해요. 저를 경멸하실 만한 타당한 이유를 가지고 계시니까요."

"이미 오래전 이야기일 뿐이야. 그 점에 대해서라면 서로 충분히 이야기를 나눴잖아! 제르베르와의 관계를 곧장 털어놓고 싶지 않아 하는 네 마음을 난 충분히 이해했고, 너 역시 나와 같은 처지에 놓였더라면 너 또한 나처럼 침묵을 유지했을 거라고 인정했잖아."

"그랬죠."

프랑수아즈는 알고 있었다, 그자비에르와 함께 있으면 그 어떤 해명도 결정적일 수 없음을. 사흘 동안 프랑수아즈가 얼마나 뻔뻔하게 자기를 속였었는지를 떠올리면서, 그녀는 틀림없이 밤마다 여전히 미칠 듯한 분노에 사로잡혀서 깨어날 터였다.

"라브루스 선생님과 선생님은 늘 같은 생각을 하시잖아요. 그리고 라브루스 선생님께선 저를 끔찍한 존재로 여기시고요." 그자비에르가 다시 입을 열었다.

"그건 그이의 생각일 뿐이야."

프랑수아즈로서는 노력을 요하는 말이었다. 피에르에 관한, 일종의 부정에 해당하는 말이었던 것이다. 하지만 이 말은 오직 진실만을 표현하고 있었다. 이를테면 프랑수아즈는 그의 편을 들기를 완벽히 거부하고 있었다.

"내가 너무 쉽게 영향받는다고 생각하는 거야. 게다가 그 사람이 내게 네 얘기를 하는 일은 거의 없는걸."

"라브루스 선생님께서는 분명 저를 무척 미워하고 계시다고요." 그자비에르는 비통해하면서 말했다.

잠시 정적이 흘렀다.

"넌 어떤데? 너도 그 사람이 미운 거야?" 프랑수아즈는 물었다.

마음이 아팠다. 이 모든 대화는 결국 이 질문을 던지기 위한 과정일 뿐이었다. 그녀는 대화가 어떤 결말로 치닫고 있는지를 어렴풋이 깨닫기 시작했다.

"제가요? 저는 라브루스 선생님을 미워하지 않아요." 그자비에르는 프랑수아즈를 향해 애원하는 눈길을 보내면서 말했다.

"그는 정반대로 생각하고 있어." 프랑수아즈가 말했다. 그자비에르의 욕망에 순종한 채, 그녀는 이렇게 말을 이어 갔다.

"그이를 다시 만나 주지 않을래?"

그자비에르는 어깨를 으쓱였다.

"저를 보고 싶어 하지 않으시잖아요."

"잘 모르긴 해도, 네가 그를 그리워하고 있음을 피에르가 안다면 상황이 바뀔 수 있지 않을까?"

"당연히 그분이 그립죠." 천천히 대답한 뒤 그자비에르는 어색하게 호들갑을 떨면서 그다음 말을 이어 갔다.

"선생님께서도 잘 아시잖아요, 라브루스 선생님은 평범한 사람이 아니라서, 미련을 갖지 않고는 그만 만날 수가 없다는 점을요."

잠시 프랑수아즈는 약품 냄새가 풍겨 나오는, 파랗게 질린 그 거친 얼굴을 가만히 들여다보았다. 그자비에르가 슬픈 와중에도 거만함을 유지하는 모습이 너무나 안쓰러워서, 그녀는 거의 자기도 모르게 이렇게 말하고 말았다.

"내가 그이와 한번 이야기해 볼 수는 있어."

"아! 소용없을 거예요."

"그렇다고 단정하지 마."

자업자득이었다, 그녀 스스로 결정한 것이었다. 이제 결정을 실행에 옮기지 않을 수 없으리라는 사실을 프랑수아즈는 알고 있었다. 피에르는 불쾌한 얼굴로 그녀의 말을 듣고 나서, 싸늘하게 대답할 터였다. 그리고 그 모욕적인 언사는 그가 그녀에게 품고 있는 반감의 규모를 드러내 보일 터였다. 그녀는 암담한 마음에 고개를 수그렸다.

"그분께 뭐라고 말씀하실 건가요?" 간사한 목소리로 그자비에르가 말했다.

"그자비에르랑 당신에 대한 이야기를 나눠 봤는데, 그 애는 미움을 토로하기는커녕 오히려 정반대더라고. 당신이 원망을 잊어 준다면, 그 애는 기꺼이 되찾은 당신과의 우정에 행복해하리라고."

프랑수아즈는 멍하니 얼룩덜룩한 벽지를 응시했다. 피에르는 그자비에르에게 관심 없는 척 굴었지만, 그녀의 이름을 듣게 될 때마다 귀를 쫑긋거렸다. 들랑브르 거리에서 한번 그자비에르와 마주쳤을 때, 그의 두 눈에서 그녀를 향해 달려가고 싶어 하는 격한 욕망을 보았더랬다. 어쩌면 그는 가까이에서 괴롭히려는 속셈으로, 그자비에르를 다시 만나라는 제안을 받아들일지도 몰랐다. 아마도 그는 그렇게 다시금 그자비에르에게 정복당하게 되리라. 그러나 피에르의 분풀이도, 또 조마조마한 사랑의 부활도 그를 프랑수아즈에게 데려다 놓지는 않을 터였다. 그와 가까워질 수 있는 단 하나의 방법이 있다면, 바로 그자비에르를 루앙으로 되돌려 보내고, 그녀 없이 새로운 삶을 시작하는 것뿐이었다.

그자비에르는 고개를 저었다.

"소용없을 거예요." 고통 어린 체념의 목소리로 그녀는 말했다.

"아직 시도해 볼 여지는 있어."

그자비에르는 모든 책임을 외면하듯 어깨를 으쓱해 보였다.

"아! 하고 싶은 대로 하세요."

프랑수아즈는 화가 치밀었다. 에테르 냄새를 풍기며 마음을 후벼 파는 얼굴을 하고, 그녀를 이 지경까지 몰아붙인 건 바로 그자비에르였다. 그런데도 제 버릇 개 못 준다고, 이제 와서 거만한 무관심 속으로 피신하고 있었다. 실패 혹은 감사의 의무가 낳을 수치심을 면하기 위해서 말이다.

"한번 해 볼게." 프랑수아즈는 말했다.

혼자 남은 그녀를 구할 수도 있었을 이 우정을 그자비에르와 함께 성공시킬 수 있으리라는 희망을, 프랑수아즈는 더 이상 품지 않았다. 그러나 그녀에게 어울리는 사람이 되기 위해서는 적어도 무슨 짓이든 해야 했다.

"이따가 피에르와 이야기를 나눠 볼게." 그녀는 말했다.

프랑수아즈가 피에르의 분장실에 들어섰을 때, 그는 수염이 덥수룩한 즐거운 얼굴을 하고 담뱃대를 입에 문 채 여전히 책상 앞에 앉아 있었다.

"아주 열심이네요. 내내 꼼짝도 안 한 거예요?"

"두고 보시오, 훌륭한 작품을 만들어 냈다는 생각이 들거든." 그는 의자에 앉은 채 몸을 돌렸다.

"그래, 당신은 어땠소? 재미있었소? 프로그램은 좋았고?"

"아! 극장엔 안 갔어요. 그렇게 되리라고 예상했어야 했는데. 그냥 거리를 돌아다녔죠. 끔찍이도 덥더군요." 프랑수아즈는 테라스 가장자리에 놓인 쿠션 위에 앉았다. 대기는 조금 서늘해졌고, 플라타너스 우듬지가 살짝 흔들리고 있었다.

"제르베르랑 일주할 생각을 하니 기분이 좋네요. 파리가 지겨워요."

"또 며칠을 조마조마해하면서 보내게 되겠군. 군말 말고 매일 저녁 내게 전보를 보내 줘요. '아직 죽지 않았다.'라고 말이오."

프랑수아즈는 그에게 미소를 지어 보였다. 피에르는 오늘 하루에 만족하고 있었다. 그리고 그의 얼굴은 밝고 온화해 보였다. 지난여름 이후로 아무것도 달라지지 않았다는 생각이 지금처럼 떠오른 순간은 벌써 몇 차례 있었다.

"걱정할 거 없어요. 진짜 산행을 하기에는 아직 때가 너무 이르니까. 세벤이나 캉탈 쪽으로 갈 생각이에요."

"계획을 세우느라 밤을 지새우진 말고." 피에르는 걱정하는 목소리로 말했다.

"걱정 말라니까요. 당신이 우려할 만한 짓은 하지 않을게요. 우리도 조만간 수많은 계획을 세워야겠네요." 프랑수아즈는 이렇게 말하면서 다시 한 번 수줍게 미소를 지었다.

"우리에게도 세워야 할 계획들이 조만간 주어질 거예요."

"그래요. 한 달 남짓 지나면 우리는 떠나게 되겠지."

"결국엔 어디로 갈지를 정해야만 할 거예요."

"내 생각엔 결국 프랑스에 남게 되지 않을까 싶소. 8월 중순 무렵에, 긴장감 감도는 시기가 찾아올 거라고 예상할 필요가 있소. 설사 아무 일이 일어나지 않더라도, 세계 저 끝자락에 가 있는 일은 영 내키지가 않아."

"먼젓번에 코르드나 남부 쪽으로 이야기를 했었잖아요."

프랑수아즈는 웃으며 말을 이어 갔다.

"자연 풍경은 별로 없겠지만, 작은 도시는 숱하게 볼 수 있을 거예요. 작은 도시를 좋아하나요?"

그녀는 희망을 품고서 피에르를 바라보았다. 파리로부터 멀리 떨어진 곳에서 둘만의 시간을 보낸다면, 이처럼 다정하고 편안해 보이는 표정을 그가 잃는 일은 더 이상 없을지도 몰랐다. 그녀는 수 주일 동안 그를 자기 곁에 붙들어 두고 싶어서 몹시 안달이 나 있었다.

"당신이랑 알비나 코르드, 툴루즈 같은 곳을 거닌다면 얼마나 즐거울까. 가끔씩 그럭저럭 긴 산책을 할 작정이니 두고 보라고."

"그럼 난 당신이 원하는 시간 동안 아무 불평도 없이 카페에 가만히 앉아 있을게요." 프랑수아즈는 웃으며 말했다.

"그자비에르는 어쩔 작정이오?" 피에르가 물었다.

"그 애 가족이 휴가 기간 동안 무척이나 함께 지내고 싶어 하니까 루앙으로 갈 거예요. 그러는 편이 건강을 되찾는 데 좋을 거예요."

프랑수아즈는 고개를 돌렸다. 만약 피에르가 그자비에르와 화해를 한다면 이 모든 행복한 계획은 과연 어찌 될 것인가? 피에르는 그자비에르를 향한 정념에 다시금 사로잡혀서, 삼각 관계를 부활시키려 할지도 몰랐다. 그러면 그녀 또한 여행에 데려가야 할 터였다. 프랑수아즈는 목이 메어 왔다. 그와 둘만의 시간을 오래도록 보내는 것 외에, 그녀는 아무것도 열렬히 바라지 않았다.

"어디가 아픈 거요?" 피에르가 차가운 목소리로 물었다.

"상태가 꽤 안 좋아요."

이야기를 꺼내지 말았어야 했다. 피에르의 증오가 무관심 속에서 서서히 죽어 가도록 내버려 뒀어야 했다. 그는 이미 회복하고 있지 않은가. 한 달을 더 보내고 나면, 게다가 남부의 하늘 아래에서 한 달을 보내고 나면, 불안했던 세월은 그저 하나의 기억에 지나지 않게 될 터였다. 아무 말도 덧붙이지 말고, 화제를 돌리기만 하면 되었다. 피에르는 이미 입을 열고 다른 이야기를 하려 했다. 하지만 프랑수아즈는 그에게 알리고 말았다.

"그 애가 어떤 상태인지 당신은 상상도 못 할 거예요. 에테르에 손을 대기 시작한 거 있죠."

"기발하군. 대체 무슨 목적으로 그러는 거래?"

"아주 불행해하고 있어요. 스스로도 어쩔 수 없나 보더군요. 그 위험성에 전율하면서도, 저항할 수 없을 정도로 끌리고 있는 거죠. 신중한 행동으로는 절대 만족할 줄 모르는 아이니까요."

"불쌍하기도 하지. 도대체 왜 그러는 거지?" 피에르는 거칠게 빈정거리며 말했다.

프랑수아즈는 축축해진 양손으로 손수건을 말아 쥐었다.

"당신이 그 아이 인생에 허탈함을 남기고 만 거죠." 거짓말처럼 들리도록 그녀는 농담조로 말했다.

피에르의 얼굴이 굳어졌다.

"가슴이 아프군. 그런데 당신은 내가 이 상황에서 어찌하길 바라는 거요?"

프랑수아즈는 손수건을 더욱더 꽉 움켜쥐었다. 마음의 상처가 여전히 살아 있었던 것이다! 입을 뗀 순간부터 피에르는 경계 태세에 돌입해 있었고, 그녀가 말을 건네는 상대는 더 이상 친구가 아니었다. 프랑수아즈는 한껏 용기를 끌어모았다.

"언젠가 그 애를 다시 만나 볼 생각은 전혀 없나요?"

피에르는 차가운 눈초리로 그녀를 쏘아보았다.

"흥! 내 의중을 떠보라고 그 애가 시킨 게로군?"

이번엔 프랑수아즈의 목소리가 딱딱해졌다.

"내 쪽에서 제안한 거예요. 그 애가 당신을 무척이나 그리워하고 있음을 알게 됐을 때 말예요."

"알 만해. 에테르 중독자 연기를 해 가며 그 애가 당신 마음을 아프게 한 거로군."

프랑수아즈는 얼굴을 붉혔다. 그자비에르의 비극적 상황 속에 환심을 사려는 의도가 담겨 있으며, 자신이 조종당하고 있음을 눈치챘음에도 가만히 있었다는 사실을 스스로 알고 있었다. 하지만 피에르의 날카로운 말투에 그녀는 완강하게 맞섰다.

"너무나도 간단하군요. 그자비에르의 운명 따위는 나 몰라라 하겠다면 그렇게 해요! 하지만 그자비에르가 극심한 절망에 빠져 있다는 것 그리고 그게 다 당신 때문이라는 점은 사실이라고요!"

"나 때문이라니! 별 희한한 얘기를 다 듣겠군!" 그는 자리에서 일어나더니, 비웃음을 띤 채 프랑수아즈 앞으로 다가와서 우뚝 섰다.

"나더러 매일 밤 그 애 손을 잡고서 제르베르의 침대로 데려다주기라도 하라는 거요? 그 애의 가련한 영혼을 달래 주려면 그래야 한다는 거야?"

프랑수아즈는 애써 흥분을 가라앉혔다. 화를 내 봤자 아무것도 얻을 수 없을 터였다.

"당신 스스로 잘 알잖아요. 그 애보다 자존심이 덜 센 사람조차 아예 주저앉힐 만큼 잔인한 말을, 그 애와 헤어지면서 했다는 사실을 말예요. 오직 당신만이 그 말을 잊게 할 수 있다고요."

"거절하겠소. 그 애의 모욕을 용서하겠다는 당신의 실천을 막을 생각은 없소. 하지만 나에게 수녀로서의 소명감 따위는 없거든."

그 경멸 어린 말투에 프랑수아즈는 마음이 크게 상했다.

"어찌 되었든 제르베르랑 잔 게 그렇게까지 큰 죄는 아니잖아요. 그 애는 자유롭고, 당신한테 아무런 맹세도 하지 않았어요. 그 점이 당신으로서는 괴로웠던 거예요. 하지만 당신한테 그럴 마음이 있었더라면, 참고 받아들였겠죠." 그녀는 소파에 몸을 던졌다.

"내가 보기에, 당신이 그 애에게 품고 있는 원한은 성적이면서도 천박해요. 자기가 소유하지 못한 여자를 원망하는 사내처럼 굴고 있다고요. 당신답지 않다고 봐요."

그녀는 조마조마해하면서 기다렸다. 공격이 먹혀들었다. 피에르의 눈에서 증오의 섬광이 스쳐 지나갔던 것이다.

"내가 그 앨 원망하는 건, 내게 교태를 부리면서 날 배신했기 때문이오. 도대체 왜 그 앤 내가 키스하도록 그냥 내버려 둔 거지? 그 다정한 미소는 다 뭐고? 왜 나를 사랑한다고 우긴 거지?"

"하지만 그 앤 진심이었어요. 당신을 좋아했다고요." 프랑수아즈는 말했다. 불현듯이 힘겨운 기억이 머릿속에서 되살아났다.

"게다가 그 애의 마음을 요구한 건 바로 당신이라고요. 당신이 처음 사랑이라는 단어를 입 밖으로 꺼냈을 때, 그 애가 당황해했다는 걸 당신도 알잖아요."

"그 애가 날 사랑하지 않았다는 말을 지금 돌려서 하는 건가?"

피에르가 이렇게까지 단호하게 적의를 드러내면서 그녀를

바라본 적은 지금껏 단 한 번도 없었다.

"그게 아니라, 그런 식의 사랑 속엔 어느 정도 강요된 측면이 존재하고 있다는 말이에요. 풀포기로 하여금 억지로 꽃을 피우게 한 것이나 마찬가지라고요. 당신은 항상 좀 더 친밀하고 강렬한 관계를 맺자고 요구했으니까요."

"얘기를 이상한 방향으로 재구성하고 있군. 끝내 너무 지나친 요구를 해 온 건 그 애였어, 그래서 그 애를 제지해야 했다고. 내게 다름 아닌 당신을 포기하라고 요구해 왔거든." 그는 악의에 찬 미소를 지으면서 말했다.

단번에 프랑수아즈는 무너져 내리고 말았다. 사실이었다. 피에르가 그자비에르와 헤어진 까닭은 그녀에 대한 의리를 지키기 위해서였다. 그래서 그가 내게 유감을 품게 되었을까? 충동적 격정에 휘말려서 저지른 짓 때문에 지금에야 나를 탓하고 있다는 말인가?

피에르가 다시 입을 열었다.

"날 완전히 가질 수 있었다면, 그 애에겐 나를 뜨겁게 사랑할 용의가 있었어. 당신을 버리지 않은 나를 벌하려고 그 앤 제르베르와 잔 거라고. 전체적으로 일이 꽤 고약하게 흘러가고 있다는 사실을 인정하라고. 그런데도 그 애의 편을 들다니, 기가 막히는군."

"그 애 편을 드는 게 아니에요." 프랑수아즈는 힘없이 대답했다. 입술이 떨리기 시작했음을 느꼈다. 피에르는 단 한 마디 말로 그녀의 마음속에 쓰라린 원망을 일깨워 놓은 것이었다. 도대체 그녀는 왜 그자비에르 편에 서려고 고집을 피우는가?

"그 애가 너무 비참해하고 있다고요." 그녀는 웅얼거렸다.

프랑수아즈는 눈물을 흘리고 싶지 않아서 눈두덩이를 손가락으로 눌렀다. 느닷없이 바닥 없는 절망 한가운데로 빠져드는 기분이었다. 그 무엇도 더는 뚜렷이 보이지 않았고, 지금어디에 있는지 알아내려 하기에는 지쳐 있었다. 그녀가 아는것은 한 가지뿐이었다. 자신이 피에르를, 오직 피에르만을 사랑하고 있다는 것 말이다.

"이 상황에서 나라고 몹시 행복한 줄 아시오?" 피에르가 말했다.

가슴속에 너무나도 날카로운 고통이 생겨났으므로, 입술에서 비명이 터져 나오려고 했다. 프랑수아즈는 이를 악물었지만 눈물이 솟구쳤다. 피에르의 고통이 송두리째 그녀의 마음속으로 밀려들었다. 이 세상에서 그의 사랑보다 중요한 건 없었다. 그럼에도 그가 그녀를 필요로 했던 지난 한 달 내내, 홀로 몸부림치도록 그를 내버려 두었던 것이다. 그에게 용서를구하기엔 너무 늦었다. 그가 다시 한 번 프랑수아즈의 도움을바라기에는 이미 너무나도 멀어진 것이었다.

"울지 말아요." 피에르가 다소 재촉하듯 말했다. 그는 인정미 없는 눈빛으로 그녀를 쳐다보았다. 그에게 맞선 뒤, 그에게또다시 눈물을 보일 권리가 자신에게 없음을 그녀는 잘 알고있었다. 이제 그녀는 고통과 후회로 점철된 혼돈일 뿐, 그 무엇도 아니었다.

"제발 진정하라고." 피에르가 말했다.

하지만 진정할 수 없었다. 자기 잘못으로 그를 잃고 만 것이었다. 그 때문에 슬퍼하기에는 한평생조차 충분하지 않았다. 그녀는 손에 얼굴을 묻었다. 피에르는 방 안을 이리저리 서성였지만, 더 이상 그가 신경 쓰이지 않았다. 몸이 전혀 말을 듣지 않았고, 아무 생각도 떠오르지 않았다. 그녀는 낡아 빠진 고장 난 기계 장치에 불과했다.

갑자기 어깨에 닿는 피에르의 손길을 느꼈다. 그녀는 고개를 들었다.

"지금 당신은 날 미워하고 있군요."

"그럴 리가! 난 당신을 미워하지 않아요." 그가 억지로 미소를 지으며 말했다.

그녀는 그의 손에 매달린 채, 잠긴 목소리로 말했다.

"내가 그자비에르에게 그 정도로 우호적이지 않다는 점을 알잖아요. 다만 책임감을 많이 느꼈을 뿐이에요. 열 달 전, 그 애는 젊고 열정적인 데다 희망으로 가득 차 있었죠. 그런데 지금은 가엾은 쓰레기가 되어 버렸어요."

"루앙에서도 형편없긴 마찬가지였소. 자살할 거라고 항상 말하곤 했지."

"지금과는 상황이 달랐잖아요."

그녀는 다시 흐느껴 울기 시작했다. 괴로웠다. 그자비에르의 창백한 얼굴을 다시 본 순간부터, 그녀를 포기해야겠다고 도무지 결심할 수 없었다. 설령 그것이 피에르의 행복을 위한 선택일지라도 말이다. 그녀는 자신의 어깨 위에 가만히 놓인 그의 손을 잡은 채 잠시 그대로 있었다.

"내가 어떻게 했으면 좋겠소?" 그의 얼굴은 일그러져 있었다.

프랑수아즈는 그의 손을 놓고서 눈물을 닦았다.

"난 더 이상 바라는 게 없어요."

"조금 전까진 어찌하길 원했는데?" 그가 초조함을 간신히 억누르면서 물었다.

그녀는 자리에서 일어나 테라스 쪽으로 다가갔다. 그에게 무언가를 부탁하기가 겁이 났다. 그가 억지로 부탁을 들어주면, 두 사람 사이는 더욱 멀어질 터였다. 그녀는 피에르 쪽으로 되돌아갔다.

"그자비에르를 다시 만나 보면 그 애를 향한 우정을 되찾을 수 있을지도 몰라요. 그자비에르는 당신을 무척 좋아하니까요."

피에르는 짧게 대꾸했다.

"좋아. 다시 만나 보겠소."

그는 테라스 난간에 기대고자 걸음을 옮겼다. 프랑수아즈는 그의 뒤를 따랐다. 그는 고개를 숙인 채 비둘기 몇 마리가 폴짝대는 광장을 응시하고 있었다. 프랑수아즈는 그의 둥근 목덜미를 뚫어져라 쳐다보았다. 후회가 다시금 그녀를 헤집어 놓았다. 그가 마음의 평화를 되찾기 위해 진심으로 애써 왔건만, 그녀는 또다시 그를 격랑 속으로 막 밀어 넣었던 것이다. 자신을 맞이하면서 그가 지어 보였던 기분 좋은 미소가 다시 눈앞에 떠올랐다. 그러나 지금 그녀는, 스스로가 찬성하지 않은 요구를 성난 상태로 순순히 받아들이려 하는, 씁쓸함에 가득 차 있는 한 남자를 앞에 두고 있었다. 그녀는 곧잘 피에르에게 무언가를 부탁하곤 했었다. 하지만 두 사람이 하나였던 시절에는, 한쪽이 다른 한쪽에게 부탁하는 일은 결코 희생처럼 느껴지지 않았다. 그런데 이번에는, 원망스레 그녀의 뜻을 따라야 하는 상황 속으로 피에르를 몰아넣었던 것이다. 그녀는 관자놀이에 손을 가져다 댔다. 머리가 아프고 두 눈은 화끈거렸다.

"오늘 밤 그 애는 뭘 한다던가?" 갑자기 피에르가 물었다.

프랑수아즈는 흠칫 놀랐다.

"내가 알기로는 아무것도 안 해요."

"좋소! 그럼 그 애에게 전화를 걸어요. 할 일이 태산이라 가급적 빨리 이 문제를 처리하는 편이 더 낫겠군."

피에르는 신경질적으로 손톱을 물어뜯었다. 프랑수아즈는 전화기 쪽으로 다가갔다.

"그럼 제르베르는요?"

"당신 혼자 만나요."

프랑수아즈는 호텔 전화번호를 돌렸다. 위장을 가르듯 견디기 힘든 이 강렬한 통증을 그녀는 알아보았다. 예전에 느낀 모든 고통들이 이제 되살아날 참이었다. 피에르가 그자비에르와 차분히 우정을 나누는 일은 결코 없을 터였다. 그의 재촉은 이미 다가올 폭풍을 예고하고 있었다.

"여보세요! 파제스 양과 연결해 주시겠어요?"

"지금 연결하겠습니다. 기다리세요."

마룻바닥을 걷는 구두 소리와 웅성거리는 말소리가 들렸다. 누군가 계단에서 그자비에르의 이름을 큰 소리로 불렀다. 프랑수아즈는 가슴이 뛰기 시작했다. 피에르의 조바심이 그녀를 사로잡은 것이었다.

"여보세요." 그 자비에르는 불안해하는 목소리로 말했다. 피에르 역시 수화기를 붙들었다.

"프랑수아즈야. 오늘 밤 시간 있어?"

"네, 왜 그러시죠?"

"라브루스가 널 보러 가도 되는지 물어보라고 해서."

대답이 없었다.

"여보세요." 프랑수아즈가 다시 입을 열었다.

"지금 오신대요?"

"방해가 될까?"

"아뇨, 괜찮아요."

프랑수아즈는 뭐라고 대꾸해야 할지 몰라서 잠시 가만히 있었다.

"그래, 알았어. 그가 곧 갈 거야."

그녀는 전화를 끊었다.

"당신이 나로 하여금 실수를 저지르게 했군. 나를 만났으면 하는 마음이 전혀 없진 않소." 피에르가 불만스러워하는 얼굴로 말했다.

"심란해서 그러는 거예요."

두 사람은 입을 다물었다. 한참 동안 침묵이 이어졌다.

"가 보겠소." 피에르가 말했다.

"일이 어떻게 돌아갔는지, 내 방에 와서 들려주세요."

"알겠소. 밤에 봐요. 일찍 갈 수 있을 것 같소."

프랑수아즈는 창문으로 다가가서 광장을 가로지르는 그의 모습을 지켜보았다. 그러고는 소파에 돌아와 앉아서 낙담한 채 그대로 있었다. 방금 전, 결정적인 선택을 했다는 기분이 들었다. 그녀가 택한 것은 바로 불행이었다. 그녀는 소스라치듯 놀랐다. 누군가 문을 두드린 것이다.

"들어오세요." 그녀가 말했다.

제르베르가 들어왔다. 프랑수아즈는 경이에 젖어서, 중국 여자처럼 검고 윤이 나는 머리카락에 둘러싸인 그의 싱그러운 얼굴을 얼핏 바라보았다. 새하얗게 빛나는 그 미소를 마주하자, 마음속에 드리웠던 그늘이 시나브로 흩어졌다. 굳이 그자비에르나 피에르가 아니어도 세상엔 사랑할 만한 것들이 존재하고 있다는 사실을 그녀는 불현듯이 떠올렸다. 눈 덮인 산꼭대기, 햇빛에 반짝이는 소나무, 여인숙, 도로, 사람들과 사연이 있었다. 다정하게 자신을 바라보는 저 미소 어린 두 눈이 있었던 것이다.

프랑수아즈는 눈을 떴다가 바로 다시 감았다. 벌써 동이 트고 있었다. 잠을 자지 못했음이 분명했다. 시계가 정시를 가리키는 소리가 매번 들려왔기 때문이다. 하지만 잠시 누워 있던 느낌은 아니었다. 제르베르와 세부적인 여행 계획을 세운 뒤 자정 무렵에 방으로 돌아왔을 때도, 피에르는 아직 없었다. 몇 분 동안 책을 읽고 나서, 불을 끄고 잠을 청해 보았다. 그자비에르와의 논쟁이 길어지는 건 당연했다. 결과를 궁금해하기도, 다시금 목이 죄이는 느낌을 받기도, 기다리기도 싫었다. 잠을 이루지 못했고, 마치 아파서 열이 났을 때처럼 소음과 어수선한 이미지가 한없이 맴도는 혼수상태에 빠져들고 말았다. 시간이 빨리 흘러가는 듯 여겨졌다. 어쩌면 불안감 없이 밤의 끝을 지날 수 있을지도 몰랐다.

그녀는 흠칫 놀랐다. 복도에서 발걸음 소리가 들렸던 것이다. 육중하게 우지끈대는 소리를 내는 걸음걸이로 보아서, 피에르는 아니었다. 이미 발걸음은 계속 위층을 향해 나아가고 있었다. 그녀는 벽을 보고 돌아누웠다. 밤중에 들려오는 소음을 살피면서 일분일초를 헤아리기 시작하면, 분명 생지옥이 될 터였다. 그녀는 침착함을 유지하고 싶었다. 따뜻한 침대 속에 누워 있는 것만으로도 대단한 일이었다. 지금 이 순간, 레알의 딱딱한 보도 위에는 거지들이 누워 있고, 열차 복도에는 승객들이 기진맥진한 상태로 서 있었으며, 군인들은 병영 입구에서 보초를 서고 있을 터였다.

그녀는 이불로 몸을 더욱더 꼭 감쌌다. 이렇게 긴 시간이 지나는 동안 피에르와 그자비에르는 틀림없이 서로를 증오하다가 다시 화해하기를 수차례 반복했을 것이다. 하지만 이렇게 동이 터 오는 새벽녘에 승리를 거머쥔 것이 사랑인지, 원한인지 어찌 알 수 있단 말인가? 그녀는 황량한 넓은 거실에 자리 잡고 있을 붉은 탁자와 그 위에 놓인 두 개의 빈 잔 그리고 때때로 황홀경에 빠지거나, 또 때로는 광분에 사로잡힌 두 개의 얼굴을 마음속에서 그려 보았다. 각각의 이미지를 차례대로 응시하고자 애썼다. 그 무엇도 위험을 내포하고 있지는 않았다. 상황이 여기까지 온 이상, 또다시 위험을 초래할 만한 것은 더 이상 남아 있지 않았던 것이다. 다만, 그중 한 가지 이미지에 확실히 정신을 집중해야 했다. 이런 식으로 미친 듯이 마음을 불안하게 하는 건 바로 불확실한 공허였다.

방이 흐릿하게 밝아 오기 시작했다. 이제 얼마 안 있으면 피에르가 올 터였다. 하지만 그의 현존이 채워 줄 그 순간 속에 먼저 들어가서 자리 잡고 있기란 불가능했다. 심지어 그 순간 속으로 휩쓸려 들어간다는 느낌조차 받을 수 없었다. 왜냐하면 그녀의 자리가 아직 정해지지 않은 것이었다. 광란의 뜀박질을 닮은 기다림을 겪었더랬다. 그러나 이곳에서는 제자리를 맴돌 뿐이었다. 기다림, 도주. 한 해가 순전히 이런 식으로 흘러갔다. 그리고 이제 무엇을 희망하길 시작할 것인가? 세 사람 사이의 행복한 균형? 돌이킬 수 없는 결별? 둘 중 그 무엇도 절대로 가능하지 않으리라. 그자비에르와 한편이 되기도, 그녀로부터 벗어나기도 불가능하니까. 심지어 유배조차 그 어디에도 속하려 들지 않는 그 실존을 제거하지는 못할 터였다. 프랑수아즈는 우선 자신이 무관심으로 그것을 부정하려 했었음을 떠올렸다. 그러나 무관심은 패배했다. 우정은 이제 막 실패한 참이었다. 그 어떤 구원도 남아 있지 않았다. 도망칠 수는 있겠지만 다시 돌아와야 할 터였다. 끝도 없이 이어지는 또 다른 기다림과 또 다른 도주가 될 것이었다.

프랑수아즈는 자명종 시계로 팔을 뻗었다. 오전 7시였다. 바깥에는 날이 훤히 밝아 있었다. 벌써부터 온몸에 긴장감이 감돌았고, 꼼짝 않는 상태는 곧 지루함으로 바뀌었다. 그녀는 이불을 박차고 일어나서 몸단장을 시작했다. 일단 햇살을 받으며 맑은 정신으로 일어서 보자. 그런데 뜻밖에도 자신이 울고 싶어 하고 있음을 그녀는 깨달았다. 그녀는 세수를 하고 화장을 한 뒤 천천히 옷을 갈아입었다. 신경이 곤두서지는 않았지만, 무엇을 해야 할지 알 수 없었다. 일단 준비를 모두 마치고 나서 그녀는 침대에 도로 누웠다. 지금 이 순간, 세상 그 어디에도 그녀의 자리는 마련되어 있지 않았다. 그녀를 저 바깥으로 끌어당기는 건 아무것도 없었다. 그런데 그녀를 이곳에 붙들어 둔 것은 부재일 따름이었다. 방 안의 익숙한 벽에서조차 경악을 느낄 만큼 이제 그녀는 전적인 충만함, 그리고 온전한 현존으로부터 단절된 공허한 호소에 지나지 않았다. 프랑수아즈는 다시 몸을 일으켰다. 이번에는 발소리를 알아들었던 것이다. 그녀는 표정을 가다듬고서 급히 문 쪽으로 달려갔다. 피에르가 웃고 있었다.

"벌써 일어났어요? 걱정했던 건 아니지?"

"네. 둘이서 나눌 말이 많을 거라고 생각했어요." 이렇게 말하면서 프랑수아즈는 그의 기색을 살폈다. 그는 허망함에서 벗어나지 못했음이 분명했다. 하지만 그가 방금 전까지 겪은 충만한 시간의 흔적은 그의 밝은 혈색과 활기가 도는 눈빛 그리고 행동거지 속에서 표출되고 있었다.

"그래서요?" 그녀가 물었다.

피에르는 난처해하면서도 유쾌한 표정을 지어 보였다. 프랑수아즈가 익히 아는 표정이었다.

"모든 걸 다시 시작하기로 했소." 이렇게 말하면서 그는 프랑수아즈의 팔을 만졌다.

"자세하게 말해 주리다. 그런데 지금 그자비에르가 아침을 같이 먹으려고 우리를 기다리고 있소. 당신이랑 금방 다시 내려가겠다고 말해 두었소."

프랑수아즈는 겉옷을 걸쳤다. 피에르와 함께 평온하고 순수한 친밀감을 되찾을 수 있었을 마지막 기회를 이제 막 잃은 것이었다. 몇 분 동안 감히 믿어 보겠노라 간신히 용기를 냈던 그 기회를. 그러나 후회하거나 희망을 품기에는 몹시 지친 상태였다. 그녀는 계단을 내려갔다. 삼각관계로의 회귀가 그녀의 마음속에 일깨운 것은, 체념 어린 불안 말고는 거의 아무것도 없었다.

"어떻게 되었는지 간략하게 얘기 좀 해 봐요."

"그러니까 어젯밤에 호텔로 갔더니 대번에 그 애가 무척 감동받았다는 느낌이 들더군. 그래서 나 또한 감동했고. 비가 왔다느니 날씨가 좋았다느니 하면서 잠시 바보 같은 이야기를 나누다가, 폴 노르로 가서 엄청난 논쟁을 벌였지."

피에르는 잠시 말을 멈추었다가, 프랑수아즈가 으레 참을 수 없어 하는, 예의 그 건방지면서도 신경질적인 말투로 이야기를 다시 이어 갔다.

"그 애가 제르베르를 차 버리도록 하는 데에 굳이 애쓸 필요까진 없겠더군."

"그 애에게 제르베르랑 관계를 끊으라고 요구한 건가요?"

"난 사륜마차의 다섯 번째 바퀴가 되고 싶지는 않거든."

제르베르는 피에르와 그자비에르의 관계가 갑자기 나빠졌음을 크게 걱정하지 않았더랬다. 두 사람의 우정 전체가 오직 변덕에만 기초한다고 여겼기 때문이다. 진실을 알면 자존심에 제법 상처를 입을 터였다. 사실상 피에르가 처음부터 그에게 상황을 알려 주었더라면, 제르베르는 그 자비에르를 손에 넣겠다는 생각을 순순히 포기했을지도 몰랐다. 물론 그가 지금 그 자비에르를 깊이 아끼고 있지는 않았지만, 그녀와 헤어지면 틀림없이 불쾌해하리라.

피에르가 다시 입을 열었다.

"당신이 여행을 떠나면 내가 그 애를 맡겠소. 그녀 쪽에서 문제가 해결되지 않는다면, 일주일 정도 지나고부터는 선택을 재촉할 생각이오."

"알겠어요." 이렇게 말하고 나서 프랑수아즈는 망설이듯 한마디 덧붙였다.

"지금까지 벌어진 모든 일들을 당신이 직접 제르베르에게 설명해 줘야 할 거예요. 그러지 않으면 당신은 비열한 놈으로 비칠 테니까."

"그렇게 하겠소. 권위를 내세우고 싶지는 않았다, 다만 너와 대등하게 일대일로 붙어 볼 권리가 내게도 있다고 생각했노라고 설명하겠소." 피에르는 이렇게 재빨리 대꾸하고 나서, 그리 자신 있어 보이지 않는 눈빛으로 프랑수아즈를 쳐다보았다.

"별로라고 생각하오?"

"일리 있는 설명이군요."

어떤 의미에서 보자면, 실상 피에르가 제르베르 때문에 스스로를 희생할 이유는 전혀 없었다. 하지만 제르베르 입장에서도 장차 닥쳐올 지독한 실망을 맛보아야 할 이유가 없기는 마찬가지였다. 프랑수아즈는 동그란 작은 돌멩이를 발로 걷어찼다. 모든 문제에 대한 적절한 해결책을 찾는 일을 포기해야 할까. 며칠 전부터, 지금껏 결정해 온 어떤 방침이 늘 그릇되었을지도 모른다는 생각이 들었던 것이다. 게다가 그 누구도 무엇이 좋고 나쁜지를 파악하는 일에 더는 관심을 두지 않았다. 그녀 자신조차 그 문제에 관심을 잃었으니 말이다.

두 사람은 돔으로 들어갔다. 그자비에르는 고개를 숙인 채 자리에 앉아 있었다. 프랑수아즈는 그녀의 어깨에 손을 얹었다.

"안녕." 그녀는 웃으며 인사를 건넸다.

그자비에르는 흠칫 놀라더니 당황한 얼굴로 프랑수아즈를 올려다보았다. 그러고는 어색하게 웃으며 말했다.

"벌써 오실 거라곤 생각하지 못했어요."

프랑수아즈는 그녀와 나란히 앉았다. 이런 식의 응대에 담겨 있는 무언가가 프랑수아즈에게는 고통스럽도록 친숙했다.

"생기가 넘쳐 보이는군!" 피에르가 말했다.

세심하게 얼굴을 손보려고 피에르의 부재를 이용했음이 틀림없었다. 안색은 고르고 맑았으며, 입술이 반짝이는 데다 머리카락에서는 윤기마저 흐르고 있었다.

"하지만 피곤한걸요." 그자비에르가 말했다. 프랑수아즈와 피에르를 번갈아 쳐다보던 그녀는 살짝 새어 나오는 하품을 참으면서 입으로 손을 가져다 댔다.

"심지어 가서 자야겠다는 생각이 들어요." 그녀는 곤혹스러워하면서도 상냥한 얼굴로 말했다. 그런데 그녀의 얼굴이 향한 곳은 프랑수아즈 쪽이 아니었다.

"지금? 언제든 잘 수 있잖아." 피에르가 말했다.

그자비에르의 얼굴이 굳어졌다.

"하지만 몸 상태가 좋지 않아요. 몇 시간 동안 연신 같은 옷을 입고 있으니 기분이 별로고요." 그녀가 팔을 살짝 흔들자 블라우스의 넓은 소매가 펄럭였다.

"적어도 우리랑 커피 한 잔은 해야지." 피에르가 실망한 목소리로 말했다.

"원하신다면야."

피에르는 커피 세 잔을 주문했다. 프랑수아즈는 크루아상을 집어 들고 조금씩 베어 먹기 시작했다. 구태여 다정한 말을 건넬 엄두가 나지 않았다. 이런 장면이라면 이미 스무 번은 족히 봐 온 터였다. 쾌활한 어조와, 그자비에르가 자기 입술 끝에서 느끼는 밝은 미소, 그녀의 마음속에서 솟아나는 짜증 섞인 분노에 벌써부터 구역질이 났다. 그자비에르는 졸린 얼굴로 자신의 손가락을 들여다보고 있었다. 한참 동안 아무도 말을 내뱉지 않았다.

"제르베랑 뭘 했소?" 피에르가 물었다.

"라그리유에서 저녁을 먹고 나서 여행 계획을 짰어요. 내일모레 출발할 거예요."

"또 산행을 가시나 봐요." 그자비에르가 음침한 목소리로 말했다.

"응. 터무니없다고 생각하나 보지?" 프랑수아즈는 싸늘하게 대답했다.

그자비에르가 눈썹을 치켜올렸다.

"두 사람만 재미있다면야 뭐."

또다시 침묵이 내려앉았다. 피에르는 불안한 얼굴을 하고 두 여자를 번갈아 가며 쳐다보았다.

"두 사람 다 졸려 보이긴 마찬가지군." 그는 질책하듯 말했다.

"사람들을 만나기에 적절한 시간은 아니니까요." 그자비에르가 말했다.

"그렇지만 이맘때에 여기서 우리가 보냈던 즐거운 순간이 기억나는데."

"아! 그리 즐겁진 않았어요."

프랑수아즈는 비누 냄새가 풍기던 그날 아침을 떠올렸다. 바로 그날, 그자비에르는 처음으로 노골적인 질투심을 드러냈더랬다. 질투심을 가라앉히기 위해 온갖 노력을 기울여 왔음에도, 프랑수아즈는 오늘 또다시 그 질투심을 온전히 맞닥뜨리고 있었다. 지금 이 순간, 그자비에르가 지우고 싶어 할지도 모르는 것은 프랑수아즈의 현존만이 아니라, 그녀의 실존 그 자체였다.

그자비에르는 잔을 밀어내면서 단호하게 말했다.

"전 돌아가겠어요."

"특별히 잘 쉬도록 하렴." 프랑수아즈는 빈정거리는 투로 말했다.

그자비에르는 아무런 대답도 하지 않은 채 그녀에게 손을 내밀었다. 그러고는 피에르를 향해 살짝 웃어 보인 뒤 서둘러 카페를 가로질러 갔다.

"도망치는 거예요." 프랑수아즈가 말했다.

"그러게 말이오. 우리를 기다려 달라고 부탁했을 때에는 기분이 상당히 좋아 보였는데." 피에르는 난처해하는 듯 보였다.

"당신이랑 헤어지고 싶지 않았나 보죠." 이렇게 말하고 나서 그녀는 피식 웃고 말았다.

"내가 눈앞에 보이니까 어찌나 충격을 받던지."

"또다시 골치 아파지겠군. 애써 다시 시작할 필요가 있을까 해. 상황이 나아질 리 없는걸." 피에르는 우울한 눈빛으로 그 자비에르가 빠져나간 문을 응시했다.

"나에 대해 뭐라고 말하던가요?" 프랑수아즈가 물었다.

피에르는 뜸을 들였다.

"좋게 생각하는 것 같던데."

"그리고 또요?"

프랑수아즈는 당혹스러워하는 피에르의 얼굴을 짜증스레 쳐다보았다. 현재 그것은, 그녀의 비위를 건드리지 말아야 하는 의무가 자신에게 있다고 믿는 얼굴이었다.

"사소한 불만을 조금은 털어놓았죠?"

"아주 살짝 원망하는 듯 보이긴 했소. 당신이 자기를 열렬히 좋아하는 건 아니라고 여기는 눈치더군." 피에르가 이실직고했다.

프랑수아즈는 긴장했다.

"정확히 뭐라고 했죠?"

"자기 심기를 이성적으로 대하려 하지 않는 사람은 나밖에 없다더군." 그의 목소리가 지닌 무심함 아래로, 스스로 대체 불가능한 존재가 되었음을 즐기는 만족감이 슬며시 뚫고 나왔다.

"그러더니 순간 상냥한 얼굴을 하고 이렇게 선언하더군. 나와 자기는 도덕적 인간이 아니다, 그러니 비열하게 행동할 수 있는 것 아니겠느냐고. 내가 그렇지 않다고 말하니까, 이렇게 덧붙이더군. 내가 도덕적으로 보이려 하는 건 프랑수아즈 당신 때문이라고, 그런데 자기와 내가 더러운 영혼을 가지고 있듯 사실상 당신도 음흉한 사람이라고 말이오."

프랑수아즈는 얼굴을 붉혔다. 남들에게서 인자한 회심의 미소를 받는, 그 전설적인 도덕성을 그녀 스스로 우스꽝스러운 결점으로 여기기 시작한 것이었다. 그것을 벗어던지기까지 그리 오랜 시간이 걸리지는 않을 듯했다. 그녀는 피에르를 바라보았다. 그의 얼굴에는 딱히 진심이 반영되지 않은, 애매모호한 표정이 어려 있었다. 그자비에르의 말이 그를 살짝 우쭐하게 해 주었음을 훤히 볼 수 있었다.

"이러한 화해 시도를 미온적인 태도의 증거로 여기면서 내게 화를 내고 있겠군요." 프랑수아즈는 말했다.

"모르겠소."

"또 뭐라고 하던가요?" 그녀는 말했다. 그러더니 조급해하면서 이렇게 덧붙였다.

"내게 다 털어놓으라고요."

"또 스스로가 헌신적 사랑이라고 지칭하는 것을 에둘러 비난하더군."

"어떻게요?"

"자기 성격에 대해 털어놓았어. 가식적으로 겸손을 떨면서 이렇게 말하더군. '잘 알아요, 제가 자주 남들을 제법 불편해한다는 점을요. 하지만 어쩌라는 거죠? 전 헌신적인 사랑에는 어울리지 않는 사람이라고요.'라고 말이오."

프랑수아즈는 어처구니가 없었다. 이중의 날을 지닌 감언이설이었다. 그자비에르는 이토록 서글픈 사랑에 연신 예민하게 반응한다며 피에르를 비난했었다. 더불어 그녀는 자신의 이익을 위해서 악착같이 피에르를 밀어내고 있었다. 프랑수아즈는 질투와 경멸이 섞인 그 적대감이 이다지도 방대하리라는 사실을 전혀 알아차리지 못했던 것이다.

"그게 다예요?" 그녀는 물었다.

"내가 보기엔 그렇소."

그게 전부는 아니었다. 하지만 불현듯이 더 질문하기엔 지쳤다는 느낌이 들었다. 그녀는, 그자비에르의 기고만장한 원한이 피에르에게서 숱한 배신을 이끌어 낸 어젯밤의 맛을 느끼기에 충분할 만큼 알아야 할 바를 알아낸 것이었다.

"하기야, 당신도 알다시피, 그 애의 감정은 내 알 바가 아니죠." 그녀는 말했다.

정말로 그랬다. 불행이 극에 달하자, 돌연 그 무엇도 더는 중요하지 않았다. 그자비에르 때문에 그녀는 피에르를 잃을 뻔했다. 그리고 그자비에르는 그 대가로 경멸과 질투만을 되돌려 주었다. 피에르와 화해하자마자 그녀는 둘 사이에 음흉한 공모 관계를 정립하려 했던 것이다. 피에르 역시 그 관계에 절반 남짓 저항했을 뿐이었다. 두 사람이 프랑수아즈를 남겨 놓고 떠난 상태, 이 유기(遺棄)는 너무나도 총체적인 유린에 해당했으므로, 분노나 눈물의 여지조차 더는 남아 있지 않았다. 이제 그녀는 피에르에게서 아무것도 바라지 않았고, 그의 무관심에 더 이상 상처받지 않았다. 그자비에르를 떠올리면서 그녀는 여태껏 맛본 적 없는 어둡고 쓸쓸한 무언가가, 해방감에 가까운 그 무언가가 마음속에서 솟아오르고 있음을, 환희에 젖어 느끼고 있었다. 강력하고 자유로우며, 끝내 거침없이 퍼져 나가는 그것은 바로 증오였다.

8장

"마침내 도착한 거 같아요." 제르베르가 말했다.

"그렇네. 저기 위로 보이는 게 집이잖아." 프랑수아즈는 대답했다.

두 사람은 하루 종일 많이 걸은 데다, 심지어 두 시간 전부터 힘겹게 오르막길을 오르는 중이었다. 날이 저물자 추웠다. 프랑수아즈는 자기보다 앞서 가파른 고갯길을 오르는 제르베르를 다정하게 바라보았다. 같은 속도로 걸은 만큼, 같은 정도의 행복한 피로가 두 사람에게 깃들어 있었다. 또한 저 위에서 마주하길 바라는 적포도주와 수프, 불의 온기를 두 사람은 말없이 함께 떠올리고 있었다. 이런 식으로 쓸쓸한 시골 마을에 방문하는 일은 언제나 일종의 모험 같았다. 농갓집 부엌의 와자지껄한 탁자 가장자리에 앉게 될지, 아니면 텅 빈 여인숙 안쪽에서 둘만의 저녁 식사를 하게 될지, 또는 이미 휴양객으로 북적거리는 작은 부르주아풍 호텔에 이르게 될지 예측하기란 불가능했던 것이다. 그 어디가 되었든 한쪽 구석에 배낭을 던져 놓고 긴장한 근육을 풀면서 만족스러운 마음으로 나란히 앉아, 방금 전까지 함께 겪은 그날의 일을 서로 이야기하게 되리라. 또 내일의 계획을 세우면서, 편안한 몇 시간을 보내게 될 터였다. 프랑수아즈 푸짐한 오믈렛과, 시골 방식으로 빚은 독한 술이 아니라, 이러한 친밀함이 지닌 온기를 향해 서둘러 나아갔다. 세찬 돌풍이 그녀의 얼굴을 때렸다. 바야흐로 두 사람은 어두운 땅거미에 잠겨서 잘 보이지 않는 부채꼴 모양의 계곡을 굽어보는 산마루에 당도한 것이었다.

"텐트를 칠 수 없겠어. 땅이 온통 젖어 있네."

"분명히 헛간을 찾을 수 있을 거예요."

헛간. 마음속에 파여 있는 메스꺼운 구덩이 하나가 느껴졌다. 두 사람은 사흘 전에도 헛간에서 잤더랬다. 서로 몇 걸음 떨어진 자리에서 잠들었지만, 잠결에 제르베르의 몸이 그녀의 몸을 향해 굴러왔고, 심지어 그는 그녀에게 팔을 둘렀더랬다. 그녀는 막연히 아쉬워하며 생각했다. '이 아이는 나를 다른 여자로 착각하고 있구나.' 그러고 나서 그녀는 그를 깨우지 않고자 숨을 참았더랬다. 그날 밤, 그녀는 꿈을 꾸었다. 꿈속에서 그녀는 현실과 똑같이 생긴 헛간 안에 있었다. 그런데 제르베르가 눈을 크게 뜨고 그녀를 품에 안고 있었다. 달콤함과 안도감에 한껏 취해서 그녀는 그의 품에 몸을 맡겼다. 부드러운 행복에 젖어 있던 와중에, 돌연 불안이 엄습했다. 이건 꿈

이야, 진짜가 아니야, 라고 그녀가 말하자, 제르베르는 그녀를 더 세게 끌어안으면서 밝은 목소리로 이렇게 말했다. "진짜예요. 이게 진짜가 아니라면 무척 바보 같은 일 아니겠어요." 이윽고 햇살이 그녀의 감긴 눈꺼풀을 뚫고 들어왔다. 그녀는 건초 더미 속에서 제르베르에게 몸을 바싹 붙이고 있었다. 그 무엇도 사실이 아니었던 것이다.

"밤새 네 머리칼이 내 얼굴을 건드렸다고." 그녀는 웃으며 말했더랬다.

"선생님이야말로 팔꿈치로 계속 저를 치셨다고요." 그러자 제르베르는 성을 내며 대꾸했다.

내일 또다시 비슷하게 깨어나리라고 예상하면서, 비참함을 느끼지 않을 수 없었다. 텐트 속의 좁은 공간에 몸을 욱여넣으면, 딱딱한 바닥의 불편함 그리고 나무 기둥이 제르베르로부터 자신을 분리해 준다고 느꼈다. 그러나 이제 그녀는, 그의 곁에서 멀리 떨어진 곳에 감히 자신의 잠자리를 마련할 수 없음을 깨달았다. 며칠 전부터 그녀를 따라다니는 막연한 아쉬움을 대수롭지 않게 치부하려 해도 소용없었다. 말없이 산을 오르던 두 시간 동안, 아쉬움은 커져만 갔고, 급기야 숨 막히는 욕망으로 변해 버렸다. 오늘 밤에도, 제르베르가 순진하게 잠을 자는 사이, 그녀는 꿈을 꾸면서 부질없는 후회와 고통을 맛보게 될 터였다.

"여기 카페 같지 않나요?" 제르베르가 물었다.

건물 벽에는 굵은 글씨로 '비르'[15]라는 단어가 적힌 빨간색 포스터가 붙어 있었고, 출입구 위에는 한 줌의 마른 나뭇가지가 얹혀 있었다.

"카페처럼 보이긴 해."

두 사람은 세 개의 계단을 올라가서 온기가 도는 넓은 홀로 들어섰다. 실내엔 수프와 잔가지 타는 냄새가 감돌고 있었다. 두 명의 아낙네가 의자에 앉아 감자를 다듬었고, 농부 세 사람은 적포도주가 든 술잔을 앞에 두고 탁자에 자리 잡고 있었다.

"안녕하세요." 제르베르가 말했다.

모두가 그를 돌아보았다. 그는 두 명의 아낙네에게 다가갔다.

"뭘 좀 먹을 수 있을까요?"

두 여자는 경계하는 눈초리로 그를 살펴보았다.

"멀리서 오셨소?" 둘 중 더 나이 들어 보이는 여자가 물었다.

"뷔르제 쪽에서 올라오는 길입니다." 프랑수아즈가 대답했다.

"한참을 걸었겠군요." 다른 여자가 말했다.

"그래서 그런지 배가 고프네요." 프랑수아즈가 말했다.

"뷔르제 사람은 아니죠?" 나이 든 여자가 나무라듯 다시 물었다.

"네, 파리에서 왔어요." 제르베르가 대답했다.

잠시 침묵이 흘렀다. 두 여자는 서로 눈짓을 주고받더니, 나이 든 여자 쪽에서 입을 열었다.

"딱히 내놓을 만한 게 없어서요."

"달걀은 없으신가요? 아니면 고기 파이 한 조각이라도요. 아무거나 좋습니다만……." 프랑수아즈가 말했다.

---

15) Byrrh. 적포도주에 퀴닌 등을 배합한 식전주의 상표명이다.

나이 든 여자가 어깨를 으쓱해 보였다.

"달걀이라. 그럼요, 달걀이라면 있죠." 그녀는 자리에서 일어나더니 파란색 앞치마에 손을 닦으면서 하는 수 없다는 듯 말했다.

"이리로 와요."

두 사람은 그 여자를 따라서 천장이 낮은 방 안으로 들어갔다. 장작이 타고 있었다. 시골 부르주아의 식당과 비슷해 보였다. 둥근 식탁과 골동품이 담긴 궤짝, 안락의자에는 검정 벨벳을 덧댄 주황색 수자직 쿠션이 놓여 있었다.

"우선 적포도주 한 병을 가져다주시겠어요?" 이렇게 말하고 나서 제르베르는 프랑수아즈가 배낭을 벗는 걸 도와주었다. 그러고는 자신의 배낭을 내려놓았다.

"이곳에 오니 왕이 된 기분이네요." 그가 만족스러운 얼굴로 말했다.

"그래, 완전히 아늑하네."

프랑수아즈는 장작불 근처로 다가갔다. 이 호의적인 저녁에서 무엇이 빠졌는지를 그녀는 잘 알고 있었다. 제르베르의 손을 잡고 공공연히 사랑을 담아 미소 지을 수만 있다면, 타오르는 불길, 저녁 식사의 냄새, 검정 벨벳으로 된 고양이와 참새가 그녀의 마음을 기쁘게 만족시켜 주었으리라. 하지만 그녀 주위에 있는 모든 것은 그녀 마음에 와닿는 일 없이, 계속 어수선한 상태를 유지하고 있었다. 아예 그곳에 놓여 있다는 사실 자체가 터무니없게 여겨졌다.

주인 여자는 진한 적포도주가 가득 담긴 병을 들고 돌아왔다.

"혹시 저희가 밤을 보낼 만한 헛간이 있을까요?" 제르베르가 물었다.

밀랍으로 만든 식탁보 위에 식기 세트를 놓던 그녀가 고개를 들었다.

"헛간에서 잘 생각은 아니겠죠?" 주인 여자가 경악한 얼굴로 물었다. 그녀는 잠시 곰곰이 생각하더니 이렇게 말했다.

"운이 없구려. 방이 하나 있는데, 지금은 운송 일로 떠났다가 얼마 전에 돌아온 아들 녀석이 있어서."

"방해가 되지 않는다면 저희는 건초 더미에서 자도 상관없습니다. 침낭이 있거든요. 다만, 텐트를 치기엔 날이 너무 추워서요." 프랑수아즈가 배낭을 가리키며 말했다.

"나야 방해될 건 없지." 안주인은 이렇게 대꾸한 뒤 방에서 나갔다가, 김이 나는 수프를 들고 돌아왔다.

"이걸 먹으면 분명히 몸이 좀 따뜻해질 거요." 그녀는 상냥한 목소리로 말했다.

제르베르가 접시를 채웠고, 프랑수아즈는 그의 맞은편에 자리를 잡고 앉았다.

"저분의 태도가 부드러워졌네요. 모두 좋게 해결될 것 같아요." 식탁에 둘만 남자 제르베르가 말했다.

"내 생각에도 그래." 프랑수아즈는 확신한다는 듯 맞장구쳤다.

그녀는 제르베르를 흘깃 쳐다보았다. 그의 얼굴을 환히 밝히는 명랑함이 애정과 닮아 보였다. 저 아이는 정말로 손 닿지 않는 곳에 있는 걸까? 아니면 내가 단 한 번도, 감히 손을 뻗지 못했을 뿐일까? 누가 나를 저지하고 있는가? 피에르도, 그 자비에르도 아니었다. 특히나 제르베르를 배신하려고 작정한 그 자비에르 때문은 더더욱 아니었다. 나머지 세상으로부터 떨어져 나와서, 세찬 바람에 얻어맞는 산마루에 오직 두 사람만이 있을 뿐이었다. 두 사람의 일은 그들 이외에 그 누구와도 무관했다.

"선생님이 역겨워하실 만한 짓을 해 보겠어요." 겁박하는 투로 제르베르가 말했다.

"뭘 하려고?"

"이 수프에 술을 넣으려고요." 그러면서 그는 그 말을 행동으로 옮겼다.

"분명 끔찍한 맛일 거야."

제르베르는 붉게 물든 국물 한 숟가락을 입에 떠 넣었다.

"맛있어요, 드셔 보세요."

"이 세상의 황금을 다 준다고 해도 싫어."

프랑수아즈는 포도주를 한 모금 들이켰다. 손바닥이 축축했다. 자신이 품은 꿈과 욕망을 앞에 두고 그녀는 항상 외면해 왔다. 그러나 이젠 이러한 소극적 신중함에 염증을 느꼈다. 바라는 바를 쟁취하리라고 왜 결심하지 못했을까?

"산마루에서 보는 풍경이 정말 장관이더라. 내일은 정말로 멋진 하루를 보내게 될 거야." 그녀가 말했다.

제르베르가 그녀를 흘겨보았다.

"또 새벽에 절 깨우시려는 거예요?"

"불평하지 마. 착실한 전문가라면 새벽 5시에는 산꼭대기에 올라가 있는 법이니까."

"미친 짓이에요. 전 8시 전까지 맥을 못 추는걸요."

"알고 있어." 프랑수아즈는 미소를 지었다. "그리스를 여행하면, 동이 트기 전에 길을 나서야 해."

"알아요. 하지만 그러니까 낮잠을 자는 거라고요." 이렇게 말하고 나서 제르베르는 생각에 잠겼다.

"이번 순회공연 계획이 무산되는 일은 없었으면 좋겠어요."

"또다시 정세가 조금이라도 긴장된다면 모두 수포로 돌아갈지도 몰라. 무척 걱정이야."

제르베르는 과감하게 빵을 크게 베어 물었다.

"어쨌든 무슨 수를 찾아내겠어요. 내년에 전 프랑스에 있지 않을 겁니다."

그의 얼굴이 환해졌다.

"모리스섬에는 쓸어 담을 만한 금덩이가 널려 있을지도 몰라요."

"왜 하필 모리스섬이야?"

"랑블랭이 그러더라고요. 조금 즐겁게 해 주면 얼마든지 돈을 지불할 의향이 있는 백만장자들이 수도 없이 많대요."

문이 열리고 주인 여자가 들어왔다. 그녀는 감자로 속을 채운 두툼한 오믈렛을 내놓았다.

"엄청나군." 이렇게 말하면서 프랑수아즈는 자기 몫을 덜어 내고, 제르베르에게 음식을 건넸다.

"자, 큰 쪽을 네 몫으로 남겨 두었어."

"전부 다 제 몫인가요?"

"전부 다 네 거야."

"참으로 공명정대하시군요."

그녀는 그를 향해 재빨리 시선을 던졌다.

"내가 언제는 널 공명정대하게 대하지 않은 적이 있던가?"
이렇게 말하는 그녀의 목소리는 스스로 느끼기에도 부자연스
러울 만큼 대담했다.

"없어요. 사실 그대로 말씀드린 거예요." 제르베르는 눈썹
하나 까딱 않고서 말했다.

프랑수아즈는 손가락으로 동그랗게 뭉친 빵의 속살을 주물
러 댔다. 불현듯이, 지금 눈앞에 둔 결심에 악착같이 매달려야
함을 깨달았다. 어떻게 해야 할지는 몰랐지만, 내일이 오기 전
까지 분명 무슨 수가 떠오를 터였다.

"오랫동안 떠나 있고 싶은 거야?" 그녀가 물었다.

"한두 해 정도는요."

"그 자비에르가 죽일 듯 원망하겠군."

프랑수아즈는 마음에도 없는 소리를 했다. 그러고는 잿빛
으로 변해 버린 작은 빵 덩어리를 탁자 위로 굴리면서 거리낌
없이 이렇게 물었다.

"그 애와 헤어지는 게 걱정되지는 않아?"

"그 반대예요." 제르베르는 흥분해서 말했다.

프랑수아즈는 고개를 숙였다. 마음속에서 너무나도 격렬한
폭발이 섬광처럼 일었으므로, 혹시 겉에 드러나지나 않을까
걱정이 될 정도였다.

"왜? 그 애가 널 많이 부담스럽게 하는 거야? 그래도 네가 그 애를 조금은 좋아하고 있다고 생각했는데."

이번 여행을 마치고 돌아갔을 때, 그자비에르가 제르베르와 헤어지더라도 크게 괴로워하지 않으리라고 생각하니 기분이 좋았다. 하지만 그것이 방금 전 그녀의 마음속에서 폭발한 저속한 기쁨의 이유는 아니었다.

"금방 헤어질 거라고 생각하면 부담스럽지 않아요. 하지만 이런 식으로 동거를 시작하게 되는 건가, 하고 가끔씩 궁금하긴 해요. 끔찍할 것 같아요."

"착한 여자를 사랑한데도 말이야?"

그녀가 잔을 내밀자 제르베르는 술을 가득 부어 주었다. 현재 그녀는 불안에 떨고 있었다. 제르베르는 그녀와 마주한 채, 홀로, 그 무엇에도 얽매이지 않은, 절대적으로 자유로운 상태로, 여기에 존재하고 있었다. 그의 젊음과, 피에르와 프랑수아즈를 향한 그의 존경심이 그에게서 어떤 행동도 기대할 수 없게 했다. 무슨 일이 벌어지기를 원한다면, 그녀 자신에게 의지하는 수밖에 없었다.

"전 그 어떤 여자도 좋아하지 못할 거 같아요."

"왜 그런 생각을 하는 거지?"

프랑수아즈는 몹시 긴장한 나머지 손을 떨기까지 했다. 그녀는 몸을 숙이고, 잔에 손을 대지 않은 채 술 한 모금을 들이켰다.

"모르겠어요."

제르베르는 잠시 망설이다가 말을 이어 갔다.

"젊은 여자랑은 할 수 있는 게 없어요. 산책도 못 하지, 취하지도 못 하지. 아무것도 못 한다고요. 농담을 이해하지 못하는 데다, 심지어 같이 있으면 숱하게 예의를 차려야 한다니까요. 매 순간 실수를 하고 있다는 느낌에 사로잡힌다고요."

그는 확신에 차서 다음과 같이 덧붙였다.

"다른 사람들을 상대로 본래의 제 모습을 보일 수 있을 때가 전 참 좋더라고요."

"내 앞에서는 불편해하지 마."

제르베르는 큰 소리로 웃음을 터뜨렸다. 그러고는 상냥함을 담아서 이렇게 말했다.

"선생님은 꼭 남자 같으시잖아요!"

"맞아. 넌 나를 여자로 대한 적이 한 번도 없지."

입가에서 묘한 미소가 번지고 있음을 느꼈다. 호기심 가득한 얼굴로 제르베르가 그녀를 쳐다보았다. 프랑수아즈는 고개를 돌리고 잔을 비웠다. 시작이 영 좋지 않았다. 제르베르를 상대로 어설픈 추파를 던졌다가는 스스로 부끄러워질 게 뻔했다. 계속 솔직하게 나가는 편이 더 나을지도 몰랐다. 가령 '같이 자자고 하면 놀라려나?' 하는 식으로 말이다. 그러나 입술이 이 말을 내뱉기를 거부하고 있었다. 그녀는 빈 접시를 가리켰다.

"주인 여자가 다른 음식을 더 줄 거 같아?"

그녀의 바람과 달리 목소리가 제대로 나오질 않았다.

"그럴 것 같지 않은데요."

이미 과할 정도로 침묵이 이어지고 있었다. 뭔가 석연치 않은 기운이 분위기 속에 스며든 것이다.

"어쨌든 술을 더 달라고 할 순 있을 거야."

제르베르는 다소 걱정하는 얼굴로 다시금 그녀를 쳐다보았다.

"반병만 더 달라고 해 보죠, 뭐."

제르베르가 말했고, 프랑수아즈는 미소를 지었다. 그는 단순한 상황을 좋아했던 것이다. 내가 취기의 도움을 필요로 하는 이유를 눈치챈 것일까?

"아주머니, 실례합니다." 제르베르가 주인 여자를 불렀다.

나이 든 여자가 방 안으로 들어오더니 채소를 곁들인 삶은 소고기 한 덩이를 식탁 위에 놓았다.

"더 필요한 거 없수? 치즈나 잼을 좀 드릴까?"

"이젠 배가 부릅니다. 술을 조금만 더 주실 수 있을까요?" 제르베르가 말했다.

"처음에 저 정신 나간 할머니는 왜 먹을 게 아무것도 없다고 얘기했을까?" 프랑수아즈가 말했다.

"이 근처 사람들은 흔히 저래요. 제 생각에, 이십 프랑 버는 일엔 크게 관심이 없는 것 같아요. 귀찮아지리라고 생각하는 거죠."

"어느 정도 귀찮은 일이긴 하겠지."

주인 여자가 술병을 하나 들고 돌아왔다. 고민 끝에 프랑수아즈는 한두 잔 이상 더는 술을 마시지 않기로 결심했다. 일시적으로 이성을 잃은 탓에 도발하는 거라고, 제르베르가 생각하게끔 하고 싶지는 않았다. 프랑수아즈는 다시 입을 열었다.

"요약해 보자면, 네가 사랑을 비난하는 까닭은, 그것에 불편함을 느끼기 때문인 거군. 그렇지만 다른 사람과 깊은 관계를 맺는 걸 아예 거부해 버리면, 인생이 참으로 무미건조해지리라고 생각하지 않아?"

제르베르가 서둘러 대꾸했다.

"사랑 말고도 깊이 있는 다른 관계들이 있잖아요. 전 우정이 제일 중요하다고 생각해요. 우정만 있으면 잘 살아갈 수 있을 것 같거든요."

그는 조금 강경한 눈빛으로 프랑수아즈를 쳐다보았다. 이 아이 역시 내게 무언가를 이해시키길 바라고 있을까? 내게 느끼는 감정이 진정한 우정이며, 내가 자기에게 얼마나 소중한 사람이라는 점을? 제르베르가 스스로에 대해 이토록 길게 얘기한 적은 드물었다. 오늘 밤, 그가 보인 모습은 일종의 반응이라 할 수 있었다.

"사실 나는 먼저 우정을 느끼지 못하면, 사랑이라는 감정 또한 절대 못 느끼는 것 같아." 프랑수아즈가 말했다.

그녀는 이 말을 현재 시제에 담아냈다. 그러나 명백한 사실을 말하듯 중립적인 어조로 이야기했다. 무슨 말이든 덧붙이고 싶었지만, 입술에서 맴도는 말을 그 밖으로 꺼내 놓는 데에는 이르지 못했다. 결국 그녀는 이렇게 말하고 말았다.

"별안간 우정이란 참 건조하다는 생각이 들어."

"전 그렇게 생각하지 않아요." 그가 살짝 날을 세웠다. 피에르를 떠올린 것이다. 그는 자신이 피에르보다 다른 누군가를 더 아낄 순 없다고, 생각했다.

"그래, 사실 네 말이 맞아."

프랑수아즈는 포크를 내려놓고 불 가까이로 다가가서 앉았다. 제르베르 역시 자리에서 일어났다. 그러고는 난로 근처에 놓인 커다랗고 둥근 장작 하나를 집어 들더니 난로 속 장작 받침대 위에 능숙하게 올려놓았다.

"이제 담배나 한 대 피우지 그래." 프랑수아즈가 말했다. 그러고는 애정의 충동을 억누르지 않은 채 이렇게 덧붙였다.

"네가 담배 피우는 모습을 보는 게 난 참 좋더라."

그녀는 불 쪽으로 손을 내밀었다. 기분이 좋았다. 오늘 밤, 제르베르와 그녀 사이에는 일찍이 선포된 우정과 다르지 않은 뭔가가 존재하고 있었다. 그 이상을 바랄 까닭이 있을까? 제르베르는 고개를 약간 숙이고 조심스레 담배를 빨았다. 불길이 그의 얼굴을 황금빛으로 물들였고, 그녀는 잔가지 하나를 부러뜨려서 불 속에 던져 넣었다. 두 손으로 저 머리를 붙들고 싶다는 욕망을, 자기에게 찾아든 그 욕망을 이제 더는 물리칠 수 없을 것 같았다.

"내일은 뭘 하죠?" 제르베르가 물었다.

"제르비에르드종산을 거쳐서 메젱산을 오를 거야." 그녀는 자리에서 일어나 배낭을 뒤적였다.

"어디로 내려가는 게 더 좋을지는 잘 모르겠어."

그녀는 바닥에 지도를 펼쳐 놓고 책을 펼친 뒤, 마룻바닥에 배를 대고 누웠다.

"너도 볼래?"

"됐어요. 선생님을 믿어요."

전망 좋은 곳을 파란색 점으로 표시해 놓은, 도보망을 초록색 선으로 그려 넣은 지도를 그녀는 멍하니 바라보았다. 내일은 어떨까? 지도에는 답이 들어 있지 않았다. 지금 같아서는 회한과 스스로에 대한 미움으로 돌변해 버릴 후회 속에서 이번 여행을 끝마치고 싶지 않았다. 그녀는 털어놓을 작정이었다. 하지만 적어도 제르베르가 내 키스를 기쁘게 받아들일지 정도는 알아야 하지 않겠는가? 아마 그는 단 한 번도 그런 생각을 해 본 적이 없을 것이었다. 그녀는 제르베르가 배려의 차원에서 자신의 뜻에 응하는 일을 결코 견디지 못할 터였다. 그녀의 얼굴로 피가 솟구쳐 올랐다. 프랑수아즈는 엘리자베트를 떠올렸다. 선택을 하는 여자. 이 생각이 그녀로서는 끔찍하게 여겨졌다. 눈을 들어서 제르베르를 바라보니 다소 안심이 되었다. 그가 프랑수아즈를 은밀히 비웃기에는, 그녀에게 과한 애정과 존경을 품고 있었다. 이제 필요한 것은, 솔직한 거절의 가능성을 그에게 마련해 주는 것이었다. 그런데 어찌 행동해야 한단 말인가?

그녀는 흠칫 놀랐다. 아까 보았던 두 여자 중 좀 더 젊은 사람이 그녀 앞에 서 있었던 것이다. 커다란 휴대용 석유등이 그녀의 팔 끝에서 덜렁거리고 있었다.

"주무실 거면 안내해 드리려고요."

"네, 고맙습니다." 프랑수아즈가 말했다.

제르베르가 배낭 두 개를 짊어졌고, 두 사람은 집에서 나왔다. 칠흑같이 어두운 데다, 바람이 소용돌이치고 있었다. 흔들리는 둥근 불빛이 그들 앞에서 질척거리는 땅을 밝혀 주었다.

"괜찮으실지 모르겠네요. 유리창 한 장이 깨진 데다, 옆에 있는 외양간의 암소들이 시끄럽게 굴 거예요."

"아! 상관없어요." 프랑수아즈가 말했다.

여자는 걸음을 멈추고 무거운 나무 문짝을 밀었다. 프랑수아즈는 행복해하면서 건초 냄새를 흠뻑 들이마셨다. 헛간은 상당히 넓었다. 장작더미 사이로 궤짝과 손수레가 보였다.

"성냥은 삼가 주세요."

"네, 손전등을 가지고 있습니다." 제르베르가 말했다.

"그럼 안녕히 주무세요." 여자가 말했다.

제르베르는 문을 닫고 열쇠로 잠갔다.

"어디에 누울까?" 프랑수아즈가 물었다.

제르베르는 바닥과 벽 위로 가느다란 빛줄기를 이리저리 비춰 보았다.

"안쪽 구석 자리 괜찮지 않나요? 건초 더미가 두껍게 깔려 있고, 문에서도 멀리 떨어져 있잖아요."

두 사람은 조심스레 안쪽으로 들어갔다. 프랑수아즈는 입 속이 바짝 말랐다. 다시없을 기회가 찾아온 것이었다. 제르베르는 항상 깊은 잠에 쉬이 빠지곤 하니, 십 분가량 남은 셈이었다. 하지만 어떻게 해야 완곡하게 질문을 꺼낼 수 있을지, 도통 알 수가 없었다.

"바람 소리 들리세요? 텐트보다 여기가 더 나을 거예요." 헛간 벽이 돌풍 밑에서 흔들리고 있었다. 또 외양간의 암소 한 마리가 칸막이를 발로 차면서 사슬을 흔들어 댔다.

"제가 얼마나 멋진 잠자리를 만들어 내는지 보게 되실 거예요." 제르베르가 말했다.

담배와 손목시계, 지갑을 정성껏 정리해 놓은 널빤지 위에
다 그는 손전등을 올려놓았다. 프랑수아즈는 배낭에서 침낭
과 융으로 된 잠옷을 꺼냈다. 그녀는 몇 걸음 물러나 어둠 속
에서 옷을 갈아입었다. 배 속을 꽉 막히게 하는 단호한 명령
외에는 아무것도 생각나지 않았다. 우회적인 표현을 생각해
낼 시간조차 더는 없었지만, 그녀는 포기하지 않았다. 만약 자
기가 입을 떼기 전에 불이 꺼진다면, '제르베르!' 하고 부를 작
정이었다. 그러고는 단숨에 이렇게 말할 생각이었다. '나랑 잘
수 있다고 한 번도 생각해 본 적 없어?'

그 뒤에 벌어질 일은 더 이상 중요하지 않았다. 이제 그녀는
단 하나의 욕망만을 지니고 있었다. 그것은 바로 이 강박 관념
에서 벗어나고 싶다는 욕망이었다.

"솜씨가 무척 좋은걸." 불빛을 향해 되돌아 나오면서 말했다.

제르베르가 침낭 두 개를 나란히 깔고, 스웨터 두 벌에 건
초를 채워서 베개를 만들어 두었던 것이다. 그가 멀어지자 프
랑수아즈는 침낭 속에 몸을 반쯤 밀어 넣었다. 가슴이 터질
듯이 뛰었다. 그 순간, 다 그만두고 잠 속으로 달아나고만 싶
었다.

"건초 속에 있으니 기분이 좋네요." 그녀 옆에 몸을 누이며
제르베르는 말했다. 그는 손전등을 뒤쪽의 들보 위에다 올려
놓았다. 그를 마주하자, 그의 입술 아래에 자리한 입을 느끼고
싶다는, 고통스러운 욕망이 스며들었다.

"끝내주는 하루였어요. 아름다운 고장이에요." 그가 다시

입을 열었다.

그는 미소를 띤 채 등을 대고 누워 있었다. 서둘러 잠들고 싶지 않은 눈치였다.

"그러게. 저녁 식사랑, 늙은이같이 장작불 앞에서 얘기하는 것도 무척 마음에 들더군."

"그게 왜 늙은이 같은 건가요?"

"완전히 심드렁해져서, 마치 경기장 바깥에 있는 사람들처럼 사랑과 우정에 대해 떠들어 댔잖아."

그녀의 목소리엔 원망 섞인 빈정거림이 담겨 있었다. 제르베르는 그 점을 놓치지 않았다. 그는 난처해하는 눈빛으로 프랑수아즈를 흘깃 쳐다보았다.

"내일을 위해 멋진 계획을 짜셨나요?" 잠깐의 침묵 끝에 그가 물었다.

"응, 어렵지는 않았어."

프랑수아즈는 이렇게 대답하고 나서 입을 다물었다. 분위기가 가라앉고 있음을 느꼈지만, 기분이 썩 나쁘지는 않았다. 제르베르가 다시금 애썼다.

"말씀하셨던 그 호수 말이에요. 거기서 수영을 하면 재미있을 거 같아요."

"아마 할 수 있을걸."

프랑수아즈는 또다시 고집스러운 침묵 속에 틀어박혔다. 평소 둘 사이에 대화가 끊긴 적은 단 한 번도 없었다. 제르베르는 결국 무언가를 눈치채고 말 터였다.

"제가 뭘 할 수 있는지 좀 보세요." 그가 느닷없이 이렇게 말했다.

제르베르는 손을 머리 위로 들더니 손가락을 움직였다. 조명은 그의 정면에 놓인 벽 위로 어떤 동물의 옆모습을 희미하게 비추었다.

"재주 한번 좋네!"

"판사도 만들 수 있어요."

지금으로서는 그가 침착하려 노력하고 있음을 확신할 수 있었다. 그녀는 목이 메인 채, 토끼에 이어서 낙타, 기린의 형상을 그림자로 열심히 만들어 보이는 그를 바라보았다. 마지막 소재까지 남김없이 보여 준 뒤에야 그는 손을 내렸다. 그러더니 수다스럽게 떠들기 시작했다.

"그림자극이라는 거, 꽤 멋지죠? 거의 인형극만큼 멋져요. 베그라미앙이 만들어 낸 그림자를 한 번도 본 적이 없으시죠? 아직 시나리오가 없어서 그렇지, 내년엔 공연을 재개할 작정이에요."

별안간 그가 말을 멈추었다. 프랑수아즈가 자기 말을 듣고 있지 않음을 더는 모른 척할 수 없었던 것이다. 그녀는 배를 대고 돌아누워서, 빛줄기가 희미해진 손전등을 응시했다.

"건전지가 다 되었나 봐요. 곧 꺼질 거 같아요."

프랑수아즈는 아무런 대답도 하지 않았다. 찬 공기가 깨진 유리창 사이로 불어닥쳤지만, 그녀는 땀을 흘리고 있었다. 전진할 수도, 물러설 수도 없이, 그저 깊은 구렁 위에 멈춰 서 있는 기분이었다. 아무 생각도, 아무 욕망도 떠오르지 않았다. 문득 이 상황이 터무니없게만 느껴졌다. 그녀는 신경질적으로 미소를 지었다.

"왜 웃으세요?"

"아무것도 아니야."

프랑수아즈의 입술이 떨리기 시작했다. 온 마음을 다해서 이 질문을 바랐건만, 겁이 났다.

"뭘 생각하세요?"

"별것 아니야."

느닷없이 그녀의 눈에 눈물이 차올랐다. 신경이 극도로 예민해진 탓이었다. 현재 그녀는 지나칠 정도로 과민하게 굴고 있었으므로, 제르베르 쪽에서 억지로 그녀의 입을 열게 할 수도 있었다. 만약 그런다면, 두 사람 사이의 이다지도 유쾌한 우정은 영원히 끝장날 터였다.

"하기야, 전 선생님께서 무슨 생각을 하셨는지 알고 있어요." 도발적인 어조로 제르베르가 말했다.

"무슨 생각인데?"

제르베르는 거만한 동작을 취해 보였다.

"말하지 않겠어요."

"말해 봐. 맞는지 아닌지 말해 줄게."

"싫어요. 먼저 말씀해 보세요."

잠시 두 사람은 적이라도 되는 양 서로를 노려보았다. 프랑수아즈는 정신이 멍했다. 마침내 그녀가 과감하게 입 밖으로 말을 꺼냈다.

"내가 만약 같이 자자고 하면, 상황이 복잡해지는 걸 싫어하는 네가 어떤 표정을 지을지 궁금해서 웃은 거야."

"제가 선생님께 키스하고 싶어 하면서도 용기를 내지 못한다고 생각하시는 줄 알았어요."

"네 쪽에서 키스를 하고 싶어 하리라곤 상상도 못 했는걸." 프랑수아즈는 고조된 목소리로 말했다.

침묵이 흐르는 가운데, 관자놀이가 욱신거렸다. 이젠 끝이었다. 결국 말해 버리고 말았다.

"좋아, 대답해 봐. 어떤 표정을 지을 거야?"

제르베르는 몸을 움츠렸다. 프랑수아즈에게서 눈을 떼지 않은 채, 잔뜩 긴장한 표정을 짓고 있었다.

"좋지 않다고 할 순 없지만, 그래도 상당히 겁이 나네요."

프랑수아즈는 한숨을 내쉬었다. 그녀는 상냥하게 미소를 지어 보이는 데 성공했다.

"재치 있는 대답이군."

그녀는 재차 목소리를 가다듬었다.

"네 말이 맞아. 억지스럽고 불편해질 거야."

그녀는 램프를 쪽으로 손을 뻗었다. 가급적 빨리 불을 끄고 어둠 속으로 몸을 숨겨야 했다. 한바탕 눈물이 나겠지만, 적어도 지금처럼 강박 관념에 시달리지는 않을 터였다. 다만 아침에 잠에서 깨어났을 때 어색할까 봐 걱정이 되긴 했다.

"잘 자."

제르베르는 화가 난 듯 미묘한 얼굴로 그녀의 기색을 집요하게 살폈다.

"제가 선생님께 키스를 하려 할지, 아닐지를 놓고서 여행을 떠나기 전에 라브루스 선생님과 내기를 하셨다고 믿었어요."

프랑수아즈가 손을 거둬들였다.

"난 그 정도로 내가 잘났다고 생각하지 않아. 네가 날 같은 남자로 여기고 있음을 잘 아는걸."

"제가 거짓말을 한 거예요." 갑자기 그의 기세가 한풀 꺾이더니, 다시금 얼굴에 경계심 섞인 그늘이 드리웠다.

"제가 선생님 인생에서, 이를테면 라브루스 선생님에게 칸제티 같은 존재가 되어 버릴까 봐 두려워요."

프랑수아즈는 잠시 뜸을 들였다.

"내가 가벼이 여길지도 모르는 일을 함께 벌이는 게 두렵다고 말하고 싶은 거지?"

"네."

"난 그 무엇도 가볍게 여기지 않아."

제르베르는 머뭇대며 그녀를 쳐다보았다.

"선생님께서 이미 눈치채시고, 이런 상황을 재미있어하신다고 생각했어요."

"뭐를?"

"제가 선생님께 키스하고 싶어 한다는 것을요. 며칠 전 헛간에서 잤던 날이랑, 개울가에서 밤을 보낸 어젯밤에요." 그는 한층 몸을 움츠리면서, 화가 난 듯 말했다.

"파리에 도착하면 기차 승강장에서 선생님께 키스를 하리라고 결심했었거든요. 다만 선생님께서 코웃음을 치실 거라고 생각했죠."

"내가 그럴 리 없잖아!" 프랑수아즈는 말했다. 지금 그녀의 뺨을 달구는 것은, 바로 기쁨이었다.

"그렇게 생각하지 않았더라면 몇 번이고 원했을 거예요. 선생님과 키스하고 싶어요."

그는 쫓기는 사람처럼 침낭 속에 몸을 파묻더니 꼼짝도 않았다. 프랑수아즈는 눈으로 그와의 거리를 재어 보고는 성큼 다가갔다.

"좋아, 이 바보야, 키스해 줘." 그녀는 그에게 입을 내밀면서 말했다.

이윽고 프랑수아즈는 오랫동안 손댈 수 없으리라 여겼던 매끈하고 단단하고 싱그러운 그 몸을 감격에 젖어서 조심스레 쓰다듬었다. 이번에는 꿈을 꾸는 게 아니었다. 완전히 깨어 있는 상태로 그를 붙들고 있는 것이었다. 그녀의 등과 목을 어루만지던 제르베르의 손이 그녀 머리에 놓이더니 그대로 가만히 있었다.

"선생님의 두상이 무척 마음에 들어요." 제르베르는 이렇게 웅얼거리더니, 한 번도 들어 본 적 없는 목소리로 다음과 같이 덧붙였다.

"선생님과 키스를 하고 있으니 기분이 묘하네요."

손전등은 이미 꺼졌고, 연신 미친 듯이 불어 대는 바람 탓에 깨진 창문 틈으로 찬바람이 들어왔다. 프랑수아즈는 제르베르의 어깨에 뺨을 기댔다. 긴장을 풀고 그의 곁에서 가만히 있으니 그와 이야기를 나누는 게 더는 거북하지 않았다.

"너도 알겠지만, 내가 네 품에 안기고 싶어 했던 까닭은 단지 육체적 쾌락 때문만은 아니야. 가장 커다란 이유는 널 사랑하기 때문이야."

"정말이세요?" 제르베르가 기뻐하는 목소리로 물었다.

"물론이지, 사실이야. 내가 너한테 애정을 품고 있다고 단 한 번도 느낀 적 없어?"

제르베르는 손가락으로 그녀의 어깨를 힘주어 잡았다.

"기뻐요. 그 말을 들으니 정말 기뻐요."

"내 눈이 애정으로 가득 차 있지 않았어?"

"전혀요. 언제나 목석처럼 무표정하기만 하셨는걸요. 그래서 선생님께서 라브루스 선생님이나 그자비에르를 어떤 다른 방식으로 바라보고 계신 모습을 보고 있으면, 심지어 고통스럽기까지 했다니까요. 내겐 왜 저런 얼굴을 보이지 않으실까, 늘 궁금했다고요."

"내게 냉정하게 말을 걸었던 건 외려 너였다고."

제르베르는 그녀에게 몸을 바짝 붙였다.

"그래도 전 항상 선생님을 열렬히 사랑해 왔는걸요. 아주, 아주 열렬히요."

"잘도 숨겨 왔구나."

프랑수아즈는 긴 속눈썹이 자리한 그의 눈꺼풀 위에다 입을 맞췄다.

"이렇게 두 손으로 네 머리를 감싸고 싶다고, 내 작업실에서 처음 생각했었어. 피에르가 돌아오기 전날 밤에 말이야. 기억나니? 너는 날 전혀 신경 쓰지 않고 내 어깨에 기대어 잠을 잤잖아. 그래도 난 네가 그러고 있어서 기분이 좋았단다."

"아! 저도 조금은 잠이 깨어 있었어요." 제르베르는 말했다. 그러더니 얼빠진 얼굴로 이렇게 덧붙였다.

"선생님에게 닿아 있는 느낌이 너무 좋았어요. 다만 베개를 대 주듯 어깨를 빌려주시는 거라고 생각했죠."

"네가 잘못 안 거야."

프랑수아즈는 그의 부드러운 검은 머리카락 속으로 손을 집어넣었다.

"그리고 요전에 내가 들려준 꿈 이야기 말이야, 헛간에서 꾸었던 꿈. 그때 네가 꿈이 아니에요, 이게 진짜가 아니라면 너무나도 바보 같은 일 아니겠어요, 라고 말했다고 했잖아……. 그때 네게 거짓말을 했어. 내가 잠에서 깨어나기 두려웠던 이유는, 우리가 뉴욕을 산책하고 있었기 때문이 아니라, 정확히 바로 그 순간에 네 품에 안겨 있었기 때문이야."

"정말이요?"

제르베르는 이렇게 말하더니 목소리를 낮추었다.

"그날 아침에 저는 선생님께서 제가 진짜로 잠들지 않았다고 의심하실까 봐 겁이 났어요. 선생님을 껴안을 수 있도록 그러는 척을 했을 뿐이거든요. 정직하지 못한 짓이었지만, 선생님을 너무나 안고 싶었어요."

"세상에! 전혀 의심하지 않았어. 한동안 우리끼리 숨바꼭질을 할 뻔했네. 내가 먼저 네 얼굴에 적극적으로 들이대길 잘한 셈이군." 프랑수아즈는 웃음을 터뜨리면서 말했다.

"선생님이 그러셨다고요? 선생님께서는 전혀 들이대지 않으셨다고요. 아무 말도 없으셨으면서……."

"우리가 이렇게 될 수 있었던 게 전부 네 덕분이라고 여기는 거야?"

"선생님만큼이나 제 공도 있다고요. 선생님을 깨워 두려고 손전등을 켜 둔 채 대화를 이어 나갔잖아요."

"거참 대범하게 나왔군! 저녁을 먹는 동안 내가 조금이나마 상황을 진척해 보려고 애썼을 때, 네가 어떤 표정으로 나를 바라봤는지 네가 봤어야 하는데."

"선생님께서 취하기 시작한 줄 알았어요."

프랑수아즈는 그의 뺨에 자신의 뺨을 가져다 댔다.

"내 용기를 꺾지 않아 줘서 기뻐."

"저도 기뻐요."

그는 뜨거운 입술로 그녀의 입술을 내리눌렀다. 프랑수아즈는 자기 몸에 바싹 붙어 있는 그의 몸을 느꼈다.

택시는 아라고 거리의 마로니에나무 사이를 달리고 있었다. 높은 건물 위로 보이는 푸른 하늘은 산에서 보았던 하늘처럼 맑았다. 제르베르는 수줍은 미소를 머금은 채 프랑수아즈의 어깨에 팔을 둘렀고, 그녀는 그에게 몸을 기대고 있었다.

"아직도 기쁘니?"

"물론이죠." 제르베르는 확신에 찬 눈빛으로 그녀를 바라보았다.

"전 선생님이 절 진짜로 아끼는 듯 대해 주셔서 기뻐요. 오랫동안 선생님을 만나지 못하더라도 상관없다는 생각이 들 정도예요. 지금 제 말이 좀 다정하게 들리진 않겠지만, 그렇게 되어도 정말 괜찮아요."

"무슨 말인지 알아."

감동의 잔잔한 파도가 밀려왔다. 처음으로 같이 자고 나서 가졌던 농갓집에서의 아침 식사 자리가 떠올랐다. 두 사람은 미소를 지은 채, 기쁨에 젖은 경이와 약간의 어색함을 느끼면서 서로를 바라보았더랬다. 마치 스위스인 약혼자처럼, 그들은 깍지를 끼고 출발했다. 제르비에르드종산의 초원에 이르자, 제르베르는 짙푸른 색의 자그마한 꽃 한 송이를 따서 프랑수아즈에게 건네주었다.

"바보 같아. 그럴 리 없겠지만, 오늘 밤에 다른 누군가가 네 옆에서 자게 되리라고 생각하고 싶지 않아."

"저도 그래요." 제르베르는 나지막한 목소리로 말했다. 그러더니 낙담한 듯 이렇게 덧붙였다.

"저를 사랑하는 사람이 선생님밖에 없었으면 좋겠어요."

"널 열렬히 사랑해."

"이제껏 선생님을 사랑하듯 사랑한 여자는 없었어요. 예전부터 그랬어요, 아주 예전부터."

프랑수아즈는 두 눈이 흐려졌다. 제르베르는 그 어디에도 뿌리를 내리지 못할지도 몰랐다. 또 그 누구에게든 속하는 일 역시 결코 없을지도 몰랐다. 그런 그가 자신의 모든 것을 기꺼이 그녀에게 내어 주고 있는 것이었다.

"소중한 나의 제르베르." 그를 끌어안으면서 그녀는 말했다.

택시가 멈춰 섰다. 감히 그의 손을 놓지 못한 채, 그녀는 흔들리는 눈동자로 잠시 그와 마주했다. 그녀는 단숨에 깊은 물속으로 몸을 던져야 할 때처럼, 육체적 불안을 맛보고 있었다.

"잘 가. 내일 보자." 그녀는 불쑥 말했다.

"내일 뵈어요."

그녀는 극장의 작은 문을 통과했다.

"라브루스 선생님은 위에 계신가요?"

"그럴 겁니다. 아직 호출은 없었습니다." 관리인이 대답했다.

"밀크커피 두 잔을 올려다 주시면 고맙겠어요. 토스트랑 같이요."

프랑수아즈는 안뜰을 가로질렀다. 불확실한 희망으로 심장이 두근거렸다. 사흘 전에 편지를 보냈었다. 피에르가 생각을 바꾸었을 가능성 역시 없지 않았다. 그래도 일단 무언가를 포기하면 그것에 전혀 미련을 두지 않는 게 그의 성격이었다. 그녀는 문을 두드렸다.

"들어오세요." 잠에 취한 목소리가 말했다.

그녀는 방 안에 들어가서 불을 켰다. 피에르가 충혈된 눈으로 깨어났다. 이불을 둘둘 말고 있는 모습이 꼭 커다란 애벌래처럼 태평하고 게을러 보였다.

"자고 있었나 봐요." 그녀는 밝은 얼굴로 말했다.

프랑수아즈는 침대맡에 앉아서 그를 껴안았다.

"몸이 무척 따뜻하네요. 당신 때문에 한숨 자고 싶어지는군요."

기차 좌석에서 몸을 쭉 뻗고 푹 잤음에도, 새하얀 침대 시트가 무척 포근해 보였다.

"당신이 여기 있으니 무척 좋구먼!" 이렇게 말하면서 피에르는 눈을 비볐다.

"잠시만 기다려요. 막 일어나려는 참이었소."

그녀는 창문 쪽으로 걸어가서 커튼을 걷었다. 그동안 그는, 무대 의상에서 잘라 낸 붉은색 비단으로 만든 멋진 실내용 가운을 걸쳤다.

"안색이 무척이나 좋군."

"잘 쉬었거든요. 내가 보낸 편지는 받았나요?" 이렇게 말하면서 프랑수아즈는 미소를 지었다.

"그럼. 예상했겠지만 난 그리 놀라지 않았소." 피에르 역시 미소를 지으며 말했다.

"나를 놀라게 한 건 제르베르와 잤다는 사실이 아니라, 나를 아끼는 듯 보이는 그 애의 태도예요."

"당신은 어떤데?" 피에르가 다정히 물었다.

"나도 그 애를 많이 아끼고 있어요. 게다가 나는 그 애와 경쾌한 관계를 전적으로 유지한 채 이토록 친밀해지게 되어서 무척 기뻐요."

"그렇군. 잘되었소. 당신과 마찬가지로 그 애에게도 행운이로군."

그는 미소를 지었다. 하지만 그의 목소리에는 주저하는 기색이 살짝 담겨 있었다.

"속으로 비난할 거리를 찾고 있는 건 아니죠?" 프랑수아즈가 물었다.

"그럴 리가 있겠소."

누군가가 문을 두드렸다.

"아침 식사를 가져왔습니다." 관리인이 말했다.

관리인이 탁자 위에 쟁반을 내려놓았다. 프랑수아즈는 구운 빵 한 조각을 집어 들었다. 겉은 완전히 바삭했고, 속은 촉촉했다. 그녀는 빵에다 버터를 바른 뒤 커피 잔에다 우유를 부었다.

"진짜 밀크커피와 토스트네요. 맛있겠어요. 제르베르가 우리한테 주려고 만든 검은색 당밀을 당신도 봤어야 하는데."

"신께서 날 지켜 주셨군." 피에르가 말했다. 그는 다른 생각에 빠져 있는 듯 보였다.

"무슨 생각을 해요?" 프랑수아즈가 다소 걱정하며 물었다.

"아! 아무 생각도 안 해요."

그러더니 피에르는 망설이듯 덧붙였다.

"내가 약간은 난처해하고 있을지도 모르겠소. 만약 그렇다면 전부 그자비에르 때문이오. 지금 벌어진 일은 그 애에게 고약한 사건일 테니까."

프랑수아즈는 단지 분노가 치밀어 올랐다.

"또 그자비에르군요! 그 애 때문에 무언가를 포기해야 한다면, 더 이상 스스로를 용서하지 못할 것 같아요."

"이런! 내가 감히 당신을 나무라려고 한 건 아니오." 피에르가 황급히 말했다.

"다만 내가 이제 막 그 애로 하여금 제르베르와 건실하고 깨끗한 관계를 만들어 나가도록 이끌겠노라, 결심한 터라 살짝 놀랐을 뿐이오."

"그 계획은 분명 실패할 거예요." 프랑수아즈는 피식 웃었다. 그러고는 피에르의 기색을 살피면서 이렇게 말했다.

"그 애랑 정확히 어떻게 되었죠? 상황이 어떻게 흘러갔나요?"

"아! 퍽 단순하오." 피에르는 대꾸한 뒤, 잠시 뜸을 들였다.

"내가 당신과 헤어지면서, 그 애로 하여금 제르베르와의 관계를 끊게 하리라고 말했던 것 기억하지? 그런데 제르베르에 대한 얘기를 꺼내자마자 그 애는 내가 예상했던 것보다 더 완강하게 저항하더군. 제르베르에 대해 뭐라고 말했든 그 애는 그를 상당히 좋아하고 있었던 거요. 그 점이 날 망설이게 하더군. 계속 밀어붙였다면 내가 이기긴 했겠지만, 내가 정말로 그러고 싶어 하는지 의문이 들더라고."

"그랬군요."

그의 이성적인 목소리와 확신에 찬 얼굴이 빚어낸 희망을, 프랑수아즈는 여전히 믿을 엄두가 나지 않았다.

"내가 그 애를 다시 만난 뒤, 처음으로 내 마음이 흔들린 거요. 그런데 막상 저녁부터 그다음 날 아침까지 그 애를 수중에 넣게 되자, 열심히 뉘우치고 흡사 나를 사랑하는 듯 구는 그 애가 돌연 중요하지 않게 비치더군."

"어쨌든 당신 성격은 참 못돼 먹었어요." 프랑수아즈는 재미있어하며 말했다.

"성격 때문에 그러는 게 아니오. 당신도 알잖소, 만약 그 애가 내 품에 기꺼이 안겼더라면, 내가 틀림없이 감동했으리라는 걸 말이오. 혹은 연신 경계심을 보였더라면, 승부에 독이 올랐을 수도 있겠지. 그러나 나를 다시 손에 넣으려고 욕심을 부리면서도, 나로 인해 그 무엇도 포기하지 않으려고 전전긍긍하는 그 애를 보고 있자니, 일말의 혐오스러운 연민 외에는 거의 아무것도 느껴지지 않더라니까."

"그래서요?"

"어쨌든 한동안 그 애와 부딪쳐 보려고 해 봤소. 하지만 그 애에게서 마음이 멀어졌음을 실감하게 되자, 그런 내 모습이 기만적으로 보이더군. 그 애에게나 당신, 또 제르베르에 대해서도 말이오."

그는 잠시 말을 멈추었다가 다시 이어 갔다.

"사태가 마무리되었을 때 이미 끝났던 거야. 더는 손쓸 수 없는 거요. 그 애와 제르베르의 동침, 당신과 나 사이의 다툼 그리고 그 애와 자신에 대한 나의 생각, 이 모든 것들이 돌이킬 수 없는 일이라고. 아침에 돔에서 처음으로 다시 만난 날에, 그 애가 질투 어린 목소리로 말대꾸를 했을 때 벌써 구역질이 치밀더군, 그간의 모든 일들이 다시 시작되리라는 생각에 말이오."

프랑수아즈는 마음속에서 솟구치는 사악한 쾌감을 아무런 저항 없이 받아들였다. 순수한 영혼을 보존하는 일이, 요즘 그녀에게 너무도 값비싼 대가를 치르게 했던 것이다

"그래도 어쨌든 그 애를 계속 만나긴 할 거죠?" 그녀가 물었다.

"물론이오. 현재 우리 사이에 우정이 존재하고 있다는 점만큼은 확실하니까."

"자기를 향한 당신의 열정이 식었다는 사실을 깨달았을 때, 그 애가 당신을 원망하지는 않던가요?"

"아! 내가 잘 처신했소. 물러나기가 후회스럽다는 듯 굴었거든. 더불어 그 애를 설득했소, 제르베르를 포기할 마음이 없

다면, 그와의 사랑에 전적으로 집중하라고 말이오."

그가 프랑수아즈를 쳐다보았다.

"당신도 알다시피, 나는 그 애가 더 이상 엇나가길 바라지 않아. 예전에 당신이 말한 것처럼, 내겐 재판관 노릇을 할 자격이 없소. 그 애가 잘못을 저질렀다면, 나 또한 그랬을 테니까."

"우리 모두가 잘못한 거죠."

"당신과 나, 우리 둘은 이 경험에서 무사히 빠져나왔소. 그 애 역시 그러길 바라오."

피에르는 생각에 잠긴 채 손톱을 물어뜯었다.

"그런데 당신은 내 계획을 살짝 어그러뜨렸어."

"운이 없었네요. 하지만 그 애는 제르베르를 몹시 경멸했잖아요. 그러지 말았어야 했어요." 프랑수아즈는 무심하게 대꾸했다.

"그랬다면 당신은 그만두었을 거요?" 피에르가 부드럽게 물어 왔다.

"그 애가 좀 더 진심을 보여 주었더라면, 아마 제르베르는 그 애를 더 많이 좋아했을 거예요. 그랬다면 상황이 달라졌겠죠."

"이미 벌어진 일은 결국 달라지지 않소. 그 애가 아무것도 눈치채지 못하도록 조심하는 수밖에. 당신도 알잖소, 그 애가 강물에 몸을 던질 수밖에 없으리라는 것을."

"아무것도 눈치채지 못할 거예요."

그자비에르를 절망으로 몰아넣을 마음은 조금도 없었다. 날마다 적당하게, 안심이 될 만한 거짓말을 안겨 주면 되었다. 경멸과 기만의 대상이 된 그자비에르는, 이제 더 이상 프랑수

아즈가 세상에서 차지할 자리를 놓고 경쟁해야 하는 상대가
아니었다.

프랑수아즈는 거울을 들여다보았다. 변덕과 고집, 극단적인
이기주의, 이 모든 부정한 가치가 마침내 약점을 드러내고 만
것이다. 승리를 거머쥔 것은 천대받던 낡은 미덕이었다.

'내가 이겼다.' 프랑수아즈는 의기양양하게 생각했다.

다시금 그녀는, 자기만의 운명 한가운데에서 장애물 없이
홀로 실재하고 있었다. 허황하고 공허한 자기만의 세계 속에
틀어박혀 있는 그자비에르는 쓸데없이 살아 움직이는 꿈틀거
림에 지나지 않았다.

9장

　엘리자베트는 텅 빈 호텔을 지나 정원 쪽으로 나갔다. 두 사람은 자신들에게 그늘을 드리운 인조 동굴 옆에 앉아 있었다. 피에르는 글을 쓰고, 프랑수아즈는 천으로 된 긴 의자에 반쯤 누운 자세로 앉아 있었다. 두 사람 모두 꼼짝도 않았으므로, 마치 활인화를 보는 듯했다. 엘리지베트는 제자리에 그대로 멈춰 섰다. 그녀가 왔음을 눈치채면, 두 사람 다 표정을 바꿀 터였다. 그들의 비밀을 캐내기 전까지 모습을 드러내서는 안 되었다. 피에르가 고개를 들어 미소를 머금은 얼굴로 프랑수아즈에게 몇 마디 말을 건넸다. 무슨 얘기를 하는 걸까? 하얀색 티셔츠와 구릿빛 피부를 가만히 들여다본다고 해서 알아낼 수 있는 건 전연 없었다. 두 사람의 행복이 지닌 진실은, 그들의 몸짓과 표정, 그 이면에 감춰진 상태로 남아 있었다. 일상적 친밀함을 지닌 이번 한 주의 시간은, 엘리자베트의 마음속에 파리에서 가지던 간헐적인 대면만큼이나 실망감을 안겨 주었다.

"짐은 다 쌌어?" 그녀가 말했다.

"응. 버스 자리를 두 개 잡아 놓기도 했고. 아직 한 시간이나 남았어." 피에르가 말했다.

엘리자베트는 피에르 앞에 펼쳐져 있는 종이를 손가락으로 만지작거렸다.

"이 반박문은 뭐야? 소설을 다시 쓰기 시작한 거야?" 그녀가 물었다.

"그자비에르한테 보낼 편지야." 프랑수아즈가 웃으며 말했다.

"흥, 잊혔다는 기분은 들지 않겠군." 엘리자베트로서는 제르베르의 개입이 세 사람 사이의 균형를 전혀 바꿔 놓지 않았다는 사실을 쉬이 납득할 수 없었다.

"올해엔 그 애를 파리로 돌아오게 할 거야?"

"물론이지. 진짜로 폭격이 시작되지만 않는다면." 프랑수아즈가 말했다.

엘리자베트는 주위를 둘러보았다. 테라스 형태를 이룬 정원은 녹색과 분홍빛이 어우러진 넓은 풀밭을 향하고 있었다. 아주 자그마한 정원이었다. 화단 주위에는 조개껍질과 커다랗고 울퉁불퉁한 자갈이 들쑥날쑥하게 심겨 있었다. 박제된 새가 로카유 양식[16]의 건조물 안에서 알을 품고 있었다. 그리고 금

---

16) Rocaille. 본래 조약돌을 의미하는 단어다. 루이 15세 시대에 유행하기

속 구슬, 유리 장식, 반짝이 종이로 만든 여러 형상들은 꽃들 사이에서 빛나고 있었다. 전쟁이 너무나도 멀리 있는 듯 보였다. 전쟁을 잊지 않으려면 굳이 노력해야 할 정도였다.

"기차가 사람들로 붐비겠군." 그녀는 말했다.

"그렇겠지. 모두가 도망치고 있으니까. 우리가 마지막 승객이라고." 피에르가 말했다.

"아쉬워라! 이 자그마한 호텔이 무척 마음에 들었는데." 프랑수아즈가 말했다.

"다시 오게 될 거요. 전쟁 중이라 해도, 또 전쟁이 길어진다 해도 언젠가는 끝날 테니까." 피에르는 그녀의 손에 자기 손을 얹으면서 말했다.

"어떤 식으로 끝나게 될까?" 엘리자베트는 생각에 잠긴 듯한 얼굴로 물었다.

날이 저물어 가고 있었다. 프랑스 어느 시골 마을의 불길한 평화 속에서 생각에 잠긴 채 한담을 나누는 세 사람의 프랑스 지식인이 바로 여기에 있었다, 비로소 모습을 드러낸 전쟁을 마주하고서. 이 순간이 지닌 기만적인 자연스러움 아래에는 역사의 한 장을 장식할 중대함이 담겨 있었다.

"아! 간식이 오네요." 프랑수아즈가 말했다.

호텔 종업원이 맥주, 꿀과 잼, 비스킷이 담긴 쟁반을 들고 다가왔다.

시작한 정교하고 섬세한 건축 및 미술 양식을 가리키며, 주로 불규칙하고 아기자기한 꽃, 조개, 덩굴무늬 등을 활용했다. 흔히 로코코 양식으로 알려져 있다.

"잼과 꿀 중 무엇을 먹을래?" 신이 난 얼굴로 프랑수아즈가 물었다.

"아무거나." 엘리자베트는 신경질을 내며 대답했다.

프랑수아즈와 피에르는 진지한 대화를 애써 피하는 듯 보였다. 끝내 이런 종류의 정중함에 짜증이 나고 말았다. 엘리자베트는 프랑수아즈를 쳐다보았다. 리넨 원피스를 걸치고 머리를 풀어서 늘어뜨리니 상당히 젊어 보였다. 사람들이 경탄하는 그녀의 침착함에 일부 경솔함이 섞여 있지는 않은지 문득 궁금해졌다.

"기이한 생활을 하게 되겠지." 엘리자베트는 다시 말을 이어갔다.

"죽을 만큼 권태롭지나 않을지 특히나 걱정이야." 프랑수아즈가 말했다.

"그와 반대로 상당히 흥미진진할 거야." 엘리자베트는 말했다.

독소 조약[17]이 그녀의 마음속에 충격을 가져다주었던 것이다. 뭘 해야 좋을지 도저히 알 수 없었지만, 자신의 힘을 낭비하는 일은 없으리라고 확신했다.

피에르가 꿀을 바른 빵을 베어 물고 프랑수아즈를 향해 미소를 지었다.

"내일 아침이면 우리가 파리에 있게 되리라고 생각하니 기분이 묘하군."

---

17) 1939년 8월 23일에, 나치 독일과 소련이 상호 불가침을 목적으로 조인한 조약이다. 1941년, 나치 독일이 소련을 침공하면서 이 조약은 파기된다.

"사람들이 과연 많이 돌아와 있을지 궁금하네요." 프랑수아즈가 말했다.

"어쨌든 제르베르는 있을 거요. 별다른 문제가 없다면 내일 밤엔 영화관에 갑시다. 요즘 새로운 미국 영화가 많이 상영하더군." 피에르의 얼굴은 환해져 있었다.

파리. 생제르맹데프레의 카페 테라스에선, 하늘거리는 드레스 차림의 여자들이 차가운 오렌지에이드를 마시고 있었다. 샹젤리제와 개선문 사이에는 눈길을 끄는 커다란 사진들이 걸려 있었다. 그 모든 나른한 감미로움은 곧 사라질 터였다. 엘리자베트는 마음이 조여 왔다. 그러한 감미로움을 즐기지 못했던 것이다. 경박함에 대한 혐오를 그녀에게 심어 준 이는 바로 피에르였다. 그런데 그는 스스로의 이익을 위해서는 그리 엄격한 모습을 보이지 않았다. 엘리자베트는 이번 주 내내 피에르가 짜증스러웠다. 엄격한 본보기를 바라보듯, 그녀가 그들을 주시하며 살아오는 동안, 두 사람은 태평스레 자신들의 변덕에 몰입하고 있었던 것이다.

"계산을 하고 오세요." 프랑수아즈가 말했다.

"그러지." 피에르는 자리에서 일어났다.

"이런, 망할 놈의 자갈 같으니라고." 이렇게 말하면서 그는 슬리퍼를 끌어당겼다.

"왜 맨날 맨발로 다니는 거야?" 엘리자베트가 물었다.

"물집 잡힌 데가 아직 다 낫지 않았다고 우기더라고." 프랑수아즈가 말했다.

"사실이야. 네가 나를 많이 걷게 했잖아." 피에르가 말했다.

"멋진 여행이었어." 프랑수아즈는 한숨을 내쉬면서 말했다.

피에르는 자리에서 멀어져 갔다. 며칠 뒤면 두 사람은 헤어지게 되리라. 피에르는 군복을 걸친, 고독한 무명의 군인으로서만 존재하게 될 터였다. 프랑수아즈는 극장이 문을 닫는 광경을, 그리고 친구들이 흩어져 가는 모습을 보게 될 것이었다. 한편 클로드는 쉬잔에게서 멀리 떨어진 채, 리모주에서 불안에 떨게 되리라. 엘리자베트는 풀밭의 장미와 풀잎이 서로 녹아드는 새파란 지평선을 뚫어지게 쳐다보았다. 역사의 비극적 광명 속에서, 사람들은 저마다 지니고 있던 불안한 비밀을 빼앗긴 상태였다. 모든 것이 침체되어 있었다. 온 세상이 정지해 버렸다. 이 보편적 기다림 속에서, 엘리자베트는 두려움도, 욕망도 느끼지 못한 채, 저녁의 부동성과 하나가 된 듯 느꼈다. 그녀 쪽에서 요구하는 바가 더는 아무것도 없는, 기나긴 휴식이 마침내 주어진 양 여겨졌다.

"자, 이제 다 되었소. 짐은 차에 실어 두었고." 피에르가 말했다.

그는 자리에 앉았다. 햇빛을 받아서 반짝이는 얼굴을 하고, 하얀색 티셔츠를 입고 있으니, 그 역시 완전히 다시 젊어진 듯 보였다. 불현듯이 낯선 무언가가, 그간 잊고 지내 온 그 무언가가 엘리자베트의 마음속에서 부풀어 올랐다. 피에르는 곧 떠날 것이었다. 조만간 먼 곳에, 감히 접근할 수 없는 위험한 지역 한가운데에 있게 될 터였다. 오늘 이후로 오랫동안 다시 볼 수 없으리라. 도대체 왜 그의 현존을 활용하지 못했던 것일까?

"비스킷 좀 먹어 봐. 아주 맛있어." 프랑수아즈가 말했다.

"고맙지만 배가 불러서." 엘리자베트는 말했다.

그녀를 관통하는 그 고통은 익히 겪어 왔던 것과는 전혀 달랐다. 극심하고, 치유 불가능한 어떤 것이었다. '피에르를 영영 다시 볼 수 없게 된다면?' 그녀는 생각했다. 얼굴에서 피가 몽땅 빠져나가는 것 같았다.

"집결지가 낭시던가?" 그녀는 물었다.

"응. 그리 위험한 곳은 아니야." 피에르가 대답했다.

"그래도 거기에 영원히 머물지는 않을 거라고. 지나치게 영웅처럼 굴진 않을 거지?"

"날 믿으라고." 피에르는 웃으며 말했다.

엘리자베트는 불안에 젖어서 그를 쳐다보았다. 죽을 수도 있다, 피에르가, 내 오빠가. 아무 말도 하지 않고 오빠를 떠나보내진 않겠어…… 그런데 무슨 말을 해야 한단 말인가? 그녀 앞에 앉아 있는 저 냉소적인 남자는 그녀의 애정을 전혀 필요로 하지 않았다.

"멋진 소포를 보내 줄게." 그녀는 말했다.

"진짜로 위문품을 받게 되겠군. 무척 기분이 좋은걸."

피에르는 다정한 얼굴로 미소를 지었다. 저의를 도통 읽을 수 없는 얼굴이었다. 이번 주 내내 그는 이런 얼굴을 자주 내비쳤다. 난 왜 그토록 경계를 했을까? 당최 무슨 이유에서 우정의 기쁨을 죄다, 영원히 잃어버리고 말았을까? 난 무엇을 바랐던 걸까? 이러한 싸움과 증오가 대체 무슨 소용이라는 말인가? 피에르가 말을 하고 있지 않은가.

"이제 가야 해요." 프랑수아즈가 말했다.

"그럽시다."

두 사람이 자리에서 일어서자, 엘리자베트는 목이 메인 채 그들을 따라갔다. '나는 피에르가 죽기를 바라지 않는다.' 절망에 사로잡혀서 그녀는 생각했다. 그의 팔을 붙들 엄두조차 나지 않았다. 그녀는 다만 그와 나란히 걸음을 옮길 뿐이었다. 어쩌다 난 행동을, 진심 어린 한마디마저 못 하게 됐을까? 현재로서는 자기 마음의 본능적 움직임이 색다르게 여겨졌다. 그를 구하기 위해서라면 목숨도 바칠 수 있을 것만 같았다.

"사람이 엄청나게 많군!" 프랑수아즈가 말했다.

번쩍거리는 자그마한 버스 주위로 사람들이 잔뜩 몰려 있었다. 지붕 위의 가방과 트렁크, 짐짝 사이에 운전기사가 서 있었다. 버스 뒤에 기대어 놓은 사다리 위에 앉아 있던 한 남자가 운전기사에게 자전거 한 대를 내밀고 있었다. 프랑수아즈는 창문에다 코를 박았다.

"우리 자리가 잘 있군요." 만족스러운 듯 그녀가 말했다.

"기차에선 통로에 있게 될까 봐 걱정이 되는군." 엘리자베트가 말했다.

"미리 자 두면 되지 뭐." 피에르가 말했다.

세 사람은 자그마한 버스 주위를 한 바퀴 돌았다. 몇 분밖에 남지 않았다. 한마디 말, 한 번의 몸짓이면 된다. 그럼 그는 알게 되리라…… 하지만 용기가 나지 않았다. 엘리자베트는 절망스럽게 피에르를 바라보았다. 모든 것이 달라질 수 있지 않았을까? 상상이 빚어낸 위험에 저항하는 대신에, 신뢰와 기쁨을 만끽하며 두 사람 곁에서 그 모든 세월을 살 수는 없었을까?

"승차하십시오." 운전사가 외쳤다.

'너무 늦었다.' 엘리자베트는 망연자실한 채 생각했다. 피에르의 품에 와락 안기기 위해 그녀는 일단 자신의 과거부터 산산조각 냈어야 했다, 그녀라는 사람 전부를. 너무 늦은 셈이었다. 더 이상 그녀는 이 순간의 소유자가 아니었다. 심지어 얼굴마저 자기 뜻대로 움직일 수 없었다.

"조만간 다시 보자." 프랑수아즈가 말했다.

그녀는 엘리자베트를 끌어안은 뒤 자리로 가서 앉았다.

"잘 있어." 피에르가 말했다.

서둘러 그는 엘리자베트의 손을 잡고 미소 띤 얼굴로 그녀를 쳐다보았다. 눈에서 눈물이 차오르고 있음을 느꼈다. 그녀는 피에르의 어깨를 잡으며 뺨에다가 입술을 가져다 댔다.

"조심해야 해." 그녀가 말했다.

"걱정하지 마."

피에르는 그녀의 뺨에 재빨리 입을 맞추고 나서 버스에 올랐다. 그 순간 그의 얼굴이 열린 차창으로 다시 한 번 나타났다. 차가 움직이기 시작했고, 그는 손을 움직였다. 엘리자베트 역시 손수건을 흔들었다. 버스가 성벽 뒤로 사라진 다음에야, 그녀는 발길을 돌렸다.

"소용없는 짓이야. 다 소용없는 짓이라고." 그녀는 중얼거렸다.

그녀는 손수건을 입술에 대고 눌렀다. 그러고는 호텔을 향해 내달리기 시작했다.

프랑수아즈는 눈을 크게 뜬 채 천장을 응시하고 있었다. 옆에선 피에르가 반쯤 옷을 벗은 채 잠들어 있었다. 살짝 잠이 들긴 했지만, 밤새도록 커다란 고함 소리가 길거리에서 들려오는 바람에 깨고 말았던 것이다. 악몽을 꿀까 봐 무척이나 겁났으므로, 다시 눈을 감을 수 없었다. 커튼이 닫혀 있지 않아서 달빛은 방 안으로 스며들고 있었다. 고통스럽지 않았고, 아무 생각도 들지 않았다. 그저 인생의 자연스러운 흐름 속에 자리 잡은 전쟁의 권세가 놀라울 따름이었다. 그녀는 피에르에게 몸을 숙였다.

"3시가 다 되었어요."

피에르는 신음 소리를 내며 기지개를 켰다. 그녀는 불을 밝혔다. 벌어진 가방, 반쯤 채운 배낭, 통조림과 양말 등이 바닥에 어지러이 널려 있었다. 프랑수아즈는 벽지 위에 피어 있는 붉은 국화 무늬를 뚫어져라 바라보았다. 불안은 목구멍에서 그녀를 사로잡고 있었다. 내일도 저 무늬는 똑같이 관성적 고집을 부리면서 같은 자리에 펼쳐져 있을 터였다. 피에르의 부재를 맛볼 무대는 이미 차려진 셈이었다. 예기된 이별은 이제껏 공허한 위협으로 남아 있었다. 그런데 이 방은 실현된 미래에 해당했다. 그 미래가 여기에 있었다. 씻을 수 없는 슬픔 속에서 온전한 현재의 모습을 한 채 말이다.

"필요한 건 다 챙겼어요?"

"그런 것 같은데." 피에르는 가장 낡은 정장으로 갈아입고 주머니에 지갑과 펜, 담배쌈지를 넣었다.

"멍청하게도 결국엔 워커를 사 주질 않았네요. 하지만 내가 뭘 해야 할지 스스로 잘 알고 있답니다. 내 스키부츠를 줄게요. 잘 맞잖아요."

"당신의 가여운 부츠를 빼앗고 싶진 않은데."

"다시 스키를 타러 갈 때 새걸 사 줘요." 그녀는 서글프게
말했다.

프랑수아즈는 벽장 안쪽에서 부츠를 꺼내 그에게 건넸다.
그러고 나서 배낭 속에 속옷과 비상식량을 정리해 담았다.

"해포석 담뱃대는 가져가지 않을 건가요?"

"응. 휴가 나올 때를 위해서 남겨 두고 가겠소. 잘 지키고 있
어요."

"걱정 말아요."

금박을 두른 아름다운 금빛 담뱃대는 작은 관 속에 가만히
놓여 있었다. 프랑수아즈는 뚜껑을 닫은 뒤 그대로 서랍 안에
넣었다. 그녀는 피에르를 향해 몸을 돌렸다. 그는 부츠를 신은
채 침대 가장자리에 앉아서 손톱을 물어뜯고 있었다. 그의 눈
은 충혈되어 있었고, 바보 같은 표정을 짓고 있었다. 예전에
그자비에르와 놀 때면 종종 즐겨 짓던 표정이었다. 프랑수아
즈는 어찌할 바를 모른 채, 그의 앞에 가만히 서 있었다. 그들
은 하루 종일 대화를 나눴더랬다. 하지만 이젠 더 이상 할 말
이 없었다. 그는 손톱을 물어뜯었고, 그녀는 그런 그를 짜증과
체념, 허탈함에 젖어서 바라보고 있었다.

"갈까요?" 마침내 그녀가 입을 열었다.

"갑시다."

그는 배낭 두 개를 양쪽 어깨에 하나씩 메고 방을 나섰다.
프랑수아즈는 등 뒤로 문을 닫았다. 몇 달이 지나기 전까지,

그가 이 문을 넘어설 일은 없으리라. 계단을 내려가는 동안 그녀의 다리는 연신 후들거렸다.

"돔에서 한잔할 시간은 있군. 그래도 마음을 놓을 순 없소. 택시 잡기가 쉽진 않을 테니까." 피에르가 말했다.

두 사람은 호텔을 나와서 그토록 자주 오가던 길거리에 마지막으로 들어섰다. 달이 모습을 감춘 터라 어두웠다. 이미 여러 밤 동안 파리의 밤하늘에서는 빛을 찾아볼 수 없었다. 거리엔 가까운 바닥 표면에 미광을 늘이는, 몇 개의 노란색 불빛만이 떠돌 뿐이었다. 예전엔 멀리서도 볼 수 있었던, 몽파르나스 교차로를 표시해 주던 분홍색 연기 역시 사라지고 없었다. 하지만 카페 테라스만은 여전히 희미하게 빛을 발하고 있었다.

"내일부터 11시에는 모든 가게가 문을 닫아야 한다더군요. 전쟁 전 마지막 밤인 거죠." 프랑수아즈가 말했다.

두 사람은 테라스에 자리를 잡고 앉았다. 카페는 사람들과 소음, 담배 연기로 가득 차 있었다. 한 무리의 젊은이들이 노래를 부르고 있었다. 어느새 제복을 입은 장교 무리가 바닥의 어둠 한가운데에서 솟아올랐다. 그들은 무리 지어 여러 개의 탁자 주위로 흩어졌다. 여자들이 웃음을 날리며 치근덕댔지만, 그 웃음은 아무런 반응도 얻지 못했다. 마지막 밤, 마지막 시간. 급작스레 터져 나오는 신경질적인 목소리는 무기력한 얼굴들과 대조를 이루었다.

"이곳의 생활도 완전히 달라지겠군."

"그렇겠죠. 모두 다 말해 줄게요."

"그자비에르가 당신을 너무 부담스럽게 하지 않았으면 좋겠는데. 그 애를 이렇게 서둘러 파리로 돌아오게 해서는 안 됐을 지도 몰라."

"그렇지 않아요. 당신이 그 애를 다시 만나 줘서 다행이에 요. 그 모든 긴 편지를 쓸 필요가 정말 없었을지도 몰라요, 단 번에 편지의 효과를 사라지게 했음을 보면요. 게다가 그자비 에르는 제르베르와 마지막 며칠을 보내야 했는걸요, 계속 루 앙에 있을 순 없다고요."

그자비에르. 이제 그녀는 하나의 추억, 편지 봉투에 적힌 하나의 주소, 미래의 무의미한 한 조각에 불과했다. 몇 시간 뒤에 살아 있는 그녀를 보게 되리라는 사실이 믿기지 않았다.

"제르베르가 베르사유에 있는 동안, 분명 당신은 그 애를 가끔 만날 수 있을 거요."

"내 걱정은 하지 말아요. 언제나 잘 헤쳐 나갈 테니까."

프랑수아즈는 그의 손에 자기 손을 얹었다. 피에르는 곧 떠 날 것이다. 이 사실 외에 중요한 건 아무것도 없었다. 한동안 두 사람은 아무 말 없이 평화가 죽어 가고 있음을 그대로 지 켜보았다.

"거기에 사람이 많을지도 몰라요." 프랑수아즈는 자리에서 일어나며 말했다.

"그렇지 않을 거요. 사내들 중 4분의 3은 이미 소집되어 갔 으니."

두 사람은 잠시 거리를 돌아다녔고, 마침내 피에르가 택시 를 불렀다.

"빌레트 역으로 가 주세요." 그는 운전사에게 말했다.

두 사람은 파리를 말없이 가로질렀다. 마지막 별들이 희미하게 빛나고 있었다. 피에르는 입가에 엷은 미소를 띠고 있었다. 긴장한 모습이 아니라, 오히려 어린애같이 집중하고 있는 듯 보였다. 프랑수아즈는 마음속으로 흥분이 소강하고 있음을 느꼈다.

"도착한 건가요?" 그녀는 화들짝 놀라서 물었다.

텅 빈 작은 원형 광장 가장자리에 택시가 멈춰 섰다. 기둥 하나가 광장 중앙의 평지 한가운데에 솟아 있었고, 은색 줄 장식이 달린 군모를 쓴 헌병 두 사람이 거기에 기대서 있었다. 피에르는 택시 요금을 치른 뒤 헌병 쪽으로 다가갔다.

"여기가 집결지 아닌가요?" 그는 군인 수첩을 내밀면서 헌병에게 물었다.

헌병 중 한 사람이 나무 기둥에 붙어 있는 종이 한 귀퉁이를 손가락으로 가리켰다.

"동부 역으로 가셔야 합니다."

피에르는 당황한 듯하더니, 프랑수아즈의 마음에 늘 와닿던 뜻밖의 진솔함을 지닌 순진한 얼굴로 헌병을 올려다보았다.

"걸어갈 만한 시간이 제게 있을까요?"

헌병이 웃음을 터뜨렸다.

"선생님 때문에 일부러 기차를 가동하진 않을 테니, 그리 서두르지 않으셔도 됩니다."

피에르가 프랑수아즈 곁으로 되돌아왔다. 그는 버려진 광장 위에, 배낭 두 개를 걸머메고 스키부츠를 신은 채, 완전히 초라하고 우스꽝스러운 얼굴을 하고 서 있었다. 프랑수아즈에게 지난 십 년의 세월은, 자신이 얼마나 그를 사랑하는지를 그한테 일깨우기에 결코 충분하지 않은 시간이었다.

"아직 여유가 좀 있소." 그가 말했다. 그녀는 그의 미소 속에서 그가 알아야 할 것을 벌써 알아냈음을 발견했다.

두 사람은 동이 트는 좁은 길을 통과해서 출발했다. 따뜻한 날씨였고, 하늘에 떠 있는 구름은 분홍빛으로 물들어 있었다. 일을 하느라 밤을 지새우고, 둘이서 자주 함께했던 산책을 그대로 하고 있는 듯했다. 역으로 내려가는 계단 위에서 그들은 걸음을 멈추었다. 아스팔트 보도 사이에 놓인 출발 지점에 얌전히 박혀 있던, 번쩍거리는 철도가 갑자기 그 자리에서 벗어나더니, 각자의 흐름대로 서로 뒤얽히며 끝을 알 수 없는 곳을 향해 도망치고 있었다. 잠시 두 사람은 승강장 가장자리를 따라 줄지어 서 있는 기차의 평평하고 기다란 지붕을 바라보았다. 승강장에 놓인, 하얀색 바늘이 달린 열 개의 검정 숫자판은 모두 5시 30분을 가리키고 있었다.

"여기로 모여들겠죠?" 프랑수아즈는 다소 걱정하듯 말했다.

신문에서 보았듯이 헌병, 장교 그리고 민간인 들이 떼를 지어 모여 있으리라고 상상했었다. 하지만 대합실은 거의 비어 있는 데다 심지어 군복을 입은 사람조차 눈에 띄지 않았다. 짐 더미들 사이에 앉아 있는 몇몇 가족과, 어깨에 배낭을 짊어지고 혼자 있는 몇 사람들만이 보일 뿐이었다.

피에르는 창구 쪽으로 다가갔다가 프랑수아즈에게 되돌아왔다.

"첫차가 6시 19분에 출발한다는군. 앉을 자리를 얻으려면

6시에는 자리를 잡으러 가야겠소."

프랑수아즈의 팔을 붙들면서 그는 말했다.

"아직은 한 바퀴 돌고 와도 될 것 같아."

"출발을 참 이상하게도 하는군요. 이러리라곤 상상도 못 했어요. 다 알아서 해야 하나 봐요."

"그러게. 강요하는 분위기가 전연 느껴지질 않는군. 심지어 난 소집 영장 쪼가리조차 받지 못했으니까. 아무도 날 찾으러 오지 않았던 데다 민간인처럼 기차 시각을 묻고 있으니, 마치 자진해서 떠나는 기분이 들 정도야."

"그렇지만 당신이 가만있지 못하리라는 걸 난 알아요. 이를테면 내적 필연이 당신을 떠다밀고 있는 듯 보였거든요."

두 사람은 역에서 나와 몇 발자국 걸음을 옮겼다. 인적 없는 대로 위에 자리한 하늘은 맑고 포근했다.

"더 이상 택시가 보이지 않는군. 지하철도 멈춰 섰고. 당신은 어떻게 돌아갈 셈이오?"

"걸어서요. 그자비에르를 만나러 갔다가, 당신 사무실을 정리할 생각이에요. 바로 편지를 보내 줄 거죠?" 그녀의 목소리는 잠겨 있었다.

"심지어 기차에서도 쓰겠소. 하지만 편지가 제때 도착하지 않을 테지. 참고 기다릴 수 있겠소?"

"물론이죠! 인내심이라면 되팔 수 있을 만큼 충분해요."

두 사람은 대로를 따라 조금 걸었다. 새벽녘, 거리의 한적함이 완전히 정상인 양 보였고, 전쟁은 그 어디에도 존재하지 않았다. 다만, 벽에 포스터가 붙어 있을 뿐이었다. 프랑스 국민을 향한 호소문에 해당하는, 삼색 리본으로 장식한 커다란 포스터 한 장과, 총동원령을 알리는 하얀색 바탕에 흑백의 깃발이 그려진 평범하고 작은 포스터 한 장 말이다.

"이제 가야겠소." 피에르가 말했다.

두 사람은 역으로 돌아왔다. 개찰구 위에 붙은 팻말에는 탑승객만이 승강장에 입장할 수 있다는 문구가 적혀 있었다. 몇몇 커플이 차단기 옆에서 포옹을 나누고 있었다. 그 모습을 보자 프랑수아즈의 눈에 돌연 눈물이 차올랐다. 이렇게 이름 없는 사람이 되고 보니, 지금 겪고 있는 이 사건을 이해할 수 있었다. 이 모든 낯선 얼굴 위로, 그들의 떨리는 미소 속에, 이별로 인한 온갖 비극이 떠오르고 있었다. 그녀는 피에르를 향해 몸을 돌렸다. 감정적으로 흔들리는 모습을 보이고 싶지 않았다. 그녀는 명확히 구분되지 않은 모호한 순간 속에, 씁쓸히 멀어져 가는 그 감각을 차마 고통이라 할 수조차 없는 상황 속에 빠져 있었다.

"잘 있어요." 피에르는 그녀를 살며시 껴안은 채 마지막으로 바라보고는 등을 돌렸다.

그는 개찰구를 빠져나갔다. 그녀는 빠르고 지나치게 단호한 걸음걸이로 사라져 가는 그를 바라보았다. 얼굴의 긴장감을 짐작하게 하는 걸음걸이였다. 그녀도 몸을 돌렸다. 그녀와 동시에 두 여자가 돌아섰다. 그들의 얼굴은 일순간 일그러지더니, 그중 한 여자가 울기 시작했다. 프랑수아즈는 잔뜩 굳은 채 출구 쪽으로 걸음을 옮겼다. 울어 봤자 아무짝에도 소용없다. 몇 시간을 흐느끼더라도 흘릴 눈물은 여전히 남아 있을 터였다. 그녀는 일정한 보폭으로 성큼성큼 길을 나섰다. 파리의 기괴한 한적함을 가로지르는 여행자의 발걸음이었다. 여전히 그 어디에서도 불행이 보이지 않았다. 대기의 온화함 속에서도, 나무에 매달린 금빛으로 물든 잎사귀에서도, 레알에서 풍겨 오는 신선한 채소의 냄새에서도. 이렇게 계속 걷는 한, 불행은 포착할 수 없는 상태로 줄곧 남아 있을 터였다. 그러나일단 걸음을 멈추면, 주위에서 느껴지는 전쟁의 음험한 현존이 마음속으로 밀려들 테고, 결국 내면을 산산조각 내고 말것이었다.

그녀는 샤틀레 광장을 지나 생미셸 대로를 따라 올라갔다. 뤽상부르 공원의 연못은 물을 빼놓은 탓에, 늪지대에서 서식하는 곰팡이로 인해 부식된 바닥이 훤히 들여다보였다. 프랑수아즈는 바뱅 거리에서 신문 한 부를 샀다. 그자비에르의 방문을 두드리려면 아직 한참을 기다려야 했으므로, 프랑수아즈는 돔에 들어가서 앉아 있기로 마음먹었다. 그자비에르를배려해 생각은 거의 없었다. 다만 아침에 해야 할 정해진 일정이 있어서 흡족할 따름이었다.

카페로 들어서던 그녀의 두 볼에 돌연 피가 쏠렸다. 창가가까이에 놓인 탁자에, 금빛 머리통과 갈색 머리카락의 얼굴이 앉아 있는 모습을 발견한 것이다. 그녀는 멈칫했지만, 되돌아 나가기엔 너무 늦은 상태였다. 제르베르와 그자비에르가이미 그녀를 알아보았던 것이다. 상당히 무기력하고 낙심해 있었으므로, 두 사람이 앉아 있는 자리로 다가가는 동안 신경질적인 떨림이 그녀를 뒤흔들어 놓았다.

"어떻게 지내고 있어?" 그자비에르의 손을 잡으며 그녀는 말했다.

"잘 지내고 있어요." 그자비에르가 은근한 목소리로 답했다. 그러고 나서 그녀는 프랑수아즈의 기색을 살폈다.

"피곤해 보이시네요."

"방금 전 라브루스를 기차에 태웠거든. 잠을 거의 못 잤어."

프랑수아즈는 심장이 쿵쾅거렸다. 몇 주 전부터 그녀에게 그자비에르는 자기 멋대로 뽑아낸 애매한 이미지에 지나지 않았다. 그런데 느닷없이 되살아난 그녀가 여기에 있었던 것이다. 작은 꽃무늬가 들어간 파란색 원피스를 걸치고, 기억보다 더 짙은 금발을 한 채로. 그동안 잊고 지냈던 선이 빚어낸 그녀의 입술은 완전히 새로운 미소 속에서 열려 있었다. 그녀가 고분고분한 환영으로 변한 적은 결코 없었던 것이다. 다시금 맞서야 하는 건, 바로 그녀의 살아 있는 현존이었다.

"전 밤새 산책을 했어요. 새까만 어둠에 잠긴 길이 아름답더라고요. 꼭 세상 끝에 와 있는 기분이었어요." 그자비에르가 말했다.

그 모든 시간을 제르베르와 함께 보냈던 것이다. 제르베르에게도 그녀는 직접 만질 수 있는 하나의 현존으로 되돌아와 있었다. 그는 마음속으로 이 애를 어떻게 받아들였을까? 그의 얼굴은 아무것도 표현하고 있지 않았다.

"카페가 문을 닫으면 상황이 한층 더 안 좋아질 거야." 프랑수아즈가 말했다.

"맞아요, 삭막해지겠죠."

이렇게 말하고 나서 그자비에르는 두 눈을 반짝이며 물었다.

"정말로 폭격을 당하리라고 생각하시나요?"

"아마도 그렇게 되겠지." 프랑수아즈가 대답했다.

"밤중에 사이렌을 들으면서, 사람들이 쥐새끼처럼 사방에서 뛰쳐나오는 꼴을 보고 있으면 끝내주게 재미있을 거예요."

그자비에르의 의도적인 유치함에 짜증이 났으므로, 프랑수아즈는 애써 미소를 쥐어짜 내야 했다.

"억지로 지하실에 내려가야 할 거야."

"흥! 전 내려가지 않겠어요."

잠시 침묵이 흘렀다.

"나중에 보자. 나를 만나러 여기로 오기만 하면 돼. 안쪽에 앉아 있을 테니까."

"이따 봬요."

프랑수아즈는 탁자 앞에 앉아서 담배에 불을 붙였다. 손이 떨려 왔다. 강렬한 정신적 혼란에 그녀는 당황하고 있었다. 지난 몇 시간 동안 이어진 긴장감 탓이라고 생각했다. 그녀는 긴장이 풀리면서 이처럼 무기력해졌을 뿐이었다. 마음속으로 의지할 데라곤 전혀 없이, 뿌리까지 송두리째 뽑힌 채 이리저리 방황하다가, 어디인지 모를 곳에 내동댕이쳐진 기분이었다. 헐벗고 불안한 삶을 살게 되리라는 현실을 침착하게 받아들인 터였다. 하지만 그자비에르의 실존이 그녀의 삶 반대편에서 여전히 그녀를 위협하고 있었다. 격렬한 공포에 휩싸인 그녀가 알아본 것은 바로 예전의 그 불안이었다.

10장

"이런, 채색 기름이 바닥이 났네." 그자비에르가 말했다.

그녀는 난처한 얼굴로 한 겹의 파란색 페인트가 반쯤 칠해진 창문을 쳐다보았다.

"멋지게 칠했는걸." 프랑수아즈가 말했다.

"그렇죠? 이네스는 절대 창문을 원래대로 돌려놓을 수 없을 거예요."

훈련용 공습 경보가 처음으로 울린 그다음 날, 이네스는 파리에서 달아나 버렸으므로 프랑수아즈는 그녀의 아파트를 임대했다. 베이야르 호텔 방에는 피에르와의 추억이 몹시 생생하게 남아 있는 데다, 더는 불빛도 은신처도 제공하지 않는 파리의 비극적인 밤 때문에 집의 필요성을 느꼈던 것이다.

"채색 기름이 필요해요."

"이젠 구할 수 있는 데가 없어."

프랑수아즈는 피에르에게 보낼 책과 담배가 든 소포에 굵은 글씨로 주소를 적어 넣는 중이었다.

"이제는 구할 수 있는 게 아무것도 없군요." 그자비에르는 화를 내면서 말했다. 그러더니 소파에 몸을 던지면서 우울한 목소리로 이렇게 말했다.

"이래서는 아무것도 하지 않은 것 같잖아요."

그자비에르는 굵은 줄이 허리를 죄는, 거친 모직으로 만든 긴 가운을 휘감고 있었다. 넓은 소매 속에 손을 집어넣은 데다, 반듯하게 자른 머리카락을 얼굴 주위로 곧게 내리고 있으니, 꼭 어린 수도사처럼 보였다.

프랑수아즈는 펜을 내려놓았다. 비단 스카프로 감싸 놓은 전구가 방 안에 희미한 보라색 불빛을 흘려보냈다.

'일하러 가 봐야 하는데.' 프랑수아즈는 생각했다. 하지만 그럴 마음이 들지 않았다. 그녀의 생활은 일관성을 완전히 상실한 상태였고, 모든 걸음마다 물컹한 물질 속으로 빠져드는 듯했다. 이대로 영원히 가라앉았으면 좋겠다는 바람과, 갑자기 단단해진 바닥을 향한 기대감이 매번 동시에 교차하는 가운데, 조금 더 깊숙이 빠져들 정도로만 원래 상태로 돌아오곤 했다. 더 이상 미래는 없었다. 오직 과거만이 실질적인 것으로 남아 있었다. 그리고 그러한 과거를 구현하는 것은 바로 그자비에르였다.

"제르베르에 관한 소식은 있니? 군 생활은 어떻게 해 나가고 있대?" 프랑수아즈가 물었다.

열흘 전, 일요일 오후에 제르베르를 다시 만난 터였다. 그러므로 그에 대해 아무것도 묻지 않는다면 부자연스러워 보이리라는 생각이 들었다.

"심심하진 않은가 봐요."

그자비에르는 은밀한 미소를 희미하게 지어 보이며 말했다.

"특히나 화내기를 좋아하는 듯 보이더라고요."

그녀의 얼굴은 전적인 소유에 대한 부드러운 확신을 반영하고 있었다.

"화낼 일이 없을 리가 없지."

"자기가 겁을 낼지, 안 낼지를 알고 싶어서 안달이 났더라고요." 그자비에르는 너그럽고 기분 좋은 표정을 하고서 말했다.

"상황을 예측하기가 어렵잖아."

"그렇지 않아요! 그이는 저처럼 상상력이 풍부하거든요."

침묵이 흘렀다.

"버그만[18]이 수용소에 갇힌 거 알아? 정치적 망명자들 신세가 참 안됐지 뭐야."

"흥! 그 사람들은 모두 첩자라고요."

"모두가 그런 건 아니야. 반파쇼 전쟁을 명분으로 내세운 이들에 의해 감옥에 갇힌 진정한 파시즘 반대자들도 많이 있

---

18) 게오르그 프란시스 잭 버그만(George Francis Jack Bergmann, 1900~1979)을 지칭하는 듯 보인다. 폴란드의 유대인 집안에서 태어난 버그만은 독일에 나치 정권이 들어서자, 1933년 프랑스로 망명했다. 1940년 10월, 프랑스 비시 정부에 의해 투옥되었다가 1943년에 2월에 석방되었다. 그 후 전기 작가이자 역사가 그리고 유대인 단체의 지도자 등으로 활동했다.

는걸."

그자비에르는 경멸스럽다는 듯 입을 비죽였다.

"그런 사람들에게 관심을 가지다니요! 그자들이 좀 짓밟히는 게 뭐 그리 슬픈 일이라고."

프랑수아즈는 냉정하고 잔혹한 그 얼굴을 다소 혐오스럽게 쳐다보았다.

"사람들한테 관심이 없다면, 남는 게 뭔지 궁금하네."

"이런! 하긴 선생님과 제가 똑같이 생겨 먹은 건 아니니까요." 경멸과 악의가 한데 섞인 눈으로 프랑수아즈를 훑어보면서 그자비에르는 말했다.

프랑수아즈는 입을 다물었다. 그자비에르와의 대화는 이내 적의에 찬 대면으로 변질되었다. 지금 그자비에르의 억양과 사악한 미소 속에서 드러난 것은, 유치하고 변덕스러운 적대감과는 전혀 달랐다. 그것은 여인으로서의 진정한 적의였다. 피에르의 사랑을 간직한 프랑수아즈를 그녀가 용서하는 일은 절대로 없을 터였다.

"음반을 좀 돌릴까?" 프랑수아즈가 물었다.

"하고 싶은 대로 하세요."

프랑수아즈는 「페트루시카」의 초판을 전축 회전판에 얹었다.

"늘 똑같은 음악이잖아요." 그자비에르는 투덜거렸다.

"선택의 여지가 없잖아."

그자비에르가 발을 구르더니, 이를 악물고 말했다.

"이 상태가 오래갈까요?"

"뭐가?"

"캄캄한 거리랑, 텅 빈 가게들, 11시면 문을 닫는 카페, 이 모든 일 말예요." 그자비에르는 분노로 몸을 떨면서 이렇게 덧붙였다.

"한동안 지속될 가능성이 있어."

그자비에르는 두 손으로 자신의 머리칼을 움켜쥐었다.

"하지만 전 미치고 말 거예요."

"사람은 그리 빨리 미치지 않아."

"전 참을성이 없는걸요. 저는 무덤 밑바닥에서 사태를 관망하는 것만으로는 부족하다고요! 세상 반대편에 손으로 만질 수 없지만 실재하는 사람들이 있다고 속으로 되뇌는 것만으로는 충분하지가 않다고요." 그자비에르는 적개심 어린 절망적인 목소리로 말했다.

프랑수아즈는 얼굴을 붉혔다. 그자비에르와 아무 말도 나누지 말았어야 했다. 그녀는 남들이 하는 모든 말을 곧바로 맞받아치곤 했다. 그자비에르가 프랑수아즈를 쳐다보았다.

"그렇게나 이성적이시라 참 좋으시겠어요." 그녀가 애매모호하게 겸손한 태도로 말했다.

"스스로를 비참하게 여기지 않는 걸로 충분해." 프랑수아즈는 싸늘하게 말했다.

"저마다 능력이 다른 법이잖아요."

프랑수아즈는 헐벗은 벽과 파란색 유리창을 쳐다보았다. 마치 무덤 내부를 보호하고 있는 듯 보였다. '상관없을지도 몰라.' 그녀는 괴로워하며 생각했다. 아무리 애를 써 봐도, 지난 삼 주 동안 그자비에르를 떠났던 적은 거의 없었다. 전쟁이 끝날 때가지 계속 그녀 곁에서 살아갈 터였다. 자기는 물론이거니와, 온 세상 위로 위험한 그림자를 드리우는 이 가증스러운 현존을 부인할 방도가 프랑수아즈에게는 더 이상 없었다.

현관문의 초인종 소리가 정적을 깨뜨렸다. 프랑수아즈는 기다란 복도로 나갔다.

"무슨 일이세요?"

관리인 여자가 낯선 글씨체로 주소를 적어 놓은, 우표가 붙어 있지 않은 편지 봉투 하나를 내밀었다.

"조금 전에 어떤 남자분이 이걸 맡기셨어요."

"고맙습니다."

프랑수아즈는 편지를 뜯었다. 제르베르의 글씨체였다.

'지금 파리에 와 있습니다. 카페 레이에서 기다리고 있을게요. 밤새 시간이 있습니다.'

프랑수아즈는 핸드백 속에 편지를 넣고 방으로 들어가서 코트와 장갑을 집어 들었다. 마음속에서 희열이 터져 나왔다. 그녀는 겨우 표정을 가다듬은 뒤 그자비에르의 방으로 되돌아갔다.

"어머니가 브리지 게임을 하러 오라시네."

"흥! 나가시려나 보군요." 그자비에르가 비난하는 얼굴로 말했다.

"자정 무렵엔 돌아올게. 계속 집에 있을 거야?"

"제가 어디로 가길 원하시나요?"

"그럼 나중에 보자."

프랑수아즈는 불이 꺼진 계단을 내려가서 뛰다시피 길로

접어들었다. 몇몇 여자들은 방독면이 든 회색 원통을 어깨에 짊어지고 몽파르나스 거리의 보도 위를 서성이고 있었다. 묘지의 벽 뒤에서 올빼미 한 마리가 울고 있었다. 프랑수아즈는 헐떡이며 라게테 거리 모퉁이에서 걸음을 멈췄다. 멘 대로 위로 붉고 어두운 불빛이 큼지막하게 비치고 있었다. 카페 레이였다. 커튼을 쳐서 불빛이 새어 나가지 않도록 해 놓았으므로, 모든 공공장소는 사창가처럼 도발적인 분위기를 풍기고 있었다. 프랑수아즈는 입구를 가려 놓은 벽걸이 천을 걷었다. 제르베르는 전자 오르간 옆자리에서 마르 한 잔을 마주하고 있었다. 탁자 위에는 군모가 놓여 있었고, 머리를 짧게 자른 모습이었다. 카키색 군복을 입고 있으니 터무니없을 정도로 어려 보였다.

"파리에 올 수 있어서 너무 다행이다!"

프랑수아즈는 제르베르의 손을 잡았고, 두 사람의 손가락은 서로 하나가 되었다.

"수법이 잘 먹혀들었나 보지?"

"네. 그런데 사전에 알려 드릴 순 없었어요. 나올 수 있을지 미리 알 수가 없어서요."

그는 미소를 지었다.

"만족스러워요. 아주 쉽더라고요. 가끔씩 다시 써먹을 수 있을 거예요."

"네 덕분에 일요일이 기다려지겠군. 한 달에 일요일이 거의 없잖아. 더군다나 넌 그자비에르도 만나야 하니까." 프랑수아즈는 애석해하는 눈빛으로 그를 바라보았다.

"그래야겠죠." 제르베르는 심드렁하게 말했다.

"라브루스로부터 막 도착한 새로운 소식이 있어. 긴 편지더라고. 그 사람은 완벽한 전원생활을 누리고 있어. 로렌 지역의 한 신부님 댁에서 유숙(留宿)하는 중이야. 그 신부님이 그에게 자두 파이랑 크림소스를 바른 닭 요리를 배불리 먹여 주고 있대."

"심심하시겠군요. 라브루스 선생님께서 첫 번째 외출을 나오실 때쯤엔 전 멀리 가 있을 거예요. 아주 오랫동안 라브루스 선생님을 다시 만나지 못하겠군요."

"그렇구나. 이대로 전투가 벌어지지 않는다면 좋으련만."

그녀는 종종 피에르와 함께 앉아 있던 번쩍거리는 의자를 쳐다보았다. 카운터와 탁자 앞은 사람들로 붐볐다. 창문을 가린 육중한 파란색 커튼은 사람들로 북적이는 이 선술집에 뭔가 내밀하고 불법적인 분위기를 가져다주었다.

"싸우는 게 끔찍할 것 같진 않아요. 병영 안쪽에서 썩어 가는 것보다는 덜 한심하게 여겨질 테니까요."

"가엾기도 해라. 미치도록 지루한 모양이구나?"

"이토록 따분할 수 있다니, 믿을 수 없을 정도예요." 이렇게 말하고 나서 제르베르는 웃음을 터뜨렸다.

"그제는 중대장이 절 부르더라고요. 사관생도가 되지 않은 이유를 알고 싶어 했어요. 제가 매일 밤 샹트클레르라는 술집에서 술을 들이붓는다는 사실을 알게 된 모양이에요. 대충 이렇게 말하더군요. '자네는 돈이 많군, 자네 자리는 장교들 사이에 있네.'라고요."

"그래서 뭐라고 대답했어?"

"장교를 좋아하지 않는다고 말했어요." 제르베르는 거드름을 피우면서 말했다.

"상당히 밉보였겠군."

"웬만큼은요. 저와 헤어질 때엔 퍼렇게 질렸더라고요. 이 얘기는 그자비에르에게 들려주지 말아야겠어요." 그는 고개를 절레절레 흔들었다.

"그 앤 네가 장교가 되길 바라나 보지?"

"네. 그러면 더 자주 만날 수 있으리라고 생각하는 거죠. 하여튼 여자들은 이상해요. 감상적인 이야기 말고는 중요한 게 없다고 여기니." 제르베르는 확신에 찬 어조로 말했다.

"그자비에르한테는 너밖에 없는걸." 프랑수아즈가 말했다.

"알아요. 그 점이 바로 저를 부담스럽게 한다고요. 전 체질상 혼자 사는 게 좋거든요." 그는 미소를 지었다.

"그렇다면 넌 첫 단추를 잘못 끼운 거야." 프랑수아즈가 유쾌하게 말했다.

"별 싱거운 소리를 다 하시네요." 제르베르는 그녀를 팔꿈치로 떼밀면서 말했다.

"선생님이랑은 상관없는 일이에요."

그는 그녀를 뜨겁게 바라보았다.

"우리 사이가 환상적인 까닭은, 깊은 우정을 담고 있기 때문이에요. 선생님 앞에서는 전연 거북하지 않아요. 선생님께는 뭐든 다 말할 수 있는 데다, 제 자신이 자유롭게 느껴진다고요."

"그래, 각자 자유로운 상태를 유지하면서 이토록 강렬하게 서로를 사랑할 수 있다는 건 참으로 좋은 일이지."

그녀는 그의 손을 힘주어 잡았다. 그를 보고 만진다는 달콤함보다, 그가 자신에게 안겨 주는 이 열정적인 확신이야말로 그녀에겐 훨씬 소중했다.

"오늘 밤 뭘 하고 싶어?" 그녀는 명랑하게 물었다.

"이렇게 입고 멋진 곳에 갈 순 없어요."

"그렇긴 하지. 이러면 어때? 가령, 레알까지 걸어 내려간 다음 뱅자맹에서 스테이크를 먹는 거야. 그러고는 다시 돔 쪽으로 올라오는 거지."

"좋아요. 가다가 페르노를 마셔요. 저는 이제 페르노를 마셔도 끄떡없거든요. 끝내주죠?"

제르베르는 자리에서 일어나 프랑수아즈 앞에 드리운 파란색 커튼을 걷었다.

"군대에선 술을 어찌나 많이들 마시는지! 저는 매일 밤 잔뜩 취해서 병영으로 돌아가곤 한다니까요."

높이 떠오른 달이 나무와 지붕 위를 적시고 있었다. 시골에서 본 적 있는 진짜 달빛이었다. 황량한 긴 대로 위로 자동차한 대가 지나갔다. 푸른색 전조등이 마치 커다란 사파이어처럼 보였다.

"멋지네요." 밤하늘을 쳐다보면서 제르베르가 말했다.

"그러게, 달빛에 물든 밤이 정말 멋지군. 하지만 밤이 되어도 전혀 즐겁지 않아. 할 수 있는 일이란 집에 처박혀 있는 게 최선이거든." 그녀는 제르베르를 팔꿈치로 밀면서 말했다.

"경찰이 멋진 새 헬멧을 쓰고 있는 모습이 보여?"

"전투용이네요." 이렇게 말하고 나서 제르베르는 프랑수아즈의 팔을 잡았다.

"불쌍하기도 하시지. 지금은 사는 게 즐거울 리 없죠. 이제 파리엔 아무도 없나요?"

"엘리자베트가 있어. 내가 올 수 있도록 기꺼이 어깨를 내주기야 하겠지만, 가급적 그 애를 피하고 있어. 이상하게도 요즘 그 애는 전에 없이 활력이 넘치거든. 클로드는 보르도에 있지만 말이야. 그 사람이 쉴 새 없이 혼자가 된 순간부터, 엘리자베트는 그 사람의 부재에 상당히 만족해하고 있다는 생각이 들어."

"하루 종일 뭘 하세요? 작업은 다시 시작하셨나요?"

"아직은 아니야. 아침부터 밤까지 그자비에르랑 같이 지내. 요리를 하고, 서로 머리 손질을 해 주면서 말이야. 예전 음반을 듣기도 해. 그 애랑 지금처럼 가깝게 지낸 적은 없었어."

프랑수아즈는 어깨를 으쓱였다.

"또 그 애가 지금처럼 날 증오한 적은 없다고 확신해."

"그렇게 생각하세요?"

"확실해. 그 애가 나와의 관계에 대해서는 전혀 말하지 않나 봐?"

"자주 얘기하진 않아요. 제가 선생님 편이라고 생각하거든요."

"왜 그렇게 생각하지? 그 애가 날 욕할 때마다 네가 내 편을 들어서 그런가?"

"네. 그녀가 선생님 이야기를 할 때면 늘 말싸움이 벌어지거든요."

프랑수아즈는 마음이 물어뜯기는 것 같았다. 그자비에르는 나에 대해 무슨 할 말이 있을까?

"그래, 뭐라고 했어?" 프랑수아즈가 물었다.

"흠! 아무 말이나 하는 거죠."

"내겐 말해도 된다는 걸 알잖아. 현재 우리로서는 서로 감출 게 전혀 없는걸."

"보통은 다 말씀드리곤 해요."

두 사람은 말없이 몇 걸음을 옮겼다. 갑작스러운 호루라기 소리가 그들을 흠칫 놀라게 했다. 수염이 덥수룩한 구역 순찰원은 미세한 빛줄기가 새어 나오는 창문 쪽으로 손전등을 비추었다.

"노인네들한테는 축제로군요."

"그러게. 처음엔 창문에 총을 쏘겠다고 우릴 협박하기도 했어. 이젠 조명마다 뭘 씌워 놓은 데다, 지금 그자비에르는 유리창을 아예 파란색으로 칠하고 있다고."

그자비에르. 당연했다. 그녀가 나에 대해 얘기한 것이다. 어쩌면 피에르에 대해서도. 그녀가 제법 멋지게 치장해 놓은 자기만의 소우주 한복판에서, 만족감에 도취한 채 왕좌에 앉아 있는 모습을 상상하니 짜증이 치밀었다.

"그자비에르가 라브루스에 대해 말한 적은 없어?"

"있죠." 제르베르는 감정이 섞이지 않은 목소리로 말했다.

"그 애가 모든 이야기를 다 들려줬겠군." 프랑수아즈는 단정적인 어조로 말했다.

"네."

얼굴로 피가 솟구쳤다. 나에 대한 이야기. 그 금빛 머리통 아래에 들어 있는 프랑수아즈에 대한 생각은 돌이킬 수 없는 미지의 형체를 취하고 있었다. 제르베르는 바로 그 낯선 형체를 통해 비밀을 맞이했던 것이다.

"그럼 라브루스가 그 애를 좋아했던 것도 다 알고 있겠네?"

제르베르는 잠시 입을 다물고 있다가 이렇게 말했다.

"상당히 유감스러워요. 라브루스 선생님께선 왜 제게 귀띔해 주지 않으신 걸까요?"

"자존심 때문에 그러고 싶지 않았던 거야." 이렇게 말하면서 프랑수아즈는 제르베르의 팔을 꼭 끌어안았다.

"내가 네게 말하지 않은 건, 네가 엉뚱한 생각을 할까 봐 겁이 났기 때문이야. 하지만 걱정하지 마. 라브루스는 널 원망한 적이 단 한 번도 없어. 심지어 마지막에는 일이 그렇게 마무리되어서 제법 만족스러워하던걸."

제르베르는 의심하는 눈동자로 그녀를 쳐다보았다.

"만족해하셨다고요?"

"그럼! 그 자비에르는 이제 그이한테 아무 의미도 없다고."

"진짜요?" 제르베르는 믿지 못하는 눈치였다. 이 애는 무슨 생각을 하고 있을까? 프랑수아즈는 금속을 닮은 하늘 위로 제 모습을 뚜렷이 드러낸 생제르맹데프레 성당의 종탑을 불안감에 사로잡힌 채 쳐다보았다. 시골 마을에서 볼 수 있는 종탑처럼 정갈하고 차분한 모습이었다.

"그 애는 어떻게 생각하고 있는데? 라브루스가 아직도 자기를 열렬히 좋아한다고 생각하는 건가?"

"그런 것 같아요." 제르베르는 혼란스러운 얼굴로 말했다.

"이런, 단단히 오해하고 있군."

프랑수아즈의 목소리는 떨리고 있었다. 만약 피에르가 이 자리에 있었다면, 그녀는 무시하듯 웃어넘겼을 터다. 하지만 그와 멀리 떨어져 있었으므로, 그저 스스로에게 이렇게 말할 수밖에 없었다. '그이는 나만을 사랑해.' 세상 그 어딘가에, 이와 정반대되는 확신이 실제로 존재하고 있다는 사실을 도저히 참을 수 없었다. 그녀가 다시 입을 열었다.

"그이가 편지로 그 애에 대해 뭐라고 했는지 직접 봤으면 좋겠군. 그럼 그 애도 진상을 알게 될 텐데. 라브루스가 연신 우정을 가장한 건 바로 동정심 때문이라고."

그녀는 도발적인 눈빛으로 제르베르를 쳐다보았다.

"라브루스가 자기를 포기한 일에 대해서는 그 애가 뭐라고 설명했어?"

"관계를 더는 지속하고 싶지 않았던 쪽은 바로 자신이었다고 하더군요."

"세상에! 그럴 줄 알았어. 그 이유가 뭐래?"

제르베르는 난처한 얼굴로 그녀를 쳐다보았다.

"그이를 좋아하지 않기 때문이라고 했어?"

프랑수아즈는 땀에 젖은 손으로 손수건을 움켜쥐었다.

"아뇨."

"그럼?"

"프랑수아즈 선생님이 기분 나빠 하기 때문이라고 했어요."

그는 기어드는 목소리로 말했다.

"그렇게 말했다고?"

감정이 그녀의 목소리를 갈라놓았고, 두 눈에서는 분노의 눈물이 솟구쳐 올랐다.

"나쁜 년!"

제르베르는 아무런 대꾸도 하지 않았다. 극도로 당황한 듯 보였다. 프랑수아즈는 냉소를 지으며 말했다.

"요약해 보자면, 피에르는 자기를 열렬히 좋아하고 있으나, 나를 배려해서 그의 사랑을 밀어냈다는 거로군. 내가 질투에 눈이 머는 바람에 그랬다는 거지?"

"저 또한 자기 멋대로 꾸며 낸 이야기이리라고 생각했어요." 제르베르는 달래는 투로 말했다.

두 사람은 센강을 건너는 중이었다. 프랑수아즈는 난간 위로 몸을 숙이고 검게 빛나는 강물을 내려다보았다. 달의 둥근 표면이 강물 위에 비치고 있었다. '앞으로는 참고 넘어가지 않겠어.' 그녀는 절망에 사로잡혀서 생각했다. 우울하고 사악한 그자비에르는 저기, 자기 방의 장례식장 같은 불빛 속에서, 갈색 가운을 몸에 휘감은 채 앉아 있었다. 피에르와의 가슴 아픈 사랑이 그녀의 발을 나긋나긋하게 어루만지고 있었다. 그리고 프랑수아즈는 경멸에 젖어서 거리를 떠돌고 있었다, 고단한 애정의 낡은 잔재에 만족해하면서. 그녀는 얼굴을 가리고 싶었다.

"그 애가 거짓말을 한 거야."

제르베르는 그녀를 꼭 끌어안았다.

"그럴 거라고 충분히 짐작했어요."

그는 걱정하는 눈치였다. 그녀는 입술을 깨물었다. 그에게 말해도 좋을 것이었다, 진실을 얘기해 줄 테니까. 제르베르는 자신의 말을 믿어 주리라. 하지만 그래 봤자 소용없을지도 몰랐다. 저기, 저쪽에서는 젊은 여자 주인공이, 희생당한 온순한 인물이, 육신을 지닌 상태로 자기 인생의 황홀하고도 고귀한 진미를 계속 음미하고 있을 터였다.

'그자비에르에게도 말해 주겠어. 그녀는 진실을 알게 될 거야.' 프랑수아즈는 생각했다.

'그 애에게 말해 주겠어.'

프랑수아즈는 렌 광장을 가로질렀다. 황량한 거리와 빛이 새어 나오지 않는 건물 위로 달빛이 비추었다. 헐벗은 초원 위에도, 전투모를 쓴 남자들이 보초를 서는 수풀 위에도 달이 빛나고 있었다. 개인성을 박탈당한 비극적인 밤 한가운데에서, 프랑수아즈의 마음을 뒤흔들어 놓은 분노는 전적으로 지상의 그녀에게 주어진 몫이었다. 흑진주, 소중한 사람, 매혹적인 존재, 너그러운 자. '암컷.' 그녀는 흥분한 채 생각했다. 프랑수아즈는 계단을 올라갔다. 저기, 저 문 뒤에, 거짓말로 만들어진 둥지 안에 그녀가 있었다. 다시 한 번 그녀는 프랑수아즈를 억지로 움켜잡고, 자기 이야기 속으로 끌어들이려 할 터였다. 방치된 여자, 고통스러운 인내심으로 무장한 여자는 내가 되겠지. 프랑수아즈는 문을 밀고 집으로 들어가서 그자비에르의 방문을 두드렸다.

"들어오세요."

들큼하니 역겨운 냄새가 방 안을 뒤덮고 있었다. 그자비에르는 사다리 발판 위에 앉아서 유리창을 파란색으로 서투르게 칠하고 있었다. 그녀가 사다리에서 내려왔다.

"제가 뭘 찾았는지 좀 보세요."

그녀는 황금빛 액체가 담긴 작은 유리병을 손에 들고 있었다. 그녀는 연극적인 몸짓으로 프랑수아즈에게 유리병을 내밀었다. 라벨 위에는 '햇빛 차단제'라고 적혀 있었다.

"화장실에 있더라고요. 채색 기름 대용으로 아주 좋아요."
이렇게 말하고 나서 그녀는 뜸을 들이며 창문을 바라보았다.

"한 번 더 덧칠을 해야 할 것 같지 않아요?"

"세상에! 꼭 영구대(靈柩臺) 같잖아. 이미 충분히 좋은걸."

프랑수아즈는 코트를 벗었다. 말을 하자. 하지만 어떻게 말해야 한단 말인가? 제르베르가 털어놓은 바를 들은 대로 옮길 수는 없었다. 그러나 이처럼 독이 든 공기 속에서는 살아갈 수 없는 노릇이었다. 반들거리는 파란색 유리창의 안쪽, 햇빛 차단제의 끈적거리는 냄새 속에는, 피에르를 향한 분노에 찬 집착과 프랑수아즈에 대한 비열한 질투심이 분명히 실재하고 있었다. 그것들을 산산조각 내야만 했다. 그럴 수 있는 존재는 오직 그자비에르뿐이었다.

"차를 좀 탈게요." 그자비에르가 말했다.

그녀의 방 안에는 가스풍로 한 대가 있었다. 그녀는 물이 가득 든 냄비를 그 위에 올려놓고 프랑수아즈 맞은편으로 와서 앉았다.

"브리지 게임은 재미있었어요?" 경멸 어린 목소리로 그녀가 물었다.

"즐기러 간 게 아니야."

침묵이 흘렀다. 그자비에르의 시선은 프랑수아즈가 피에르를 위해 준비해 둔 소포 위로 내려앉았다.

"예쁘게 포장하셨네요." 그녀는 싱긋 웃으면서 말했다.

"라브루스가 책을 받으면 기뻐할 거라고 생각해서."

그자비에르가 손가락 사이로 끈을 만지작거리는 동안, 그녀의 미소는 연신 멍청해 보였다.

"라브루스 선생님께서 책을 읽을 수 있으리라고 생각하시는 거예요?"

"작업을 하고 책도 읽는걸. 못 할 이유가 뭐야?"

"하긴, 힘이 넘쳐서, 심지어 신체 단련까지 하고 계시다고 말씀하신 적이 있죠."

그자비에르는 눈을 치켜뜨면서 덧붙였다.

"저는 아예 다르게 지내고 계실 거라 생각해요."

"그렇지만 그 사람이 편지로 직접 얘기해 준 거야."

"물론 그러셨겠죠."

그자비에르는 끈을 잡아당겼다가 다시 놓았다. 약하게 철썩하는 소리가 났다. 그녀는 잠시 몽상에 잠겼다가, 돌연 천진난만한 얼굴로 프랑수아즈를 쳐다보았다.

"사람들이 편지로 상황을 있는 그대로 털어놓는 일은 결코 없으리라고 생각 안 해 보셨나요?"

그녀는 예의 바른 말투로 다음과 같이 덧붙였다.

"비록 전혀 거짓말을 하고 싶지 않았더라도, 누군가에게 들려준다는 생각 때문에 말예요."

프랑수아즈는 분노로 목구멍이 막히는 듯했다.

"난 피에르가 하고 싶은 말을 정확히 하는 사람이라고 생각해." 그녀는 거칠게 대꾸했다.

"아! 사실 저도 라브루스 선생님께서 어린아이처럼 어느 구석에서 울고 있으리라고는 생각하지 않아요."

그자비에르는 책 꾸러미 위에 손을 얹었다. 그러더니 생각에 잠겨서는 이렇게 말했다.

"전 비뚤어진 사람일지도 몰라요. 하지만 사람들이 곁에 없을 때, 그들과의 관계를 유지하려고 애쓰는 건 무의미하다고 생각해요. 물론 생각은 할 수 있죠. 그래도 편지를 쓴다거나 소포를 보내다니."

그녀는 입을 비죽였다.

"전 차라리 심령술이 훨씬 나은 것 같아요."

프랑수아즈는 무기력한 분노에 사로잡혀서 그녀를 쳐다보았다. 이 교만한 자부심을 박살 낼 방법은 정녕 없단 말인가? 그자비에르의 머릿속에서는 피에르에 대한 기억을 둘러싸고, 이를테면 마르다와 마리아가 대결하고 있었다.[19] 마르다는 전

---

19) 성경의 누가복음에 등장하는 자매로, 병들어 죽었다가 예수에 의해 부활한 나사로의 동생들이다. 어느 날 자매가 사는, 예루살렘 근처의 작은 마을 베다니에 예수가 들른다. 그때 마르다는 예수를 자기 집으로 초대해서 극진히 대접한다. 이때 마리아가 자신을 돕지 않고 예수의 발치에 앉아서 그의 가르침에 귀를 기울이는 모습을 본 마르다는 이에 불만을 표한다. 그

선의 장병에게 위문품을 보내 주고, 그 대가로 정중한 감사의 인사를 받는다. 하지만 전쟁터로 떠난 이가 고독의 밑바닥에서 그리움에 젖은 채, 그 침울하고 창백한 얼굴로 가을 하늘을 올려다보며 떠올리는 사람은 바로 마리아다. 그자비에르는 자신의 두 팔로 피에르의 몸을 뜨겁게 끌어안았더랬다. 프랑수아즈로서는 그 사실이, 지금 그녀가 그의 이미지에 퍼붓는 이 비밀스러운 애무보다 덜 불안하게 느껴졌다.

"지금 문제가 되는 사람들도 그러한 관점을 공유하는지, 한번 알아봐야 하지 않을까." 프랑수아즈는 말했다.

그자비에르는 살짝 미소를 지었다.

"당연히 그러시겠죠."

"다른 사람의 관점은 상관없다는 말을 하고 싶은 거야?"

"모든 사람들이 글쓰기를 중시하지는 않거든요."

그자비에르는 자리에서 몸을 일으켰다.

"차 좀 드실래요?"

그녀는 두 개의 잔에다 차를 따랐다. 프랑수아즈는 차를 입술로 가져갔다. 그녀의 손이 떨려 왔다. 동부 역 승강장 위로 피에르가 사라져 갔을 때, 배낭 두 개를 짊어지고 있던 그의

러자 예수는 자신의 말에 온전히 집중하는 마리아의 태도를 칭찬하면서 외려 마르다를 나무란다. 겉보기에 이기적으로 보이는 쪽은 마리아다. 하지만 예수는 마르다를 이기적이라고 보았다. 왜냐하면 자신에게서 칭찬을 받고자 하는 이기적 욕심이 마르다의 행동 밑바닥에 깔려 있다고 보았기 때문이다. 이와 반대로 마리아는 자기 욕심을 내려놓고, 순수한 마음으로 자신을 기쁘게 하려 했다는 점에서 칭찬받아 마땅하다고 예수는 보았다.

뒷모습이 다시금 떠올랐다. 그보다 조금 앞선 순간에 그녀를 돌아보던 그의 얼굴도 다시 보였다. 그 순수한 이미지를 마음속에 간직하고 싶었다. 그러나 그것은 오직 심장 박동을 통해서만 지탱되는 일개의 형상에 불과했다. 살아 있는 저 여자 앞에서 그것만으로는 부족했다. 활기 넘치는 그녀의 두 눈에는 프랑수아즈의 피로에 찌든 얼굴이, 말라붙은 그녀의 겉모습이 비치고 있었다. 웬 목소리가 속삭여 왔다. '그는 이 아이를 더 이상 사랑하지 않아, 이 애를 더 이상 사랑할 수 없다고.'

"넌 라브루스에 대해 상당히 낭만적인 생각을 품고 있나 보구나." 느닷없이 프랑수아즈가 입을 열었다.

"그이는 자기가 고통받고자 하는 범위 안에서만 상황을 견디는 거야. 스스로가 동의한 만큼만 버티고 있을 뿐이라고."

그자비에르가 입을 살짝 비죽였다.

"그렇게 생각하시는군요."

그녀의 말투는 노골적인 부정보다 더 불손한 어조를 띠었다.

"난 그 사람을 알아. 라브루스를 잘 안다고."

"다른 사람을 아는 것은 절대로 불가능해요."

프랑수아즈는 분노가 서린 눈으로 그녀를 쳐다보았다. 정녕 저 고집 센 금빛 머릿속에 어떠한 영향력도 발휘할 수 없단 말인가?

"그래도 그이와 난 달라. 우린 늘 모든 걸 공유해 왔거든. 모든 걸 완벽히 말이야."

"왜 제게 그런 말씀을 하시는 거죠?" 그자비에르가 거만한 태도로 물었다.

"넌 라브루스를 이해하는 사람이 너뿐이라고 믿잖아." 프랑수아즈는 달아오른 얼굴로 말했다.

"내가 그이에 대해 거칠고 단순한 이미지만을 품고 있다고 생각하기도 하고."

그자비에르가 깜짝 놀라서 그녀를 쳐다보았다. 프랑수아즈는 여태껏 그녀에게 이런 어조로 말한 적이 단 한 번도 없었던 것이다.

"선생님은 라브루스 선생님에 대한 선생님의 생각이 있겠죠. 저는 제 생각이 있고요." 그자비에르는 싸늘하게 말했다.

"넌 네게 유리한 생각만을 취하고 있다고."

프랑수아즈가 몹시도 확신에 차서 얘기하는 바람에, 그자비에르는 물러서는 듯했다.

"무슨 말이 하고 싶으신 거죠?"

프랑수아즈는 입술을 깨물었다. 그녀의 면전에 대고 이 말을 내뱉고 싶었다. '그이가 널 사랑한다고 생각하겠지만, 그이가 네게 느끼는 건 단지 동정심일 뿐이야.' 이미 그자비에르의 시건방진 미소는 사라지고 없었다. 몇 마디 말만 더 해 주면 저 두 눈에 눈물이 가득 고이리라. 이 도도한 아름다운 몸뚱이가 무너져 내릴지도 몰랐다. 그자비에르는 프랑수아즈를 뚫어지게 쳐다보았다. 겁을 내는 것이었다.

"특별히 하고 싶은 말은 없어. 대체로 넌 믿기 편한 걸 믿곤 하니까." 프랑수아즈는 피로에 젖어서 말했다.

"예를 들어 보세요." 그자비에르가 말했다.

프랑수아즈는 한층 차분해진 목소리로 대꾸했다.

"좋아! 예컨대, 라브루스가 사람들을 떠올리기 위해 굳이
편지를 받을 필요는 없다고, 네게 써 보냈을 테지. 그건 네 침
묵을 점잖게 용서하는 하나의 방식에 해당해. 그런데도 넌 그
이가 말을 능가하는 정신적 일치를 믿고 있다고 확신하잖아."

그자비에르의 입술이 새하얀 치아 위로 말려 올라갔다.

"라브루스 선생님께서 제게 무슨 내용을 쓰셨는지 어떻게
알고 계시죠?"

"그이가 편지로 내게 말해 줬거든."

그자비에르의 시선은 프랑수아즈가 손에 든 핸드백 쪽으
로 향했다.

"편지로 제 얘기를 하시나 보죠?"

"가끔." 프랑수아즈의 손이 검정 가죽으로 된 핸드백을 꽉
움켜쥐었다. 그자비에르의 무릎에다 편지를 던져 버리자. 그러
면 그자비에르는 혐오와 분노에 휩싸인 채 직접 자신의 패배
를 선언할지도 몰랐다. 그녀의 동의 없이 가능한 승리란 없었
다. 프랑수아즈로서는 고독하고 지고하며 영원한 해방을 되찾
을 수도 있었다.

그자비에르는 소파에 웅크리고 앉아서 몸을 떨다시피 했다.

"다른 사람이 제 이야기를 한다고 생각하니 끔찍해요."

그녀는 살짝 얼이 빠진 얼굴로 잔뜩 움츠리고 있었다. 갑자
기 프랑수아즈는 엄청난 피로감을 느꼈다. 그토록 미칠 듯이
무찌르길 바랐던 거만한 여자 주인공은, 이제 그 어디에도 없
었다. 복수심을 끌어낼 생각 따윈 들지 않는, 수세에 몰린 가
련한 피해자 한 사람만이 남아 있을 뿐이었다. 프랑수아즈는

자리에서 일어났다.

"자야겠어. 내일 봐. 가스 밸브를 잠그는 거 잊지 말고."

"안녕히 주무세요." 그자비에르는 고개를 들지 않고 말했다.

프랑수아즈는 자기 방으로 돌아왔다. 그녀는 책상 서랍을 열고, 핸드백에 든 피에르의 편지를 꺼내서 아까 서랍 안에 넣어 둔 제르베르의 편지 옆에 두었다. 승리란 없을 수도 있었다. 결코 해방되지 못할 수도 있었다. 그녀는 서랍을 잠근 뒤 열쇠를 핸드백 속에 넣었다.

"여기요!" 프랑수아즈가 종업원을 불렀다.

햇살이 눈부신 아름다운 날이었다. 오늘 점심 식사 자리에서는 평소보다 더 긴장된 분위기가 감돌았다. 그러므로 프랑수아즈는 오후가 시작되자마자 돔의 테라스에서 소일하고자 책 한 권을 가지고 집을 나섰다. 요즘 들어 날씨가 서늘해지기 시작한 참이었다.

"팔 프랑입니다." 종업원이 말했다.

프랑수아즈는 동전 지갑을 열어서 지폐 한 장을 꺼냈다. 그러다가 깜짝 놀라서 핸드백 바닥을 들여다보았다. 전날 밤, 서랍 열쇠를 바로 거기에 넣어 두었다.

그녀는 초조하게 가방을 비웠다. 분첩. 루주. 빗. 여기 어딘가에 열쇠가 있어야 했다. 한동안 그녀는 가방에서 떨어질 줄 몰랐다. 가방을 거꾸로 들고 흔들어 보았다. 심장이 미칠 듯이 뛰기 시작했다. 잠깐이었다, 부엌에서 그자비에르의 방으로 점심 식사가 담긴 쟁반을 들고 간 동안은. 그때, 그자비에르는 혼자 부엌에 있었다.

탁자 위에 널브러진 물건들을 손등으로 아무렇게나 가방 안에 쓸어 담았다. 그러고 나서 그녀는 뛰쳐나갔다. 6시. 그자비에르가 열쇠를 가지고 있다면 더 이상 아무 희망도 없었다.

"설마!"

그녀는 뛰었다. 전신이 웅웅거렸다. 갈비뼈 사이, 두개골 아래, 손가락 끝에서 심장이 느껴졌다. 그녀는 계단을 올라갔다. 집 안에는 적막이 흐르고 있었다. 현관문은 평소의 모습을 유지하고 있었다. 복도에는 여전히 햇빛 차단제 냄새가 떠다니고 있었다. 프랑수아즈는 깊게 숨을 내쉬었다. 자기도 모르는 사이에 열쇠를 잃어버렸음이 분명했다. 무슨 일이 벌어졌다면 집 안 분위기 속에 어떤 징조가 담겨 있을 터였다. 그녀는 자신의 방문을 밀고 들어갔다. 서랍은 열려 있었다. 양탄자 위에 피에르와 제르베르가 보낸 편지가 흩어져 있었다.

'그자비에르가 알고 있다.' 방 안의 벽이 빙빙 돌기 시작했다. 쓰리도록 뜨거운 어둠이 세상을 막 덮친 참이었다. 치명적인 무게감에 짓눌려 프랑수아즈는 소파에 주저앉고 말았다. 제르베르를 향한 사랑이 배신을 꼭 닮은 시커먼 형상으로 눈앞에 존재하고 있었다.

'그 애가 알고 있어.' 그녀는 피에르의 편지를 읽으려고 방 안에 들어갔던 것이다. 핸드백 속에 다시 열쇠를 밀어 넣거나 침대 밑에 숨겨 둘 요량이었으리라. 그러다가 '사랑하는 소중한 프랑수아즈 선생님께.'라고 쓰인 문구에서 제르베르의 글씨체를 알아보았던 것이다. '선생님을 사랑해요.'라고 적힌 마지막 장의 끝줄까지 단숨에 읽어 내려갔으리라. 한 줄 한 줄 곰곰 읽었을 터였다.

프랑수아즈는 자리에서 일어나 기다란 복도로 들어섰다. 아무 생각도 나질 않았다. 눈앞으로, 그리고 마음속에서 역청색의 어둠이 펼쳐지고 있었다. 그녀는 그자비에르의 방으로 다가가서 문을 두드렸다. 아무런 대답도 없었다. 열쇠는 방 안쪽 열쇠 구멍에 꽂혀 있었다. 외출하지는 않은 것이다. 프랑수아즈는 다시 방문을 두드렸다. 마찬가지로 죽음과 같은 정적만이 흘렀다. '자살한 것이다.' 그녀는 생각했다. 벽에 귀를 가져다 댔다. 수면제를 삼킨 뒤 가스 밸브를 열어 두었을지도 몰랐다. 그녀는 가만 귀를 기울였다. 여전히 아무 소리도 들리지 않았다. 프랑수아즈는 문에 더욱 귀를 바짝 댔다. 그녀가 느끼는 엄청난 공포 속에서 희망 비슷한 뭔가가 뚫고 나왔다. 그것은 하나의 탈출구, 상상할 수 있는 유일한 탈출구였다. 아니, 그럴 리 없다. 그자비에르는 위험하지 않은 진정제만을 복용하고 있으니까. 가스 냄새도 나지 않았다. 결국 여태 잠을 자고 있는 데에 불과할지도 몰랐다. 프랑수아즈는 방문을 세게 두드렸다.

"가세요." 둔탁한 목소리가 말을 했다.

프랑수아즈는 땀에 젖은 이마를 훔쳤다. 그자비에르는 살아 있었다. 프랑수아즈가 저지른 배신이 살아 있었던 것이다.

"문 좀 열어 줘."

프랑수아즈는 소리를 질렀다.

도대체 무슨 말을 해야 할지 알 수 없었다. 그래도 당장에 그자비에르를 봐야 했다.

"문 열어." 방문을 흔들면서 그녀는 재차 소리쳤다.

문이 열렸다. 그자비에르는 실내 가운을 두른 채, 싸늘한 눈빛을 하고 있었다.

"제게 원하시는 게 뭔가요?"

프랑수아즈는 그녀 앞을 지나쳐 탁자 옆으로 가서 앉았다. 점심 식사 이후로 달라진 건 없는 듯했다. 하지만 익숙한 가구들 뒤에서 끔찍한 무언가가 동정을 살피고 있었다.

"네게 해명을 하고 싶어."

"전 아무것도 묻지 않았는데요."

그자비에르는 이글거리는 눈동자로 프랑수아즈를 뚫어져라 쳐다보았다. 두 뺨이 벌겋게 달아오른 까닭에 아름다워 보였다.

"내 말 좀 들어 봐, 제발 부탁이야."

그자비에르의 입술이 떨리기 시작했다.

"또다시 절 괴롭히려고 찾아오신 이유가 뭐죠? 이 정도로는 만족스럽지가 않으신 건가요? 충분히 괴롭히신 거 아닌가요?"

그녀는 침대에 몸을 던지고는 양손으로 얼굴을 감쌌다.

"아! 충분하다고요."

"그자비에르." 프랑수아즈는 중얼거렸다.

그녀는 절망에 사로잡혀서 주위를 둘러보았다. 내게 도움을 내려 줄 것은 아무것도 없단 말인가? 그녀는 애원하는 목소리로 다시 입을 열었다.

"그자비에르! 일이 시작되었을 때 난 네가 제르베르를 사랑

360

하고 있는지 몰랐어. 제르베르 역시 눈치채지 못한 상태였고."

그자비에르가 손을 내렸다. 냉소가 그녀의 입을 비틀어 놓았다.

"사기꾼 같으니라고. 그 자식이 그런 짓을 했다는 게 놀랍진 않아요. 비열한 놈에 불과하니까요."

그녀는 프랑수아즈를 정면으로 쳐다보았다.

"그런데 선생님은! 바로 선생님은! 절 몹시 우롱하셨더군요."

차마 견디기 힘든 미소가 그녀의 흠잡을 데 없는 치아를 드러나게 했다.

"널 우롱한 게 아니야. 다만 너보다 나 자신에게 더 관심을 기울였을 뿐이지. 게다가 넌 너를 사랑해야 하는 이유 대부분을 내게 남겨 주지 않았잖아."

"전 알아요. 라브루스 선생님께서 저를 사랑하니까 선생님이 절 질투하셨다는 사실을요. 라브루스 선생님이 절 싫어하게 해 놓고는, 더 큰 복수를 하려고 제게서 제르베르를 가로채신 거잖아요. 가지세요, 그 자식은 선생님 거예요. 선생님과 경쟁할 생각 따윈 추호도 없는 멋진 보물이라고요."

말이 하도 격렬하게 쏟아져 나왔으므로, 그녀의 숨통을 조르는 듯했다. 프랑수아즈는 그자비에르의 희번덕거리는 눈이 응시하는 여자를 두려움에 젖어서 주시했다. 그 여자는 바로 프랑수아즈 자신이었다.

"네 말은 사실이 아니야."

그녀는 깊이 숨을 내쉬었다. 변명을 해 보았자 소용없는 짓이었다. 그녀를 구원할 수 있는 방법은 이제 아무것도 없었다.

"제르베르는 널 사랑하고 있어." 그녀는 한결 차분해진 목소리로 말했다.

"그 애가 네게 잘못을 저지른 건 사실이지만, 그 당시 너에게 불만이 많았다고! 네게 곧바로 털어놓긴 어려웠어. 너와 함께 단단한 뭔가를 쌓을 만한 시간이 아직 그 아이에겐 주어지지 않았으니까."

그녀는 그자비에르 쪽으로 몸을 숙이고서 조급해하는 목소리로 말했다.

"그 애를 용서하려고 노력해 봐. 네가 가는 길에서 나를 발견하게 되는 일은 앞으로 절대 없을 거야."

프랑수아즈는 두 손으로 그자비에르의 양손을 하나씩 쥐었다. 말없는 기도가 마음속에서 솟아올랐다. '모든 것을 없던 일로 할 수만 있다면 제르베르를 포기하겠습니다! 전 제르베르를 더 이상 사랑하지 않습니다. 사랑한 적조차 없습니다. 배신은 일어난 적이 없습니다.'

그자비에르의 눈에 섬광이 일었다.

"선물이나 잘 간직하시죠. 그리고 여기서 나가세요. 당장 나가시라고요." 그녀가 사납게 말했다

프랑수아즈는 머뭇거렸다.

"제발 가시라고요."

"갈게."

그녀는 복도를 지나갔다. 마치 눈이 먼 듯 비틀거렸고, 눈물은 두 눈을 화끈거리게 했다. '난 저 애를 질투한 거야. 저 애에게서 제르베르를 빼앗은 거라고.' 눈물이 몹시 뜨거웠다. 그

리고 이 말에서는 시뻘건 쇳덩이처럼 뜨거운 열기가 뿜어져 나왔다. 그녀는 소파 끝에 걸터앉아서 멍하니 속으로 되뇌었다. '내가 그랬다. 바로 내가.' 어둠 속에서 제르베르의 얼굴이 검은 불길에 휩싸인 채 타들어 가고 있었다. 양탄자 위에 흩어진 편지들은 마치 지옥의 협정서라도 되는 양 새까매져 있었다. 그녀는 손수건을 입술로 가져갔다. 뜨겁고 시커먼 용암이 혈관을 타고 흘러 다녔다. 죽고 싶었다.

'앞으로 이것이 영원히 나일 것이다.' 날이 밝고 새로운 내일이 시작되리라. 그 자비에르는 루앙으로 떠날 터였다. 그녀는 아침마다 마음속에 절망을 품은 채, 어느 음침한 시골집의 깊은 구석에서 깨어날 것이었다. 미움받아 마땅한 그 여자 역시 매일 아침 되살아날 예정이었다. 이제부터 그 여자는 다름 아닌 프랑수아즈였다. 그녀는 고통으로 일그러진 그 자비에르의 얼굴을 떠올렸다. 내가 저지른 죄악. 그 죄악이 영원히 실재하고 있었다.

그녀는 눈을 감았다. 눈물이 흘러내렸다. 뜨거운 용암이 흘러내리면서 마음마저 다 태워 버렸다. 제법 긴 시간이 흘러갔다. 문득, 아주 멀리 자리한 또 다른 세상 위로 다정한 미소 하나가 선명히 눈에 들어왔다. '좋아, 이 바보야, 키스해 줘.' 바람이 불었고, 외양간에선 암소들이 쇠사슬을 흔들어 대고 있었다. 그녀의 어깨에, 신뢰에 젖은 젊은 얼굴 하나가 기댔다. 그리고 그 얼굴의 목소리가 이렇게 말했다. '기뻐요. 그 말을 들으니 정말 기뻐요.' 그가 꽃 한 송이를 건네주었더랬다. 그녀는 눈을 떴다. 이 일 또한 진짜였다. 습기를 머금은 풀밭 위로 불어오는 아침 바람처럼 상쾌하고 부드럽고 순수했던 그 사랑이 어쩌다 비열한 배신으로 변하고 말았는가?

"아니야, 아니야." 이렇게 말하면서 그녀는 자리에서 일어나 창문 쪽으로 다가갔다. 베네치아풍의 검은 가면 같은, 검은색 톱날 모양의 전등갓 아래로 가로등 전구가 감춰져 있었다. 그 노란색 불빛은 사람의 시선과 닮아 있었다. 그녀는 몸을 돌려서 불을 밝혔다. 거울 안쪽에서 느닷없이 그녀의 이미지가 튀어나왔다. 그녀는 그 이미지와 마주한 채 되뇌었다. "아니야, 난 이 여자가 아니야."

긴긴 이야기였다. 그녀는 그 이미지를 뚫어져라 쳐다보았다. 그녀로부터 그 이미지를 앗아 가려는 시도는 벌써 한참이나 이어지고 있었다. 군령처럼 준엄한 여자. 얼음처럼 엄격하고 단정한 여자. 헌신적이고, 멸시받고, 공허한 도덕규범 속에 빠져서 고집을 부리는 여자. 그녀는 이렇게 말했더랬다. "그렇지 않다." 하지만 완전히 나지막한 목소리로 겨우 부정할 수 있을 따름이었다. 그래, 제르베르와의 입맞춤은 몰래 한 짓이었다. '그건 내가 아니던가?' 그녀는 유혹에 사로잡혀서 자주 망설이곤 했다. 그리고 지금은 덫에 걸려 있었다. 어둠 속에서 그녀를 집어삼킬 순간만을 기다려 온 탐욕스러운 의식에 의해 좌우되는 처지였다. 시기하고, 배신을 저지르고, 죄를 범한 여자. 소심한 말이나 남몰래 한 행동으로는 스스로를 지켜 낼 수 없었던 것이다. 그 자비에르는 실재했고, 배신은 존속하고 있었다. 죄를 범한 나의 형상 역시 버젓이 살아 있었다.

이 형상은 더 이상 실재하지 않을 것이다.

돌연 엄청난 평안이 프랑수아즈의 마음속에 내려앉았다. 시간은 이제 막 흐름을 멈추었다. 얼어붙은 하늘 아래로 그녀는 홀로 존재하고 있었다. 너무나도 장엄하고 결정적인 고독이었으므로, 흡사 죽음과 닮아 보이기까지 했다.

그 애인가 나인가. 그건 내가 될 것이다.

복도에서 발소리가 들리더니, 욕실 안에서 물 흐르는 소리가 들렸다. 그자비에르가 자기 방으로 돌아갔다. 프랑수아즈는 부엌으로 걸어가서 가스 계량기를 잠갔다. 그녀는 방문을 두드렸다. 어쩌면 벗어날 수 있는 방법이 아직 남아 있을지도 몰랐다…….

"왜 또 오신 거죠?" 그자비에르가 물었다.

그녀는 베개에 팔꿈치를 기대고 침대 속에 있었다. 머리맡의 전등 하나만을 밝혀 둔 상태였다. 그 곁의 탁자 위에는 신경 안정제가 든 용기와 물병이 준비되어 있었다.

"대화를 했으면 해서." 프랑수아즈는 한 걸음 내딛은 뒤, 가스풍로가 놓인 서랍장에 등을 기대고 섰다.

"이제 어쩔 셈이야?"

"선생님이랑 상관있나요?"

"내가 너에게 죄를 지었어. 용서해 달라고 부탁하진 않을게. 그렇지만 내 잘못을 돌이킬 수 없게 하지는 말아 줘." 프랑수아즈의 목소리는 흥분으로 떨리고 있었다. 그자비에르를 설득할 수만 있다면…….

"오랫동안 난 오직 네 행복만을 염려해 왔어. 넌 단 한 번도 내 행복에 대해 생각한 적이 없었지. 내게 변명거리가 없지 않

음을 너 역시 잘 알고 있잖아. 우리 과거를 생각해서 노력해
줘. 나 자신이 추악한 죄인이라 느껴지지 않도록 내게 한번 기
회를 달라고."

그자비에르는 그녀를 멍하니 쳐다보았다. 프랑수아즈는 말
을 이어 나갔다.

"파리에서 계속 살도록 해. 극장에서 다시 일을 하고. 네가
원하는 곳에서 살면, 이제 나를 다시 볼 일은 절대로 없을 거
야……"

"제가 어떻게 선생님 돈을 받겠어요? 그럴 바엔 당장 죽는
편이 더 나아요."

그녀의 목소리와 얼굴에는 일말의 희망조차 남아 있지 않
았다.

"마음을 너그럽게 먹고 나를 받아 줘. 네 미래를 망쳐 버렸
다는 죄책감에서 벗어날 수 있게 해 달라고."

"차라리 죽는 게 더 나아요." 그자비에르는 거칠게 되풀이
해서 말했다.

"그럼 적어도 제르베르만은 다시 만나 줘. 그 애와 대화를
나눠 보지도 않고 그 앨 비난해서는 안 돼."

"선생님, 설마 지금 제게 충고하러 오셨나요?"

프랑수아즈는 가스풍로 위에 손을 얹고 밸브를 열었다.

"충고가 아니야, 애원하는 거지."

"애원이라!" 그자비에르는 웃음을 터뜨렸다.

"시간을 낭비하고 계시네요. 저는 아름다운 영혼이 아니거
든요."

"알겠어. 그럼 안녕."

프랑수아즈는 방문 쪽으로 한 걸음 내딛었다. 그러고는 앳되고 파리한 그 얼굴을 말없이 응시했다. 이제 살아 있는 상태로 다시 볼 일은 없을지도 모르는 얼굴이었다.

"안녕." 그녀는 또 한 번 말했다.

"다시는 오지 마세요." 그자비에르는 분노한 목소리로 말했다.

프랑수아즈의 귀에, 그녀가 침대 밖으로 뛰쳐나와서 곧장 잠금장치를 밀어 넣는 소리가 들려왔다. 문 밑으로 새어 나오던 빛줄기 역시 사라졌다.

'그럼 이제는?' 프랑수아즈는 생각했다.

그녀는 그대로 서서 그자비에르의 방문을 지켜보았다. 혼자였다. 기댈 데는 전혀 없었다. 오직 자신만을 의지하고 있었다. 그녀는 한참을 기다린 뒤에야, 부엌으로 들어가서 가스 계량기의 밸브에 손을 얹었다. 그녀의 손이 경련을 일으켰다. 불가능할 것 같았다. 그녀의 고독과 마주한 채, 공간과 시간을 넘어서, 적의를 지닌 현존이 존재하고 있었다. 너무나도 오래전부터 자신의 눈먼 그림자로 그녀를 짓누르던 현존이, 바로 그것이 저기에 존재하고 있었다. 오직 자기만을 위해 실재하고, 전적으로 자신으로만 비치며, 본인이 배제한 그 모든 것을 무(無)로 축소하면서. 그것은 온 세상을 스스로의 기고만장한 고독 속에 가두어 두었고, 그 어떤 한계도 없이, 무한하면서도 유일한 상태로 피어오르고 있었다. 그것은 자기와 관련한 모든 것을 자신으로부터 끌어냈으며, 그 어떤 영향력도 용납하지 않았다. 그 현존은 절대적 분리에 해당했다. 이를 없애려면 밸브를 내리기만 해도 충분했다. '과연 할 수 있을까?' 프랑수아즈는 생각했다. 하지만 내 것이 아닌 다른 의식이 어찌 실재할 수 있다는 말인가? 그런데 실재하지 않는 쪽은 바로 그녀 자신이었다. 그녀는 되뇌었다. "그 애인가, 나인가." 그녀는 밸브를 내렸다.

그녀는 자기 방으로 돌아와서, 바닥에 흩어진 편지를 한데 모아서는 벽난로 속으로 던져 넣었다. 그러고는 성냥을 긋고 편지가 타들어 가는 광경을 지켜보았다. 그자비에르의 방문은 안에서 잠긴 상태였다. 사고사나 자살로 보일 터였다. '어쨌든 증거는 없을 것이다.' 그녀는 생각했다.

프랑수아즈는 옷을 벗고 잠옷으로 갈아입었다. '내일 아침이면 저 애는 죽어 있을 것이다.' 그녀는 어두운 복도를 마주한 채 자리에 앉았다. 그자비에르는 잠들었다. 시간이 흐를수록 그녀는 더욱 깊은 잠에 빠져들 터였다. 아직 살아 있는 모습으로 침대에 남아 있겠지만, 이미 더는 사람이 아니었다. 이제 아무도 없었다. 프랑수아즈는 혼자였다.

혼자. 그녀는 혼자서 행동했다. 죽음에 이른 것만큼이나 혼자였다. 언젠가 피에르는 알게 될 것이었다. 하지만 그조차 오직 바깥에서만 이 행동을 깨닫게 될 터였다. 그녀를 단죄하거나 그녀의 죄를 사할 수 있는 자는 아무도 없었다. 그녀의 행동은 오직 그녀 자신만의 것이었다. '이것을 바란 자는 바로 나다.' 지금 완성되어 가는 것은 바로 그녀의 의지였고, 더는 그 무엇도 그녀에게서 그 의지를 떼어 놓지 않을 터였다. 마침내 그녀는 선택했다. 프랑수아즈는 스스로를 선택했던 것이다.

보부아르가 전하는 역설, 승리한 자가 실패한다

1 사적 정화 의식

1943년에 출간된 『초대받은 여자』는 시몬 드 보부아르가 공식적으로 발표한 첫 번째 작품으로, 주인공 프랑수아즈가 연인 피에르와, 두 사람 사이에 끼어든 그자비에르라는 젊은 여인의 삼각관계 속에서 심리적 갈등과 존재적 위기감을 경험한 끝에 극단적 선택에 이르는 과정을 그려 낸 소설이다. 무엇보다도 보부아르 자신과 장폴 사르트르, 올가 코사키에비치의 삼각관계 속에서 작가가 실제로 경험한 바를 소재로 삼은 까닭에 이 작품은 독자의 지대한 관심을 끌었다. 올가는 보부아르가 고등학교 철학 교사로 재직하던 시절인 1932년에, 첫 부임지였던 루앙의 잔다르크 고등학교에서 만난 제자다. 서로에게 매력을 느낀 두 사람은 급속도로 가까워졌고, 1934년을 기점으로 이들의 관계는 사제지간을 넘어서 절친한 친구 사이로 발전한다. 그러고는 얼마 지나지 않아서, 보부아르의 소개로 올가를 알게 된 사르트르 또한 그녀에게 깊은 애정을 품게 된다. 올가가 의대 예비 시험에 떨어진 1935년, 사르트르의 제안으로 보부아르는 올가의 부모에게 동의를 얻어 그녀를 파리로 데려와서 정착시킨다. 그 뒤 같은 해 10월, 보부아르와 사르트르 그리고 올가, 이렇게 세 사람은 합의 아래에, 자유의 원리에 입각해서 인간관계의 유형을 넓히는 실험을 감행하는데, 이른바 삼각연애를 시작한다. 그러나 모험에 뛰어든 지 얼마 지나지 않아서 보부아르는 질식할 듯한 고통을 맛본다. 특히 올가에 대한 사르트르의 애정이 광적인 집착으로 변해 가는 상황을 지켜보면서 보부아르는 올가에게 사르트르를 빼앗겼다는 인상을 받고, 그로 인해 두 사람을 원망하고 증오하기에 이른다. 작품상에서 그자비에르의 등장을 계기로 존재적 위기감 및 질투와 증오 등에 사로잡히는 프랑수아즈의 감정은 작가가 실제로 느꼈을 법한 복잡한 심정을 상당히 사실적으로 반영하고 있는 듯 보인다. 또한 보부아르는 "지면상에서 올가를 살해하면서 (……) 그녀를 향해 품었을지도 모를 분노나 원망의 감정을 씻어 냈다."라고 회고했는데, 이 작품의 집필에 "정화의 가치"를 부여하는 발언을 직접 남겼다는 점으로 미루어 보아,[20] 『초대받은 여자』는 자전적 소설로 읽힐 만한 특징을 충분히 지니는 작품이라 할 수 있다.

---

20) Simone de Beauvoir, La Force de l'âge, Paris, Gallimard, 1960, p.348.

2 존재론적 갈등 상황의 재현

그러나 프랑수아즈의 경험과 작가의 실제 경험 사이에 존재하는 유사성에만 초점을 맞추어 『초대받은 여자』를 읽는다면, 이는 곁가지를 건드리는 수준의 독서만을 하고 끝마치는 셈이다. 보부아르에게 프랑수아즈는 자기 반영적 등장인물이기에 앞서, 실존의 보편적 조건을 직접 살아 낸 하나의 구체적 사례라고 할 수 있기 때문이다. 보부아르는 기본적으로 자신이 집필한 모든 소설을, 다양한 개별적 사례를 구현하는 등장인물의 힘을 빌려 실존에 대한 추상적 사유를 구체화하는 방식으로 빚어낸 "형이상학 소설(un roman métaphysique)"에 해당한다고 밝힌 바 있다.[21] 이 점을 염두에 두고 말해 보자면, 프랑수아즈라는 등장인물은 스스로 겪은 기쁨과 고통, 혹은 체념이나 분노 그리고 공포와 희망 등을 통해, 모든 인간이 처할 법한 "어떤 형이상학적 상황"을 독자들이 구체적으로 이해할 수 있도록 돕는 실질적인 개별 사례에 해당한다.[22]

"모든 의식은 저마다 다른 의식의 죽음을 좇는다."라는, 헤겔의 『정신현상학』에서 인용한 작품의 제사를 읽는 순간 충분히 짐작할 수 있듯이, 다양한 실존 상황 가운데 보부아르가 프랑수아즈의 사례를 통해 특히나 들려주고자 한 바는 타

21) Simone de Beauvoir, "Littérature et métaphysique"(1946), dans L'existentialisme et la sagesse des nations, présenté par Michel Kail, Gallimard, 2007, p.78.
22) Ibid., p.79.

인과의 관계 속에서 인간이 직면할 수밖에 없는 충돌과 갈등 상황이다. 의식인 동시에 육체이고, 의식의 주체이면서 타인의 의식이 지향하는 대상이기도 하며, 살아가는 동시에 죽음을 향해 치닫는 존재라 할 수 있는 인간의 삶이 지닌 특성으로 말미암아, 우리는 결코 한 가지 의미에 고정될 수 없으며 심지어 모순적인 상태에서 실존을 영위한다. 그러므로 인간 실존의 가장 핵심적인 특성은 '비결정성'이라 할 수 있으며, 이러한 비결정성을 가리키는 개념으로 보부아르는 '애매성(l'ambiguïté)'을 사용했다. 그리고 주체로 존재하던 나를 객체로 탈바꿈시켜, 주체와 객체, 둘 중 그 무엇에도 온전히 일치하지 못한 채 살아가게 하는 타인의 존재야말로 실존의 애매성을 야기하는 결정적인 요인이자, 나의 자유에 제한을 가하는 주된 방해물이라 보았다. 그렇지만 우리는 결코 홀로 살아갈 수 없으며, 인간으로 존재하는 한 타인과 함께 살아가야만 한다. 이러한 실존 조건은 필연적으로 나와 타인의 자유가 서로 충돌하도록 하므로 갈등 상황에 직면하게끔 우리를 이끈다. 프랑수아즈가 그자비에르를 상대로 경험하는 충돌과 갈등은 바로 이러한 보편적 실존 상황을 대변하는 구체적 사례인 셈이다.

실제로 프랑수아즈와 그자비에르 사이에서 벌어지는 치열한 싸움은 단순한 치정 사건을 넘어, 별개의 자유로운 의식들이 주체의 자리를 놓고 서로 다투는 숨 막히는 존재론적 투쟁을 형상화한다. 기본적으로 프랑수아즈는 유아론(唯我論)적 환상에 한껏 취해 살아가는 인물이다. 신처럼 떠받드는 피에르의 보호 아래 있다는 믿음을 품고, 이 세상의 유일한 주인은 자신이며 세계 전체가 자신의 것이라는 환상 속에서 살아가기 때문이다. 이와 관련해서 프랑수아즈의 직업이 극작가라는 점은 상당히 흥미롭게 다가온다. 극작가가 오직 자신의 의도와 말에 의해서만 존재하고, 또 의미를 부여받을 수 있는 가상의 세계를 만들어 낼 수 있는 창조자라는 점에서 해당 직업은 프랑수아즈가 유아론적 욕망에 사로잡힌 인물이라는 점을 부각해 주는 설정이라고 할 수 있다. 실제로 작품상에서 프랑수아즈는 스스로에게만큼은 전적으로 투명하고 명료한 상태로 존재하는 세계를 만들어 냈다고 자부하며, 그러한 세계를 세상의 전부로 여긴 채 살아간다. 그리고 그런 그녀에게 피에르는 이러한 세계를 지탱하는 가장 중요한 근간으로 간주된다. 그런 까닭에 피에르의 직업이 연극 연출가이자 배우로 설정되어 있다는 점 역시 흥미로운 대목이다. 우선 이 점은 프랑수아즈가 글을 통해 비가시적 상태로 제시한 가상의 세계에 구체적인 이미지를 불어넣어서, 그것을 실재하도록 하는 역할을 수행하는 자가 바로 피에르임을 암시한다고 볼 수 있다. 더불어 프랑수아즈의 작품이 피에르의 예술론을 그 근간으로 삼고 있음을 보면, 이러한 설정은 피에르가 프랑수아즈 세계관의 기원 자체에 해당하는 존재임을 의미하기도 한다. 프랑수아즈가 생각하기에 피에르는 비단 예술 작업과 관련해서만 이러한 역할을 수행하는 것이 아니다. 그녀는 자기 삶의 "모든 순간을 명료하고 세련된, 그리고 완성된 형태로 만들어서 되돌려 주곤" 하는, 완전한 진실을 절대적으로 보장하는 존재, 즉 자신이 몸담고 있는 세계가 유지될 수 있게 해 주는 근본적인 토대로서 피에르를 받아들인다.(1권 43쪽) 이를테면 프랑수아즈가 바라 마지않는 세계는 피에르로부터 시작해서 피에르에 의해 완성되는 세계인 셈이다. 따라서 이 세계가 안정적으로 지속되려면 그녀는 무엇보다도 자신과 피에르가 '하나'로 존재한다는 확신을 가져야 한다. 그렇기에 프랑수아즈는 두 사람이 진정 하나로 융합된 상태를 이루고 있다는, 공동의 목표와 공동의 가치를 지닌 하나의 인생을 살아가고 있다는 주문을 끊임없이 되뇌면서, 마음속에 이러한 확신을 굳건히 새겨 넣으려는 모습을 보인다.

따라서 프랑수아즈로서는 세상에 자신과 피에르 이외에도 수많은 주체가 존재하고 있다는 점이야말로 가장 받아들이기 힘든 사실이다. 이는 곧 자신이 주인으로 군림할 수 없는 세계가 존재하고 있음을 의미하기 때문이다. 그러므로 프랑수아즈는 타인의 주체성을 결코 인정하려 하지 않으면서, 단지 타인을 자기 세계에 속한 다른 사물들과 마찬가지로 소유하고 지배해야 할 '대상'으로 간주한다. 이러한 인식의 연장선상에서 그녀는 눈앞에 나타난 그자비에르를, 자신의 소유 목록에 추가할 수 있는 새로운 대상의 출현으로 받아들이며 다음과 같이 흡족해한다.

프랑수아즈는 쿠션에 몸을 파묻었다. 그녀 역시 경쾌한 느낌을 주는 화려한 실내 분위기가 마음에 들었다. 하지만 그보다도, 우울해 보이는 이 어린 존재를 자기 삶 속에 끌어들인 점이 특히나 만족스러웠다. 제르베르와 이네스 그리고 칸제티와 마찬가지로, 이제 그자비에르 또한 그녀의 삶에 속하게 되었으니 말이다. 이런 식으로 누군가를 소유하는 것만큼 프랑수아즈에게 격한 기쁨을 안겨 주는 경험은 없었다. 그자비에르는 무희를 뚫어져라 응시하고 있었다. 정열에 들뜬 자신의 얼굴이 더욱더 아름답게 빛나고 있음을 모른 채, 손에 든 커피 잔의 곡선을 손가락으로 느끼고 있었다. 하지만 그 손의 곡선을 느낄 수 있는 건 오직 프랑수아즈뿐이었다. 그자비에르의 몸짓, 표정, 심지어 그 애의 삶이 실재하기 위해서는 그녀가 필요했다. 지금이 순간 그자비에르는 스스로에게조차 커피의 맛, 가슴을 에는 음악, 춤, 잔잔하게 느껴지는 행복과 다를 바 없는 존재에 불과했다. (⋯⋯) 프랑수아즈가 몸을 돌려서 그자비에르를 응시하는 순간, 정확히 프랑수아즈 삶의 일부를 이루는 이 순간, 그 이야기는 여러 가지 색깔이 뒤섞인 벽지 사이에 위치한 이곳으로 귀결되었다.(1권 32쪽)

하지만 프랑수아즈는 고집스레 스스로의 의지에 따라 판단하고 행동하는 주체로서 끊임없이 자신을 드러내고자 하는 그자비에르의 모습을 지속적으로 목격하게 된다. 그러자 그녀의 만족감은 이내 실망으로 뒤바뀌고, 끝내 심각한 위기감에 휩싸인다. 이때의 위기감은 주체로서 자기만의 세계를 굳건하게 구축한 또 다른 의식의 현존과 대면한 데 이어서, 자기 자신이 그러한 의식의 대상으로 전락했다고 느꼈을 때 우리 모두가 존재론적 차원에서 보편적으로 느끼기 마련인 박탈감 혹은 소외감을 지칭한다. 다음 대목은 프랑수아즈가 그자비에르를 상대로 느끼는 위기감이 이러한 의미를 지니고 있음을 잘 보여 준다.

그자비에르의 광적 향락과 증오, 질투를 통해서 죽음만큼이나 괴물 같고 치명적인 파렴치가 터져 나오고 있었다. 마치 최후의 선고가 내려진 듯, 프랑수아즈의 눈앞에 그녀의 의지와 무관한 상태로 무엇인가가 실재하기에 이른 것이다. 자유롭고 절대적이며, 결코 꺾을 수 없는 낯선 의식 하나가 우뚝 서 있었다. 죽음이자 총체적 부정이며, 영원한 부재와도 같은 것이었다. 그런데 충격적이리만큼 모순적이게도, 이 무의 구렁텅이는 스스로를 현존하게 할 수 있었고, 자신을 위해 자기를 충만하게 실재하도록 할 수 있었다. 온 세계가 그 안으로 빨려 들어가고 있었다. 프랑수아즈 역시 세계를 영원히 빼앗긴 채 빈 구덩이 속에서 사라져 가고 있었다. 그 어떤 말이나 이미지로도 무한히 계속되는 그 구덩이의 윤곽을 그려 내기란 불가능했다.(2권 154쪽)

그자비에르의 삶이 자기를 중심으로 형성되고 있다며 흡족해하던 프랑수아즈는 이제 온데간데없다. 그 대신 독자는, 결코 꺾이지 않을 듯 보일 만큼 굳건히 버티고 선 그자비에르라는 이름의 자유로운 "낯선 의식"이 구축한 세계 속으로 무참히 빨려 들어갈 수밖에 없는 현실을 마주한 뒤 극도의 불안에 시달리는 프랑수아즈만을 목도할 수 있을 뿐이다. 프랑수아즈를 뒤덮은 불안은 결국 '세계-내-존재(l'être-au-le monde)'

로 살아가야 하는 상황에 처한 인간 존재가 타인과의 관계 속에서 필연적으로 겪을 수밖에 없는 '대상화'의 경험이 야기하는 감정이다. 따라서 이는 곧 기만적 환상에 빠져 있던 한 인간이 애매성이라는 실존의 진실과 대면하는 과정에서 반드시 겪게 되는 실존적 불안인 것이다. 그런 의미에서 보자면, 장레몽 오데트가 지적하듯이, 프랑수아즈에게 있어서 "메두사의 시선"과 동일한 그자비에르의 공포스러운 시선과 마주하는 경험은, 일방적으로 타인을 소유하고 지배하는 일이 불가능함을 깨닫는 긍정적 계기에 해당한다.[23)]

따라서 주체의 자리를 차지하는 문제를 놓고 프랑수아즈가 그자비에르와 벌이는 치열한 대결은 결코 부정적인 의미만을 지닌다고 할 수 없다. 저마다 의식의 주체이자 다른 의식의 대상으로 존재하는 모든 인간 존재가 반드시 겪을 수밖에 없는 필연적 경험에 해당한다는 점에서, 오히려 그것은 가치 중립적 경험이다. 실제로 보부아르는 헤겔이 제시한 '주인과 노예의 인정 투쟁' 개념을 빌려 와서, 『제2의 성』을 통해 이러한 갈등의 존재론적 필요성을 다음과 같이 설명한 바 있다.

주체는 대립을 통해서만 스스로를 정립한다. 자기 자신을 본질적인 존재로, 타자를 비본질적인 존재, 즉 객체로 설정함으로써 주체는 주체로서의 확신을 가지고자 한다. 다만 다른 의식

---

23) Jean-Raymond Audet, Simone de Beauvoir face à la mort, L'Age d'Homme, 1979, p.17.

역시 같은 의도를 내세우기는 마찬가지다.[24)]

헤겔에 따르면, 인간이 주체로서 자기의식을 정립하기 위해서는 다른 의식을 비본질적 의식으로 삼아, 그 의식으로부터 주체로 인정받는 과정이 필요하다. 그러므로 의식들 사이에서는 스스로를 주체로 인정받기 위한 인정 투쟁이 불가피하다. 이 투쟁에서 승리한 자가 주인의 의식이고, 패배한 자는 노예의 의식이다. 이때 노예의 인정을 받은 주인의 의식이 자립적 의식이라면, 노예의 의식은 주인에게 목숨을 맡긴 채 그를 위해 노동하며 오직 연명하는 수준에 머무는 의존적 의식이라 할 수 있다. 그런데 이때 보부아르가 헤겔의 인정 투쟁과 관련해서 주목한 또 다른 지점은, 바로 주인과 노예의 위치가 서로 전도될 수 있다는 사실이다. 헤겔이 말하길, 노예의 의식은 주인의 의식을 위해 노동하는 덕분에 기존 관계를 변화시킬 수 있는 기회를 획득한다. 이를테면 노동을 매개로 주인의 의식이 노예의 의식에 의존하는 사태가 발생하면서, 주인의 의식은 사실상 노예 상태에 가까워지기 때문이다. 이와 반대로 주인에게 외적으로 의존하던 노예는 노동을 통해 주인을 비자립적 상태에 처하게 하면서, 오히려 점차 자립적 상태에 도달한다. 그 결과, 주인과 노예의 위치가 서로 뒤바뀌는 상황이 발생한다. 헤겔은 이렇게 주인과 노예의 위치가 전도되고, 또

---

24) Simone de Beauvoir, Le Deuxième sexe I: Les faits et les mythes, Gallimard, coll.《Folio Essais; 37》, 1986(1949), p.19.

다시 전도되는 변증법적 과정을 반복적으로 겪으면서, 인간은 스스로를 의식의 주체로서 정립해 나간다고 주장했다. 이러한 헤겔의 주장을 받아들인 보부아르 또한 인간 존재들 사이에서는 자기 자신을 주체로 정립하기 위한 싸움이 불가피하다고 보았다. 동시에 주인의 의식과 노예의 의식이 서로 자리바꿈할 수 있다는 관점에 적극 동의하면서, 이 싸움으로 인해 어느 한쪽이 절대적으로 패배하는 일은 결코 일어나지 않으리라고 단언하기도 했다. 요컨대, 주체 자리의 독점 가능성을 확신하던 시절의 프랑수아즈는 실상 실존의 진실을 외면하는 상태에 빠져 있다고 할 수 있다. 결국 그녀는 주체 자리를 놓고 그자비에르와 치열하게 대결하는 시기에 접어들면서 비로소 실존의 진실에 한 걸음 더 다가서게 되었다고 볼 수 있다.

3 비윤리적 선택이 낳은 비극적 결말

하지만 보부아르가 『초대받은 여자』에서 오직 인간 존재들 사이의 존재론적 투쟁을 그리는 데에 몰입해 있다고는 섣불리 단정 짓지 말자. 실존의 윤리와 관련한 문제 역시 저자가 이 작품에서 다루고자 했던 핵심 사안들 중 하나이기 때문이다. 갈등 관계를 넘어서 모든 인간이 서로의 자유를 존중하며 함께 공존할 수 있는 길을 모색하는 것이야말로 보부아르가 실존에 대해 핵심적으로 성찰한 주제였다. 실제로 보부아르의 실존주의는 인간이 윤리적 실존을 영위할 수 있는 방식을 탐구하는 철학에 해당하며, 그런 의미에서 '실존주의적 윤리'라고 칭해진다.

그러나 인간이라면 반드시 따를 수밖에 없는 절대 규범의 존재를 상정한 칸트의 도덕과 달리, 보부아르의 윤리는 갈등을 해소할 수 있는 결정적이고 절대적인 규범이 존재한다고 전제하지 않는다. 오히려 그녀는 절대 규범을 따를 때에 인간관계의 모든 갈등을 온전히 해소할 수 있으리라고 믿는 모든 종류의 도덕적 낙관주의를 과감하게 무너뜨리고자 한다. 그리고 이를 위해, 그동안 은폐되어 왔던 실존의 온갖 딜레마를 전면에 부각시키며 기존의 도덕적 접근 방식으로는 이러한 딜레마를 절대 해결할 수 없음을 의도적으로 강조한다. 왜냐하면 실존의 본질적 특성이란 바로 애매성 속에 있으므로 실존은 결코 애매한 상태로부터 벗어날 수 없으며, 따라서 절대 규범의 존재를 상정하고 그것에 입각하여 인간적 갈등을 전적으로 해소하려는 모든 시도는 필시 실패할 수밖에 없다고 보았기 때문이다.[25] 그녀의 관점에서 보자면, 이러한 시도는 애매성을 부정하고 실존의 의미를 어느 한 가지로 고정하려는 시도와 다를 바 없다. 결과적으로 인간을 사물과 진배없는 즉자로 여긴다는 점에서 윤리적이라기보다는 오히려 기만적이라 할 수 있다. 이 같은 입장에 근거해서, 보부아르는 애매성을 실존의 본질적 조건으로 받아들이는 것으로부터 참다운 실존이

---

25) Simone de Beauvoir, "Pour une morale de l'ambiguïté"(1947), dans Pour une morale de l'ambiguïté suivi de Pyrrhus et Cinéas, Gallimard, coll.《Folio Essais; 415》, 2003, pp.12~14.

시작되리라고 주장한다. 그리고 실존의 애매성을 받아들이도록 인간을 독려하는 철학이라는 점을 강조하고자, 보부아르는 실존주의적 윤리를 "애매성의 윤리(une morale de l'ambiguïté)"라는 또 다른 이름으로 부르기도 했다.[26]

　보부아르에 따르면 실존을 윤리적 수준으로 끌어올리기 위해 우리가 최종적으로 지향해야 하는 목표는 타인과의 상생이다. 그러나 이때의 상생이란 실존자들이 저마다 지닌 개별적 특성과 가치를 절대 진리에 흡수당해 서로의 차이를 상실하는, 천편일률적 동질성에 지배받는 상태를 가리키지 않는다. 우선 애매성에 대한 명료한 인식 아래서, 모든 인간이 자기만의 방식으로 스스로를 자유로이 드러낼 수 있는 권리를 동등하게 지니고 있다는 전제를 인정해야 한다. 왜냐하면 이 같은 상생은 오히려 개별적 실존자들 사이의 차이가 그 어느 때보다 더욱 생생하게 드러나는 상태이기 때문이다. 동시에 이 것은 그러한 차이를 그 자체로 존중하려는 의지가 최고조에 다다른 상태이기도 하다. 보부아르의 개념을 빌려 말해 보자면, 그것은 나와 타인이 서로 다른 의식으로 존재하고 있음을 명료하게 인식하고, 타인의 자유를 존중하면서 나의 자유를 추구하고자 노력하는 "포용력 있는 인간(l'homme généreux)"이 넘쳐 나는 상태다.[27]

---

26) Ibid., p.24.
27) Simone de Beauvoir, "Pyrrhus et Cinéas"(1944), dans Pour une morale de l'ambiguïté suivi de Pyrrhus et Cinéas, Gallimard, coll.《Folio Essais; 415》, 2003, p.277.

따라서 이러한 상생은 우리에게 끊임없이 긴장할 것을 요구한다. 애매성 속에서 실존을 영위해야 하는 인간이 살아가는 세상은 다양한 자유들이 서로 충돌하는 전장에 해당하기 때문이다. 즉 실존은 오직 자유를 쟁취하기 위한 끝없는 과정으로서만 존재할 뿐, 그 과정에서 인간이 그 자체로 완결된 결말을 맞이하기란 절대로 불가능하다. 나아가 인간이 유한한 존재임을 감안한다면, 더더욱 우리는 우리의 죽음과 더불어 우리의 영향력에서 벗어나 새로운 의미와 가치를 지닌 무언가로 변모할, '하나의 가변적 미래'만을 상정할 수 있을 따름이다. 보부아르가 "인간의 고유한 미래"는 "하나의 유한한 미래"라고 단언한 까닭은 바로 그 때문이다.[28] 이러한 입장 아래 보부아르는 지금 우리가 "어떤 행동의 시의적절함"을 판단하고 그것의 "유효성을 가늠하려 애쓰면서", 스스로를 개별적 존재로 드러내기 위해 노력해야 한다고 촉구한다. 또한 그 과정에서 우리가 내릴 결정이 우리의 의도에서 벗어난 결과로 이어질 수 있음을 계속 염두에 두면서, 실존의 애매성이 야기하는 "긴장"을 기꺼이, 그것도 영원히 감수하라고 당부하기도 했다.[29]

이러한 관점에서 보자면, 프랑수아즈는 그자비에르가 촉발한 존재론적 갈등을 그 요인 자체를 아예 제거하는 방식으로 마무리 지으면서 결국 윤리적 실존으로부터 멀어지고 만다. 더군다나 그자비에르를 살해하기로 결심한 프랑수아즈의

---

28) "Pour une morale de l'ambiguïté", op.cit., p.149.
29) Ibid., p.165.

선택이 주체 자리의 독점권을 되찾고자 하는 욕망으로부터 기인하고 있음을 고려한다면, 더더욱 그러하다고 볼 수 있다. 그 자비에르의 죽음을 초래한 일련의 사건들 가운데 제르베르와 관련한 일은, 프랑수아즈의 최종 선택이 이러한 욕망에 입각하고 있다는 점을 특히나 잘 보여 준다. 가령 프랑수아즈는 피에르와 하나 되어 구축한 세계를 안정적으로 유지해야 한다는 강박으로 인해, 항상 제르베르를 향한 호감을 억누르기만 했다. 그런데 그자비에르가 야기한 주체성의 붕괴 위협이 극에 달하자, 그 순간 제르베르의 이미지가 새롭게 비치기 시작한다. 이제 그 장면을 먼저 살펴보도록 하자.

제르베르가 들어왔다. 프랑수아즈는 경이에 젖어서, 중국 여자처럼 검고 윤이 나는 머리카락에 둘러싸인 그의 싱그러운 얼굴을 얼핏 바라보았다. 새하얗게 빛나는 그 미소를 마주하자, 마음속에 드리웠던 그늘이 시나브로 흩어졌다. 굳이 그자비에르나 피에르가 아니어도 세상엔 사랑할 만한 것들이 존재하고 있다는 사실을 그녀는 불현듯이 떠올렸다. 눈 덮인 산꼭대기, 햇빛에 반짝이는 소나무, 여인숙, 도로, 사람들과 사연이 있었다. 다정하게 자신을 바라보는 저 미소 어린 두 눈이 있었던 것이다.(2권 267쪽)

중국이라는 낯선 세계의 이미지와 겹쳐 보이는 가운데, 프랑수아즈에게 제르베르는 아직 어느 누구도 정복한 적이 없기에 온전히 자신의 소유물로 삼을 수 있는 기회를 전적으로 간직한 싱그러운 대상으로 인식된다. 즉, 프랑수아즈는 제르베르라는 미지의 존재를 정복함으로써 그것의 유일한 소유자로 군림하고 싶다는 욕망을 드러내고 있는 셈이다. 이는 곧 자신이 절대적 주체로 존재할 수 있는 세계를 재건하고자 하는 욕망과 다를 바 없다. 이러한 욕망을 품은 지 얼마 지나지 않아, 제르베르와 함께 산행을 떠난 프랑수아즈는 마침내 그를 품에 안는 데 성공한다. 그리고 그 과정에서, 그 어디에도 뿌리를 내려 본 적이 없고 그 누구에게도 속해 본 적이 없는 그가 자기에게만큼은 모든 것을 기꺼이 내어 주고 있다는 인상을 받고 크게 감동한다. 하지만 이러한 감동의 이면에는 사실상 타인을 전적으로 소유했다는 확신에서 오는 만족감이 자리 잡고 있다. 이 일을 겪은 뒤, 때마침 피에르로부터 그자비에르와의 연인 관계를 청산하기로 결심했다는 소식을 전해 들은 프랑수아즈는 유아론적 세계관으로 대변되는 "낡은 미덕"의 승리를 다음과 같이 선포한다. 그러면서 그자비에르를 이미 죽어 버린 객체로 치부하겠노라 마음먹는다.

경멸과 기만의 대상이 된 그자비에르는, 이제 더 이상 프랑수아즈가 세상에서 차지할 자리를 놓고 경쟁해야 하는 상대가 아니었다.

프랑수아즈는 거울을 들여다보았다. 변덕과 고집, 극단적인 이기주의, 이 모든 부정한 가치가 마침내 약점을 드러내고 만 것이다. 승리를 거머쥔 것은 천대받던 낡은 미덕이었다.

'내가 이겼다.' 프랑수아즈는 의기양양하게 생각했다.

다시금 그녀는, 자기만의 운명 한가운데에서 장애물 없이 홀로 실재하고 있었다. 허황하고 공허한 자기만의 세계 속에 틀어박혀 있는 그자비에르는 쓸데없이 살아 움직이는 꿈틀거림에 지나지 않았다.(2권 312~313쪽)

그러나 기쁨의 순간은 잠시일 뿐, 프랑수아즈는 그자비에르가 실제로 사라지지 않는 한 다시금 객체로 전락할 위험에 끊임없이 노출될 수밖에 없음을 절감한다. 심지어 피에르, 제르베르와 은밀히 주고받은 편지 내용을 그자비에르에게 발각당하고 마는데, 그때 "시기하고, 배신을 저지르고, 죄를 범한 여자"라고 낙인찍힌, 한평생 패배자로 살아가야 할지도 모른다는 두려움에 사로잡힌다. 바야흐로 그녀의 존재론적 위기감은 이제 정점으로 치닫는다.(2권 364쪽) 그 결과, 프랑수아즈는 다음과 같이 그자비에르를 살해하여 그녀와의 대결을 종식하고, 급기야 이 대결의 절대적 승자로 남겠다고 다짐한다.

그녀의 고독과 마주한 채, 공간과 시간을 넘어서, 적의를 지닌 현존이 존재하고 있었다. 너무나도 오래전부터 자신의 눈먼 그림자로 그녀를 짓누르던 현존이, 바로 그것이 저기에 존재하고 있었다. 오직 자기만을 위해 실재하고, 전적으로 자신으로만 비치며, 본인이 배제한 그 모든 것을 무(無)로 축소하면서. 그것은 온 세상을 스스로의 기고만장한 고독 속에 가두어 두었고, 그 어떤 한계도 없이, 무한하면서도 유일한 상태로 피어오르고 있었다. 그것은 자기와 관련한 모든 것을 자신으로부터 끌어냈으며, 그 어떤 영향력도 용납하지 않았다. 그 현존은 절대적 분리에 해당했다. 이를 없애려면 밸브를 내리기만 해도 충분했다. '과연 할 수 있을까?' 프랑수아즈는 생각했다. 하지만 내 것이 아닌 다른 의식이 어찌 실재할 수 있다는 말인가? 그런데 실재하지 않는 쪽은 바로 그녀 자신이었다. 그녀는 되뇌었다. "그 애인가, 나인가." 그녀는 밸브를 내렸다.(2권 367~368쪽)

프랑수아즈는 그자비에르의 극단적 이기주의를 명분으로 내세우며, 자신이 저지르려 하는 살해 행위를 정당화하려 한다. 그러나 실존주의적 윤리의 관점에서 보자면 프랑수아즈 또한 비난으로부터 자유로울 수 없기는 마찬가지다. 단지 그녀가 살인이라는 범죄 행위를 저질렀기 때문만은 아니다. 타인의 주체성을 끝내 인정하지 않고 상생을 거부하기로 선택했다는 점에서, 그녀가 저지르려 하는 살인 행위는 실존주의적 윤리의 관점에서도 비난받아 마땅하다고 할 수 있다.

이러한 맥락에서 볼 때, 그자비에르를 죽음으로 몰아넣기로 결심한 뒤, "죽음에 이른 것만큼이나 혼자"가 되었다는 인상에 사로잡힌 채 극단적 고독 속으로 빠져드는 프랑수아즈의 모습을 보여 주는 소설의 결말은 상당히 의미심장하다.(2권 368쪽) 타인과의 상생이라는 '초대'를 거부한 자가 맞이할 법한 미래는 더 이상 '삶'이 아니라 '죽음'에 불과하리라는 엄혹한 경고를 담고 있는 듯 보이기 때문이다. 따라서 혹자의 주장과 달리, 이 소설의 결말은 타인과 갈등 관계를 형성할 수밖에 없는 존재론적 숙명을 지닌 인간이 맞이할 수밖에 없는 필연적 결과를 그린다고 볼 수 없다. 유아론적 환상을 놓아 버리지 못한 채 끝내 비윤리적 실존 방식을 고수하기로 결정한 인간이 맞이할 법한 비극적 결말을 형상화하고 있다고 여기는 편이 오히려 더 타당해 보인다.

4 숨어 있는 진실을 드러내는 목소리

『초대받은 여자』는 주로 프랑수아즈의 시점에서 사태를 바라보는 작품이다. 그러나 그녀와 다른 관점에서 사태를 바라보고, 그것에 대해 발언하는 목소리가 존재하는 덕분에, 독자들은 하나의 사태를 다각도로 들여다보고 자신만의 입장에서 그 의미를 해석해 낼 수 있다. 즉, 작가는 그 누구의 관점도 절대적 진실이 될 수 없는 서술 방식을 활용하여, 내용뿐 아니라 서술적 측면에서도 실존의 애매성을 재현하려고 시도한다.

프랑수아즈와 그자비에르가 벌이는 갈등의 드라마가 이야기의 주된 골격을 이루고, 또 그것이 주로 프랑수아즈의 시점에서 서술되는 만큼, 작품 내에서 프랑수아즈의 입장이 사건의 기본적 진실로 제시되고 있음을 알 수 있다. 그렇다면 프랑수아즈는 무엇을 진실이라 주장하고 있을까? 그자비에르를 상대로 자신이 저지른 살인 행위가 스스로를 보호하기 위한 정당방위였다는 것. 이것이 바로 그녀가 주장하려 하는 진실의 핵심이다. 이러한 주장을 진실로 포장하기 위해 프랑수아즈는 그자비에르를 악마화하려고 애쓴다. 특히 그자비에르가 피에르의 관심을 받기 시작한 뒤부터, 프랑수아즈는 그자비에르에게 사악한 힘을 지닌 마녀의 이미지를 덧씌우려고 노력한다. 그에 따라 '천진난만하다'거나 '어린아이 같다'처럼 순진함을 강조하는 수식어로 그자비에르를 묘사했던 소설 초반부와 달리, 차차 그자비에르의 존재감이 커져 갈수록 경멸과 조롱, 비웃음, 사악함, 적의 혹은 증오 따위의 온갖 부정적 어휘가 그녀를 연신 따라다닌다. 이러한 시도가 가장 노골적으로 드러나는 장면은 댄스홀에서 무희의 춤을 감상하던 도중 담뱃불로 자신의 손목을 지지는 그자비에르의 모습을 묘사하는 대목이다.

　자기도 모르게 그자비에르를 흘깃 쳐다본 프랑수아즈는 소스라치게 놀라고 말았다. 그자비에르는 더 이상 무희를 바라보고 있지 않았다. 고개를 숙인 채, 오른손에 든 반쯤 타들어 간 담배를 왼손으로 천천히 가져가고 있었다. 프랑수아즈는 터져 나오는 비명을 가까스로 눌러 담았다. 그자비에르가 시뻘건 담뱃불로 살갗을 지지자, 싸늘한 미소가 그녀의 입술을 치올렸다. 미친 여자의 그것처럼 내밀하고 고독한 미소였으며, 쾌락에 사로잡힌 여자의 관능적이고 고통스러운 미소였다. 차마 지켜보기가 힘들었다. 끔찍한 무언가를 은폐한 미소였던 것이다.(2권 139쪽)

싸늘하고도 고독한 미소를 지은 채 혼자만의 쾌락에 사로잡힌 광녀, 오로지 자기 자신만을 위해 존재하려 하는 이기적인 탐욕을 품은 자 등 온갖 부정적 이미지를 총동원해서, 프랑수아즈는 자기 이외의 모든 것을 대상으로 흡수하고자 갈망하는, 위험하기 그지없는 존재로 그자비에르를 재탄생시키려 한다.

그런데 사건의 이면을 폭로하는 목소리의 주인공인 제르베르와 엘리자베트의 존재는, 프랑수아즈의 이 같은 시도에 제동을 거는 장치라고 할 수 있다. 특히 이들은 프랑수아즈 대신에 발언의 주체로 등장하는 짧은 순간을 효율적으로 활용하여 자기가 직접 보고 들은 바를 독자와 공유하는 역할을 수행한다. 그러면서 프랑수아즈가 축소 혹은 은폐하고자 했던 사건의 또 다른 전말을 수면 위로 떠오르게 하는 데 결정적으로 일조한다. 그중에서도 프랑수아즈에 의해 순진무구한 어린애 같은 존재로 그려지던 제르베르가 한 차례 발언권을 넘겨받는 2부 3장에서 보여 주는 새로운 면모는 상당히 주목할 만하다. 이때 제르베르는 단것을 좋아하는 프랑수아즈의 약점을 공략하여 그녀의 환심을 사려는 전략을 능수능란하게 구사하는 야심가이자, 경쟁심을 품고 피에르를 능가하려 애쓰는 어엿한 성인 남성으로서 그려진다. 심지어 자신을 만만히 여기고 안이하게 속내를 내비치는 프랑수아즈와 피에르를 은밀히 관찰하고 평가하면서, 두 사람의 말과 행동이 지닌 허점을 폭로하기도 한다.

이러한 역할과 관련하여 엘리자베트의 활약은 훨씬 주목할 만하다. 우선 엘리자베트는 프랑수아즈의 거울 역할을 하는 인물이라 할 수 있다. 실제로 그녀는 여러 가지 면에서 프랑수아즈를 떠올리게 한다. 파리를 주요 활동 무대로 삼은 예술가라는 점을 비롯해, 피에르에게 기대어 자신의 존재 가치를 높이고자 하고, 피에르의 관심을 독차지한 그자비에르에게 적대감을 품고 있다는 점 그리고 또 다른 삼각관계의 주인공으로 지내고 있다는 점 등, 그녀가 처한 상황 및 그러한 사태 속에서 그녀가 겪는 경험의 상당 부분은 프랑수아즈의 처지를 환기하기에 충분하다. 하지만 프랑수아즈와 달리 자신의 기만성을 명확히 인식하고 있다는 점에서, 그녀는 프랑수아즈와 결정적 차이를 보이는 인물이기도 하다. 즉, 엘리자베트는 프랑수아즈의 기만적 속내를 투명하게 반영하는 일종의 거울 역할을 수행하고 있는 셈이다. 그리고 이런 그녀 덕분에 독자는 프랑수아즈가 내세우는 진실의 허점을 간파할 수 있으며, 결국 프랑수아즈와 다른 관점에서 사건을 들여다볼 수 있는 기회을 획득하게 된다.[30]

이를테면 피에르가 연출가이자 배우로 참여한 「율리우스 카이사르」의 최종 리허설이 열리던 날 밤, 공연에 몰두한 프랑수아즈의 모습을 엘리자베트가 어떻게 묘사하는지를 떠올려 보자. 엘리자베트는 냉철하고 지적인 여성이라는 프랑수아즈의 이미지를 지워 낸 뒤, 오로지 순간의 행복에만 몰두해 있는 수동적 관객의 이미지를 그녀에게 새롭게 덧씌운다.(1권 141쪽) 그리고 이때 프랑수아즈가 수동적으로 몰입해 있는 상대가 바로 피에르라는 사실을 명시하면서, 프랑수아즈의 순종을

---

30) 보부아르 또한 엘리자베트가 "자신의 친구를 관찰하면서, 진실의 축조가 거짓의 축조와 어떻게 다른지를 자문하는" 역할을 수행한다고 설명한 바 있다. La Force de l'âge, op.cit., p.350.

전제로 유지되는 두 사람 관계의 실상을 간접적으로나마 폭로한다. 이어 클로드와의 관계가 악화 일로로 치닫기 시작하면서 극단적 고립감에 사로잡힌 엘리자베트의 폭로는 작품의 후반부, 즉 자신은 안중에도 없다는 듯 희희낙락거리는 프랑수아즈와 피에르에게 복수심을 품게 되면서부터 한층 더 노골적으로 이루어진다. 그리고 이 과정에서 한 가지 중요한 진실이 엘리자베트의 입을 통해 독자에게 전해진다. 프랑수아즈와 피에르 그리고 그자비에르의 관계가, 사실은 무기력에 빠진 프랑수아즈의 패배감을 전제로 유지되고 있다는 점이다. 삼각관계의 실체, 즉 사소한 취향 하나하나까지 그자비에르에게 맞추고자 애쓰는 바보들과, 그 바보들이 신처럼 떠받드는 거만한 존재 사이에 맺어진 복종과 억압의 관계가 엘리자베트에 의해 가차 없이 폭로되는 셈이다.

프랑수아즈와 피에르를 향한 복수심으로 말미암아 엘리자베트는, 심지어 또 다른 발언자인 제르베르와 공모를 꾀하기도 한다. 엘리자베트는, 예술가로서의 불투명한 전망과 목전에 다가온 전쟁으로 인한 불안감 탓에 의기소침해진 제르베르에게 그림의 모델이 되어 달라고 부탁하고, 피에르가 열연을 펼치는 무대 뒤편에서 서로 마주한다. 이때 제르베르를 우선적으로 사로잡은 감정은 자괴감이다. 오직 거미줄 하나에 의지한 채 홀로 안간힘을 써 가며 나무 위로 기어오르는 "거미"와도 같은 존재(2권 105쪽), 제르베르는 어두컴컴한 무대 뒤에서 얼빠진 모습으로 별 볼 일 없는 화가의 모델 노릇이나 하는 스스로를 바로 이러한 거미와 동일시한다. 그때 제르베르의 속내를 알아차린 엘리자베트는 마치 이용이라도 하려는 듯, 그자비에르가 그에게 관심이 있다는 말을 넌지시 건네며 그녀에게 적극적으로 다가가 보라고 권한다. 그리하여 제르베르는 그녀의 제안을 받아들이는 쪽으로 마음이 기우는 듯 보이는데, 그렇게 된 이유가 제법 흥미롭다.

> 타인의 표정과 억양은 또렷이 기억했지만, 그들 머릿속에 담긴 것을 파악하기 위해 그들 내부로 뚫고 들어가는 방법은 알지 못했다. 그들의 생각은 계속 간결하고 불투명한 상태로 눈앞에 남아 있었고, 그것을 명확하게 파악한 적은 결코 없었다. 그는 망설였다. 조금이라도 정보를 얻어 낼 수 있는 뜻밖의 기회였던 것이다.(2권 109쪽)

이 대목은 그자비에르에게 관심이 있어서가 아니라, 프랑수아즈와 피에르 그리고 그자비에르가 어떠한 관계를 맺고 있는지를 직접 파악하려는 요량에서 제르베르가 엘리자베트의 제안에 혹하고 있음을 보여 준다. 그리고 곧이어 등장하는 장면에서 제르베르는 그자비에르와 저녁 시간을 함께 보내면서 그녀를 직접 관찰할 수 있는 기회를 가진다. 이때 그는 프랑수아즈에 의해 사악한 악마로 형상화되어 온 그자비에르로부터 전연 다른 모습을 이끌어 낸다. 그자비에르는 그의 시선을 거치면서 사악한 마녀이기보다, 도드라진 광대뼈에 목도리 밑으로 곱슬머리를 뺀 "상당히 귀여워" 보이는 "어린애" 같은 모습으로 새롭게 제시된다.(2권 114쪽) 특히 제르베르의 이러한 생각은, 그자비에르에게 자신들의 취향을 강권하는 "악마"로 프랑수아즈와 피에르를 묘사했던, 그의 앞선 발언과 중첩되면서(2권 88쪽) 프랑수아즈에 의해 구축되었던 두 가지 등식, 즉 '그자비에르=가해자=악'이라는 등식과 '프랑수아즈=피해자=선'이라는 등식을 해체시키는 데 일조한다.

더 나아가 엘리자베트는 프랑수아즈의 거울로서 그녀가 맞이할 비극적 결말을 예언하는 역할 또한 수행한다. 엘리자베트도 프랑수아즈와 마찬가지로 또 다른 삼각관계의 주인공이기 때문이다. 엘리자베트는 클로드와 그의 부인 쉬잔 사이에 끼어든 내연녀로, 표면적 사실만을 놓고 보자면 그자비에르와 유사한 역할을 부여받은 인물인 듯 보인다. 하지만 삼각관계 속에서 경험하는 내용적 측면을 들여다보자면, 엘리자베트는 삼각관계를 지속할 경우 프랑수아즈가 앞으로 겪을 일을 앞서 경험하는 자이다. 특히 불확실한 미래에 대한 두려움으로 인해 클로드와 쉬잔에게 광적으로 집착하는 엘리자베트의 현재 모습은, 시간이 흐를수록 피에르와 그자비에르의 말과 행동 하나하나에 민감하게 반응하며 희망과 절망의 양극단을 오가는 프랑수아즈의 미래를 예견하게 한다. 그런 의미에서 엘리자베트가 발언의 주체로 처음 등장하는 1부 4장은, 프랑수아즈가 피에르 곁에 남기 위해 그자비에르를 또 다른 연인으로 인정한다면 결국 객체로 전락하게 되리라는 점을 예언하는 대목이라 하겠다. 예컨대 카페에서 클로드와 다툼을 벌이던 중 엘리자베트는 우연히 그곳에 들른 프랑수아즈와 피에르 그리고 그자비에르와 맞닥뜨린다. 그리고 행복해 보이는 세 사람의 모습을 지켜보면서, 이 순간이 지나면 지금 자신을 둘러싼 이 불행을 그들 또한 겪게 되리라는 섬뜩한 예언을 마음속으로 내뱉는다. 게다가 클로드와 쉬잔에 의해 좌우되는 현실에 극도의 피로감을 느끼면서 끝내 살인 욕망을 드러내는 그녀의 모습은, 이 작품의 결말을 예고한다는 인상마저 자아낸다.

5 마치며

『초대받은 여자』를 통해 보부아르는 상생의 필요성을 강조하고 있을 뿐, 실질적으로 상생을 구현하는 구체적인 방법에 관해서는 그 어떤 언급도 하지 않는다. 그런다면 자신의 소설이 경향 소설로 전락할지도 모른다는 위험을 인식했기 때문이다.[31] 실제로 이 작품을 비롯한 다른 모든 소설에서 보부아르

---

31) 실제로 보부아르의 소설 작품은 경향 소설에 불과하다는 비판을 자주 받곤 했다. 일례를 들어, 모리스 블랑쇼는 작가가 진실이라고 상정한 바를 독자에게 주입하려는 목적에서 쓰인 소설을 "경향 소설(le roman à thèse)"이라 정의하고, 보부아르의 소설 가운데 『타인의 피』 같은 작품이 경향 소설의 대표적인 사례에 해당한다면서 비판을 가했다.(Maurice Blanchot, "Les romans de Sartre", dans La part du feu, Gallimard, 1949, pp.188~203.) 블랑쇼 관점의 연장선상에서 장례몽 오데트 역시 "타인과의 관계, 연대, 책임감 혹은 '고독과 분리로부터 기인한 혼란' 등 한 가지 주장"만을 반복적으로 늘어놓는다는 점에서 보부아르의 소설을 경향 소설로 치부하는 입장을 개진한 바 있다.(Audet, op.cit., p.82.)

는 매 순간 인간이 경험할 법한 실존의 다양한 딜레마를 생생하게 그려 낼 뿐, 그 딜레마를 해결할 수 있는 해답은 결코 제시하지 않는다. 왜냐하면 소설을, 모든 실존자가 경험하기 마련인 삶의 애매하고도 모순적인 측면을 생생하게 담아내기 위해 선택할 수 있는 글쓰기의 형식 중 하나로 간주했기 때문이다.[32] 그렇기에 보부아르는 상생의 필요성이라는 거시적 원칙만을 제시할 뿐, 상생에 적합한 실존이 구체적으로 어떠한 모습인지, 또한 상생에 이를 수 있는 실질적 방법이란 무엇인지 등, 갖가지 질문에 대한 답은 오롯이 독자의 몫으로 남겨 둔다. 물론 그녀가 전하고자 하는 메시지가 모호하다는 말은 절대 아니다. 상생을 위해 노력하는 자세야말로 우리의 삶을 한층 더 인간다운 수준으로 끌어올릴 수 있는 실존 원리에 해당한다는 것, 이 메시지만큼은 선명하게 전하고 있기 때문이다. 이러한 맥락에서 보자면, 프랑수아즈는 살인을 저질렀다는 사실뿐 아니라, 상생을 포기하기 위해 살인을 선택했다는 점에서도 윤리적으로 비난받아 마땅하다. 한편 상생의 필요성을 실패의 역설을 통해 보여 준다는 점에서, 프랑수아즈의 선택은 반면교사로서의 가치 또한 지닌다고 하겠다.

끝으로, 결말보다 과정을 중심으로 작품을 살펴보고자 하는 독자라면, 그자비에르가 등장한 뒤 프랑수아즈가 겪는 모

---

32) Simone de Beauvoir, "Mon expérience d'écrivain"(conférence donnée au Japon, le 11 octobre 1966), dans Les Écrits de Simone, La vie-L'écriture, textes réunis par Claude Francis et Fernande Gontier, Paris, Gallimard, 1979, p.442.

든 경험이 기만적이라고 단정할 수만은 없는, 즉 실존주의적 윤리의 관점에서 보았을 때 분명 긍정적으로 평가할 만한 측면 역시 발견하게 되리라고 미리 얘기해 두고 싶다. 더불어 실존주의적 윤리라는 정해진 틀에 입각해서 작품을 독해한 옮긴이의 해석에 얽매이지 말고, 독자 여러분 스스로 저마다의 관점에서 이 작품을 읽고 이해하는 자유를 마음껏 누릴 수 있기를 진심으로 바란다.

참고 문헌

1 시몬 드 보부아르 저서

L'Invitée, Gallimard, coll. 《Folio; 768》, 1972(1943).

Pour une morale de l'ambiguïté suivi de Pyrrhus et Cinéas, Gallimard, coll. 《Folio Essais; 415》, 2003(Pyrrhus et Cinéas, premièrement publié dans l'éditions Gallimard en 1944, et Pour une morale de l'ambiguïté, dans l'éditions Gallimard en 1947).

"Littérature et métaphysique"(1946), dans L'existentialisme et la sagesse des nations, présenté par Michel Kail, Gallimard, 2007, pp.71~84.

Le Deuxième sexe I: Les faits et les mythes, Gallimard, coll. 《Folio Essais; 37》, 1993(1949).

Le Deuxième sexe II: L'expérience vécue, Gallimard, coll. 《Folio Essais; 38》, 1994(1949).

"Mon expérience d'écrivain"(conférence donnée au Japon, le 11 octobre 1966), dans Les Écrits de Simone de Beauvoir: La vie-L'écriture, textes réunis par Claude Francis et Fernande Gontier, Paris, Gallimard, 1979, pp.439~457.

La force de l'âge, Gallimard, 1960.

2 장폴 사르트르 저서

L'être et le néant: essai d'ontologie phénoménologique, Gallimard, coll. 《Tel; 1》, 1976(1943).

L'existentialisme est un humanisme, Gallimard, coll. 《Folio Essais; 284》, 1996(1946).

3 연구물

Audet, Jean-Raymond, Simone de Beauvoir face à la mort, L'Age d'Homme, 1979.

Chopin, Jean-Pierre, "L'Invitée ou le vertige congédié", Roman 20-50, Revue d'étude du roman du XXe siècle, n°13, juin 1992, pp.11~29.

Coquillat, Michelle, "L'Invitée ou la création aboutie", Roman 20-50, Revue d'étude du roman du XXe siècle, ibid., pp.31~39.

Deguy, Jacques, "《Il y a Xavière》", Roman 20-50, Revue d'étude du roman du XXe siècle, ibid., pp.53~63.

Evans, Martha N., "Murdering L'Invitée: Gender and Fictional Narrative", Yale french studies-Simone de Beauvoir: Witness to a century, édité par Hélène Vivienne Wenzel, New Haven: Yale

University press, vol. 72, 1986, pp.67~86.

Persson, Ann-Sofie, "De la narration du spectacle au spectacle de la narration. L'Invitée de Simone de Beauvoir", dans (Re)Découvrir l'œuvre de Simone de Beauvoir: Du Deuxième Sexe à La Cérémonie des adieux(actes du colloque tenu à l'université Paris 7 à l'occasion du centenaire de Simone de beauvoir), sous la direction de Julia Kristeva, Pascale Fautier, Pierre-Louis Fort et Anne Strasser, Lormont, Le Bord de l'eau, 2008, pp.435~447.

Rétif, Françoise, Simone de Beauvoir: l'autre en miroir, L'Harmattan, coll. 《Bibliothèque du féminisme》, 1998.

케이트 커크패트릭, 이세진 옮김, 『보부아르, 여성의 탄생』, 교양인, 2021.

작가 연보

1908년   1월 9일, 프랑스 파리의 한 부르주아 가정에서 조르주
            베르트랑 드 보부아르와 프랑수아즈 드 보부아르의 장
            녀로 태어난다.

1913년   가톨릭 사립 학교인 아델린 데지르에 입학한다.

1916년   가까이 지내던 사촌 자크 샹피널을 사랑하고, 그와 결
            혼하길 간절히 바랐으나 결국 혼인에 이르지 못한다.

1917년   데지르에서 엘리자베트 라코앵, 일명 '자자'를 만나 처
            음으로 진심 어린 우정을 나눈다.

1919년   1차 세계 대전이 발발한 1914년 이후로 계속 가세가 기
            울어 가던 중, 1919년 아버지는 결국 파산한다. 그로 인
            해 집안 전체가 심각한 재정적 위기를 겪지만, 보부아
            르에게 아버지의 파산은 그녀가 부모로부터 독립하게

하는 긍정적 계기로 작용한다.

1924년   데지르를 졸업하고, 대학수학능력시험(바칼로레아)을
        통과한다.

1925년   철학 교사가 되기로 마음먹지만 프랑스 최고의 철학
        엘리트를 양성하는 파리 고등사범학교가 당시에 여자
        학생의 입학을 허용하지 않았던 까닭에, 소르본 대학
        교에서 학사를 취득하고 교육학 과정을 밟은 뒤 교수
        자격시험을 치러야 했다. 결국 그녀는 파리 가톨릭 학
        교에서 수학을, 그리고 생트마리 학교에서 문학과 언어
        학을 공부하며 소르본 대학교 입학을 준비한다.

1926년   소르본 대학교에서 철학 공부를 시작한다.

1929년   파리 고등사범학교를 다니던 르네 마외, 장폴 사르트
        르, 폴 니장과 공부 모임을 시작하고, 마외와 생애 첫
        연애를 한다. 철학교수자격시험에서 장폴 사르트르에
        이어 차석으로 합격하는데, 당시로서는 최연소 합격자
        였다. 9월, 외할머니 소유의 건물에 방을 얻어 독립한
        다. 이후 이 시험에서 불합격한 마외가 파리를 떠난 뒤
        급속도로 가까워진 사르트르의 적극적인 구애를 받아
        들이고, 10월 그와 계약 연애를 시작한다. 11월, 친구
        자자의 죽음을 겪는다. 자자의 죽음은 보부아르가 가
        톨릭 부르주아 사회와 완전히 결별하는 결정적 사건으
        로 작용한다.

1931년   프랑스 마르세유에 위치한 몽그랑 고등학교에서 철학
        교사로서 첫발을 내딛는다.

1932년   프랑스 루앙 소재의 잔다르크 고등학교에 부임한다. 당
          시 동료 교사였던 콜레트 오드리의 소개로 그녀의 제
          자 올가 코사키에비치를 만나서 친분을 쌓기 시작한
          다. 한편 사르트르의 소개로 그의 제자 자크로랑 보스
          트와 첫 만남을 가진다.

1935년   서로 연인을 공유하는 인간관계를 실험하는 차원에서,
          사르트르 및 올가와 삼각연애를 시작한다.

1936년   파리의 몰리에르 고등학교에 부임한다.

1938년   자자가 억압적인 가톨릭 부르주아 사회의 관습에 의해
          희생되었다고 여긴 보부아르는 그녀의 비극적 삶을 소
          재로『정신적인 것의 우위(Primauté du spirituel)』라는
          소설을 집필하여 갈리마르 출판사에 보내지만 출간을
          거절당한다. 자크로랑 보스트와 연인이 된다.

1939년   독일의 폴란드 침공으로 2차 세계 대전이 발발하면서
          개인의 자유를 압도하는 역사의 무게를 실감한다. 이
          를 계기로 유아론자로 살아왔음을 반성하고, 자유와
          상황이 맺고 있는 관계에 대한 철학적 성찰을 개진하
          기 시작한다.

1941년   아버지가 작고한다. 12월, 1940년부터 연인 관계를 맺
          어 온 제자 나탈리 소로킨의 어머니에게 미성년자 풍
          기 문란 선동 명목으로 고발되고, 그로부터 이 년 뒤
          철학교사자격을 박탈당한다. 결국 보부아르는 교단에
          서 퇴출된다. 1945년, 철학교사자격을 회복하지만 교직
          을 떠나 작가로 전향한다.

1943년   사르트르와 올가 사이에서 겪은 갈등을 소재로, 장편 소설 『초대받은 여자(L'Invitée)』를 출간한다.

1944년   첫 번째 철학 에세이 『피뤼스와 시네아스(Pyrrhus et Cinéas)』를 출간한다.

1945년   희곡 『군식구(Les Bouches inutiles)』와 소설 『타인의 피(Le Sang des autres)』를 출간한 데 이어, 사르트르와 함께 정치 철학 잡지 《레탕모데른》을 창간하고, 참여 지식인으로서 본격적인 행보를 보인다.

1946년   소설 『모든 인간은 죽는다(Tous les hommes sont mortels)』를 출간한다.

1947년   강연하기 위해 방문한 미국에서 작가 넬슨 앨그런과 만나 연인이 된다. 상황에 대한 사유를 심화해 『애매성의 윤리를 위하여(Pour une morale de l'ambiguïté)』라는 철학 에세이를 출간한다.

1948년   미국 방문 당시에 썼던 일기를 엮어 『미국에서의 나날들(L'Amérique au jour le jour)』을 출간한다.

1949년   1948년부터 1949년까지 《레탕모데른》에 일부분 연재했던 글을 『제2의 성(Le Deuxième Sexe)』이라는 제목의 철학 에세이로 다듬어서, 6월과 11월 두 차례에 걸쳐 총 두 권의 책으로 출간한다. 이 저서는 1960년대와 1970년대 사이에 활발히 전개된 여성 운동에 지대한 영향을 끼쳤을 뿐 아니라 오늘날까지도 페미니즘의 대표적 고전으로 간주된다.

1954년   장편 소설 『레 망다랭(Les Mandarins)』을 출간하고, 이

작품으로 여성으로서는 세 번째로 프랑스 최고의 문학
상 공쿠르상을 수상한다.

1955년   철학 에세이『특권(Privilèges)』을 출간한다.

1957년   1955년에 직접 방문하고 목격한 중국 사회를 기록한
『대장정(La Longue Marche)』을 출간한다.

1958년   첫 번째 자서전『얌전한 처녀의 회상(Mémoires d'une
jeune fille rangée)』을 출간한다.

1960년   사르트르와 함께 쿠바를 방문하고, 쿠바 혁명의 지도
자 피델 카스트로와 체 게바라를 만난다. 알제리 독립
을 지지하는 '121인 선언'에 서명하고《레탕모데른》에
선언문을 발표한다. 두 번째 자서전『한창나이(La Force
de l'âge)』를 출간한다.

1962년   알제리 민족해방전선 소속의 운동가 자밀라 부파차가
알제리 전쟁 중에 당한 강간과 고문 사건에 대한 재판
과정의 불합리함을 고발하기 위해, 부파차의 변호를
맡은 지젤 알리미가 출간한『자밀라 부파차』의 서문을
집필한다.

1963년   세 번째 자서전『상황의 힘(La Force des choses)』을 출
간한 데 이어서, 어머니의 죽음을 맞이한다.

1964년   어머니가 죽음에 이르는 과정을 기록한 에세이『아주
편안한 죽음(Une mort très douce)』을 출간한다.

1966년   장편 소설『아름다운 영상(Les Belles Images)』을 출간
한다.

1967년   미군이 베트남에서 저지른 만행을 널리 알리고 규탄

하는 운동을 이끌던 영국의 수학자이자 철학자 버트
런드 러셀을 대상으로 열린 스톡홀름 재판에 사르트
르와 함께 참석하여 러셀에게 구류형을 선고한 재판부
를 비판하는 운동에 동참한다. 소설집『위기의 여자(La
Femme rompue)』를 출간한다.

1970년   마지막 철학 에세이『노년(La Vieillesse)』을 출간한다.
마오주의자 대열에 합류한 사르트르와 정치 노선을 달
리하고, 여성 운동에 본격적으로 뛰어들면서 국제 여
성 운동을 이끈다.

1971년   임신 중절을 경험한 다른 여성들과 함께 임신 중절 합
법화를 요구하는 '여성 343명의 선언'에 서명하고,《르
누벨옵세르바퇴르》에 선언문을 발표한다. 11월, 수천
명의 여성들과 함께 임신 중절 합법화 시위를 벌인다.

1972년   네 번째 자서전『요컨대(Tout compte fait)』를 출간하
고, 1970년대 프랑스를 강타한 여성 해방 운동의 한 계
열인 '여성의 권리를 위한 동맹'의 회장직을 맡는다. 임
신 중절을 했다는 죄목으로 보비니 법정에 선 소녀의
석방을 요구하는 서명 운동에 동참한다. 이 운동은 삼
년 뒤 임신 중절을 합법화하는 베유법(Loi Veil) 제정에
중요한 계기로 작용한다.

1979년   『정신적인 것의 우위』를『정신적인 것이 우월할 때
(Quand prime le spirituel)』라는 제목으로 변경해 출간
한다. 클로드 프랑시스와 페르낭드 공티에가 보부아르
의 잡지 기고문과 강연문 등을 한데 엮어서『시몬 드

보부아르의 글: 삶과 글쓰기』를 출간한다. 페미니즘 잡지《케스티옹페미니스트》의 출판 위원장을 맡는다. 여성 최초로 '오스트리아 주정부상'의 유럽 문학 부문 수상자로 선정된다.

1980년   사르트르의 죽음을 맞이한다.

1981년   사르트르의 말년 및 그와의 인터뷰 내용을 담은『작별의 의식(La Cérémonie des adieux)』을 출간한다. 여성 운동을 하며 만난 실비 르 봉을 양녀로 입적하고, 사후 자신의 작품에 대한 모든 권리를 양도한다.

1982년   여성권리부 초대 장관인 이베트 루디가 설립한 '여성과 문화 위원회' 명예 의장직을 맡는다. 대통령 프랑수아 미테랑은 여권 신장을 위해 애쓴 공로를 높이 사서 보부아르에게 레지옹도뇌르 훈장을 수여하려 하지만, 제도권 인사가 아닌 참여 지식인으로서의 정체성을 지키고자 거절한다.

1986년   4월 14일, 파리에서 영면한다. 몽파르나스 묘지의 사르트르 무덤 옆에 묻힌다.

1990년   『사르트르에게 보낸 편지(Lettres à Sartre)』와『전쟁 일기(Journal de guerre)』가 출간된다.

1997년   『넬슨 앨그런에게 보낸 편지(Lettres à Nelson Algren)』가 출간된다.

2004년   『시몬 드 보부아르와 자크로랑 보스트가 주고받은 편지(Correspondance croisée avec Jacques-Laurent Bost)』가 출간된다.

2008년   『젊은 날의 일기(Cahiers de jeunesse)』가 출간된다.

2013년   『모스크바에서의 오해(Malentendu à Moscou)』가 출간
        된다.

2020년   친구 자자와의 우정을 소재로 한 자전적 소설 『단짝
        (Les Inséparables)』이 출간된다.

세계문학전집 **435**

초대받은 여자 2

1판 1쇄 찍음 2024년 2월 9일
1판 1쇄 펴냄 2024년 2월 23일

지은이 시몬 드 보부아르
옮긴이 강초롱
발행인 박근섭, 박상준
펴낸곳 (주)민음사

출판등록 1966. 5. 19. (제 16-490호)
서울특별시 강남구 도산대로1길 62(신사동) 강남출판문화센터 5층 (우편번호 06027)
대표전화 02-515-2000 팩시밀리 02-515-2007
www.minumsa.com

ISBN 978-89-374-6435-5 04800
ISBN 978-89-374-6000-5 (세트)

세계문학전집 목록

세계문학전집은 계속 간행됩니다.